BESTSELLER

Colleen Hoover vive en Texas con su marido y sus tres hijos. Publicó su primera novela, *Amor en verso*, en enero de 2012 y sus continuaciones, *Point of Retreat*, *This Girl* y el relato *A Father's Kiss*. Desde entonces, novelas como *Hopeless: tocando el cielo* (número uno en la lista de best sellers de *The New York Times*), *Tal vez mañana* y *Confess* (ganadora del Goodreads Choice Awards en la categoría de narrativa romántica) han consolidado el éxito de su trayectoria.

Para más información, visita la página web de la autora: www.colleenhoover.com

COLLEEN HOOVER

Hopeless
Tocando el cielo

Traducción de
Maialen Garagarza Urkia

DEBOLS!LLO

Penguin
Random House
Grupo Editorial

Título original: *Hopeless*

Primera edición: octubre de 2013

© 2012, Colleen Hoover
© 2013, Penguin Random House Grupo Editorial, S. A. U.
Travessera de Gràcia, 47-49. 08021 Barcelona

© 2013, Maialen Garagarza Urkia, por la traducción
Diseño de la cubierta: Adaptación de la cubierta original de © Sarah
Hansen / Penguin Random House Grupo Editorial

Impreso en México - *Printed in Mexico*

ISBN: 978-84-9032-624-4
Depósito legal: B-16.533-2013

Para Vance.
Algunos padres te dan la vida.
Algunos te enseñan a vivirla.
Gracias por enseñarme a vivir la mía.

Domingo, 28 de octubre de 2012

Las 19.29

Me pongo en pie y miro la cama conteniendo la respiración, atemorizada por los ruidos que ascienden desde lo más profundo de mi garganta.

No lloraré.

No lloraré.

Lentamente me arrodillo, pongo las manos en el borde de la cama y recorro con los dedos las estrellas amarillas esparcidas sobre el fondo azul oscuro del edredón. Me quedo mirándolas hasta que comienzan a desdibujarse debido a las lágrimas que me nublan la vista.

Cierro los ojos y hundo la cabeza en el colchón, agarrando el edredón con todas mis fuerzas. Empiezan a temblarme los hombros y brotan de mí los sollozos que he intentado contener. Con un movimiento veloz me levanto, chillo, arranco el edredón y lo lanzo a la otra punta de la habitación.

Aprieto los puños y busco desesperadamente alguna otra cosa que pueda arrojar. Cojo las almohadas y se las echo a la desconocida que veo reflejada en el espejo. Ella me sostiene la mirada mientras gimotea, y me enfurece la debilidad que muestran sus lágrimas. Nos abalanzamos la una hacia la otra hasta que, finalmente, nuestros puños chocan contra el cristal y rompen el espejo. La veo caer en la alfombra, sobre un millón de trocitos brillantes.

Agarro el tocador por el borde, lo empujo hacia un lado y dejo escapar otro grito que he reprimido durante demasiado tiempo. Cuando consigo volcarlo, vacío los cajones y revuelvo, lanzo y aporreo todo lo que encuentro a mi paso. Tiro de las finas cortinas azules hasta que se parte la barra y caen sobre mí. Alcanzo las cajas apiladas en lo alto de una esquina y, sin ni siquiera mirar lo que hay en ellas, arrojo la primera contra la pared, con todas las fuerzas que mi cuerpo de un metro y sesenta centímetros es capaz de reunir.

—¡Te odio! —grito—. ¡Te odio, te odio, te odio!

Tiro todo lo que encuentro contra todo lo que veo. Cada vez que abro la boca para chillar percibo el gusto salado de las lágrimas que me recorren las mejillas.

De repente, Holder me abraza por detrás, tan fuerte que no puedo ni moverme. Me sacudo y me zarandeo, y sigo chillando hasta que pierdo el control de mis acciones, las cuales se convierten en meras reacciones.

—Basta —me pide al oído con una voz tranquila, sin querer soltarme.

Lo oigo, pero finjo no hacerlo. O simplemente no me importa lo que Holder diga. Intento librarme de él, pero lo único que consigo es que me apriete más.

—¡No me toques! —grito a pleno pulmón, arañándole los brazos, pero él ni se inmuta.

No me toques. Por favor, por favor, por favor.

La vocecita resuena en mi cabeza y, en ese instante, caigo rendida en sus brazos. Cuanto más frágil me siento yo, más potentes son mis llantos, tan potentes que me consumen. Me he convertido en un mero recipiente de las lágrimas que no dejo de derramar.

Me encuentro muy débil y estoy dejando que él venza.

Holder apoya las manos sobre mis hombros y me da la vuelta. Ni siquiera soy capaz de mirarlo. Me derrumbo en su pecho con una sensación de cansancio y derrota, y me agarro a su camiseta y lloro con la mejilla apretada contra su corazón. Él pone la mano en mi nuca y acerca la boca a mi oreja.

—Sky —me dice con una voz firme y serena—, vete de aquí. Ahora mismo.

Sábado, 25 de agosto de 2012

Las 23.50

Dos meses antes...

Me gustaría pensar que la mayoría de las decisiones que he tomado a lo largo de mis diecisiete años de vida han sido sabias. Espero que la sabiduría se mida por peso, y que las pocas decisiones desacertadas pesen menos que las acertadas. Si es así, mañana tendré que tomar un montón de decisiones sabias, porque dejar que Grayson se cuele por la ventana de mi habitación por tercera vez en un mes inclina mucho la balanza hacia el lado de los desaciertos. De todos modos, el tiempo es la única manera de medir con exactitud el nivel de estupidez de una decisión. Por lo tanto, antes de emitir un veredicto, esperaré hasta ver si me pillan.

A pesar de lo que pueda parecer, no soy una putilla. A menos que esa palabra se aplique a la chica que se lía con muchos chicos sin sentir ningún tipo de atracción por ellos. En ese caso podría discutirse si lo soy.

—Date prisa —me pide Grayson desde el otro lado de la ventana cerrada, muy molesto por mi falta de urgencia.

Quito el pestillo y deslizo la ventana hacia arriba, intentando no hacer ruido. Por mucho que Karen sea una madre diferente, desaprueba igual que las demás que deje entrar a chicos en mi habitación en mitad de la noche.

—Habla más bajo —susurro.

Grayson sube de un salto a la ventana, pasa las piernas por encima del alféizar y entra en la habitación. Es una ventaja que las ventanas de este lado de la casa estén a apenas un metro del suelo, porque es casi como tener mi propia puerta. De hecho, Six y yo las habremos utilizado más a menudo que las puertas para ir de una casa a otra. Karen está tan acostumbrada a ello que ni siquiera se queja de que la tenga abierta la mayor parte del tiempo.

Antes de correr las cortinas miro hacia la ventana de la habitación de Six. Con una mano me saluda y con la otra tira del brazo de Jaxon. Él, en cuanto consigue entrar, se da la vuelta y asoma la cabeza.

—Quedamos dentro de una hora en mi camioneta —le susurra lo suficientemente alto a Grayson, y acto seguido cierra la ventana y corre las cortinas.

Six y yo hemos sido uña y carne desde el día en que ella se mudó a la casa de al lado, hace cuatro años. La ventana de su habitación está junto a la mía, lo que ha resultado ser muy práctico. Las cosas comenzaron de un modo muy inocente. A los catorce años yo entraba a hurtadillas en su habitación por la noche, y robábamos helado del congelador y veíamos películas. A los quince empezamos a invitar a chicos a comer helado y a ver películas con nosotras. Para cuando cumplimos los dieciséis el helado y las películas habían quedado en un segundo plano. Ahora, con diecisiete, no nos molestamos en salir de nuestras respectivas habitaciones hasta después de que los chicos se marchen. Es entonces cuando el helado y las películas retoman su protagonismo.

Ella cambia de novio tan a menudo como yo de sabor de helado favorito. Este mes le toca Jaxon, y a mí el chocolate. Grayson y Jaxon son muy amigos, y ese fue el motivo por el que Grayson y yo empezamos a vernos. Cuando el sabor preferido de Six tiene un amigo que está bueno, ella lo deja en mis manos. Grayson está muy bueno. Es innegable que tiene un cuerpazo, un peinado perfectamente desaliñado, unos ojos oscuros y penetrantes... y todo lo demás. Para la mayoría de las chicas que conozco sería todo un privilegio el simple hecho de estar en la misma habitación que él.

Es una pena que para mí no lo sea.

Corro las cortinas y, al darme la vuelta, me encuentro a Grayson a escasos centímetros de mí, preparado para que empiece la función. Coloca las manos en mis mejillas y esboza su sonrisa *mojabragas*.

—Hola, preciosa —me dice.

Antes de que pueda responderle, sus labios saludan a los míos de una forma muy húmeda. Él continúa besándome mientras se quita las zapatillas sin ningún esfuerzo. Nos acercamos a la cama sin despegar las bocas. La facilidad con la que hace ambas cosas al mismo tiempo es tan sorprendente como preocupante.

—¿Has cerrado la puerta con llave? —me pregunta tras tumbarme lentamente sobre la cama.

—Compruébalo —respondo.

Me da un pico en los labios y va a asegurarse de que la puerta está cerrada. En los trece años que llevo viviendo con Karen no me ha castigado ni una sola vez, así que no quiero darle motivos para que empiece a hacerlo ahora. Cumpliré los dieciocho dentro de unas semanas, e incluso entonces, y durante el tiempo que siga viviendo bajo este techo, dudo que cambie su modo de educarme.

No quiero decir que sea un modo negativo. Simplemente es... muy contradictorio. Karen siempre ha sido muy estricta. Nunca hemos tenido ni acceso a internet, ni teléfono móvil, ni tampoco televisor porque, según ella, la tecnología es el germen de todos los males del mundo. Sin embargo, es muy indulgente en otros aspectos. Me deja salir con Six siempre que quiero, con la única condición de que le haga saber dónde estoy, y ni siquiera tengo una hora límite para regresar a casa. Nunca he vuelto demasiado tarde, así que puede que la tenga y que no me haya dado cuenta.

A mi madre no le importa que diga palabrotas, aunque apenas se me escapa alguna. Incluso me deja cenar con vino de vez en cuando. Me adoptó hace trece años, pero me habla como si fuese su amiga en lugar de su hija. Además, me ha instigado a que hable con ella con (casi) total sinceridad sobre todo lo que me pase.

Con Karen no hay medias tintas. Es muy indulgente o muy estricta. Es como una conservadora liberal. O una liberal conservadora. Sea lo que sea, no es fácil entenderla, así que dejé de intentarlo hace años.

El único tema sobre el que hemos discutido es el instituto. Ella se ha encargado de educarme en casa (el colegio le parece otro germen del mal) y le he rogado que me deje matricularme en el instituto desde que Six me metió la idea en la cabeza. He enviado la solicitud a varias universidades, y me parece que tendré más oportunidades de acceder a las facultades que me interesan si puedo añadir algunas actividades extracurriculares. Tras varios meses de súplicas por parte de Six y de mí, finalmente Karen dio su brazo a torcer y aceptó que me matriculara para el último curso. Con mi programa de estudio en casa, en un par de meses habría conseguido los créditos suficientes para graduarme, pero una pequeña parte de mí siempre ha querido vivir la vida como una adolescente más.

De todos modos, si hubiese sabido que Six se iría a hacer un intercambio en el extranjero justo el mismo día en que íbamos a empezar juntas el último curso, jamás se me habría pasado por la cabeza la idea de matricularme en el instituto. Pero soy muy terca, y antes que decir a Karen que he cambiado de idea me clavaría un tenedor en la palma de la mano.

He intentado no pensar en que este año no tendré a Six a mi lado. Sé que ella estaba deseando irse de intercambio, pero la parte egoísta de mí no quería que lo hiciese. Me aterroriza la idea de tener que cruzar aquellas puertas sin ella. Pero soy consciente de que nuestra separación es inevitable y de que, antes o después, tendré que enfrentarme al mundo real, en el que habrá más gente aparte de Six y de Karen.

He sustituido mi falta de acceso a la realidad por libros, pero no puede ser saludable vivir siempre en una fantasía en la que todos son felices y comen perdices. Leer también me ha iniciado en los (quizá exagerados) horrores del instituto: los primeros días, las camarillas y las chicas crueles. Según Six, no me va a ser de gran ayuda la fama de la que gozo por el mero hecho de que me relacionen con ella. Ella no tiene el mejor historial en lo que respecta al celibato y, por lo visto, algunos de los chicos con los que me he liado no tienen el mejor historial en lo que respecta a la discreción. La combinación debería dar lugar a un primer día de lo más interesante.

No es que me importe demasiado. No me matriculé para hacer amigos o para impresionar a nadie. Me las arreglaré, siempre y cuando mi reputación injustificada no interfiera en mi objetivo principal.

Eso espero.

Grayson vuelve a la cama después de comprobar que la puerta está cerrada y me lanza una sonrisa seductora.

—¿Te hago un estriptis? —me pregunta.

Menea las caderas, se sube la camiseta poco a poco y deja al descubierto unos abdominales bien trabajados. Me he fijado en que los muestra siempre que puede. Es uno de esos chicos malos que están encantados de conocerse.

Me echo a reír cuando se saca la camiseta por la cabeza y me la lanza. Acto seguido se pone encima de mí, desliza la mano hasta mi nuca y me coloca la boca en posición.

La primera vez que Grayson se coló en mi habitación fue hace poco más de un mes, y desde el principio me dejó claro que no estaba buscando una relación seria. Yo le aseguré que no estaba buscándolo a él, por lo que enseguida hicimos buenas migas. Él será una de las pocas personas que conozca en el instituto, y me preocupa que pueda estropearse lo nuestro; o sea, nada de nada.

Grayson lleva aquí menos de tres minutos y ya sube la mano por mi camiseta. Puedo decir, sin temor a equivocarme, que no ha venido por mi estimulante capacidad de conversación. Sus labios se deslizan de mi boca a mi cuello, y aprovecho el momento de descanso para respirar hondo e intentar sentir alguna cosa.

Cualquier cosa.

Miro fijamente al techo, a las estrellas de plástico que brillan en la oscuridad, sin apenas notar que los labios de Grayson se han abierto camino hasta mi pecho. Hay veintiséis. Me refiero a las estrellas. He tenido tiempo de sobra para contarlas durante estas últimas semanas, mientras he estado en este mismo aprieto: yo, tumbada e indiferente, mientras él, sin ni siquiera darse cuenta de cómo me siento, recorre mi rostro y mi cuello, y a veces mi pecho, con sus labios curiosos y demasiado excitados.

Y si no me gusta, ¿por qué dejo que me lo haga?

Nunca he sentido ningún tipo de conexión emocional con los chicos con los que me he liado. O, mejor dicho, con los chicos que se han liado conmigo. Por desgracia, suele ser unilateral. Una vez estuve con uno que casi consiguió provocar en mí una respuesta física o emocional, pero acabó siendo una ilusión producida por mí misma. Se llamaba Matt y salimos durante menos de un mes. Al final no pude aguantar sus manías. Por ejemplo, no bebía agua embotellada si no era con pajita, abría los orificios nasales antes de besarme, y me dijo que me quería tan solo tres semanas después de que decidiésemos ser pareja.

Sí, eso último fue el detonante. Hasta nunca, Matt.

Six y yo hemos analizado muchísimas veces mi falta de reacción física con los chicos. Durante un tiempo ella sospechó que yo era lesbiana. A los dieciséis años nos dimos un beso muy breve y extraño para comprobar la teoría, y ambas llegamos a la conclusión de que aquel no era mi problema. Sí que disfruto liándome con chicos, de lo contrario no lo haría. El asunto es que no disfruto por los mismos motivos que el resto de las chicas. Nunca he perdido la cabeza por alguien. No noto mariposas en el estómago. De hecho, jamás he tenido la sensación de que me derrito por un chico. La verdadera razón por la que me gusta liarme con ellos es porque en esos momentos me siento completamente entumecida. Situaciones como esta en la que estoy con Grayson son idóneas para que mi mente se apague por completo. Deja de funcionar, y me gusta esa sensación.

Estoy concentrada en el grupo de diecisiete estrellas del cuadrante superior derecho del techo cuando, de repente, vuelvo a la realidad. Grayson ha llevado las manos más lejos de lo que hasta ahora le había permitido, y enseguida me doy cuenta de que me ha desabrochado los pantalones y está dirigiendo los dedos hacia el borde de algodón de mis bragas.

—No, Grayson —susurro, y le aparto la mano.

Él deja escapar un quejido y hunde la frente en la almohada.

—Vamos, Sky.

Grayson jadea contra mi cuello. Luego se apoya en su brazo derecho y me lanza una sonrisa para tratar de convencerme.

¿Le he dicho que soy inmune a su sonrisa *mojabragas*?

—¿Hasta cuándo vas a seguir haciéndolo? —me pregunta.

Vuelve a poner la mano en mi vientre y acerca las yemas de los dedos a mis pantalones.

No me gusta nada esta situación.

—¿A qué te refieres? —le pregunto, tratando de quitármelo de encima.

Él se apoya en ambas manos y me mira como si tuviera que explicarme de qué está hablando.

—A ese papel de chica buena que intentas fingir. Me he dado cuenta, Sky. Vamos a hacerlo ya.

Eso me recuerda que, al contrario de lo que muchos creen, no soy una putilla. No me he acostado con ninguno de los chicos con los que me liado, incluyendo al llorica de Grayson.

Soy consciente de que, gracias sin duda a mi falta de reacción sexual, emocionalmente me sería más fácil hacerlo con cualquiera. Sin embargo, también sé que, por ese mismo motivo, no debería acostarme con nadie. En cuanto cruce la línea, los rumores que circulan sobre mí ya no serán meros chismes, sino una realidad. Lo último que quiero es dar la razón a toda esa gente. Creo que debo mis casi dieciocho años de virginidad a lo terca que soy.

Por primera vez en los diez minutos que Grayson lleva aquí noto que apesta a alcohol.

—Estás borracho. —Le doy un empujón en el pecho—. Te dije que no volvieras a venir bebido.

Él se aparta de mí y yo me levanto para abrocharme los pantalones y arreglarme la camiseta. Me alivia que esté borracho. Quiero que se marche.

Grayson se sienta en el borde de la cama, me agarra de la cintura y me acerca a él.

—Lo siento —se disculpa—. Es que te deseo tanto que no creo que pueda volver a venir si no me dejas tenerte.

Desliza las manos hacia abajo y me toca el culo. Luego aprieta los labios contra el trozo de piel en el que se unen mi camiseta y mis pantalones.

—En ese caso, no vuelvas a venir.

Pongo los ojos en blanco, me aparto de él y me dirijo a la ventana. Al descorrer las cortinas veo a Jaxon salir de la habitación de Six. De alguna manera, ambas nos las hemos arreglado para condensar en diez minutos la visita de una hora. Six y yo nos miramos con complicidad, dándonos a entender que ya es hora de cambiar de sabor de helado.

Ella sale por detrás de Jaxon y camina hacia mi ventana.

—¿Grayson también está borracho? —me pregunta.

Asiento con la cabeza.

—¡Strike tres!

Me doy la vuelta y veo a Grayson tumbado en la cama, como si no se hubiese dado cuenta de que aquí ya no es bienvenido. Me acerco a él, cojo su camiseta y se la tiro a la cara.

—Márchate —le ordeno.

Me mira arqueando una ceja, y cuando ve que no estoy bromeando se levanta a regañadientes. Se pone los zapatos mientras gimotea como un niño de cuatro años, y yo me hago a un lado para que se vaya.

Six espera que Grayson se haya marchado para entrar en mi habitación, y en ese momento uno de los chicos masculla la palabra «putas». Ella pone los ojos en blanco, se da la vuelta y asoma la cabeza por la ventana.

—Es curioso que nos llaméis putas porque no os habéis acostado con nosotras. Idiotas —les responde. Después cierra la ventana, se deja caer en la cama y apoya la cabeza sobre sus manos cruzadas—. Otros dos que muerden el polvo.

Me echo a reír, pero un gran golpe en la puerta interrumpe mis carcajadas. Enseguida voy a abrirla, y me aparto para que Karen entre. Su instinto maternal no falla. Escruta la habitación hasta que ve a Six.

—¡Mierda! —exclama, y se vuelve hacia mí. Se pone una mano en la cadera y frunce el entrecejo—. Juraría que he oído voces de chicos aquí dentro.

Me acerco a la cama e intento disimular el pánico que está apoderándose de mi cuerpo.

—Y pareces decepcionada porque...

A veces no consigo comprender el modo en que reacciona mi madre en ciertas situaciones. Como he dicho antes... es difícil entenderla.

—Cumplirás dieciocho años dentro de un mes. Se me está agotando el tiempo para castigarte por primera vez. Tienes que empezar a meter la pata, hija mía.

Lanzo un suspiro de alivio al ver que está bromeando. En cierta medida, me siento culpable de que no sospeche que hace tan solo cinco minutos estaban toqueteando a su hija en esta misma habitación. El corazón me late tan fuerte que temo que ella pueda oírlo.

—¿Karen? —interrumpe Six desde detrás de nosotras—. Si te sirve de consuelo, acabamos de liarnos con dos tíos buenos, pero los hemos echado justo antes de que entraras porque estaban borrachos.

Me quedo pasmada, y me doy la vuelta para lanzar a Six una mirada con la que espero que entienda que el sarcasmo no tiene ninguna gracia cuando se confiesa la verdad.

—Bueno, quizá mañana por la noche consigáis a un par de chicos guapos y sobrios —responde Karen riéndose.

Ya no debo preocuparme de que mi madre oiga el latido de mi corazón porque se me ha parado en seco.

—Chicos sobrios, ¿eh? Se me ocurren algunos —contesta Six guiñándome el ojo.

—¿Dormirás aquí esta noche? —pregunta Karen a Six mientras se dirige hacia la puerta.

—Creo que pasaremos la noche en mi casa —responde ella encogiéndose de hombros—. Esta es la última semana en seis meses que dormiré en mi cama. Además, tengo al tío bueno de Channing Tatum en la pantalla plana.

Miro a Karen e intuyo lo que se avecina.

—No, mamá —le digo. Me dirijo hacia ella, pero veo que ya se le están empañando los ojos—. No, no, no.

Para cuando la alcanzo, es demasiado tarde. Está berreando. Si hay alguna cosa que no soporto es ver a alguien llorar. No porque me emocione, sino porque me saca de mis casillas. Y es raro.

—Solo uno más —ruega, y se apresura a abrazar a Six.

Hoy ya le ha dado más de diez abrazos. Me parece que ella está más triste que yo de que mi mejor amiga se marche dentro de pocos días. Six da su brazo a torcer por undécima vez y me guiña el ojo desde encima del hombro de Karen. Prácticamente tengo que despegarlas para que mi madre se marche.

Se dirige hacia la puerta y se vuelve por última vez.

—Espero que encuentres a un tío bueno italiano —le dice a Six.

—Espero que encuentre a más de uno —contesta ella sin inmutarse.

Cuando Karen cierra la puerta, me doy la vuelta y subo de un salto a la cama. Le doy un puñetazo a Six en el brazo y le digo:

—Eres una guarra. No me ha hecho ninguna gracia. Creía que me había pillado.

Ella se echa a reír, me agarra de la mano y se levanta.

—Ven conmigo. Tengo helado de chocolate.

No ha de pedírmelo dos veces.

Lunes, 27 de agosto de 2012

Las 7.15

Esta mañana he dudado si salir a correr o no, y al final me he quedado dormida. Hago ejercicio todos los días excepto los domingos. Sin embargo, hoy no me apetecía levantarme aún más temprano. El primer día de instituto ya es de por sí una tortura, de modo que he decidido que iré a correr después de clase.

Por suerte, tengo coche propio desde hace aproximadamente un año, así que no dependo de nadie más para llegar puntual al instituto. Pero no solo he llegado puntual, sino tres cuartos de hora antes de la primera clase. Únicamente hay otros dos coches en todo el aparcamiento, por lo que al menos he conseguido un buen sitio.

Empleo el tiempo de sobra para ir a mirar la pista de atletismo que hay al lado. Si pretendo entrar en el equipo, como mínimo debería saber adónde ir. Además, no puedo pasarme media hora sentada en el coche esperando que pasen los minutos.

Al llegar a la pista veo a un chico dando vueltas, giro hacia la derecha y subo a las gradas. Me siento en lo más alto y doy un vistazo a mi nuevo entorno. Desde aquí arriba veo toda la escuela. No es ni tan grande ni tan intimidante como me la había imaginado. Six me dibujó un mapa a mano, e incluso me escribió algunos consejos, de modo que saco la hoja de papel de la mochila y la miro por primera vez. Creo que está intentando compensarme porque se siente mal por haberme dejado sola.

Miro el recinto escolar y luego el mapa. Parece bastante fácil. Las aulas en el edificio de la derecha, el comedor en el de la izquierda y la pista de atletismo detrás del gimnasio. Hay una larga lista de consejos y empiezo a leerlos:

- Ni se te ocurra ir a los servicios que hay junto al laboratorio. Nunca. Jamás.
- Cuélgate la mochila de un solo hombro, nunca de los dos: es patético.
- Comprueba siempre la fecha de caducidad de la leche.
- Hazte amiga de Stewart, el chico de mantenimiento. Te vendrá bien tenerlo de tu parte.
- Evita a toda costa la cafetería. Si hace mal tiempo y tienes que entrar, finge saber lo que haces. Huelen el miedo.
- Si tu profesor de matemáticas es el señor Declare, siéntate en la parte de atrás y no establezcas contacto visual. Le encantan las colegialas, ya sabes a lo que me refiero. O, mejor aún, siéntate delante. Tendrás el sobresaliente asegurado.

La lista sigue, pero ahora mismo no soy capaz de continuar leyendo. No puedo quitarme de la cabeza la frase «Huelen el miedo». En momentos como estos es cuando me gustaría tener un teléfono móvil, porque podría llamar a Six para pedirle una explicación. Doblo la hoja y la guardo en la mochila. Después centro toda mi atención en el corredor solitario. Está sentado en la pista, de espaldas a mí, haciendo estiramientos. No sé si es un estudiante o un entrenador, pero si Grayson viera a este tío sin camiseta seguro que se lo pensaría dos veces antes de exhibir sus abdominales con tanta rapidez.

El chico se pone en pie y camina hacia las gradas, sin mirarme ni una sola vez. Sale de la pista y se dirige hacia uno de los coches. Abre la puerta, coge una camiseta del asiento delantero y se la pone. Se sube al coche y arranca, justo cuando el aparcamiento empieza a llenarse. Y está llenándose a toda velocidad.

Oh, Dios.

Cojo la mochila y me la cuelgo de ambos hombros a propósito. Luego bajo la escalera que me lleva directa al infierno.

¿He dicho «infierno»? Me he quedado corta. El instituto es todo aquello que temía, e incluso peor. Las clases no están mal, pero he tenido que ir a los servicios que hay junto al laboratorio (por pura necesidad y desconocimiento). Y aunque he conseguido sobrevivir, ha sido una experiencia que me ha marcado de por vida. Habría bastado que Six escribiera un simple comentario al margen para informarme de que se utilizan más bien a modo de burdel.

Es la cuarta clase, y casi todas las chicas con las que me he cruzado por los pasillos han susurrado las palabras «zorra» y «puta» sin demasiada sutileza. Y hablando de falta de sutileza: de mi taquilla han caído un fajo de billetes y una nota, por lo que deduzco que no soy muy bien recibida. La nota la firma el director, y dice lo siguiente: «Siento que en tu taquilla no halla una barra de estriptis, zorra». No es muy verosímil porque han escrito «haya» con elle.

Me quedo mirando la nota con una sonrisa de rabia contenida, y acepto avergonzada el destino autoinfligido que me espera en los próximos dos semestres. Estaba convencida de que solo los personajes de los libros actuaban de esta manera, pero estoy viendo con mis propios ojos que los idiotas existen en la realidad. Por otra parte, espero que las bromas que me gasten de aquí en adelante no vayan más allá de llamarme estríper y darme dinero. ¿Qué imbécil da dinero a modo de insulto? Me imagino que algún rico. O algunos ricos.

Hay un corrillo de chicas que están riéndose detrás de mí, y estoy segura de que todas ellas van ligeritas de ropa cara y están esperando que deje caer mis cosas y vaya llorando a los servicios más cercanos. Pero no saben que:

1) No lloro. Jamás.
2) Ya he estado en esos servicios y no volveré a hacerlo.
3) Me gusta el dinero. ¿Quién huiría de él?

Dejo la mochila y recojo el dinero. Hay por lo menos veinte billetes de un dólar esparcidos por el suelo, y más de diez en mi taquilla. Los reúno todos y los guardo en la mochila. Cambio de libros y cierro la taquilla. Después me cuelgo la mochila de ambos hombros y les lanzo una sonrisa.

—Dadles las gracias a vuestros papás de mi parte —les digo a las chicas.

Paso junto a ellas (que ya han dejado de reírse) y finjo no ver sus miradas asesinas.

Es la hora de comer, y a la vista de la cantidad de lluvia que inunda el patio, es obvio que el karma está vengándose con este tiempo de mierda. Lo que todavía no está claro es de quién está vengándose.

«Puedo hacerlo», me digo.

Pongo las manos sobre las puertas de la cafetería y las abro, esperando ser recibida con fuego y azufre.

Al cruzarlas no me encuentro con fuego y azufre, sino con una potencia de sonido a la que mis oídos jamás han estado expuestos. Parece como si todas y cada una de las personas que hay aquí estén intentando hablar más alto que el de al lado. Me acabo de matricular en una escuela de gente cuyo lema es «Pues yo más».

Hago todo lo que está en mis manos para parecer segura de mí misma, porque no quiero llamar la atención de nadie. Ni la de chicos, ni la de corrillos, ni la de marginados, ni tampoco la de Grayson. Consigo recorrer indemne la mitad del trayecto hasta la cola de la comida y entonces alguien me agarra del brazo y me arrastra tras él.

—He estado esperándote —me dice.

Ni siquiera he podido verle bien la cara y ya me lleva por toda la cafetería, zigzagueando entre las mesas. En cualquier otro momento le diría algo por asaltarme de esta manera, pero es lo más divertido que me ha pasado en todo el día. Desenlaza su brazo del mío, me coge de la mano y tira de mí para que vayamos aún más rápido. No opongo resistencia y me dejo llevar.

Por lo que puedo ver por detrás, es un chico con estilo, aunque con un estilo muy peculiar. Lleva una camisa de franela con ribetes del mismo tono rosa fosforito de sus zapatos. Los pantalones son negros y estrechos, y muy favorecedores... si los llevase una chica. Lo único que hacen es acentuar su complexión delgada. Tiene el cabello castaño, muy corto en los lados y un poco más largo por arriba. Y sus ojos... me miran fijamente. En ese instante me doy cuenta de que nos hemos parado y de que ya no me agarra de la mano.

—¡Pero si es la meretriz de Babilonia! —exclama sonriéndome.

A pesar de las palabras que acaban de salir de su boca, su expresión es de lo más agradable. Se sienta a la mesa y me hace un gesto con la mano para que lo imite. Hay dos bandejas de comida frente a él, pero él solo es uno. Empuja una de ellas hacia el espacio vacío que hay frente a mí.

—Siéntate —me ordena—. Tenemos que hablar sobre una alianza.

No le hago caso. Me quedo quieta unos segundos y reflexiono sobre la situación en la que me encuentro. No conozco a este chico, pero él actúa como si hubiese estado esperándome. Y no olvidemos que acaba de llamarme puta. Por lo que parece... me invita a comer. Mientras lo miro de reojo e intento adivinar sus intenciones, me llama la atención la mochila que tiene a su lado.

—¿Te gusta leer? —pregunto señalando el libro que sobresale de ella.

No es un libro de texto. Es un libro de verdad, algo que creía desaparecido en esta generación de maníacos de internet. Lo cojo y me siento frente a él.

—¿De qué género es? Y, por favor, no me respondas que de ciencia ficción.

Él apoya la espalda en el respaldo de la silla y sonríe como si acabara de ganar algo. Bueno, quizá lo haya hecho. Estoy aquí sentada, ¿verdad?

—¿Qué importancia tiene el género si el libro es bueno? —replica.

Lo ojeo, pero no consigo reconocer si se trata de una novela romántica. Me encantan las novelas románticas, y por la mirada del chico que tengo frente a mí, a él también.

—¿Lo es? —le pregunto, sin dejar de pasar páginas—. ¿Es bueno?

—Sí. Quédatelo. Lo he acabado ahora mismo, en clase de informática.

Levanto la vista y veo que sigue regocijándose en su aureola de victoria. Meto el libro en mi mochila, me inclino hacia delante y examino la comida que hay en mi bandeja. Lo primero que hago es comprobar la fecha de caducidad de la leche. No está pasada.

—¿Y si soy vegetariana? —le digo sin quitar ojo a la pechuga de pollo que hay en la ensalada.

—Pues cómete el resto —contesta.

Cojo el tenedor, pincho un trozo de pollo y me lo llevo a la boca.

—Has tenido suerte porque no lo soy.

Sonríe, coge el tenedor y empieza a comer.

—¿Contra quién vamos a formar la alianza? —le pregunto.

Tengo curiosidad por saber para qué me ha elegido. Él mira a su alrededor, levanta una mano y señala en todas direcciones.

—Idiotas. Cachitas. Intolerantes. Zorras.

Baja la mano y me fijo en que lleva las uñas pintadas de negro. Se da cuenta de lo que estoy haciendo, y él también se las mira y me dice lloriqueando:

—He elegido el negro porque es el color que mejor refleja el humor del que estoy. Quizá, después de que aceptes unirte a mi cruzada, me las pondré de un color más alegre. De amarillo, tal vez.

—Odio el amarillo —respondo, negando con la cabeza—. Déjatelas negras, combinan con el color de tu corazón.

Él se echa a reír. Es una carcajada sincera y pura que hace que yo sonría. Me cae bien... este chico cuyo nombre todavía desconozco.

—¿Cómo te llamas? —le pregunto.

—Breckin. Y tú eres Sky. Al menos espero que lo seas. Creo que debería haber confirmado tu identidad antes de revelarte todos los secretos de mi plan malvado y sádico para adueñarnos de esta escuela.

Sí, soy Sky. Y no tienes nada de que preocuparte porque todavía no has compartido ningún secreto sobre tu plan diabólico. Sin embargo, tengo curiosidad por saber por qué me conoces. Me he liado con cuatro o cinco chicos de esta escuela, pero tú no eres uno de ellos, así que ya me explicarás.

Durante una fracción de segundo percibo en sus ojos un destello de lo que, a primera vista, parece lástima. Tiene suerte de que solo haya sido un destello.

—Soy nuevo aquí —responde Breckin encogiéndose de hombros—. Y si no lo has deducido por mi impecable sentido de la moda, creo que debería confesarte que soy... —Se inclina hacia delante, se pone las manos alrededor de la boca y susurra su secreto—: Soy mormón.

Me echo a reír.

—Pues yo pensaba que estabas a punto de decirme que eres gay.

—Eso también —afirma, haciendo un rápido movimiento de muñeca. Apoya la barbilla en sus manos entrelazadas y se acerca a mí—. Ahora en serio, Sky. Me he fijado en ti en clase, y enseguida me he dado cuenta de que tú también eres nueva. Antes de la cuarta clase he visto que no has reaccionado cuando el dinero de la estríper ha caído de tu taquilla, y en ese momento he sabido que el destino nos ha unido. Además, he pensado que, si nos aliamos, podremos evitar que dos adolescentes se suiciden este año. Bueno, ¿qué me dices? ¿Quieres ser mi amiga más amiga del mundo mundial?

Me echo a reír. ¿Cómo no iba a hacerlo?

—Por supuesto. Pero si el libro es una mierda tendremos que redefinir nuestra amistad.

Lunes, 27 de agosto de 2012

Las 15.55

Hoy Breckin ha resultado ser mi salvador... y es mormón de veras. Nos parecemos en muchas cosas y nos diferenciamos en muchísimas otras, y eso lo convierte en una persona aún más interesante. A él también lo adoptaron, pero tiene mucha relación con su familia biológica. Sus dos hermanos no son adoptados, ni tampoco gays, y sus padres están convencidos de que su *gaydad* (es una palabra que se ha inventado él, no yo) se debe a que no es de su misma sangre. Según me ha contado, ellos esperan que se le pase rezando mucho y cuando se gradúe, pero Breckin insiste en que eso solo ayudará a que florezca incluso más.

Él sueña con llegar a ser una famosa estrella de Broadway, pero admite que no se le da bien ni cantar ni actuar. Por lo tanto, ha decidido apuntar más bajo y enviar la solicitud a la facultad de empresariales. Le he comentado que yo quiero especializarme en escritura creativa para pasarme el día en pantalones de yoga, escribiendo libros y comiendo helado. Me ha preguntado qué género me gustaría escribir y le he respondido utilizando sus palabras: «El género no importa si el libro es bueno, ¿verdad?». Creo que con esa contestación he sellado nuestra alianza.

En estos momentos voy de camino a casa, y me debato entre ir a contarle a Six los sucesos agridulces del primer día o parar en el supermercado para conseguir mi dosis de cafeína necesaria antes de salir a correr.

Me decanto por la cafeína, aunque a Six le tengo un poquito más de cariño.

Mi pequeña contribución a la familia consiste en hacer la compra semanal. Toda la comida que hay en casa es sin azúcar, sin carbohidratos y sin sabor, gracias al inusual estilo de vida vegano de Karen. Por ello, prefiero hacer yo misma la compra. Meto en el carrito un paquete de seis refrescos y la mayor bolsa de mini Snickers que encuentro. En mi habitación tengo un buen escondite para mi alijo secreto. A diferencia de la mayoría de los adolescentes, yo no guardo cigarrillos y hierba, sino azúcar.

Al ir a pagar a la caja, me doy cuenta de que la chica que me atiende estaba en mi clase de inglés. Estoy segura de que se llama Shayna, pero en su placa dice Shayla. Shayna/Shayla es todo lo que me gustaría ser: alta, voluptuosa y con una cabellera rubia aclarada por el sol. Un buen día quizá sobrepasaré el metro sesenta, me cortaré mi melena castaña y lacia, e incluso me haré unas mechas. Aunque considerando la cantidad de pelo que tengo, sería un coñazo mantenerlas. Me llega hasta unos quince centímetros por debajo de los hombros, pero con la humedad que hay aquí, llevo coleta la mayor parte del tiempo.

—Tú estás en mi clase de ciencias, ¿verdad? —me pregunta Shayna/Shayla.

—En inglés —le corrijo.

Me fulmina con una mirada de superioridad.

—Estoy hablándote en inglés —responde a la defensiva—. Te he dicho: «Tú estás en mi clase de ciencias, ¿verdad?».

Oh, por Dios. Se me han quitado todas las ganas de ser tan rubia.

—No —respondo—. Me refería a que no estoy en tu clase de ciencias, sino en la de inglés.

Por un momento ella me mira como si no me entendiera, y después se echa a reír.

—¡Ah! —exclama.

Noto por su gesto que, finalmente, Shayna/Shayla ha caído en la cuenta. Mira la pantalla que tiene enfrente y me dice cuánto debo. A toda prisa me meto la mano en el bolsillo trasero del pantalón y saco la tarjeta de crédito, deseando excusarme cuanto antes de lo que temo que está a punto de convertirse en una conversación opuesta a excelente.

—Oh, Dios mío —dice en voz baja—. Mira quién está ahí.

Veo que está fijándose en alguien que tengo detrás, en la cola de la otra caja.

Mejor dicho, se le cae la baba mientras se fija en alguien que tengo detrás, en la cola de la otra caja.

—Hola, Holder —lo saluda Shayna/Shayla en tono seductor, esbozando con sus gruesos labios una sonrisa de oreja a oreja.

¿Acaba de hacerle ojitos? Sí, acaba de hacerle ojitos. Sinceramente, pensaba que estas cosas solo sucedían en los dibujos animados.

Me vuelvo para ver quién es ese tal Holder porque, de alguna manera, ha conseguido cargarse cualquier atisbo de dignidad que Shayna/Shayla podría haber tenido. El chico, sin mostrar demasiado interés, levanta la vista y le hace un gesto con la cabeza a modo de saludo.

—Hola... —empieza a decir él. Se fija en la placa y añade—: Shayla.

Acto seguido vuelve a centrar la atención en el cajero que está atendiéndolo.

¿Está pasando de ella? ¿Una de las chicas más guapas del instituto se le insinúa y él actúa como si le molestara? ¿Acaso no es de este mundo? Los chicos que conozco no suelen reaccionar así.

Ella resopla.

—Soy Shayna —lo corrige, enfadada porque él no sabe cómo se llama.

Me vuelvo hacia ella y paso la tarjeta de crédito por la máquina.

—Lo siento —se disculpa él—. Pero ¿te has fijado en que en tu placa pone Shayla?

Ella dirige la mirada a su pecho y le da la vuelta a la placa para poder leerla.

—Ah —responde con el entrecejo fruncido.

Shayna/Shayla se queda muy pensativa, y es evidente que no está muy acostumbrada a eso de reflexionar.

—¿Cuándo has vuelto? —le pregunta a Holder, sin hacerme ni caso.

Acabo de pasar la tarjeta, y estoy segura de que ella tendría que estar haciendo algo en la caja registradora. Sin embargo, está tan ocupada planeando su boda con ese chico que ni se acuerda de que tiene a un cliente esperando.

—La semana pasada —responde él en un tono cortante.

—¿De modo que van a dejar que regreses al instituto? —pregunta ella.

Desde donde estoy puedo oír a Holder suspirar.

—¡Qué más da! —declara sin ningún entusiasmo—. No pienso volver.

Con esa última contestación Shayna/Shayla decide tirar la toalla. Pone los ojos en blanco y vuelve a prestarme atención.

—Es una lástima que semejante cuerpo no venga acompañado de un cerebro —susurra.

Menuda ironía.

Por fin, Shayna/Shayla empieza a teclear números en la caja registradora para completar la transacción, y aprovecho que está distraída para mirar otra vez hacia atrás. Tengo curiosidad por volver a ver al chico al que la rubia de piernas largas ha conseguido cabrear. Está rebuscando en la cartera, riéndose por algo que ha dicho el cajero. En cuanto lo miro no puedo evitar fijarme en tres cosas:

1) Sus dientes increíblemente perfectos y blancos, escondidos tras una mueca seductora.

2) Los hoyuelos que se le forman entre la comisura de los labios y las mejillas cuando sonríe.
3) Me está dando un sofoco.
O tal vez siento las mariposas.
O quizá he pillado un virus estomacal.

Es una sensación muy extraña que no puedo definir. No consigo saber qué es lo que lo hace tan distinto a los demás, pero es la primera vez que tengo una reacción biológica normal hacia otra persona. Sin embargo, no estoy segura de haber visto a nadie tan increíble como él. Es guapísimo, pero no como esos chicos monos, ni tampoco como esos tipos duros. Es una mezcla perfecta entre ambos. No es muy alto, pero tampoco es bajo. No es demasiado rudo, ni demasiado perfecto. Viste unos tejanos y una camiseta blanca: nada especial. Parece que hoy no se ha peinado, y le vendría bien un corte de pelo, igual que a mí. Lleva el flequillo tan largo que tiene que apartárselo de los ojos cuando levanta la vista y me pilla mirándolo.

Mierda.

Lo más normal habría sido que yo hubiese apartado la vista en cuanto hemos intercambiado las miradas, pero hay algo en su manera de reaccionar que no me deja centrarme en otra cosa que no sea él. De repente, Holder borra la sonrisa de su rostro y ladea el rostro. Me lanza una mirada inquisitiva y niega lentamente con la cabeza, por incredulidad o... ¿tal vez por indignación? No sabría decirlo con certeza, pero, sin duda alguna, no es una reacción agradable. Miro alrededor, con la esperanza de no ser yo el motivo de su disgusto. Sin embargo, al volverme otra vez hacia él descubro que sigue mirándome.

A mí.

Estoy inquieta, por no decir otra cosa, de manera que rápidamente me doy la vuelta y miro a Shayla. O Shayna. Como se llame. Tengo que recuperar el equilibrio. De algún modo, en cuestión de sesenta segundos este chico ha conseguido que me derrita por él y, acto seguido, que me cague de miedo. La mezcla de ambos sentimientos no es la más idónea para mi cuerpo privado de cafeína. Prefiero que me mire con la misma indiferencia que ha mostrado hacia Shayna/Shayla. Cojo el recibo de la mano de fulanita y me lo meto en el bolsillo.

—Hola.

Su voz grave y tajante me corta la respiración. No sé si está dirigiéndose a fulanita o a mí, por lo que agarro las bolsas de las asas y me doy prisa para poder llegar al coche antes de que él acabe de pagar.

—Creo que está hablándote —me avisa ella.

No le hago caso. Cojo la última bolsa y me dirijo tan rápidamente como puedo hacia la salida.

En cuanto llego al coche dejo escapar un gran suspiro y abro el maletero para guardar la compra. ¿Qué demonios me pasa? ¿Un chico guapo intenta llamar mi atención y no se me ocurre otra cosa que salir corriendo? No me siento incómoda con los chicos. Incluso diría que suelo pecar de excesivamente confiada. Es la única vez en toda mi vida en la que he creído sentir atracción hacia alguien, y he huido.

Six va a matarme.

Pero esa mirada... Había algo muy inquietante en ella. Era molesta y embarazosa, a la vez que halagadora. No estoy acostumbrada a tener esas sensaciones y aún menos a sentir más de una al mismo tiempo.

—Hola.

Me quedo paralizada. Ahora no cabe duda: está dirigiéndose a mí.

Todavía no consigo distinguir si lo que tengo en la tripa son mariposas o un virus, pero, de cualquier forma, no me gusta cómo su voz me golpea justo en la boca del estómago. Me pongo erguida y me doy la vuelta poco a poco. De repente me doy cuenta de que no me siento tan segura como podía pensar en el pasado.

Holder agarra dos bolsas con una mano y se rasca la nuca

con la otra. Desearía con todas mis fuerzas que siguiera llo-
viendo porque, de ese modo, ahora mismo él no podría estar
aquí. Me mira fijamente a los ojos y veo que ha desaparecido
el gesto de desdén que tenía en la tienda. Ahora esboza una
sonrisa un tanto forzada para el aprieto en el que nos encontramos. Al verlo tan de cerca, me doy cuenta de que el virus
no es el origen de mis problemas estomacales.

Sencillamente, es él.

Todo él: desde su cabello oscuro y desaliñado hasta sus
ojos azules y serios... y esos hoyuelos... y esos brazos fuertes
que quiero tocar.

¿Tocar? ¿De verdad, Sky? ¡Contrólate!

Todo él hace que me fallen los pulmones y se me acelere
el corazón. Presiento que si me sonríe del mismo modo que
Grayson intenta sonreírme, mojaré las bragas en un tiempo
récord.

En cuanto dejo de contemplar su cuerpo y volvemos a
mirarnos a los ojos, él ya no se rasca la nuca y agarra las bolsas
con la mano izquierda.

—Soy Holder —se presenta, extendiendo la otra mano.

La miro, pero no se la estrecho. Doy un paso atrás, porque esta situación se me hace tan extraña que no puedo fiarme
de él y de esta presentación inocente. Quizá, si no me hubiese
observado con tanta seriedad en la tienda, sería más vulnerable a su perfección física.

—¿Qué quieres? —le pregunto.

Me esfuerzo por mirarlo con desconfianza y no parecer
sorprendida.

Holder lanza una carcajada nerviosa, lo que provoca que
reaparezcan sus hoyuelos. Niega con la cabeza y mira a otro
lado.

—Mmm —tartamudea nervioso. Es una reacción que no
encaja en absoluto con su imagen de chico confiado.

Sus ojos escudriñan el aparcamiento como si buscara una
escapatoria, y suspira antes de mirarme a los ojos otra vez. La

variedad de maneras en las que reacciona me tienen completamente confundida. Hace apenas un minuto parecía que le molestaba mi mera presencia, y ahora viene corriendo detrás de mí. Suelo saber a primera vista qué tipo de persona tengo delante, y si tuviera que hacer una suposición sobre Holder basándome en estos últimos dos minutos, diría que sufre un trastorno de personalidad múltiple. Me desconciertan sus repentinos cambios de actitud entre frívolo y vehemente.

—Puede que esto te parezca una tontería —dice Holder—. Pero tu cara me suena. ¿Te importaría decirme cómo te llamas?

Un sentimiento de frustración se apodera de mí en cuanto la típica frase de ligoteo sale de sus labios. Es uno de esos chicos que están muy buenos y que se creen que pueden conseguir a quien se les antoje cuando y donde quieran. Uno de esos chicos que lo único que tienen que hacer es fulminar a una chica con su sonrisa o sus hoyuelos y preguntarle su nombre, para que ella se derrita hasta arrodillarse ante ellos. Uno de esos chicos que se pasan los sábados por la noche colándose por las ventanas.

Estoy muy decepcionada. Pongo los ojos en blanco, echo la mano hacia atrás y agarro la manilla de la puerta del coche.

—Tengo novio —miento.

Me doy la vuelta, abro la puerta y me meto en el coche. Al tratar de cerrarla topo con un obstáculo. Levanto la vista y veo su mano agarrada a la parte superior de la puerta. Me mira con unos ojos desesperados, y un escalofrío me recorre los brazos.

¿Me mira y tengo escalofríos? ¿Qué demonios está pasándome?

—Tu nombre. Eso es todo lo que quiero.

No sé si debería explicarle que mi nombre no va a servirle de ayuda en su afán de acosarme. Probablemente seré la única persona de diecisiete años que queda en todo Estados Unidos sin ninguna presencia en internet. Sin soltar el asidero de la puerta, le lanzo una mirada de advertencia.

—¿Te importa? —le pregunto con brusquedad, con la vista puesta en la mano que no me permite cerrar la puerta.

Entonces me fijo en el pequeño tatuaje que lleva en el antebrazo. Es una palabra que parece escrita a mano.

*Hopeless.**

No puedo evitar reírme por dentro. Visto lo visto, hoy el karma está vengándose de mí. Por fin conozco a un chico que me parece atractivo, pero que ha dejado los estudios y que tiene tatuada la palabra *hopeless*.

Ahora estoy cabreada. Tiro de la puerta una vez más, pero él no se inmuta.

—Tu nombre. Por favor.

Para mi sorpresa, su mirada desesperada al decir «por favor» me provoca cierta simpatía hacia él.

—Sky —respondo con brusquedad.

De repente me compadezco de él por el dolor que se esconde tras sus ojos azules. Me desconcierta que haya sucumbido a su petición por una sola mirada. Dejo de tirar de la puerta y arranco el coche.

—Sky —se repite a sí mismo. Reflexiona durante unos segundos y niega con la cabeza, como si hubiese respondido mal a su pregunta. Ladea la cabeza e insiste—: ¿Estás segura?

¿Si estoy segura? ¿Piensa que soy Shayna/Shayla y que ni siquiera recuerdo cómo me llamo? Pongo los ojos en blanco y saco mi carnet de identidad del bolsillo. Se lo planto delante de la cara y le respondo:

—Claro que estoy segura de cómo me llamo.

Me dispongo a guardar el carnet, pero Holder me lo quita de la mano y lo examina de cerca. Lo mira durante unos segundos y me lo devuelve.

—Lo siento —se disculpa y se aparta del coche—. Me he confundido.

Se pone muy serio y observa cómo me guardo el carnet en

* En inglés, «desesperanzado». (*N. de la T.*)

el bolsillo. Me quedo mirándolo un segundo, esperando que diga algo más, pero simplemente aprieta los dientes mientras me abrocho el cinturón.

¿Va a renunciar a pedirme que salga con él tan fácilmente? ¿De veras? Apoyo los dedos en el asidero, pensando que volverá a agarrar la puerta para lanzar otra frase de ligoteo. Al ver que se aparta no puedo evitar preguntarme para qué me habrá seguido hasta aquí si no es para pedirme que salga con él.

Se pasa la mano por el pelo y mascula algo. Sin embargo, tengo la ventanilla cerrada y no puedo oírlo. Doy marcha atrás y lo miro mientras me dirijo a la salida. Él permanece inmóvil, sin quitarme los ojos de encima. Al tomar la dirección opuesta, ajusto el espejo retrovisor para verlo por última vez antes de marcharme. Holder se da la vuelta y estrella el puño en el capó de un coche.

Bien hecho, Sky. Tiene mal genio.

Lunes, 27 de agosto de 2012

Las 16.47

Tras colocar la compra, me guardo en el bolsillo un puñado de chocolatinas de mi alijo y salgo de casa. Abro la ventana de Six y entro en su habitación. Son casi las cuatro de la tarde y está dormida, de modo que voy de puntillas a la cama y me arrodillo frente a ella. Tiene los ojos cubiertos con un antifaz, y su rubia melena está sucia y enmarañada sobre su mejilla, gracias a la cantidad de babas que produce mientras duerme. Me acerco muy despacio a su rostro y grito:

—¡Six! ¡Despierta!

Ella se incorpora de golpe, con tanta fuerza que no me da tiempo de apartarme. Su codo descontrolado choca contra mi ojo y caigo de espaldas. Inmediatamente me llevo la mano al ojo dolorido y me tumbo en el suelo. Busco a Six con el ojo bueno, y veo que está sentada en la cama, mirándome con la cabeza entre las manos y el entrecejo fruncido.

—Eres una perra —gruñe. Se destapa, sale de la cama y va directa al cuarto de baño.

—Creo que me has puesto el ojo morado —me quejo.

Six deja la puerta abierta y se sienta en el retrete.

—Me alegro. Lo tienes bien merecido. —Coge papel higiénico y cierra la puerta de una patada—. Espero que me hayas despertado para contarme algo importante. He pasado toda la noche haciendo las maletas.

Para Six, las mañanas nunca han sido el mejor momento

del día y, por lo visto, tampoco lo son las tardes. A decir verdad, tampoco lo son las noches. Si me preguntaran qué momento prefiere Six, seguramente respondería que el tiempo que pasa dormida. Tal vez ese sea el motivo por el que odia tanto despertarse.

Me llevo muy bien con ella, sobre todo por su sentido del humor y su honestidad. Las chicas vivaces y falsas me sacan de quicio. No sé ni si la palabra «vivacidad» forma parte del vocabulario de Six. Un armario negro la separa de ser la típica adolescente con ganas de tener hijos. Y ¿falsa? Ella siempre es muy franca, tanto si quieres que lo sea como si no. Lo único falso que tiene es el nombre.

A los catorce años sus padres le dijeron que iban a mudarse de Maine a Texas. Six se rebeló y dejó de responderles cuando la llamaban por su nombre real, Seven Marie.* Quería fastidiarlos por obligarla a cambiarse de ciudad, y decidió que solo les haría caso si se dirigían a ella como Six. Sus padres siguen llamándola Seven, pero los demás la conocemos como Six. Eso demuestra que es tan terca como yo, y ese es uno de los motivos principales por los que la considero mi mejor amiga.

—Creo que te alegrarás de que te haya despertado. —Me levanto del suelo y me tumbo en la cama—. Hoy me ha pasado algo muy fuerte.

Six abre la puerta del cuarto de baño y se dirige hacia la cama. Se acuesta y se cubre de pies a cabeza. Se aparta rodando de mí y ahueca la almohada hasta ponerse cómoda.

—Deja que lo adivine... ¿Karen ha hecho instalar televisión por cable?

Me pongo de costado y me acerco a ella. Luego apoyo la cabeza en su almohada y la abrazo por detrás.

—Inténtalo de nuevo.

* En inglés, *six* y *seven* significan «seis» y «siete» respectivamente. *(N. de la T.)*

—¿Has conocido a alguien en el instituto, te has quedado embarazada, vas a casarte y no podré ser la dama de honor porque voy a estar en la otra punta del mundo?

—Casi, pero no —respondo, tamborileando con los dedos en su hombro.

—Entonces ¿qué ha pasado? —pregunta, enfadada.

Me tumbo boca arriba y dejo escapar un gran suspiro.

—Después de salir de clase he visto a un chico en el supermercado. Y joder, Six, era guapísimo. Daba un poco de miedo, pero era guapísimo.

Ella se da la vuelta enseguida y me da otro codazo en el mismo ojo que antes.

—¡Cómo! —exclama, sin reparar en que vuelvo a tener la mano en el ojo y en que estoy quejándome de dolor. Se incorpora y me aparta la mano de la cara—. ¡Cómo! ¿De verdad?

Me quedo tumbada y trato de no pensar en el dolor punzante que siento en el ojo.

—Sí, ya lo sé. En cuanto lo he visto me ha parecido que se me derretía todo el cuerpo. Era... ¡uau! —le respondo.

—¿Has hablado con él? ¿Le has pedido su número de teléfono? ¿Te ha invitado a salir?

Nunca antes he visto a Six así de alterada. Está comportándose como una niña, y no sé si me gusta.

—Por Dios, Six. Cálmate.

Me mira con el entrecejo fruncido y contesta:

—Sky, llevo cuatro años preocupada por ti, pensando que esto no pasaría nunca. No me importaría que fueses lesbiana. No me importaría que solo te gustaran chicos flacuchos, pequeñitos y frikis. Incluso no me importaría que solo te sintieras atraída por señores muy viejos y arrugados con penes aún más arrugados. Lo que no me parecería bien es que nunca vayas a poder disfrutar de la lujuria. —Se tumba con una sonrisa de oreja a oreja—. La lujuria es el mejor pecado capital.

Me echo a reír y niego con la cabeza.

—Lamento discrepar. La lujuria es una mierda. Creo que has estado exagerando todos estos años. Yo sigo pensando que es la gula —respondo, saco una chocolatina del bolsillo y me la meto en la boca.

—Dame más detalles —me pide.

Me incorporo y apoyo la espalda en el cabecero de la cama.

—No sé cómo describirlo. Cuando lo he visto no quería dejar de mirarlo. Podría haber estado mirándolo todo el día. Pero cuando él me ha devuelto la mirada, me he asustado. Parecía cabreado porque me he fijado en él. Luego, cuando me ha seguido hasta el coche y me ha preguntado mi nombre, me ha dado la sensación de que estaba enfadado conmigo por ello. Como si yo estuviera molestándolo. He pasado de querer lamerle los hoyuelos a desear perderlo de vista.

—¿Te ha seguido? ¿A tu coche? —pregunta Six con escepticismo.

Asiento y le cuento todos los detalles de mi visita al supermercado, hasta el momento en que él ha estrellado el puño en el capó del coche.

—Qué raro —comenta cuando acabo. Se apoya en el cabecero y añade—: ¿Estás segura de que no estaba ligando contigo? ¿De que no intentaba conseguir tu número? Ya he visto cómo te comportas con los chicos, Sky. Finges muy bien, incluso cuando no sientes ninguna atracción por ellos. Y enseguida sabes qué intenciones tienen. Pero, tal vez, como él te ha gustado de verdad, te ha fallado la intuición. ¿No crees?

Me encojo de hombros. Puede que tenga razón. Quizá no he sabido interpretar cuáles eran sus intenciones, y él, al ver mi reacción negativa, ha cambiado de idea y no me ha invitado a salir.

—Es posible. Pero, cualquiera que sea el motivo, todo se ha ido al traste en un abrir y cerrar de ojos. No ha acabado los estudios, es temperamental, tiene mal genio y parece... parece... parece... desesperanzado. No sé qué tipo de chico me gusta, pero no quiero que me guste Holder.

Six me agarra de las mejillas, me las estruja y vuelve mi cabeza hacia la suya.

—¿Acabas de decir «Holder»? —pregunta, arqueando una ceja perfectamente arreglada.

Me aprieta tan fuerte las mejillas que tengo los labios pegados, de modo que, en lugar de hablar, asiento.

—¿Dean Holder? ¿Pelo castaño y descuidado? ¿Ojos azules y provocativos? ¿Una mala leche sacada directamente de *El club de la lucha*?

Me encojo de hombros.

—*Ejo paece* —respondo, en un tono de voz apenas perceptible. Six me suelta y repito lo que he querido decir—: Eso parece. —Me llevo las manos a las mejillas y me las masajeo—. ¿Lo conoces?

Six se levanta y pone los brazos en alto.

—¿Por qué, Sky? De entre todos los chicos que podrían gustarte, ¿por qué tienes que fijarte en Dean Holder?

Parece decepcionada. Pero ¿por qué? Six nunca me ha mencionado a Holder, de modo que no creo que haya salido con él. ¿Por qué me parece que esto ha pasado de ser algo emocionante... a ser algo muy pero que muy malo?

—Dame más detalles —le pido.

Niega con la cabeza y se sienta en el borde de la cama, con las piernas colgando. Después va al armario, coge un par de pantalones de una caja y se los pone encima de la ropa interior.

—Es un gilipollas, Sky. Solía ir a nuestra escuela, pero lo mandaron a un centro de menores el año pasado, justo antes de empezar el curso. No lo conozco mucho, pero sí lo suficiente para saber que no es un novio en potencia.

Su descripción de Holder no me sorprende en absoluto. Me gustaría decir que tampoco me decepciona, pero no es el caso.

—¿Desde cuándo un chico es un novio en potencia? —le pregunto, porque no recuerdo que ningún novio le haya durado más de una noche.

Me mira y se encoge de hombros.

—Tienes razón.

Six se pone una camiseta y va al cuarto de baño. Coge el cepillo de dientes y la pasta dentífrica. Después vuelve a la habitación cepillándose los dientes.

—¿Por qué lo mandaron a un centro de menores? —pregunto, sin estar segura de si quiero saber la respuesta.

Se saca el cepillo de la boca y contesta:

—Por un delito de odio... Dio una paliza a un chico gay de la escuela. Seguro que no era la primera vez que hacía algo así.

Vuelve a meterse el cepillo en la boca y escupe en el lavabo.

¿Un delito de odio? ¿En serio? El estómago me da un vuelco, pero esta vez no en el buen sentido.

Six vuelve a la habitación después de hacerse una coleta.

—¡Qué mierda! —exclama mientras examina con detenimiento su joyero—. ¿Y si esta es la única vez en la que un chico te pone cachonda y no vuelves a sentirlo nunca más?

Hago una mueca de disgusto al oír las palabras de Six.

—No me ha puesto cachonda.

—Cachonda, atraída... es lo mismo —dice a la ligera, agitando la mano en el aire. Después se acerca a la cama y deja un pendiente en su regazo mientras se abrocha el otro—. Creo que deberíamos sentir cierto alivio al saber que no estás del todo perdida. —Entorna los ojos y se inclina hacia mí. Me pellizca en la barbilla y me vuelve la cabeza hacia la izquierda—. ¿Qué te has hecho en el ojo?

Me echo a reír y me levanto de la cama para ponerme a salvo.

—Me lo has hecho tú —respondo yendo hacia la ventana—. Tengo que aclararme las ideas. Saldré a correr. ¿Te apuntas?

Six arruga la nariz.

—Claro que... no. Que te diviertas.

Estoy pasando una pierna por encima del alféizar cuando Six añade:

—Quiero que luego me cuentes todo sobre tu primer día de instituto. Y tengo un regalo para ti. Me pasaré por tu casa esta noche.

Lunes, 27 de agosto de 2012

Las 17.25

Me duelen los pulmones y tengo el cuerpo entumecido desde que he cruzado Aspen Road. He pasado de inspirar y espirar de manera ordenada a jadear y a resoplar sin control. Este es el momento en el que más disfruto, cuando cada centímetro de mi cuerpo se esfuerza por impulsarme hacia delante, y yo tengo que centrarme en dar la siguiente zancada y en nada más.

La siguiente zancada.

Nada más.

Nunca antes había venido hasta tan lejos. Normalmente doy la vuelta unas cuantas manzanas más atrás, tras recorrer dos kilómetros y medio. Pero hoy he continuado. A pesar del habitual sufrimiento que está padeciendo mi cuerpo en estos momentos, todavía no he conseguido dejar la mente en blanco. Sigo corriendo con la esperanza de que lo lograré, pero está costándome más tiempo que de costumbre. Lo único que me hace parar finalmente es pensar en que tengo que hacer el camino de vuelta a casa y en que casi no me queda agua.

Me detengo junto al camino de entrada de una casa, me apoyo en el buzón y abro el tapón de la botella. Me seco el sudor de la frente con el brazo, me llevo la botella a los labios y dejo caer las cuatro gotas que quedan en mi boca. Ya me he bebido toda una botella de agua bajo el sol abrasador de Texas. Me regaño a mí misma por no haber salido a correr esta mañana, porque con el calor me convierto en una blandengue.

Por miedo a deshidratarme, decido hacer el camino de vuelta caminando en lugar de corriendo. Me parece que a Karen no le haría mucha gracia enterarse de que corro hasta la extenuación. Ya se pone bastante nerviosa con el mero hecho de que salga sola a hacer ejercicio.

Al emprender la marcha, una voz conocida me saluda desde detrás:

—¡Eh, hola!

Por si no tuviera el corazón suficientemente acelerado, al darme la vuelta muy despacio me encuentro a Holder, sonriente, con los hoyuelos marcados en ambas mejillas. Tiene el cabello mojado por el sudor y, al parecer, él también ha estado corriendo.

Pestañeo, creyendo que se trata de un espejismo producido por el cansancio. Mi instinto me dice que eche a correr chillando, pero mi cuerpo desea envolverse con sus brazos brillantes y sudorosos.

Mi cuerpo es un maldito traidor.

Por suerte, aún no me he recuperado del trayecto que acabo de recorrer, de modo que Holder no puede saber que mi respiración irregular se debe principalmente a que vuelvo a tenerlo ante mí.

—Hola —lo saludo entre un jadeo y otro.

Trato de no apartar la vista de su cara, pero no puedo evitar que los ojos se me vayan más abajo de su cuello. De modo que me miro los pies para tratar de obviar que solo lleva puestos unos pantalones cortos y unas zapatillas. La manera en que le cuelgan los pantalones de las caderas es motivo suficiente para que le perdone todas las cosas negativas que he sabido hoy sobre él. Que yo recuerde, nunca he sido una de esas chicas que se derriten con las miradas de los chicos. Me siento superficial. Patética. Tonta, incluso. Y un poco enfadada conmigo misma por dejar que él tenga ese efecto sobre mí.

—¿Sueles salir a correr? —me pregunta Holder con un codo apoyado sobre el buzón.

—Normalmente por la mañana —respondo—. Había olvidado el calor que hace por la tarde.

Intento volver a mirarlo a la cara, por lo que me pongo una mano sobre los ojos para protegerme del sol que brilla sobre su cabeza formando una especie de aureola.

Menuda ironía.

Holder extiende la mano y me estremezco antes de ver que está ofreciéndome su botella de agua. Por el modo en que aprieta los labios para no reírse, diría que se ha dado cuenta de lo nerviosa que estoy.

—Toma. —Me alcanza la botella medio vacía—. Pareces muy cansada.

En cualquier otra situación no habría aceptado el agua de un desconocido. Sobre todo, no habría aceptado el agua de personas que sé que no traen más que problemas, pero estoy sedienta. Muy sedienta.

Cojo la botella de su mano, echo la cabeza hacia atrás y doy tres largos tragos. Me bebería el resto, pero no puedo agotar sus provisiones.

—Gracias —le digo, y le devuelvo la botella. Me seco los labios con la mano y miro la acera que tengo detrás—. Bueno, tengo otros dos kilómetros y medio de vuelta, así que más vale que me ponga en marcha.

—Mejor dicho cuatro —me corrige, fijándose en mi vientre.

Holder aprieta los labios contra la botella sin ni siquiera limpiar el borde, y no me quita ojo mientras echa la cabeza hacia atrás y se bebe el resto del agua. No puedo evitar mirarlo a los labios, que en estos momentos están sobre la abertura de la botella que acabo de tocar con los míos. Prácticamente estamos besándonos.

—¿Eh? —le pregunto, negando con la cabeza.

No estoy segura de si me ha dicho algo. Estoy ensimismada viendo cómo le cae el sudor por el pecho.

—Te digo que estás a cuatro kilómetros de casa. Vives en Conroe Street, y eso está a más de tres kilómetros de aquí.

Por lo tanto, recorrerás ocho kilómetros en total —responde, como si estuviera sorprendido.

Lo miro con curiosidad.

—¿Sabes dónde vivo?

—Sí.

Holder no da más detalles. Sigo mirándolo fijamente y permanezco callada, esperando algún tipo de explicación.

Él se da cuenta de que no me he quedado satisfecha con su afirmación, de modo que suspira y añade:

—Linden Sky Davis, nacida un 29 de septiembre. 1455 de Conroe Street. Un metro con sesenta centímetros. Donante.

Doy un paso atrás, y de repente veo ante mis ojos a mi futuro asesino, oculto tras el acosador de mis sueños. Me pregunto si debería dejar de protegerme los ojos del sol para verlo mejor antes de salir huyendo. Quizá tenga que describírselo al dibujante de la policía.

—Tu carnet de identidad —aclara al ver la mezcla de miedo y confusión en mi rostro—. Antes me has enseñado tu carnet de identidad. En el supermercado.

De algún modo, la explicación no mitiga el terror que siento.

—Lo has mirado un par de segundos.

—Tengo buena memoria —responde encogiéndose de hombros.

—Me acosas —le digo con rotundidad.

Holder se echa a reír.

—¿Que yo te acoso? Tú eres la que está delante de mi casa —contesta, y señala el edificio que tiene detrás.

¿Su casa? ¿Qué probabilidades hay de que esté diciéndome la verdad?

Se pone derecho y da unos toquecitos con los dedos en la parte delantera del buzón.

«Los Holder.»

Siento cómo se me acumula toda la sangre en las mejillas, pero no importa. Después de correr en plena tarde bajo el sol abrasador de Texas y con un suministro de agua limitado, seguro que tengo todo el cuerpo sonrojado. Intento no volver a mirar hacia la casa, pero la curiosidad puede conmigo. Es una construcción modesta, no demasiado ostentosa. Encaja bien en el barrio de clase media en el que nos encontramos. Igual que el coche aparcado en la entrada. Me pregunto si será el suyo. Deduzco por la conversación que ha tenido con fulanita en el supermercado que Holder es de mi edad, de modo que vive con sus padres. Pero ¿cómo no lo he visto antes? ¿Cómo no me he enterado de que vivo a menos de cinco kilómetros del único chico en la faz de la tierra que es capaz de transformarme en un cúmulo de sofocos frustrados?

Me aclaro la garganta y le digo:

—Bueno, gracias por el agua.

Nada me apetece más que huir de esta situación tan incómoda. Me despido con la mano y me pongo en marcha.

—¡Espera un segundo! —grita desde detrás de mí.

No aflojo el paso, de modo que Holder me alcanza, se da la vuelta y corre marcha atrás con el sol dándole en la cara.

—Te llenaré la botella de agua —añade.

Extiende la mano y, al quitarme la botella de la mano izquierda, me roza el vientre. Me quedo paralizada otra vez.

—Ahora vuelvo —anuncia, y sale corriendo hacia su casa.

Estoy perpleja. Es un gesto de amabilidad completamente contradictorio. ¿Quizá es otro efecto secundario de su trastorno de personalidad múltiple? Puede que sea un mutante, como Hulk. O Jekyll y Hyde. Me pregunto si Dean es su cara amable y Holder la terrorífica. Sin lugar a dudas, Holder es la que he visto en el supermercado. Creo que Dean me gusta mucho más.

Se me hace muy incómodo estar aquí esperándolo, de modo que me dirijo hacia la entrada de la casa, deteniéndome cada pocos segundos para mirar atrás. No tengo ni idea de qué hacer. Me da la sensación de que cualquier decisión que tome a estas alturas inclinará la balanza hacia los desaciertos.

¿Debería esperar?

¿Debería salir corriendo?

¿Debería esconderme en los matorrales por si vuelve con unas esposas y una navaja?

Antes de que pueda huir, se abre la puerta principal y Holder sale con la botella llena de agua. Ahora tengo el sol a mis espaldas, de modo que no me cuesta tanto verlo bien. Eso tampoco es bueno, ya que lo único que me apetece es mirarlo.

¡Uf! Detesto la lujuria.

La detesto.

Cada fibra de mi ser es consciente de que Holder no es una buena persona, pero parece que a mi cuerpo se la suda.

Me devuelve la botella y rápidamente le doy otro trago. Odio el calor que hace en Texas, y combinado con Dean Holder, esto parece el infierno.

—Bueno... antes... en el supermercado... —tartamudea nervioso, y hace una pausa—. Lo siento si te he molestado.

Los pulmones me piden aire, pero, de alguna manera, consigo responderle:

—No me has molestado.

Me has asustado.

Holder entorna los ojos y analiza mi rostro durante unos segundos. Hoy he descubierto que no me gusta que me miren así... prefiero pasar desapercibida.

—Tampoco ha sido mi intención ligar contigo —aclara—. Te he confundido con otra persona.

—No pasa nada.

Esbozo una sonrisa forzada, pero sí que pasa algo. ¿Por qué de repente me da tanta pena que no estuviese ligando conmigo? Tendría que estar contenta.

—No quiero decir que no intentaría ligar contigo —añade, dedicándome una sonrisita—. Pero en ese preciso momento no lo estaba haciendo.

Oh, gracias, Dios mío. Su aclaración me hace sonreír, a pesar de todos mis esfuerzos por no hacerlo.

—¿Quieres que te acompañe? —me pregunta, haciendo un gesto con la cabeza hacia la acera que tengo detrás.

Sí, por favor.

—No, tranquilo.

Holder asiente e insiste.

—Bueno, de todas maneras iba en esa dirección. Salgo a correr dos veces al día y todavía me quedan un par de... —Se calla en medio de la frase y da un paso hacia mí. Me coge de la barbilla y me echa la cabeza hacia atrás—. ¿Quién te lo ha hecho? —pregunta. Reaparece bajo su entrecejo fruncido esa mirada seria que he visto en el supermercado—. Antes no tenías el ojo así.

Aparto la barbilla e intento quitarle hierro al asunto.

—Ha sido un accidente. Jamás interrumpas la siesta de una adolescente.

Holder no sonríe. Se acerca un poco más, me mira con seriedad y me acaricia el párpado con el dedo pulgar.

—Si alguien te hubiese hecho esto no te lo guardarías para ti, ¿verdad?

Quiero responderle. De verdad que quiero. Pero no puedo. Está tocándome la cara. Su mano está en mi mejilla. No puedo pensar, no puedo hablar, no puedo respirar. La intensidad que desprende Holder aspira el aire de mis pulmones y debilita mis rodillas. Asiento de manera poco convincente, y él, tras fruncir el entrecejo, retira la mano.

—Te acompaño —sentencia, sin darme ocasión de responder.

Apoya las manos en mis hombros, me da la vuelta y me empuja. Se pone a mi lado y corremos en silencio.

Quiero hablar con él. Quiero preguntarle sobre el año que ha pasado en el centro de menores, sobre el motivo por el que lo expulsaron de la escuela, sobre por qué tiene un tatuaje... pero me asustan demasiado las respuestas. Por no hablar de que me falta el aire. De modo que hacemos todo el trayecto de su casa a la mía en un silencio absoluto.

Al acercarnos a la entrada, ambos reducimos la marcha y caminamos. No tengo ni idea de cómo salir de este aprieto. Siempre voy a correr sola, de modo que no sé cuál es el protocolo para despedirse del compañero. Me vuelvo y le hago adiós con la mano.

—Me imagino que volveremos a vernos, ¿verdad?

—Por supuesto —responde mirándome fijamente.

Le lanzo una sonrisa incómoda y me doy la vuelta. ¿Por supuesto? Reflexiono sobre su respuesta mientras me dirijo a la puerta. ¿Qué quiere decir? No me ha pedido mi número de teléfono, aunque no sabe que no tengo teléfono. No me ha preguntado si me gustaría volver a correr con él. Pero ha dicho «Por supuesto» como si estuviera seguro, y deseo que así sea.

—Sky, espera.

El modo en que su voz envuelve mi nombre hace que quiera que la única palabra de su vocabulario sea «Sky». Me doy la vuelta y rezo para que me diga una frase de ligoteo típica y cursi. En estos momentos me la creería.

—¿Me harías un favor? —me pregunta.

Lo que quieras. Haré todo lo que me pidas, siempre que estés sin camiseta.

—Dime.

Holder me lanza su botella de agua. Al cogerla y ver que está vacía, me siento culpable por no haberme ofrecido a llenársela. La agito y asiento con la cabeza. Después, subo la escalera y entro en casa. Karen está en la cocina, poniendo el lavavajillas. En cuanto la puerta de entrada se cierra tras de mí, tomo el aire que mis pulmones me han estado pidiendo.

—Dios mío, Sky. Parece que estás a punto de desmayarte. Siéntate.

Coge la botella de mis manos y me obliga a tomar asiento. Dejo que ella la rellene mientras inspiro por la nariz y espiro por la boca. Karen se da la vuelta y me devuelve la botella, le pongo el tapón, me levanto y voy a entregársela a Holder.

—Gracias —me dice él.

Me quedo mirando cómo aprieta los gruesos labios contra la abertura.

Es como si estuviéramos besándonos otra vez.

No puedo distinguir el efecto que los ocho kilómetros que he recorrido ha tenido en mí del que él está provocando en mi persona. Ambos me dan la sensación de que voy a desmayarme por la falta de oxígeno. Holder pone el tapón a la botella y recorre mi cuerpo con la mirada. Después me mira a los ojos, no sin antes hacer una pausa demasiado larga en mi vientre desnudo.

—¿Corres en pista?

Me cubro el vientre con el brazo izquierdo y me pongo las manos en la cintura.

—No. Pero estoy pensando en probarlo.

—Deberías hacerlo. Respiras muy bien y acabas de recorrer cerca de ocho kilómetros —comenta—. ¿Estás en el último curso?

No tiene ni idea de cuánto esfuerzo está costándome no caer redonda al suelo y resollar por falta de aire. Nunca he corrido hasta tan lejos sin hacer ningún descanso, y estoy esforzándome para dar la impresión de que no ha sido para tanto. Por lo visto estoy consiguiéndolo.

—¿A estas alturas no deberías saber que soy de último curso? Están fallándote tus dotes de acosador.

Cuando sus hoyuelos reaparecen, me dan ganas de chocar los cinco conmigo misma.

—Bueno, me lo estás poniendo muy difícil —responde—. No he podido encontrarte en Facebook.

Acaba de admitir que me ha buscado en Facebook. Lo he conocido hace menos de dos horas, de modo que es muy halagador que haya ido directamente a casa y me haya buscado en la red. Esbozo una sonrisa sin querer, y deseo dar un puñetazo a la vergüenza de chica que se ha apoderado de mí porque en una situación normal me habría mostrado indiferente.

—No me encontrarás en Facebook porque no tengo internet —le explico.

Me mira y sonríe con superioridad, como si no creyera ni una palabra de lo que le he dicho. Se aparta el pelo de la frente y me pregunta:

—¿Y teléfono móvil? ¿No puedes acceder a internet con el teléfono?

—Tampoco tengo teléfono móvil. A mi madre no le van las nuevas tecnologías. No tenemos ni tele.

—Joder —dice riéndose—. ¿De veras? Y entonces ¿cómo te diviertes?

Le devuelvo la sonrisa y me encojo de hombros.

—Salgo a correr.

Holder vuelve a analizarme y por un instante se fija otra vez en mi vientre. De aquí en adelante me lo pensaré dos veces antes de salir a correr con un sujetador deportivo.

—Bueno, en ese caso no sabrás a qué hora se levanta cierta persona para salir a correr por la mañana, ¿verdad?

Vuelve a mirarme a los ojos y no consigo ver en él ni rastro de la persona que Six me ha descrito. Lo único que veo es a un chico flirteando con una chica, con un brillo nervioso y adorable en los ojos.

—No sé si querrás despertarte tan temprano —respondo.

El modo en que me mira, sumado al calor de Texas, me nubla repentinamente la vista, de modo que respiro hondo e intento no dar la imagen de estar exhausta y aturdida.

Holder ladea la cabeza y entorna los ojos.

—No te imaginas las ganas que suelo tener para despertarme tan temprano.

Me lanza esa sonrisa acompañada de hoyuelos, y me desmayo.

Sí... literalmente. Me he desmayado.

Por el dolor que siento en el hombro y la suciedad y la gravilla que tengo incrustada en la mejilla, me atrevería a decir que no ha sido una caída bonita y elegante. He perdido el conocimiento y he chocado contra el suelo antes de que él haya tenido ocasión de sujetarme. No ha tenido ningún parecido con los héroes de los libros.

Estoy tumbada en el sofá, y me imagino que es aquí donde él me ha dejado después de meterme en casa. Karen está de pie ante mí, con un vaso de agua en la mano y Holder se encuentra detrás de ella, viendo las consecuencias del momento más embarazoso de mi vida.

—Sky, bebe un poco de agua —me dice Karen, y me levanta la cabeza para acercarme al vaso a la boca.

Tomo un sorbo, apoyo la cabeza en el cojín y cierro los ojos, deseando más que nada en el mundo volver a perder el conocimiento.

—Te traeré una toalla fría —añade Karen.

Abro los ojos, esperando que Holder haya huido cuando Karen se ha marchado del salón. Pero sigue aquí, más cerca de mí. Se arrodilla junto al sofá, extiende la mano y me retira del pelo lo que sospecho que será suciedad o gravilla.

—¿Estás segura de que te encuentras bien? Ha sido una caída bastante mala.

Tiene cara de estar preocupado. Me limpia la mejilla con el dedo pulgar y apoya la mano en el sofá, junto a mí.

—Oh, Dios —digo, y me cubro los ojos con el brazo—. Lo siento mucho. Estoy avergonzada.

Holder me coge de la muñeca y me aparta el brazo.

—¡Chis! —responde. Su gesto de preocupación desaparece poco a poco y esboza una sonrisita juguetona—. Estoy pasándomelo bien.

Entonces Karen vuelve al salón.

—Aquí tienes la toalla, cielo. ¿Quieres algo para el dolor? ¿Sientes náuseas? —me pregunta. En lugar de darme la toalla a mí, se la da a Holder, y luego se dirige otra vez a la cocina—. Puede que tenga un poco de caléndula o de raíz de bardana.

Fantástico. Por si no estuviera suficientemente avergonzada, Karen se empeña en empeorar la situación obligándome a tragar uno de sus remedios caseros delante de él.

—Estoy bien, mamá. No me duele nada.

Holder pone con cuidado la toalla sobre mi mejilla y me la limpia.

—Puede que ahora no te duela, pero te dolerá —me advierte, en voz baja para que Karen no pueda oírlo. Deja de examinar mi mejilla y nos miramos el uno al otro—. Deberías tomarte algo, por si acaso.

No sé por qué el consejo suena más tentador cuando sale de su boca, pero asiento. Trago saliva. Y aguanto la respiración. Y aprieto los muslos. E intento incorporarme, porque estar tumbada en el sofá con él rondando sobre mí va a hacer que vuelva a desmayarme.

Cuando Holder ve que estoy intentando incorporarme, me coge del codo y me ayuda. Karen regresa al salón y me ofrece un vaso de zumo de naranja. Sus remedios son tan amargos que tengo que tomármelos con zumo. De lo contrario los escupiría. Cojo el vaso, me lo bebo más rápido que nunca y se lo devuelvo de inmediato. Solo quiero que se vaya a la cocina.

—Disculpa —dice ella, y le extiende la mano a Holder—. Soy Karen Davis.

Holder se pone en pie y le estrecha la mano.

—Dean Holder. Holder para los amigos.

Me da envidia que ella pueda tocarle la mano. Quiero coger un número y ponerme a la cola.

—¿De qué os conocéis Sky y tú? —pregunta ella.

Holder y yo nos miramos. Sus labios esbozan una sonrisita.

—De hecho, no nos conocemos —le responde a Karen—. Supongo que estaba en el sitio adecuado en el momento oportuno.

—Bueno, gracias por ayudarla. No sé por qué se ha desmayado. Nunca le había pasado —explica ella mirándome—. ¿Has comido algo durante el día?

—Un poco de pollo —respondo, sin confesar que me he comido unos Snickers antes de salir a correr—. La comida de la cafetería es una mierda.

Karen pone los ojos en blanco y levanta la mano.

—¿Y por qué has ido a correr sin haber comido nada?

—Se me ha olvidado —contesto, encogiéndome de hombros—. Normalmente no salgo a correr por la tarde.

Karen se va a la cocina con el vaso y deja escapar un gran suspiro.

—No quiero que corras más, Sky. ¿Qué habría pasado si hubieses estado sola? Ya te he dicho que corres demasiado.

Tiene que ser una broma. De ninguna manera voy a dejar de correr.

—Oye —interrumpe Holder, al ver que desaparece de mi rostro el poco color que he recuperado. Mira hacia la cocina y le dice a Karen—: Vivo en Ricker y suelo correr por aquí todas las tardes. —Está mintiendo. Me habría dado cuenta—. Si vas a quedarte más tranquila, esta semana podría salir a correr con Sky por las mañanas. Normalmente voy a la pista de atletismo de la escuela, pero no me importa. Así me aseguraré de que no vuelva a desmayarse.

¡Ah! Se me enciende la bombilla. Ya decía yo que me sonaban esos abdominales.

Karen viene al salón, y me mira a mí y luego a él. Sabe lo mucho que me gusta correr sola por las mañanas, pero noto por su mirada que estaría más tranquila si lo hiciese con un compañero.

—Me parece bien —responde mirándome—. Si a Sky le parece buena idea.

Sí, claro que sí. Pero solo si mi nuevo compañero corre sin camiseta.

—De acuerdo —respondo.

Me levanto y vuelvo a sentir cierto mareo. Creo que palidezco porque Holder me pone la mano en el hombro en menos de un segundo y me ayuda a sentarme en el sofá.

—Despacio —me dice, y mira a Karen—. ¿Tienes galletitas saladas? Puede que la alivien.

Karen se marcha a la cocina y Holder me mira preocupado.

—¿Estás segura de que te encuentras bien?

Me acaricia la mejilla con el dedo pulgar y me da un escalofrío.

Al intentar cubrirme la carne de gallina de los brazos, se dibuja en su rostro una sonrisita diabólica. Mira por encima de mí a Karen, que sigue en la cocina, y después susurra:

—¿A qué hora quieres que venga mañana a acecharte?

—¿A las seis y media? —musito, mirándolo con una expresión de impotencia.

—A las seis y media, muy bien.

—Holder, no tienes por qué hacerlo.

Sus ojos azules e hipnóticos recorren mi rostro durante varios segundos silenciosos, y no puedo evitar mirar su boca igualmente hipnótica mientras habla.

—Ya lo sé, Sky. Pero hago lo que quiero. —Se acerca a mi oreja y añade en voz baja—: Y quiero salir a correr contigo.

Se aparta y analiza mi rostro. Gracias al caos que reina en mi cabeza, no consigo articular una respuesta.

En ese momento Karen vuelve con las galletitas.

—Come —me ordena, y me las pone en la mano.

Holder se levanta y se despide de Karen. Luego se vuelve hacia mí y me dice:

—Cuídate. Volveré por la mañana.

Asiento y veo cómo se da la vuelta para marcharse. No puedo apartar los ojos de la puerta principal después de que la haya cerrado tras salir. Lo estoy perdiendo. He perdido todo el autocontrol. ¿De modo que es esto lo que le gusta a Six? ¿Es esto la lujuria?

La odio. Completa y decididamente, odio esta sensación tan maravillosa y mágica.

—Es un chico muy amable. Y guapo —comenta Karen. Se vuelve hacia mí y me pregunta—: ¿No lo conoces?

—He oído hablar de él —respondo, encogiéndome de hombros.

Y eso es todo lo que digo. Si Karen supiese qué tipo de chico desesperanzado acaba de elegir como mi compañero, le daría un ataque. Cuanto menos sepa sobre Dean Holder, mejor para ambas.

Lunes, 27 de agosto de 2012

Las 19.10

—¿Qué demonios te ha pasado en la cara? —me pregunta Jack. Deja de sostenerme la barbilla y se dirige al frigorífico.

Desde hace un año y medio Jack es un elemento fijo en la vida de Karen. Suele venir a cenar con nosotras varias noches por semana, y como hoy celebramos la cena de despedida de Six, está honrándonos con su presencia. Le encanta meterse con Six, pero sé que él también la echará mucho de menos.

—Hoy me he comido el asfalto —le explico.

—Claro, por eso estaba así la carretera —responde él riéndose.

Six coge una rebanada de pan y abre un bote de Nutella. Yo me sirvo un poco del último mejunje vegano de Karen. Hay que aprender a apreciar la cocina de mi madre, pero Six no lo ha conseguido en cuatro años. Por el contrario, Jack es el gemelo encarnado de Karen, y no da ninguna importancia a sus dotes culinarias. El menú de esta noche consiste en algo que ni siquiera soy capaz de pronunciar, pero, como de costumbre, no tiene ningún ingrediente que provenga de los animales. Mi madre no me obliga a ser vegana, de modo que si no estoy en casa suelo comer lo que me apetezca.

Todo lo que come Six es a modo de acompañamiento de su plato principal, la Nutella. Esta noche cenará un sándwich de queso y Nutella. No sé si alguna vez aprenderé a apreciarlo.

—Bueno, ¿y cuándo te mudarás a nuestra casa? —le pregunto a Jack.

Karen y él han estando hablando sobre dar el siguiente paso, pero, al parecer, no consiguen superar el obstáculo de la estricta norma antitecnológica de ella. Mejor dicho, Jack no puede sortearlo, y Karen no está dispuesta a intentarlo.

—En cuanto tu madre dé su brazo a torcer y ponga televisión por cable —contesta él.

Jack y Karen no discuten sobre el tema. Creo que ambos están a gusto con su relación y no tienen ninguna prisa por sacrificar sus creencias opuestas en lo que respecta a la tecnología.

—Sky se ha desmayado en la calle —interrumpe Karen, cambiando de tema—. Un joven adorable la ha traído a casa.

—Un chico mamá. Por favor, di simplemente «chico» —le pido entre risas.

Six me fulmina con la mirada desde el otro lado de la mesa, y me doy cuenta de que no la he puesto al corriente de lo sucedido por la tarde. Tampoco le he hablado sobre el primer día de instituto. Hoy me ha pasado de todo. Me pregunto con quién hablaré después de que mi mejor amiga se marche mañana. Me aterroriza la mera idea de que, dentro de dos días, ella estará en la otra punta del mundo. Espero que Breckin ocupe su puesto de confidente. Seguro que le encanta cotillear.

—¿Te encuentras bien? —me pregunta Jack—. Ha tenido que ser una buena caída para que se te haya puesto el ojo así de morado.

Me llevo la mano al ojo y hago una mueca de dolor. Me había olvidado completamente del moretón.

—Esto no es por el desmayo. Six me ha dado un codazo. Dos veces.

Espero que alguno de los dos pregunte a Six por qué me ha atacado, pero no lo hacen. Eso demuestra lo mucho que la quieren. Ni siquiera les importaría si me diese una paliza; seguramente dirían que me la merecía.

—¿No te molesta llamarte como un número? —le pregunta Jack a Six—. Jamás lo he entendido. Es como cuando unos padres le ponen a su hijo el nombre de un día de la semana. —Hace una pausa sosteniendo el tenedor en el aire y mira a Karen—. Cuando tengamos un bebé no le haremos eso. Está prohibida cualquier cosa que pueda encontrarse en un calendario.

Karen mira a Jack con frialdad. Por cómo ha reaccionado, me atrevería a decir que es la primera vez que él menciona la posibilidad de tener hijos. Por cómo lo ha mirado, está claro que no se le ha pasado por la cabeza tener hijos en un futuro cercano (ni lejano).

Jack vuelve a centrar la atención en Six.

—¿En realidad no te llamas Seven o Thirteen* o algo así? No entiendo por qué elegiste Six. Probablemente sea el peor número que podrías haber escogido.

—Me tomaré tus insultos por lo que son: una manera de esconder tu tristeza por mi inminente ausencia —responde ella.

Jack se echa a reír y contesta:

—Esconde mis insultos donde te plazca. Cuando regreses dentro de seis meses tendrás muchos más esperándote.

Después de que Jack y Six se marchen, ayudo a Karen a lavar los platos. Desde el momento en que él ha sacado el tema de los bebés, mi madre ha estado más callada que de costumbre.

—¿Por qué te has quedado pasmada? —le pregunto, pasándole un plato para que lo enjuague.

—¿Cómo?

—El comentario que ha hecho Jack sobre tener un hijo contigo. Ya estás en la treintena. Todo el mundo tiene hijos a tu edad.

* En ingles, «trece». (N. de la T.)

—¿Se me ha notado mucho?

—Yo te lo he notado.

Karen coge otro plato de mi mano y deja escapar un suspiro.

—Amo a Jack. Pero también me gusta la relación que tengo contigo, y no sé si estoy lista para cambiarla, y mucho menos para que entre otro bebé en escena. Sin embargo, Jack está decidido a dar el siguiente paso.

Cierro el grifo y me seco las manos con el trapo.

—Mamá, cumpliré dieciocho años dentro de unas semanas. Por mucho que quieras que nuestra relación siga igual... cambiará. Iré a la universidad después del próximo semestre, y te quedarás sola en casa. Tal vez no sea tan descabellado que Jack se mude aquí.

Karen me sonríe, pero es una sonrisa teñida de pena, como la que siempre esboza cuando menciono la universidad.

—He estado dando vueltas a esa idea, Sky. De veras. Pero es un gran paso que no tiene vuelta atrás.

—¿Y si no quieres que tenga vuelta atrás? ¿Y si es una decisión que hace que quieras dar un paso más, y otro más, hasta que te lanzas a correr un sprint en toda regla?

—Eso es exactamente lo que me asusta —responde ella riéndose.

Limpio la encimera y enjuago la bayeta en el fregadero.

—A veces no te entiendo —le digo.

—Yo tampoco te entiendo —contesta, y me da un empujoncito en el hombro—. Jamás llegaré a comprender por qué tenías tantas ganas de ir al instituto. Te he oído decir que te lo has pasado bien, pero cuéntame cómo te sientes en realidad.

Me encojo de hombros.

—Bien —miento.

Mi terquedad siempre gana. Ni se me ocurriría contarle lo mal que lo he pasado hoy en la escuela, aunque ella nunca me respondería «Ya te lo advertí».

Karen se seca las manos y sonríe.

—Me alegro. Pero, tal vez, cuando vuelva a preguntártelo mañana, me contarás la verdad.

Saco de la mochila el libro que me ha dado Breckin y me dejo caer sobre la cama. Cuando apenas he leído dos páginas, Six se cuela por mi ventana.

—Primero el instituto y luego el regalo —sentencia.

Ella se tumba junto a mí y dejo el libro en la mesilla de noche.

—El primer día de instituto ha sido una mierda. He heredado una reputación horrible gracias a ti y a tu incapacidad para decir que no a los chicos. Pero, milagrosamente, me ha rescatado Breckin, un gay adoptado y mormón al que no se le da bien ni cantar ni actuar, pero al que le encanta leer. Y ahora él es mi amigo más amigo del mundo mundial.

Six hace pucheros y responde:

—¿Todavía no me he marchado y ya me has encontrado un sustituto? ¡Qué fuerte! Y para que conste, no soy incapaz de decir que no a los chicos. Soy incapaz de comprender las complejidades morales del sexo prematrimonial. Muchísimo sexo prematrimonial.

Six deja una caja en mi regazo. Está sin envolver.

—Ya me imagino lo que estarás pensando —comenta—. Pero, a estas alturas, tendrías que saber que el hecho de que no haya envuelto el regalo no refleja la opinión que tengo sobre ti. Soy vaga, nada más.

Cojo la caja y la sacudo.

—Eres tú la que se marcha. El regalo tendría que hacértelo yo a ti.

—Pues sí. Pero no se te da muy bien hacer regalos, y no espero que cambies por mí.

Tiene toda la razón. No se me da nada bien hacer regalos, sobre todo porque odio recibirlos. Es casi tan raro como ver llorar a alguien. Doy la vuelta a la caja, despego la solapa y la abro. Retiro el papel de seda y un teléfono móvil cae en mi mano.

—Six... —empiezo a decir—. Sabes que no puedo...

—Cállate. No me iré a la otra punta del mundo sin tener un modo de comunicarme contigo. Ni siquiera tienes una dirección de correo electrónico.

—Ya lo sé. Pero no puedo... No tengo trabajo y no puedo pagarlo. Y Karen...

—Tranquila. Es un teléfono de prepago. Te he puesto el saldo suficiente para que me envíes un mensaje al día durante el tiempo que esté fuera. No puedo permitirme pagar llamadas internacionales, así que se te acabó la suerte. Y para respetar los valores crueles y retorcidos de tu madre, no tiene acceso a internet. Solo sirve para enviar mensajes de texto.

Six coge el teléfono, lo enciende e introduce su información de contacto.

—Si pillas un novio que esté bueno mientras yo esté fuera, siempre puedes ponerle más saldo. Pero si él se aprovecha del que yo te he puesto, le cortaré las pelotas.

Me devuelve el teléfono y aprieto el botón de inicio. Su información de contacto aparece bajo el nombre de «Tu amiga MÁS amiga del mundo mundial».

No se me da bien recibir regalos, pero se me dan incluso peor las despedidas. Guardo el teléfono en la caja y me agacho para coger la mochila. Saco los libros y los dejo en el suelo, me doy la vuelta y vuelco la mochila sobre Six para que los billetes caigan en su regazo.

—Hay treinta y siete dólares —aclaro—. Creo que te bastará para toda la estancia. Feliz día del intercambio en el extranjero.

Six coge un puñado de billetes, los lanza al aire y se tumba en la cama.

—¿Solo llevas un día en el instituto y esas zorras ya han hecho que lluevan cosas de tu taquilla? —comenta riéndose—. Impresionante.

Dejo sobre su pecho la postal de despedida que le he escrito y apoyo la cabeza en su hombro.

—¿Eso te parece impresionante? Pues deberías haberme visto bailar en la barra de estriptis en medio de la cafetería.

Six toquetea la postal con los dedos, sonriendo. No la abre porque sabe que me incomodan las situaciones demasiado emotivas. Vuelve a dejar la postal en su pecho y apoya la cabeza en mi hombro.

—Estás hecha una guarra —me dice en voz baja, tratando de contener las lágrimas que por terquedad nos negamos a derramar.

—Eso me han dicho.

Martes, 28 de agosto de 2012

Las 6.15

Suena el despertador y, por un segundo, pienso en no salir a correr esta mañana. Pero entonces recuerdo quién está esperándome fuera. Me visto a toda prisa (desde que aprendí a vestirme sola, nunca lo he hecho tan rápido) y me dirijo a la ventana. Hay una tarjeta pegada en la parte interior del cristal, en la que Six ha escrito la palabra «guarra». Sonrío y, antes de salir, despego la tarjeta y la lanzo a la cama.

Él ya está aquí, sentado en el bordillo, haciendo estiramientos. Me da la espalda, y eso está muy bien. De lo contrario me habría visto fruncir el entrecejo al descubrir que tiene la camiseta puesta. Cuando oye mis pasos Holder se da la vuelta.

—Hola —me saluda.

Sonríe y, al ponerse en pie, me fijo en que tiene la camiseta empapada. Ha venido corriendo. Ha recorrido más de tres kilómetros hasta aquí, ahora correrá otros cinco conmigo, y luego otros tres para volver a casa. No consigo entender por qué está tomándose tantas molestias. O por qué se lo permito.

—¿Quieres hacer unos estiramientos antes? —me pregunta.

—Ya los he hecho.

Extiende la mano y me acaricia la mejilla con el dedo pulgar.

—No tiene tan mala pinta —comenta—. ¿Te duele?

Niego con la cabeza. ¿De veras espera que articule una respuesta teniendo sus dedos en mi cara? Es muy difícil hablar y aguantar la respiración al mismo tiempo.

Holder retira la mano y sonríe.

—Muy bien. ¿Estás lista?

Dejo escapar un suspiro y respondo:

—Sí.

Y corremos. Corremos un tramo el uno al lado del otro, hasta que el camino se estrecha. Entonces, cuando él se pone detrás de mí, me preocupo por qué aspecto tendré. Al correr suelo dejar la mente en blanco, pero estoy dándole vueltas a absolutamente todo: desde mi peinado, pasando por la largura de mis pantalones cortos, hasta cada gotita de sudor que me cae por la espalda. Me siento aliviada cuando el camino se ensancha y Holder vuelve a ponerse a mi lado.

—Deberías presentarte a las pruebas de atletismo en pista —me dice con una voz tranquila, como si no llevase recorridos más de seis kilómetros esta mañana—. Tienes más aguante que la mayoría de los chicos del equipo del año pasado.

—No sé si me apetece —respondo, jadeando de un modo muy poco atractivo—. Casi no conozco a nadie del instituto. Pensé en presentarme a las pruebas, pero, hasta ahora, la gente ha sido un tanto... cruel. No quiero tener que aguantarlos más tiempo por el hecho de formar parte de un equipo.

—Solo llevas un día en el instituto. Deja que pase un poco de tiempo. Después de haber estudiado en casa durante toda la vida, no puedes pretender tener un montón de amigos el primer día.

Me detengo de golpe. Tras dar un par de zancadas más, Holder se percata de que ya no estoy a su lado. Al darse la vuelta y verme quieta, viene a toda prisa y me agarra de los hombros.

—¿Te encuentras bien? ¿Estás mareada?

Niego con la cabeza y aparto sus brazos de mis hombros.

—Estoy bien —respondo, muy enfadada.

—¿He dicho algo que te haya molestado? —me pregunta con la cabeza ladeada.

Empiezo a caminar en dirección a casa, y él me sigue.

—Un poco —contesto, mirándolo de reojo—. Ayer te dije medio en broma que me acosabas, pero admitiste que me habías buscado en Facebook justo después de conocerme. Luego insististe en salir a correr conmigo, aunque no te venga de paso. ¿Y ahora sabes cuánto tiempo llevo en el instituto? ¿Y que hasta ahora he estudiado en casa? La verdad es que resulta un poco desconcertante.

Espero su explicación. Sin embargo, Holder entorna los ojos y se queda mirándome en silencio. Ambos seguimos caminando, y él no me quita ojo hasta que doblamos la esquina. Por fin, cuando se dispone a hablar, un profundo suspiro precede a sus palabras.

—He preguntado por ahí —me explica—. Vivo aquí desde los diez años, así que tengo muchos amigos. Y tenía curiosidad por saber algo más sobre ti.

Lo miro mientras doy un par de pasos y luego bajo la vista a la acera. De repente me siento incapaz de mirarlo, y me pregunto qué más le habrán dicho sus «amigos». Sé que han circulado rumores sobre mí desde que soy la mejor amiga de Six, pero esta es la primera vez que han hecho que me ponga remotamente a la defensiva o nerviosa. Solo puede significar una cosa que Holder dé un gran rodeo para salir a correr conmigo: le han llegado los rumores y espera que sean ciertos.

Él nota que estoy incómoda, de modo que apoya la mano en mi hombro y me detiene.

—Sky... —empieza a decir.

Nos ponemos cara a cara, pero sigo sin levantar la vista del hormigón. Hoy me he puesto algo más que un simple sujetador deportivo, pero, de todos modos, cruzo los brazos encima de la camiseta y me abrazo. No estoy mostrando ninguna parte de mi cuerpo que debería estar cubierta y, sin embargo, ahora mismo siento que estoy completamente desnuda.

—Creo que ayer empezamos con mal pie —prosigue—. Te juro que estaba bromeando cuando hablé sobre acosarte. No quiero que estés incómoda conmigo. ¿Te sentirías mejor si supieras algo más sobre mí? Pregúntame cualquier cosa y te responderé. Lo que quieras.

Deseo con todas mis fuerzas que esté siendo sincero, porque ya he notado que no es el tipo de chico por el que se tiene un enamoramiento pasajero. Es uno de esos chicos por los que se pierde la cabeza, y tiemblo solo de pensar en ello. No quiero enamorarme locamente de nadie, y mucho menos de alguien que está esforzándose en conocerme porque cree que soy una chica fácil. Tampoco quiero enamorarme de alguien que admite no tener ninguna esperanza. No obstante, tengo curiosidad, muchísima curiosidad.

—Si te hago una pregunta, ¿serás sincero conmigo?

Inclina la cabeza hacia mí y responde:

—Totalmente sincero.

El modo en que Holder baja el tono de voz para responderme hace que la cabeza me dé vueltas, y por un instante temo que, si sigue hablando así, vuelva a desmayarme. Afortunadamente, da un paso atrás y espera mi contestación. Quiero preguntarle sobre su pasado. Quiero saber por qué lo mandaron a un centro de menores, por qué hizo lo que hizo y por qué Six no se fía de él. Pero, otra vez, no estoy segura de si quiero saber la verdad.

—¿Por qué dejaste los estudios?

Holder lanza un suspiro, como si le hubiese hecho una de las preguntas que él esperaba no tener que responder. Vuelve a ponerse en marcha y ahora soy yo la que lo sigue.

—Técnicamente, todavía no los he dejado.

—Bueno, por lo visto no has asistido a clase durante todo un año. Yo diría que eso es dejarlos.

Se vuelve hacia mí y parece indeciso, como si quisiera confesarme algo. Abre la boca, titubea y la cierra otra vez. Odio no poder saber qué le pasa por la mente. Él no es tan simple como la mayoría de la gente. Holder es muy confuso y complicado.

—Acabo de regresar a casa hace unos días —me explica—. Mi madre y yo pasamos un año muy malo, y he vivido durante un tiempo con mi padre en Austin. Allí iba a clase, pero me pareció que ya era hora de volver a casa. Y aquí estoy.

El hecho de que no haya mencionado su estancia en el centro de menores hace que me cuestione su sinceridad. Entiendo que lo más probable es que sea un tema del que no le gusta hablar, pero no puede asegurarme que será completamente sincero cuando está siendo todo lo contrario.

—Eso no explica por qué dejaste los estudios en lugar de hacer un traslado de expediente.

Se encoge de hombros y responde:

—No lo sé. A decir verdad, todavía no he decidido qué es lo que quiero hacer. Este último año ha sido una mierda. Además, odio este instituto. Estoy harto de gilipolleces, y a veces pienso que sería mucho más fácil ir directamente a los exámenes finales.

Dejo de caminar y me vuelvo hacia él.

—Esa es una excusa barata.

Holder me mira y arquea una ceja.

—¿Es una excusa barata que odie el instituto?

—No. Lo es que permitas que una mala racha determine el resto de tu vida. ¿Decides dejarlo cuando apenas te quedan nueve meses para graduarte? Es... es una tontería.

Holder se echa a reír.

—Bueno, dicho así...

—Ríete todo lo que quieras. Al dejar los estudios estás rindiéndote. Estás dándoles la razón a todas esas personas que han dudado de ti. —Bajo la vista y me fijo en el tatuaje de su brazo—. ¿Vas a dejarlos y a demostrar al mundo que no te quedan esperanzas? ¡Haz que se traguen sus palabras!

Holder se fija en el tatuaje durante un momento, con los dientes apretados. No pretendía salirme por la tangente, pero descuidar la educación es un tema muy delicado para mí. La culpa es de Karen, por todos los años que se ha pasado metiéndome en la cabeza que soy la única responsable del rumbo que toma mi vida.

Él aparta la mirada del tatuaje que ambos estamos mirando, levanta la vista y hace un gesto con la cabeza hacia mi casa.

—Ya has llegado —anuncia como si nada hubiese pasado, y se marcha sin sonreírme o decirme adiós con la mano.

Me quedo en la acera y veo que Holder dobla la esquina y desaparece, sin volver la vista atrás.

Y yo, ilusa de mí, pensaba que hoy hablaría con solo una de sus múltiples personalidades. ¡Qué le vamos a hacer!

Martes, 28 de agosto de 2012

Las 7.55

Entro en el aula de la primera clase y veo a Breckin sentado en el fondo, en todo su esplendor fluorescente. Me sorprende que ayer, antes de la hora de comer, no me fijara en esos zapatos de color rosa chicle y en el chico que los lleva puestos.

—Hola, guapo —lo saludo, y me siento en la silla libre que hay a su lado.

Le quito el vaso de café de la mano y doy un sorbo. Breckin no opone resistencia porque no me conoce lo suficiente para quejarse. O quizá porque sabe lo que conlleva interponerse en el camino de una autoproclamada adicta a la cafeína.

—Anoche supe muchas cosas sobre ti —me dice—. Es una pena que tu madre no te deje tener internet en casa. Es un mundo maravilloso en el que descubrir cosas sobre ti mismo que ni siquiera tú sabías.

—A lo mejor no quiero saberlas —le contesto riéndome.

Echo la cabeza hacia atrás, me acabo el café y le devuelvo el vaso vacío. Breckin lo mira y lo deja en mi pupitre.

—Bueno, según las investigaciones que he hecho en Facebook, el viernes por la noche estuviste con un tal Daniel Wesley, y acabasteis con una alarma de embarazo. El sábado lo hiciste con alguien llamado Grayson, al que echaste de tu casa. Ayer... —Hace una pausa y se tamborilea la barbilla con los dedos—. Ayer, después de clase, te vieron corriendo con un chico llamado Dean Holder. Eso me preocupa un poquito, porque los rumores dicen que... no le gustan los mormones.

Algunas veces agradezco no tener acceso a internet como todos los demás.

—Vamos a ver —le digo, repasando la lista de chismes—. No conozco a ningún Daniel Wesley. El sábado Grayson vino a casa, pero en cuanto me puso un dedo encima lo eché de una patada. Y sí, ayer estuve corriendo con un chico llamado Dean Holder, pero no tengo ni idea de quién es. Dio la casualidad de que ambos salimos a correr a la misma hora y de que no vive muy lejos de mi casa, así que...

De repente me siento culpable por restar importancia al tiempo que pasé con Holder. No sé qué intenciones tiene, y no estoy segura de si quiero que alguien se infiltre en la alianza que sellamos Breckin y yo hace veinticuatro horas.

—Si te sirve de consuelo, gracias a una chica llamada Shayna descubrí que soy el clásico niño de buena familia que está forrado —comenta Breckin.

—Muy bien —respondo entre carcajadas—. En ese caso no tendrás ningún inconveniente en traerme el café cada mañana.

La puerta se abre y ambos levantamos la vista. Holder entra vestido con una camiseta blanca y unos tejanos oscuros, recién duchado tras el ejercicio matutino. En cuanto lo veo, vuelvo a sentir el virus estomacal / los sofocos / las mariposas.

—¡Mierda! —exclamo entre dientes.

Holder pone un formulario encima de la mesa del señor Mulligan y se dirige hacia el fondo del aula, sin dejar de juguetear con el teléfono móvil. Se sienta en la silla que hay justo delante de Breckin, pero no se da cuenta de que estoy aquí. Pone el teléfono en silencio y se lo mete en el bolsillo.

Estoy tan sorprendida de que haya venido que no soy capaz de saludarlo. ¿Le habré hecho cambiar de idea sobre volver al instituto? ¿Me alegra que quizá le haya hecho cambiar de idea? Porque lo único que siento es arrepentimiento.

El señor Mulligan entra en el aula y coloca sus cosas en la mesa. Luego se vuelve hacia la pizarra y escribe su nombre, seguido de la fecha. Me pregunto si realmente piensa que en un día hemos olvidado quién es, o si, por el contrario, quiere recordarnos que le parecemos unos ignorantes.

—Dean —dice el señor Mulligan, de cara a la pizarra. Se da la vuelta y mira a Holder—. Bienvenido, aunque llegas un día tarde. Espero que este semestre no nos des ningún problema.

Alucino con el comentario de superioridad que acaba de hacer de buenas a primeras. Si este es el tipo de putadas que tiene que soportar Holder en el instituto, entiendo que no quisiera volver. Al menos, a mí las putadas me las hacen los compañeros de clase. Los profesores nunca deberían tratar con aires de superioridad a los estudiantes. Esa tendría que ser la primera regla de la guía del buen profesor. La segunda regla tendría que ser que los profesores tienen prohibido escribir su nombre en la pizarra a partir del tercer curso.

Holder se revuelve en su silla y responde al comentario del señor Mulligan con la misma mordacidad.

—Espero que este semestre no diga nada que me incite a darle problemas, señor Mulligan.

De acuerdo, por lo visto las putadas son mutuas. Quizá la siguiente lección que le dé a Holder, tras la charla sobre la importancia de retomar los estudios, consista en enseñarle a respetar a la autoridad.

El señor Mulligan baja la barbilla y le lanza una mirada asesina a Holder por encima de las gafas.

—Dean, ¿por qué no vienes aquí delante y te presentas ante tus compañeros? Estoy seguro de que hay algunas caras nuevas que no conociste el año pasado, antes de que nos dejaras.

Holder no se opone, y seguro que eso es exactamente lo que esperaba el señor Mulligan. Se levanta de un salto y se dirige poco a poco a la pizarra. Su repentina explosión de energía hace que el profesor dé un paso atrás. Holder se da la vuelta sin mostrar ni un ápice de duda o inseguridad.

—Con mucho gusto —responde él, mirando de reojo al señor Mulligan—. Soy Dean Holder, pero la gente me llama Holder. —Aparta la vista del profesor y mira hacia la clase—. He estudiado aquí desde primer curso, excepto por un semestre y medio sabático. Y según el señor Mulligan, me gusta dar problemas, de modo que esta será una clase divertida.

Algunos estudiantes se echan a reír, pero yo no le encuentro la gracia. Desconfío de Holder por todo lo que me han dicho sobre él y, por el modo en que está actuando, diría que ahora está mostrándose tal como es en realidad. Él abre la boca para continuar con su presentación, pero esboza una sonrisa de oreja a oreja en cuanto me ve en el fondo del aula. Me guiña el ojo y de repente me entran ganas de esconderme debajo del pupitre. Le devuelvo una sonrisa rápida y forzada, y dirijo la vista a la mesa en cuanto los compañeros empiezan a darse la vuelta para ver a quién está mirando Holder.

Hace una hora y media se ha despedido de mí con un humor de perros. Ahora me sonríe como si acabara de volver a ver a su mejor amiga tras muchos años.

Sí. Tiene problemas.

—¿Qué coño ha sido eso? —susurra Breckin apoyado en su pupitre.

—Te lo contaré a la hora de la comida —respondo.

—¿Es esa toda la sabiduría con la que quiere deleitarnos hoy? —pregunta el señor Mulligan a Holder.

Él asiente y vuelve a su sitio sin apartar la mirada de la mía. Se sienta y tuerce el cuello para mirarme. El profesor empieza a impartir la lección, y todo el mundo vuelve a centrar la atención en él. Todos menos Holder. Miro el libro y lo abro en el capítulo que trabajaremos hoy, esperando que él haga lo mismo. Al levantar la vista veo que todavía está mirándome.

—¿Qué? —articulo con los labios, levantando las palmas de las manos.

Holder entorna los ojos y se queda mirándome en silencio.

—Nada —responde al fin, y se da la vuelta y abre el libro.

Breckin me da un golpecito en los nudillos con el lápiz y me mira con mucha curiosidad. Después vuelve a centrar la atención en el libro. Se llevará una gran decepción si espera que le explique lo que acaba de suceder, porque ni yo misma lo sé.

Durante la clase, de vez en cuando miro con disimulo a Holder, pero él no se da la vuelta. Cuando suena la campana, Breckin se levanta de un salto y tamborilea con los dedos en mi pupitre.

—Tú y yo. Comemos juntos —me dice, arqueando la ceja.

Él se marcha y dirijo la vista hacia Holder. Está mirando con un gesto serio hacia la puerta por la que acaba de salir Breckin.

Recojo mis cosas y voy hacia la salida antes de que Holder tenga la oportunidad de entablar una conversación. Me alegra mucho que haya decidido retomar los estudios, pero me preocupa el modo en que me ha mirado, como si fuésemos amigos de toda la vida. No quiero que ni Breckin ni nadie piense que me parece bien el comportamiento de Holder. Prefiero que no me asocien con él, pero tengo el presentimiento de que él no va a estar de acuerdo con eso.

Cojo el libro de inglés de la taquilla y me pregunto si Shayna/Shayla me reconocerá en clase. Seguro que no porque nos conocimos hace veinticuatro horas y dudo que tenga suficientes neuronas para recordar una información tan antigua.

—Hola.

Aprieto los ojos con temor, porque no quiero darme la vuelta y verlo ante mí, en todo su magnífico esplendor.

—Has venido —respondo.

Organizo los libros y me doy la vuelta. Holder sonríe y se apoya en la taquilla de al lado.

—Te has puesto muy guapa —comenta mirándome de arriba abajo—. Aunque tu versión empapada de sudor tampoco está nada mal.

Él también está muy guapo, pero no pienso decírselo.

—¿Has venido aquí para acosarme o te has matriculado otra vez?

Me lanza una sonrisa pícara y tamborilea con los dedos en la taquilla.

—Ambas cosas —contesta.

Tengo que dejar de hacer bromas sobre el acoso. Serían más graciosas si no creyera que Holder es realmente capaz.

Miro alrededor y veo que apenas queda gente en el pasillo.

—Bueno, me voy a clase —anuncio—. Bienvenido.

Él entorna los ojos como si pudiera notar que estoy incómoda.

—Estás comportándote de un modo muy extraño.

Pongo los ojos en blanco por su suposición. ¿Cómo puede saber él cómo estoy comportándome? Apenas me conoce. Vuelvo a mirar hacia mi taquilla e intento ocultar lo que pienso sobre por qué estoy comportándome así. Por ejemplo: ¿por qué su pasado no me asusta más? ¿Por qué tiene tan mal genio que fue capaz de hacerle lo que le hizo a aquel pobre chico el año pasado? ¿Por qué da un gran rodeo para salir a correr conmigo? ¿Por qué ha querido saber más de mí? En lugar de admitir verbalmente las preguntas que pasan por mi cabeza, me encojo de hombros y respondo:

—Simplemente me sorprende verte aquí.

Holder apoya el hombro en la taquilla de al lado y niega con la cabeza.

—No. Es por otro motivo. ¿Qué pasa?

Suspiro y pongo la espalda contra la taquilla.

—¿Quieres que sea sincera?

—Completamente.

Esbozo una sonrisa forzada y asiento.

—De acuerdo —respondo, y me pongo de lado para mirar a Holder frente a frente—. No quiero que te hagas una idea equivocada de mí. Flirteas y me dices cosas que dan a entender que quieres tener algo conmigo, pero yo no estoy dispuesta a corresponderte. Y eres...

Hago una pausa para buscar la palabra adecuada.

—¿Qué soy? —pregunta, mirándome fijamente.

—Eres... serio, demasiado serio. Y temperamental. Y das un poco de miedo. Y hay algo más —añado, pero no acabo la frase—. Simplemente no quiero que te hagas una idea equivocada de mí.

—¿Qué más? —insiste.

Me da la sensación de que él sabe exactamente a qué me refiero, pero está retándome para que salga de mi boca.

Dejo escapar un suspiro y aprieto la espalda contra la taquilla, con la vista puesta en mis pies.

—Ya lo sabes —respondo porque, al igual que él, yo tampoco quiero hablar sobre su pasado.

Holder se sitúa frente a mí, pone una mano en la taquilla, al lado de mi cabeza, y se acerca. Está mirándome fijamente, a menos de quince centímetros de distancia.

—No, no lo sé porque estás evitando decirme qué problema tienes conmigo, como si te diera miedo contármelo. Dilo y ya está.

Ahora mismo, cara a cara con él, me siento atrapada, y vuelvo a notar en mi pecho el pánico que Holder me provocó en nuestro primer encuentro.

—Me he enterado de lo que hiciste —respondo con brusquedad—. Le diste una paliza a un chico y te mandaron a un centro de menores. Desde que te conocí hace dos días, me has asustado muchísimo al menos en tres ocasiones. Y ya que estamos siendo sinceros, también te diré que sé que has estado indagando sobre mí y, por lo tanto, seguro que te habrás enterado de la reputación que tengo. Probablemente ese sea el único motivo por el que has intentado conocerme. Siento decepcionarte, pero no voy a follar contigo. No quiero que pienses que entre nosotros va a pasar algo más allá de lo que ya está pasando. Salimos a correr juntos, y punto.

Holder aprieta los dientes, pero no cambia de expresión. Baja el brazo, da un paso atrás y me deja sitio para volver a respirar. No entiendo por qué me quedo sin aliento cada vez que se acerca a mi espacio vital. Pero sobre todo no comprendo por qué me gusta esa sensación.

Me pongo los libros contra el pecho y me dispongo a marcharme cuando un brazo me rodea la cintura y me aparta de Holder. Veo a mi lado a Grayson, quien mira a Holder de arriba abajo y me agarra cada vez más fuerte.

—Holder —dice él en un tono cortante—. No sabía que habías vuelto.

Holder no hace ni caso a Grayson. Se queda mirándome durante unos segundos. Luego aparta los ojos de los míos y se fija en la mano con la que Grayson me agarra de la cintura. Asiente ligeramente y sonríe, como si se hubiese dado cuenta de algo, y vuelve a sostenerme la mirada.

—Pues sí, he vuelto —responde con brusquedad, sin mirar a Grayson.

¿Qué es esto? ¿De dónde ha salido Grayson? ¿Y por qué me agarra como si estuviera marcando terreno?

Holder aparta la vista, se da la vuelta y se marcha. De repente se detiene, se vuelve hacia mí y me mira.

—Las pruebas de atletismo en pista son el jueves, después de clase. Apúntate —me dice.

Y se aleja.

Qué lástima que Grayson no haga lo mismo.

—¿Tienes algo que hacer el sábado? —me pregunta Grayson al oído, apretándome contra él.

Le doy un empujón en el pecho y aparto el cuello de él.

—Ya basta —le pido enfadada—. Creo que fui muy clara contigo el pasado fin de semana.

Cierro la taquilla de un golpe y me voy, preguntándome cómo demonios he evitado los culebrones durante toda mi vida y, sin embargo, ahora tengo suficientes para escribir un libro entero con lo que me ha pasado los dos últimos días.

Breckin se sienta frente a mí y me da un refresco.

—No tenían café, pero he conseguido cafeína.

—Gracias. Eres mi amigo más amigo del mundo mundial —respondo sonriente.

—No me lo agradezcas, te lo he comprado con malas intenciones. Es un soborno para sonsacarte los trapos sucios de tu vida amorosa.

Me echo a reír y abro la lata.

—Bueno, siento decepcionarte, pero no tengo vida amorosa —aclaro.

Breckin abre su refresco y esboza una sonrisa.

—Oh, lo dudo mucho. He visto cómo te mira el chico malo desde allí —me dice, y ladea la cabeza hacia la derecha.

Holder está tres mesas más allá, mirándome fijamente. Lo acompañan algunos chicos del equipo de fútbol, que parecen emocionados de que haya vuelto. Le dan palmaditas en la espalda y están hablando a su alrededor, sin darse cuenta de que él ni siquiera participa en la conversación. Toma un trago de agua sin quitarme ojo. Deja la botella en la mesa con un gesto demasiado enérgico, ladea la cabeza hacia la derecha y se levanta. Miro en esa dirección y veo la salida de la cafetería. Holder camina hacia allí y espera que yo le siga.

—¡Oh! —exclamo, para mí misma y no para Breckin.

—Sí. Oh. Ve a ver qué quiere, y luego vuelve para contármelo.

Doy un trago al refresco y lo dejo en la mesa.

—Sí, señor.

Mi cuerpo se pone en pie para seguir a Holder, pero me dejo el corazón en la mesa. Creo que se me ha salido del pecho en cuanto me ha pedido que lo acompañe. Por mucho que ponga buena cara ante Breckin, estoy perdida si no puedo ejercer algo de control sobre mis propios órganos.

Sigo a Holder a poca distancia. Abre las puertas y se cierran tras él. Yo hago lo mismo, no sin antes dudar por un instante. Creo que preferiría ir al aula de castigo que hablar con él. Tengo tantos nudos en el estómago que un boy scout se moriría de la envidia.

Miro en ambas direcciones, pero no veo a Holder por ningún lado. Me acerco a un extremo de la hilera de taquillas y doblo la esquina. Él está apoyado en una de ellas, con la rodilla doblada y el pie contra la que tiene detrás. Ha cruzado los brazos sobre el pecho y me mira fijamente. El bonito matiz azul celeste de sus ojos no basta para esconder la rabia que hay tras ellos.

—¿Sales con Grayson? —me pregunta.

Pongo los ojos en blanco y me apoyo en la taquilla que hay frente a él. Ya estoy harta de los cambios de humor de Holder, y eso que acabo de conocerlo.

—¿Te importa?

Tengo curiosidad por saber de qué modo le incumbe. Él me responde con un silencio, y es que siempre hace una pausa antes de hablar.

—Es un gilipollas.

—A veces tú también lo eres —respondo enseguida, porque no necesito tanto tiempo como él para que se me ocurra una contestación.

—No te conviene.

Dejo escapar una carcajada de exasperación.

—¿Y tú sí? —pregunto para que, de una vez por todas, vayamos al grano. Si estuviésemos anotando los puntos, yo iría ganando dos a cero.

Holder deja caer los brazos, se vuelve y golpea una de las taquillas con la palma de la mano. El ruido que produce la carne contra el metal resuena en todo el pasillo y entra directamente en mi estómago.

85

—No me metas en esto —me pide, y se da la vuelta—. Estoy hablando sobre Grayson, no sobre mí. No deberías estar con él. No tienes ni idea de qué tipo de persona es.

Me echo a reír. No porque me parezca gracioso... sino porque está hablando muy en serio. ¿Este chico al que apenas conozco está diciéndome con quién debo salir y con quién no? Me doy por vencida, y echo la cabeza hacia atrás y la apoyo en la taquilla.

—Dos días, Holder. Te conozco desde hace dos días. —Doy una patada a la taquilla que tengo detrás y camino hacia él—. En tan poco tiempo he visto que tienes cinco caras distintas, y solo una de ellas me ha parecido atractiva. Es absurdo que pienses que tienes derecho a opinar sobre mí o sobre mis decisiones. Es ridículo.

Holder aprieta los dientes y me mira, con los brazos cruzados sobre el pecho. Da un paso retador hacia mí. Su mirada es tan seria y fría que empiezo a pensar que esta es su sexta cara: una cara aún más enfadada y posesiva.

—No me cae bien. Y cuando veo cosas así... —Lleva la mano a mi rostro y me hace una caricia debajo del moretón del ojo—. Y luego te abraza... Perdóname si estoy siendo ridículo.

Me he quedado sin aliento cuando las yemas de sus dedos han recorrido mi pómulo. Tengo que esforzarme por mantener los ojos abiertos y no acercar la cabeza hacia la palma de su mano. Pero me aferro a mi decisión. Estoy haciéndome inmune a este chico. O, al menos, estoy intentándolo. Ese es mi nuevo objetivo.

Me aparto de él para que sus dedos no sigan tocándome. Holder cierra el puño y deja caer la mano.

—¿Piensas que no debería salir con Grayson porque temes que tenga mal genio? —Ladeo la cabeza y entorno los ojos—. Es un tanto hipócrita por tu parte, ¿no crees?

Después de analizarme con la mirada durante unos segundos más, Holder deja escapar un breve suspiro y pone los ojos en blanco de un modo casi imperceptible. Aparta la vista y niega con la cabeza, con una mano en la nuca. Se queda en esa misma posición, mirando a otro lado durante unos segundos. Después se da la vuelta lentamente, pero no me mira a los ojos. Vuelve a cruzar los brazos y baja la vista al suelo.

—¿Fue él quien te pegó? —pregunta, sin ninguna entonación en la voz. Sigue con la cabeza agachada, pero me mira a través de las pestañas—. ¿Te ha pegado alguna vez?

Ya está otra vez induciéndome a que sucumba por un simple cambio de actitud.

—No —respondo tranquilamente—. Y no. Ya te lo dije... fue un accidente.

Nos sostenemos la mirada sin articular palabra hasta que suena la campana que anuncia el segundo turno de comida, y el pasillo se llena de estudiantes. Soy la primera en apartar la vista. Regreso a la cafetería sin volverme para mirarlo.

Miércoles, 29 de agosto de 2012

Las 6.15

Fue hace aproximadamente tres años cuando tomé la costumbre de salir a correr. No recuerdo por qué empecé, ni tampoco cuál era el motivo por el que disfrutaba tanto, pero acabé por adquirir cierta disciplina. Creo que gran parte de ello se debe a la vida frustrantemente protegida que he tenido. Trato de ser optimista respecto a ese tema, pero me resulta difícil ver cómo, a diferencia de mí, los compañeros de instituto interactúan y se relacionan entre ellos. Hace un par de años no habría sido para tanto no tener acceso a internet, pero hoy en día es algo así como un suicidio social. Y no es que me importe lo que piensen los demás sobre mí.

No voy a negarlo; he tenido un deseo irrefrenable de buscar a Holder en la red. En el pasado, cuando quería saber algo más sobre una persona, Six y yo solíamos hacer averiguaciones en el ordenador de su casa. Pero en estos momentos ella está cruzando el océano Atlántico en un avión, de modo que no puedo pedírselo. En su lugar, me siento en la cama y cavilo. Me pregunto si Holder es en realidad tan malo como dicen. Me pregunto si provoca en otras chicas el mismo efecto que en mí. Me pregunto quiénes son sus padres, si tiene hermanos, si sale con alguien. Me pregunto por qué se empeña en estar enfadado conmigo cuando acabamos de conocernos. ¿Estará siempre tan cabreado? ¿Será siempre tan encantador cuando no está ocupado en estar enfadado? Odio que sea o de una manera o de la otra, que no tenga término medio. Me gustaría ver su cara amable y tranquila. Me pregunto si alguna vez ha tenido término medio. Me pregunto... porque eso es todo lo que puedo hacer. En silencio, pienso sobre el chico desesperanzado que, de algún modo, ha llegado a ser el protagonista de mis pensamientos y no consigo borrar de la mente.

Despierto de mi trance y acabo de atarme las zapatillas de correr. Ayer dejamos sin resolver la pelea que tuvimos en el pasillo, de modo que, para mi tranquilidad, hoy no vendrá a correr conmigo. Ahora más que nunca necesito tomarme un poco de tiempo para mí sola. Pero no sé por qué. Me lo pasaré cavilando.

Sobre él.

Abro la ventana de mi habitación y salto a la calle. Normalmente no hay tanta oscuridad a estas horas de la mañana. Miro hacia arriba y veo que el cielo está encapotado: un indicador perfecto de mi estado de ánimo. Me fijo en qué dirección van las nubes, después miro hacia la izquierda y me pregunto si tendré tiempo suficiente para correr antes de que empiece a diluviar.

—¿Siempre sales por la ventana o querías evitarme?

Me doy la vuelta al oír su voz. Está en el bordillo de la acera, ataviado con unos pantalones cortos y unas zapatillas. Hoy no lleva camiseta.

Mierda.

—Si tratara de evitarte, me habría quedado en la cama.

Camino hacia él con seguridad, intentando que no se dé cuenta de que el simple hecho de verlo hace que todo mi cuerpo se altere. Una pequeña porción de mi persona está desilusionada porque haya venido, pero la mayor parte de mí se siente estúpida y patéticamente feliz. Paso por su lado y me siento en la acera para hacer estiramientos. Extiendo las piernas, hundo la cabeza entre las rodillas y alcanzo las punteras de las zapatillas (en parte para estirar los músculos, pero sobre todo para no tener que mirarlo).

—No sabía si vendrías —me dice, y se sienta en la acera, justo enfrente de mí.

Levanto la cabeza y lo miro.

—¿Por qué no iba a hacerlo? No soy yo la que tiene un problema. Además, ninguno de los dos es dueño de la carretera.

Le hablo como si le estuviera regañando, y no sé por qué.

Me mira pensativo, con ese gesto serio que, de algún modo, me deja aturdida. Lo hace tan a menudo que me dan ganas de ponerle un nombre. Es como si me atrapara con los ojos mientras piensa en silencio, sin darme ninguna pista con su expresión. Nunca he conocido a nadie que reflexione tanto sobre sus propias respuestas. Holder deja las cosas en suspenso mientras prepara una contestación... y parece que las palabras son limitadas y que solo quiere emplear las que son estrictamente necesarias.

Acabo de estirarme y lo miro, sin querer interrumpir este punto muerto visual. No dejaré que me haga esos trucos psicológicos propios de un pequeño Jedi, por mucho que yo quiera hacérselos a él. Es un chico impredecible al que no consigo leer la mente. Y eso me fastidia.

Holder extiende las piernas frente a mí.

—Dame las manos. Yo también tengo que estirar.

Está sentado, con las manos extendidas hacia mí, como si estuviésemos a punto de jugar a chocar las palmas. Si en estos momentos pasara alguien por aquí, ya me imagino lo que se rumorearía. Solo de pensarlo me entran ganas de reír. Lo agarro de las manos y me tira hacia él durante unos segundos. Cuando relaja la tensión, me aparto un poco y él se inclina hacia delante, sin bajar la vista. Sigue mirándome fijamente, con esos ojos que me debilitan.

—Para que conste, ayer no era yo quien tenía el problema —comenta.

Tiro de él más fuerte, más por malicia que por ganas de ayudarlo.

—¿Estás insinuando que soy yo la que tiene el problema?

—¿Acaso no lo tienes?

—Habla claro —le pido—. No te andes con rodeos.

Se echa a reír, pero es una carcajada irritable.

—Sky, si hay algo que deberías saber sobre mí es que no me ando con rodeos. Te dije que sería completamente sincero contigo porque, para mí, las imprecisiones son sinónimo de falsedad.

Tira de mis manos y se inclina hacia atrás.

—La respuesta que acabas de darme es bastante imprecisa —señalo.

—No me has hecho ninguna pregunta. Ya te lo dije: si quieres saber algo sobre mí, no tienes más que pregúntamelo. Me da la sensación de que crees conocerme y, sin embargo, nunca me has hecho una pregunta.

—No te conozco.

Holder vuelve a reírse, niega con la cabeza y suelta mis manos.

—Olvídalo —responde, se pone en pie y se marcha.

—Espera —le pido. Me levanto y lo sigo. Si hay alguien que tiene derecho a estar enfadado, soy yo—. ¿Qué he dicho? No te conozco. ¿Por qué vuelves a cabrearte conmigo?

Holder se detiene, se vuelve hacia mí y da varios pasos.

—Después de haber pasado algo de tiempo contigo durante estos días, pensaba que reaccionarías de otro modo en el instituto. Te he dado muchísimas oportunidades para que me preguntes lo que quieras, pero, por alguna razón prefieres creer todo lo que oyes por ahí, aunque no sea yo quien te lo haya dicho. Y viniendo de alguien que sufre su ración de rumores, me imaginé que serías un poco menos crítica.

¿Mi ración de rumores? Si piensa que está ganando puntos por tener algo en común conmigo, está metiendo la pata hasta el fondo.

—Entonces ¿de qué va todo esto? ¿Pensabas que la nueva chica guarrilla se llevaría bien con el gilipollas que apalea a gays?

Holder refunfuña y se pasa las manos por el pelo, exasperado.

—No sigas por ahí, Sky.

—¿Que no siga por dónde? ¿No quieres que me refiera a ti como el gilipollas que apalea a gays? De acuerdo. Pongamos en práctica tu política de sinceridad. ¿Pegaste o no pegaste a un estudiante el año pasado y, como consecuencia, has tenido que pasar todo un año en un centro de menores?

Holder se pone las manos en las caderas y niega con la cabeza. Luego me mira con lo que parece un gesto de decepción.

—Cuando digo que no sigas por ahí, no quiero decir que no me insultes a mí, sino a ti misma. —Da un paso adelante y reduce las distancias—. Y sí. Le di tal paliza que casi lo mato, y si ese hijo de puta estuviese aquí en estos momentos, volvería a hacerlo.

Tiene la mirada llena de ira, y yo estoy demasiado asustada para preguntarle por qué lo hizo y qué sucedió en realidad. Me ha dicho que sería sincero conmigo... pero sus respuestas me dan aún más miedo que hacerle las preguntas. Ambos damos un paso atrás al mismo tiempo. Los dos estamos callados, y me pregunto cómo demonios hemos llegado a esta situación.

—Hoy no quiero correr contigo —le digo.

—Yo tampoco tengo ganas de correr contigo.

Y cada uno se dirige en una dirección. Él hacia su casa y yo hacia la ventana de mi habitación. Ya no me apetece ni correr sola.

Subo a la ventana y, en ese mismo instante, empiezan a caer gotas de lluvia del cielo. Por un segundo me compadezco de Holder, porque tiene un buen trecho hasta llegar a casa. Pero solo por un segundo, porque el karma es muy malo y en estos momentos está vengándose de Holder. Cierro la ventana y me acerco a la cama. El corazón me late como si acabara de correr cinco kilómetros. Sin embargo, es porque estoy muy cabreada.

Conocí a Holder hace un par de días, y nunca he discutido con alguien tanto como con él. Aunque sumara todas las discusiones que he tenido con Six durante los últimos cuatro años, no sería ni remotamente equiparable a las últimas cuarenta y ocho horas con Holder. No sé por qué se toma tantas molestias. Me imagino que después de lo sucedido esta mañana, dejará de hacerlo.

Cojo el sobre de la mesilla de noche y lo abro. Saco la carta de Six y me tumbo sobre la almohada para leerla, con la esperanza de poder escapar del caos que reina en mi mente.

Sky:

Con un poco de suerte, en el momento en que estés leyendo esta carta (porque sé que no la leerás enseguida), estaré perdidamente enamorada de un macizo italiano y no pensaré en ti ni por un segundo.

Pero sé que ese no será el caso porque pensaré en ti constantemente.

Pensaré en todas las noches que hemos pasado comiendo helado, viendo películas y hablando de chicos. Pero, sobre todo, pensaré en ti, y en todos los motivos por los que te quiero.

Estos son solo algunos ejemplos: me encanta lo mal que se te dan las despedidas, los sentimientos y las emociones, porque a mí se me dan igual de mal. Me encanta que siempre te comas la parte de fresa y vainilla del helado porque sabes que prefiero el chocolate, aunque a ti también te guste. Me encanta que no seas un bicho raro, a pesar de que te han prohibido socializarte hasta tal punto que haces que un amish parezca moderno.

Pero, sobre todo, me encanta que no me juzgues. Me encanta que, en estos cuatro años, no hayas cuestionado ni una sola vez mis decisiones (por muy malas que fuesen), los chicos con los que he estado o el hecho de que no crea en el compromiso. Me atrevería a decir que para ti es fácil no juzgarme porque tú también eres una guarra. Pero ambas sabemos que no lo eres. Así que gracias por no ser una amiga criticona. Gracias por no tener aires de superioridad y por no tratarme como si fueses mejor que yo (aunque ambas sabemos que lo eres). Por mucho que me ría de lo que dice la gente a nuestras espaldas, no soporto que hablen mal de ti. Por eso te pido perdón. Pero no demasiado, porque sé que si te dieran a elegir entre ser mi mejor amiga guarra o la chica de buena reputación, te tirarías a todos los tíos del mundo. Porque me quieres muchísimo. Y yo te lo permitiría, porque te quiero muchísimo.

Y te diré otra cosa que me encanta de ti. Luego ya me callo, porque estoy escribiendo esta carta a menos de dos metros de ti y me cuesta mucho no colarme por tu ventana y achucharte.

Me encanta tu indiferencia. Me encanta que te importe un bledo lo que piense la gente. Me encanta que estés muy centrada en tu futuro y que pases de todo el mundo. Me encanta cómo me sonreíste y te encogiste de hombros cuando te dije que me iba a Italia, después de haberte convencido para que te matricularas en el instituto. Eso habría roto la relación de muchos amigos. Te dejé colgada para cumplir mi sueño, y no te corroyó por dentro. Ni siquiera me echaste la bronca.

Me encanta cómo (esta es la última, te lo juro), cuando vimos *Las fuerzas de la naturaleza* y al final de la película yo le gritaba a la tele porque Sandra Bullock se marchaba, te encogiste de hombros y me dijiste: «Así es la vida, Six. No puedes enfadarte por un final real. Algunos finales son tristes. Tendrías que cabrearte por los finales felices».

Nunca lo olvidaré, porque tenías razón. Y sé que no intentabas darme una lección, pero lo hiciste. No todo me saldrá como yo quiero, y no todo el mundo tiene un final feliz. En la vida real hay momentos tristes, y hay que aprender a sobrellevarlos. Lo aceptaré con una dosis de tu indiferencia, y seguiré adelante.

Bueno. Ya basta. Solo quiero que sepas que te echaré de menos. Y dile a ese nuevo amigo más amigo del mundo mundial del instituto que más le vale desaparecer de mi vista cuando regrese a casa dentro de seis meses. Espero que te des cuenta de lo maravillosa que eres, pero, por si acaso no lo haces, te escribiré todos los días para recordártelo. Prepárate para el bombardeo de mensajes que recibirás durante estos seis meses con solo afirmaciones positivas sobre Sky.

Te quiero,
6

Doblo la carta y sonrío, pero no lloro. Six no esperaría que llorara, aunque he estado a punto de hacerlo. Extiendo la mano y cojo el teléfono móvil del cajón de la mesilla de noche. Tengo dos mensajes no leídos.

«¿Te he dicho últimamente lo maravillosa que eres? Ya te echo de menos.»

«Ya han pasado dos días: más vale que me respondas. Tengo que hablarte sobre Lorenzo. Además, eres tremendamente inteligente.»

Sonrío y escribo la respuesta. Tardo cinco minutos en hacerlo. Casi tengo dieciocho años y este es el primer mensaje de texto que escribo en mi vida. Tendría que aparecer en el libro Guinness de los récords.

«Puedo acostumbrarme a recibir cada día esas afirmaciones positivas. Asegúrate de recordarme que soy muy guapa, que tengo un gusto impecable para la música y que soy la corredora más veloz del mundo. (Son solo algunas ideas para que sepas por dónde empezar.) Yo también te echo de menos. Y estoy deseando saber quién es ese tal Lorenzo, cacho guarra.»

Viernes, 31 de agosto de 2012

Las 11.20

Los próximos dos días en el instituto son iguales que los dos anteriores: llenos de culebrones. Mi taquilla parece haberse convertido en un cubo de notas adhesivas y cartas de mal gusto, pero no he visto a nadie pegándolas o metiéndolas. La verdad es que no entiendo en qué se beneficia la gente haciendo este tipo de cosas si ni siquiera admiten haber sido los responsables. Un buen ejemplo es la nota que me he encontrado esta mañana. Todo lo que decía era «puta».

¿En serio? ¿Dónde queda la creatividad? ¿No podrían acompañarlo de una historia interesante? ¿Quizá algunos detalles de mi falta de discreción? Si voy a tener que leer este tipo de chorradas todos los días, lo mínimo que podrían hacer es decir algo interesante. Si yo cayese tan bajo para escribir un chisme en la taquilla de alguien, por lo menos tendría el detalle de entretener a quien tuviera que leerlo. Escribiría algo interesante, como por ejemplo: «Anoche te vi en la cama con mi novio. No me hace ninguna gracia que pongas aceite para masajes en mis pepinos. Puta».

Me echo a reír, aunque es un tanto extraño que me hagan gracia mis propios pensamientos. Miro alrededor y veo que estoy sola en el pasillo. En lugar de despegar las notas de la taquilla, como probablemente debería hacer, saco el bolígrafo y les doy un toque de creatividad. Sois bienvenidos, transeúntes.

Breckin coloca su bandeja frente a la mía. Desde que él piensa que solo quiero comer ensalada, cada uno se lleva su propia comida. Me sonríe como si fuese a contarme un secreto del que estoy deseando enterarme. Si es otro chisme, paso.

—¿Cómo fueron las pruebas de atletismo? —pregunta.

—No fui —respondo, encogiéndome de hombros.

—Ya lo sé.

—Entonces ¿por qué preguntas?

Breckin se echa a reír.

—Porque me gusta contrastar las cosas antes de creérmelas. ¿Por qué no fuiste?

Vuelvo a encogerme de hombros, y él añade:

—¿Qué te pasa en los hombros? ¿Tienes un tic nervioso?

Y lo hago otra vez.

—No me apetece formar parte de un equipo con nadie de esta escuela. Ya no me parece una buena idea —le explico.

Breckin frunce el entrecejo.

—Uno: el atletismo es uno de los deportes más individuales que existen. Y dos: dijiste que te habías matriculado en el instituto por las actividades extracurriculares.

—La verdad es que no sé por qué estoy aquí —respondo—. Quizá necesite ver una buena dosis de la decadencia de la naturaleza humana antes de entrar en el mundo real. Así el susto no será tan grande.

Breckin me apunta con un tallo de apio y arquea la ceja.

—Eso es verdad. Una introducción gradual a los peligros de la sociedad ayudará a mitigar el golpe. No podemos dejarte sola en la jungla cuando te han mimado durante toda tu vida en un zoo.

—Bonita analogía —comento.

Me guiña un ojo y muerde el tallo de apio.

—Hablando de analogías: ¿qué le ha pasado a tu taquilla? Estaba cubierta de analogías y metáforas sexuales.

—¿Te ha gustado? —le pregunto entre risas—. Me ha llevado un rato, pero estaba inspirada.

Breckin asiente.

—Hay una que me ha gustado especialmente: «Eres tan puta que incluso te has tirado a Breckin el mormón».

—Esa no puedo atribuírmela —contesto, negando con la cabeza—. Es original. ¿No te parecen más divertidas después de que las haya subido de tono?

—Bueno... Me parecían divertidas. Ya no están. Acabo de ver a Holder quitándolas.

Miro a Breckin y veo que vuelve a sonreír con picardía. Me imagino que ese es el secreto que tantas ganas tenía de contarme.

—¡Qué raro!

Me pregunto por qué Holder se tomaría la molestia de hacer algo así. No hemos salido a correr juntos desde la última vez que hablamos. De hecho, no hemos interactuado en absoluto. Ahora se sienta en la otra punta del aula, y no vuelvo a verlo en todo el día, excepto en la hora de la comida. Incluso entonces se sienta en el otro extremo de la cafetería con sus amigos. Pensé que, tras llegar a este punto muerto, por fin habíamos logrado evitarnos el uno al otro, pero creo que me equivoqué.

—¿Puedo preguntarte algo? —me dice Breckin.

Vuelvo a encogerme de hombros, sobre todo para molestarlo.

—¿Son ciertos los rumores que circulan sobre él? ¿Sobre su mal genio? ¿Y sobre su hermana?

Trato de no parecer sorprendida por su comentario, pero es la primera vez que oigo hablar acerca de una hermana.

—No lo sé. Lo único que puedo decirte es que he pasado suficiente tiempo con él para saber que me da tanto miedo que no quiero pasar más tiempo con él.

Me gustaría preguntar a Breckin sobre el comentario que ha hecho de la hermana de Holder, pero a veces mi terquedad asoma su fea cabeza sin que yo pueda evitarlo. Por alguna razón, pedir información sobre Dean Holder es una de esas ocasiones.

—Hola —me saluda alguien desde detrás.

Enseguida me doy cuenta de que no es Holder, porque esta voz me ha dejado indiferente. En cuanto me vuelvo, Grayson pasa la pierna por encima del banco y se sienta a mi lado.

—¿Tienes algo que hacer después de clase? —me pregunta.

Hundo un tallo de apio en un aliño grumoso y le doy un mordisco.

—Seguramente.

Grayson agita la cabeza y dice:

—Esa respuesta no me vale. Te espero en tu coche después de la última clase.

Y se marcha antes de que pueda contestarle. Breckin sonríe lleno de satisfacción.

Yo simplemente me encojo de hombros.

No sé de qué quiere hablar Grayson, pero si está pensando en venir a casa mañana por la noche, le hace falta una lobotomía. Estoy dispuesta a renunciar a los chicos en lo que queda de curso. Especialmente si eso significa no tener a Six para comer helado después de que se hayan marchado. El helado era la única parte interesante de liarme con ellos.

Al menos Grayson cumple su palabra. Cuando llego al aparcamiento está esperándome en mi coche, apoyado en la puerta del conductor.

—Hola, princesa —me saluda.

No sé si es por su voz o porque acaba de ponerme un apodo, pero sus palabras hacen que me estremezca. Me acerco a él y me pongo a su lado.

—No vuelvas a llamarme «princesa». Jamás.

Él se echa a reír, se pone delante de mí y me agarra de la cintura con ambas manos.

—De acuerdo. ¿Qué te parece «preciosa»?

—¿Qué te parece si simplemente me llamas Sky?

—¿Por qué tienes que estar cabreada todo el tiempo?

Lleva las manos a mi rostro, me coge de las mejillas y me besa. Por desgracia, yo se lo permito. Sobre todo porque siento que se lo ha ganado por aguantarme durante todo un mes. Sin embargo, no se merece que le devuelva tantos favores, de modo que aparto la cabeza a los pocos segundos.

—¿Qué quieres? —le pregunto.

—A ti —responde rodeando mi cintura con sus brazos y apretándome contra él.

Empieza a besuquearme el cuello y le doy un empujón para que se aparte.

—¿Qué pasa? —dice él.

—¿Es que no lo pillas? Te dije que no me acostaría contigo, Grayson. No estoy bromeando ni estoy dándote a entender que quiero que me persigas, como hacen otras chicas perturbadas y retorcidas. Tú quieres más y yo no, de modo que creo que tenemos que aceptar que hemos llegado a un punto muerto y que debemos pasar página.

Grayson me mira fijamente, suspira y me abraza.

—No quiero más, Sky. Me basta con lo que ya tenemos. No volveré a insistir. Simplemente me lo paso bien en tu casa, y me gustaría ir mañana por la noche —me explica, e intenta convencerme con una de esas sonrisitas *mojabragas*—. No te enfades y ven aquí —me pide, y acerca mi rostro al suyo y vuelve a besarme.

Por muy irritada y enfadada que esté con él, no puedo evitar sentir cierto alivio en cuanto sus labios topan con los míos. El cabreo se viene abajo gracias al entumecimiento que se apodera de mí. Solo por esa razón dejo que siga besándome. Me empuja contra el coche y pasa las manos por mi pelo. Después empieza a besarme por la mandíbula y por el cuello. Apoyo la cabeza en el coche y levanto la muñeca para ver qué hora es. Karen se marcha de la ciudad por trabajo, de modo que tengo que ir al supermercado a comprar azúcar para todo el fin de semana. No sé cuánto tiempo piensa estar Grayson toqueteándome, pero ahora mismo me apetece comer helado. Pongo los ojos en blanco y dejo caer el brazo. De repente se me acelera el corazón, el estómago me da un vuelco y percibo todas las sensaciones que supuestamente una chica debe sentir cuando la besan los labios de un tío bueno. Pero no tengo esa reacción por el chico que está besándome, sino por el tío bueno que está mirándome desde el otro lado del aparcamiento.

Holder está junto a su coche, con el codo apoyado en el marco de la puerta, observándonos. Inmediatamente aparto a Grayson y me doy la vuelta para entrar en el coche.

—Entonces ¿nos vemos mañana por la noche? —pregunta.

Entro en el coche y arranco.

—No. Hemos acabado —sentencio.

Doy un portazo y salgo del aparcamiento, sin estar segura de si estoy enfadada, avergonzada o locamente enamorada. ¿Cómo lo consigue Holder? ¿Cómo demonios me provoca ese tipo de sensaciones desde la otra punta del aparcamiento? Creo que necesito una intervención.

Viernes, 31 de agosto de 2012

Las 16.50

—¿Te acompañará Jack? —le pregunto a Karen, y abro la puerta del coche para que acabe de poner el equipaje en el asiento trasero.

—Sí, vendrá conmigo. Volveremos a casa... volveré a casa el domingo —se corrige.

Karen evita referirse a Jack y a ella en plural. No entiendo cuál es el inconveniente porque él me cae muy bien y sé que la quiere mucho. Mi madre ha tenido un par de novios en los últimos doce años, pero los ha dejado en cuanto ellos han empezado a tomarse la relación en serio.

Ella cierra la puerta trasera y se vuelve hacia mí.

—Sabes que confío en ti, pero, por favor...

—No te quedes embarazada —la interrumpo—. Ya lo sé, ya lo sé. Me lo repites cada vez que te marchas desde hace dos años. No me quedaré embarazada, mamá. Solo me pillaré un ciego descomunal.

Ella se echa a reír y me abraza.

—Buena chica. Y emborráchate. No olvides agarrarte una buena cogorza.

—No lo olvidaré, te lo prometo. Y alquilaré un televisor, para pasarme el fin de semana comiendo helado y viendo telebasura.

Se aparta y me mira fijamente.

—Eso ya no me hace tanta gracia —responde.

Me echo a reír y vuelvo a abrazarla.

—Pásatelo bien. Espero que vendas muchas hierbas, jabones, remedios y todas esas cosas que haces.

—Te quiero. Si me necesitas, sabes que puedes llamar desde el teléfono de casa de Six.

Pongo los ojos en blanco porque cada vez que se marcha de casa me da las mismas instrucciones.

—Adiós —me despido.

Karen se marcha en el coche y me deja sola para todo el fin de semana. Casi todos los adolescentes se lanzarían al teléfono para invitar a sus amigos a la mayor juega del año. Yo, por el contrario, entro en casa y decido hacer galletas porque es la mayor travesura que se me ocurre.

Me encanta la repostería, pero no presumo de ser muy buena en ello. Normalmente acabo con más harina y chocolate en la cara que en el producto final. La de hoy no es una excepción. Ya he horneado un montón de galletas con chocolate, de brownies y de otra cosa que no estoy muy segura de lo que es. Estoy añadiendo la harina para hacer un pastel de chocolate cuando llaman al timbre.

Me imagino que debería saber cómo actuar en este tipo de situaciones. Los timbres suenan a menudo, ¿verdad? Pues el de mi casa no. Me quedo mirando la puerta, sin estar segura de a qué estoy esperando. Cuando suena por segunda vez, dejo el vaso medidor en la mesa, me aparto el pelo de los ojos y me dirijo hacia la puerta. Al abrirla, no me sorprende encontrarme a Holder. De acuerdo, me sorprende. Pero no demasiado.

—Hola —lo saludo.

No se me ocurre nada más. Y, aunque se me ocurriera, probablemente no sería capaz de decirlo, porque ¡no puedo ni respirar! Él está en el último peldaño de la escalera de entrada, con las manos colgando de los bolsillos del pantalón.

Sigo pensando que le iría bien un corte de pelo, pero cuando levanta la mano y se aparta el flequillo de los ojos, cambio completamente de parecer.

—Hola —contesta.

Holder sonríe de un modo extraño, está nervioso, y eso me parece terriblemente atractivo. Está de buen humor. Al menos, por ahora. Quién sabe cuándo volverá a enfadarse y a tener ganas de discutir.

—Mmm —titubeo, muy incómoda.

Sé que el siguiente paso consiste en invitarlo a entrar, pero solo si me apetece que lo haga. Y, sinceramente, el jurado aún no ha emitido su veredicto.

—¿Estás ocupada? —pregunta.

Miro hacia el desastre que he montado en la cocina y respondo:

—Un poco.

No estoy mintiendo. La verdad es que estoy muy ocupada.

Él aparta la mirada, asiente y hace un gesto con la cabeza hacia su coche.

—Vale. Bueno... entonces me marcho —dice, y baja un peldaño.

—¡No! —exclamo, demasiado rápido y un decibelio demasiado alto.

He sonado un poco desesperada, y me muero de la vergüenza. No sé por qué ha venido ni por qué sigue molestándose, y eso hace que la curiosidad me corroa por dentro. Me hago a un lado y abro más la puerta.

—Puedes pasar, pero quizá te ponga a trabajar.

Holder duda por un momento y vuelve a subir el peldaño. Entra en casa y cierro la puerta. Antes de que me sienta aún más incómoda, voy a la cocina y cojo el vaso medidor. Vuelvo al trabajo como si delante de mí no tuviese a un tío bueno con muy mal genio.

—¿Vas a vender pasteles? —me pregunta, y rodea la barra para ver el montón de postres que cubre la encimera.

—Mi madre pasará el fin de semana fuera de casa. Odia el azúcar, así que me vuelvo loca cuando estoy sola.

Holder se echa a reír y coge una galleta, no sin antes mirarme para pedirme permiso.

—Sírvete —le digo—. Pero te advierto que mi afición por la repostería no quiere decir que se me dé bien.

Tamizo el resto de la harina y lo añado a la mezcla.

—¿Tienes toda la casa para ti y no se te ocurre otra cosa que pasarte la noche del viernes horneando galletas? Típico de adolescentes —bromea.

—¿Qué quieres que te diga? —le respondo, encogiéndome de hombros—. Soy una rebelde.

Holder se da la vuelta y abre un armario. Echa un vistazo y lo cierra. Da un paso a la izquierda, abre otro armario y coge un vaso.

—¿Hay leche? —me pregunta dirigiéndose hacia el frigorífico.

Dejo de mezclar y veo que coge la leche y se la sirve, como si estuviera en su propia casa. Da un trago y, al volverse, me sorprende mirándolo.

—No tendrías que ofrecer galletas sin leche —comenta sonriente—. Eres una anfitriona pésima.

Coge otra galleta y el vaso de leche, se acerca a la barra y se sienta.

—Intento reservar mi hospitalidad para la gente a la que realmente he invitado —le respondo con sarcasmo, y me vuelvo hacia la encimera.

—¡Ay! —exclama entre risas.

Enciendo la batidora y creo una excusa para no tener que hablar con él durante tres minutos a velocidad media-alta. Intento recordar qué aspecto tengo y, con disimulo, busco una superficie reflectante en la que mirarme. Debo de tener harina por todos lados. Llevo el pelo recogido con un lápiz y es la cuarta noche seguida en la que me pongo este mismo pantalón de chándal. Sin lavarlo. Con aire despreocupado, trato de quitarme cualquier resto visible de harina, pero soy consciente de que es una causa perdida. De todos modos, es imposible que tenga peor aspecto que el que tenía tumbada en el sofá con gravilla pegada a la mejilla.

Apago la batidora y pulso el botón para desenganchar las aspas. Chupo una de ellas y le ofrezco la otra a él.

—¿Quieres? Es pastel de chocolate.

Holder la coge y sonríe.

—Muy hospitalario por tu parte.

—Cállate y chupa, si no lo haré yo.

Cojo mi taza del armario para beber agua.

—¿Quieres agua o piensas seguir fingiendo que puedes tragarte esa asquerosidad para veganos? —le pregunto.

Holder se echa a reír, arruga la nariz y empuja su vaso hacia mí.

—Intentaba ser amable, pero no puedo dar ni un sorbo más a esa cosa. Sí, agua, por favor.

Me echo a reír, lavo la taza y se la devuelvo llena de agua. Me siento frente a él y lo miro mientras le doy un mordisco a un brownie. Estoy esperando que me explique por qué ha venido, pero no lo hace. Simplemente está viéndome comer. No pienso preguntárselo porque estoy disfrutando del silencio. Nos llevamos mejor cuando ambos estamos callados, y es que todas nuestras conversaciones suelen acabar en discusiones.

Holder se pone en pie y va al salón sin darme ningún tipo de explicación. Echa un vistazo alrededor y llaman su atención las fotografías que cuelgan de las paredes. Se acerca a ellas y las examina con detenimiento. Me reclino en la silla y observo cómo cotillea.

Él nunca tiene prisa y parece muy seguro de los movimientos que hace. Da la sensación de que planea meticulosamente, con días de antelación, todos y cada uno de sus pensamientos y acciones. Me lo imagino en su habitación, escribiendo las palabras que piensa decir al día siguiente, porque es muy quisquilloso para eso.

—Tu madre parece muy joven —comenta él.

—Es joven.

—No te pareces a ella. ¿Eres más parecida a tu padre? —me pregunta, y se da la vuelta para mirarme.

Me encojo de hombros y respondo:

—No lo sé. No recuerdo qué aspecto tiene.

Holder vuelve a mirar las fotografías y recorre una de ellas con el dedo.

—¿Está muerto? —me pregunta directamente.

Su modo de hablar me hace pensar que él sabe que mi padre no está muerto. De lo contrario no me lo habría preguntado así, como si nada.

—No lo sé. No lo he visto desde que tenía tres años.

Holder vuelve a la cocina y se sienta delante de mí.

—¿Es todo lo que vas a decirme? ¿No me cuentas la historia?

—Oh, sí que hay una historia, pero no pienso contártela.

Estoy segura de que hay una historia... pero yo no la sé. Karen no tiene información sobre la vida que yo tenía antes de que me mandaran a una casa de acogida, y nunca he sentido la tentación de investigar. ¿Qué son un par de años olvidados cuando he vivido trece fantásticos?

Holder vuelve a sonreírme, pero esta vez es una sonrisa cautelosa porque va acompañada por una mirada llena de curiosidad.

—Las galletas estaban buenas —comenta, cambiando hábilmente de tema—. No deberías menospreciar tus dotes de repostera.

Oigo un pitido, por lo que me levanto de un salto y corro hacia el horno. Al abrirlo veo que el pastel todavía está muy poco hecho. Me doy la vuelta y me encuentro a Holder con mi teléfono móvil en la mano.

—Tienes un mensaje nuevo —me avisa entre risas—. El pastel está bien.

Lanzo la manopla a la encimera y me siento. Holder está

leyendo mis mensajes sin un ápice de respeto por la privacidad. La verdad es que no me importa, así que no le digo nada.

—Pensaba que no te dejaban tener teléfono móvil. ¿O era una excusa barata para no darme tu número? —me pregunta.

—No, no me dejan. Mi mejor amiga me lo regaló hace unos días. Solo puedo enviar mensajes de texto.

Holder me pone la pantalla delante y me dice:

—¿Qué tipo de mensajes son estos? —Acto seguido, lee uno de ellos—: «Sky, eres preciosa. Probablemente seas la criatura más bella del universo, y si alguien se atreve a decirte lo contrario, me lo cargo». —Arquea una ceja, me mira y vuelve a centrar la atención en la pantalla—. Joder, son todos así. Por favor, dime que no te escribes estos mensajes a ti misma para subirte la moral cada día.

Me echo a reír, voy al otro lado de la barra y le quito el teléfono.

—Ya vale. Estás quitándole toda la gracia.

Él echa la cabeza hacia atrás sin dejar de reírse.

—Oh, Dios, ¿de veras? ¿Los has escrito tú?

—¡Claro que no! —respondo a la defensiva—. Son de Six, mi mejor amiga. En estos momentos está en la otra punta del mundo y me echa de menos. No quiere que esté triste, y me envía mensajes así a diario. Me parece muy bonito.

—Oh, no te creo. No los aguantas y seguro que no llegas ni a leerlos —contesta.

¿Cómo lo sabe?

Dejo el móvil en la mesa y luego cruzo los brazos sobre el pecho.

—Lo hace con la mejor intención —respondo, pero no admito que los mensajes me sacan de quicio.

—Esos mensajes van a ser tu perdición. Te hincharán tanto el ego que al final te explotará. —Coge mi teléfono y saca el suyo del bolsillo. Mira ambas pantallas y pulsa unos números en el suyo—. Hay que arreglar esta situación antes de que empieces a tener delirios de grandeza.

Me devuelve mi teléfono. Después, escribe algo en el suyo y se lo guarda en el bolsillo. En ese momento suena mi teléfono para avisarme de que tengo un nuevo mensaje. Lo leo y me echo a reír.

«Tus galletas dan asco. Y no eres tan guapa.»

—¿Mejor? —bromea—. ¿Se te ha desinflado el ego lo suficiente?

Sigo riéndome y dejo el teléfono sobre la encimera. Luego me pongo en pie y le respondo:

—Sabes perfectamente cómo tratar a una chica. —Me dirijo hacia el salón y me doy la vuelta—. ¿Quieres que te enseñe la casa?

Holder se levanta y me sigue mientras le cuento datos aburridos y tonterías y le enseño habitaciones y fotografías. Por supuesto, él lo asimila todo poco a poco, sin ninguna prisa. Se detiene a inspeccionar cada detalle y no dice ni una palabra.

Finalmente abro la puerta de mi habitación.

—Esta es mi habitación —le explico, con una pose de presentadora de televisión—. Puedes mirar todo lo que quieras, pero, al no haber en esta casa nadie que tenga dieciocho años o más, ni se te ocurra acercarte a la cama. Este fin de semana tengo prohibido quedarme embarazada.

Holder se detiene al pasar por la puerta y me mira con la cabeza ladeada.

—¿Solo este fin de semana? ¿Estás planeando quedarte preñada la semana que viene?

Entro en la habitación por detrás de él y le respondo:

—¡Qué va! Seguramente esperaré un par de semanas más.

Él inspecciona la habitación y poco a poco se vuelve hacia mí.

—Yo ya tengo dieciocho.

Ladeo la cabeza, preguntándome por qué habrá hecho ese comentario.

—Me alegro por ti.

Mira hacia la cama y después a mí.

—Me has dicho que no me acerque a tu cama porque no tengo dieciocho años. Solo quiero que sepas que ya los tengo.

No me gusta el modo en que mis pulmones se han encogido cuando ha mirado hacia la cama.

—Oh, bueno, quería decir diecinueve.

Holder se da la vuelta, se acerca a la ventana y la abre. Asoma la cabeza y la vuelve a meter.

—Así que esta es la famosa ventana...

Holder está de espaldas, y quizá sea lo mejor porque, si las miradas matasen, él ya estaría muerto. ¿Por qué demonios ha tenido que decirlo? Por extraño que parezca, estaba disfrutando de su compañía. Se vuelve hacia mí y me fijo en que su gesto juguetón ha desaparecido. En su lugar hay una expresión desafiante que ya he visto demasiadas veces.

—¿Qué quieres, Holder? —le pregunto tras dejar escapar un suspiro.

O me explica por qué ha venido, o va a tener que marcharse. Él cruza los brazos y me mira con los ojos entrecerrados.

—¿He dicho algo inoportuno, Sky? ¿Alguna mentira? ¿Algún chisme infundado, quizá?

Por su tono de burla, es evidente que sabe muy bien qué estaba insinuando con el comentario sobre la ventana. No estoy de humor para andar con jueguecitos. Además, tengo pasteles que meter en el horno. Y que comer.

Me dirijo hacia la puerta y la mantengo abierta.

—Sabes perfectamente lo que has dicho, pero no has conseguido que yo reaccionara como esperabas. ¿Contento? Ahora ya puedes marcharte.

No me hace caso. Deja caer los brazos y se da la vuelta. Después coge de la mesilla de noche el libro que Breckin me dio. Lo observa como si los últimos treinta segundos jamás hubiesen tenido lugar.

—Holder, estoy pidiéndotelo amablemente y no voy a repetírtelo. Márchate.

Deja el libro en su sitio y se tumba en la cama. Literalmente, se tumba en mi cama. Está en mi cama.

Pongo los ojos en blanco, me acerco a él y le quito las piernas de encima del colchón. Si tengo que sacarlo a rastras de casa, lo haré. Al tirarle de las muñecas, me acerca a él con un movimiento tan veloz que mi mente no tiene tiempo de asimilar. Me da la vuelta, me tumba en la cama y me agarra de los brazos. Todo sucede de un modo muy inesperado y no tengo ni tiempo de oponer resistencia. Y ahora, al verlo encima de mí, una parte de mí no quiere hacerlo. Estoy dudando entre pedir ayuda y desnudarme.

Holder me suelta y lleva una mano a mi rostro. Recorre mi nariz con el dedo pulgar y sonríe.

—Tienes harina —dice, y me la limpia—. Estaba molestándome.

Se sienta con la espalda apoyada en el cabecero y vuelve a poner las piernas sobre la cama. Sigo tumbada, con las estrellas sobre mí, y por primera vez siento algo mientras las miro.

No puedo ni moverme, porque temo que Holder esté loco. Está realmente loco. Es la única explicación lógica que justifica su personalidad. Y el hecho de que todavía me parezca tan atractivo solo puede significar una cosa: que yo también estoy loca.

—No sabía que era gay —comenta.

Definitivamente, está pirado.

Vuelvo la cabeza hacia él, pero no digo nada. ¿Qué demonios le dices a un loco que se niega a marcharse de tu casa y que empieza a hablarte de chorradas?

—Le di una paliza porque era un gilipollas. No sabía que era gay —explica.

Tiene los codos apoyados en las rodillas y me mira fijamente, esperando una reacción. O una respuesta. Durante unos segundos no consigue ninguna de las dos cosas, porque tengo que procesarlo.

Miro las estrellas otra vez y me tomo mi tiempo para analizar la situación. Si Holder no está loco, está tratando de decirme algo. Pero ¿qué? ¿Viene a mi casa sin que yo lo invite para limpiar su reputación y mofarse de la mía? ¿Por qué se esfuerza? Soy una persona cualquiera, ¿qué más le dará mi opinión?

Excepto en el caso de que yo le guste. Al pensar en ello sonrío sin querer, y me siento furiosa y confundida por confiar en atraer a un lunático. Pero me lo tengo merecido. No tendría que haberlo dejado entrar sin estar Karen en casa. Y ahora Holder sabe que pasaré todo el fin de semana sola. Si tuviera que pesar las decisiones de esta noche, probablemente esta sería tan pesada que rompería el lado de las estupideces de la balanza. Preveo que esta situación puede acabar de dos maneras: o llegaremos a entendernos el uno al otro, o me matará, me cortará en pedacitos y hará galletas conmigo. Cualquiera que sea el modo en que esto acabe, me entristece pensar en todos los postres que no estoy comiéndome en estos momentos.

—¡El pastel! —grito, y me levanto de un salto.

Voy corriendo a la cocina, justo a tiempo para oler mi último desastre. Me pongo la manopla, saco el pastel y lo lanzo a la encimera con un gesto de decepción. No está demasiado chamuscado, y podría arreglarlo con una cobertura.

Cierro el horno y decido que voy a cambiar de afición. Quizá empiece a hacer joyas. No puede ser muy difícil, ¿verdad? Cojo dos galletas y regreso a la habitación. Le doy una galleta a Holder y me siento en la cama, junto a él.

—Me parece que mi comentario sobre el gilipollas que apalea a gays estuvo fuera de lugar, ¿a que sí? ¿De veras que no eres un estúpido homófobo que ha pasado el último año en un centro de menores?

Holder sonríe, se tumba y mira las estrellas.

—No, en absoluto. El año pasado estuve con mi padre en Austin. No sé de dónde ha salido la historia sobre el centro de menores.

—¿Por qué no te defiendes contra esos rumores que no son ciertos?

Vuelve la cabeza hacia mí y me pregunta:

—¿Y tú?

Aprieto los labios y asiento.

—Ahí me has pillado.

Ambos comemos las galletas en un silencio absoluto. Algunas de las cosas que Holder ha dicho en los últimos días empiezan a cobrar sentido, y siento que me parezco cada vez más a la gente que desprecio. Él me dejó muy claro que me contestaría a cualquier pregunta que le hiciese, y sin embargo yo he preferido creerme los rumores que circulan sobre él. Es normal que estuviese tan enfadado conmigo. Estaba tratándolo como me tratan a mí.

—¿Por qué has hecho el comentario sobre la ventana? ¿Estabas refiriéndote a los rumores? ¿No lo has dicho con mala intención? —le pregunto.

—No soy tan malo, Sky.

—Eres serio. En eso, al menos, no me he equivocado.

—Puede que sea serio, pero no soy malo.

—Pues yo no soy una guarra.

—Y yo no soy un gilipollas que va apaleando a gays.

—¿Está todo aclarado?

—Sí, creo que sí —responde Holder riéndose.

Inspiro hondo, espiro y me preparo para hacer algo muy poco común en mí: disculparme. Si no fuese tan terca, podría llegar a aceptar que mi comportamiento crítico de esta semana ha sido humillante y que Holder tenía todo el derecho del mundo a estar enfadado conmigo por ser tan estúpida. Sin embargo, me disculpo de forma rápida y dulce.

—Lo siento, Holder —digo en voz baja.

Él suspira profundamente.

—Lo sé, Sky. Lo sé.

Y nos quedamos en silencio durante lo que parece una eternidad. Sin embargo, me da la sensación de que no es suficiente tiempo. Está haciéndose tarde y temo que Holder esté a punto de marcharse porque no tenemos nada más que decirnos. Pero no quiero que lo haga. Estoy bien aquí, con él. No sé por qué, pero es así como me siento.

—Tengo que preguntarte algo —dice Holder, rompiendo por fin el silencio.

No respondo porque me da la sensación de que no quiere que lo haga. Simplemente está haciendo una de sus pausas para preparar la pregunta. Respira, se pone de lado y me mira. Apoya la cabeza en la mano y siento su mirada sobre mí, pero no aparto la vista de las estrellas. Está demasiado cerca para que pueda mirarlo, y por la velocidad a la que me late el corazón, creo que moriré si me acerco un poco más. No es posible que un corazón lata tan rápido por la lujuria. Esto es peor que correr.

—¿Por qué has permitido que Grayson te hiciera lo que te estaba haciendo en el aparcamiento?

Quiero esconderme debajo de las sábanas. Esperaba que no sacara el tema.

—Ya te lo he dicho. No es mi novio y no es él quien me puso el ojo morado.

—No es eso lo que te he preguntado. He visto cómo has reaccionado. Estabas enfadada con él. Incluso parecías un poco aburrida. Solo quiero saber por qué permites que te haga esas cosas cuando no quieres que te toque.

Sus palabras hacen que la cabeza me dé vueltas, y de repente siento claustrofobia y empiezo a sudar. Me incomoda hablar sobre esto. No me gusta que él me lea la mente y que yo no pueda leer la suya.

—¿Era tan evidente mi falta de interés? —pregunto.

—Sí. Y a cincuenta metros de distancia. Me sorprende que él no se diera cuenta.

Esta vez me vuelvo hacia él sin pensar, y apoyo la cabeza en la mano.

—Ya lo sé. No te imaginas cuántas veces lo he rechazado, pero él no se rinde. Es muy patético. Y nada atractivo.

—Entonces ¿por qué se lo permites? —insiste, lanzándome una mirada severa.

En estos momentos estamos en una postura muy comprometida, con nuestras caras a pocos centímetros de distancia y sobre la misma cama. El modo en que me mira, dejando caer la vista a mis labios, hace que vuelva a ponerme boca arriba. No sé si él siente lo mismo, pero me imita.

—Es complicado.

—No tienes que explicármelo —responde—. Tenía curiosidad. No quiero entrometerme.

Cruzo las manos detrás de la cabeza y miro hacia las estrellas que he contado miles de veces. Llevo en la cama con él más tiempo que con ningún otro chico, y sin embargo no he sentido la necesidad de contarlas.

—¿Has tenido alguna vez una relación seria? —le pregunto.

—Sí —afirma—. Pero espero que no me pidas que te dé más detalles, porque no pienso hacerlo.

Niego con la cabeza.

—No te lo pregunto por eso. —Hago una pausa de unos segundos porque quiero formular bien la pregunta—. Cuando la besabas, ¿qué sentías?

Se queda callado un momento, probablemente pensando que es una pregunta trampa.

—Quieres que sea sincero, ¿verdad? —pregunta él.

—Completamente.

Veo por el rabillo del ojo que está sonriendo.

—De acuerdo. Pues... me ponía cachondo.

Intento no inmutarme cuando esa palabra sale de su boca, pero... ¡uau! Cruzo las piernas en un intento de minimizar el golpe de calor que siento.

—¿Así que notas mariposas en el estómago, te sudan las manos, se te acelera el corazón y todo eso?

—Sí —responde, encogiéndose de hombros—. No con todas las chicas con las que he estado, pero con la mayoría.

Ladeo la cabeza para mirarlo y trato de no analizar la manera en la que ha dicho la frase.

—No ha habido tantas —aclara, volviéndose hacia mí.

Sonríe y sus hoyuelos me parecen aún más bonitos tan de cerca. Por un momento me quedo atónita mirándolos—. ¿Adónde quieres llegar?

Me fijo en sus ojos por un momento, y después vuelvo a dirigir la vista al techo.

—Pues yo no, no he sentido nada de eso. Cuando me lío con chicos, no siento nada en absoluto. Me quedo entumecida. Así que, algunas veces, dejo que Grayson me haga lo que me hace. No porque disfrute de ello, sino porque me gusta no sentir nada. —Holder no responde, y su silencio me incomoda. No puedo evitar preguntarme si, en su mente, está etiquetándome de loca—. Sé que no tiene sentido. Y no, no soy lesbiana. Pero nunca he sentido atracción por nadie, hasta que te he conocido, y no sé por qué.

En cuanto lo digo, Holder me lanza una mirada y yo aprieto los ojos y me tapo la cara con el brazo. No puedo creer que acabe de admitir, en voz alta, que Holder me atrae. Podría morirme ahora mismo y ya sería tarde.

Noto que se mueve la cama. Holder me rodea la muñeca y me aparta el brazo de la cara. A regañadientes, abro los ojos y veo que me sonríe, con la cabeza apoyada en la mano.

—¿Te atraigo?

—Oh, Dios —refunfuño—. Es lo último que le conviene a tu ego.

—Probablemente tengas razón —responde, y se echa a reír—. Date prisa e insúltame antes de que mi ego se hinche tanto como el tuyo.

—Necesitas un buen corte de pelo —comento—. Mucho. Te cae sobre los ojos y tienes que torcer la vista para poder ver bien. Además, te lo apartas de la cara constantemente, como si fueses Justin Bieber, y eso me distrae.

Holder se toquetea el pelo con los dedos y frunce el entrecejo. Después se tumba en la cama y dice:

—Joder. Eso me ha dolido. Parece que lo llevas pensando mucho tiempo.

—Solo desde el lunes —confieso.

—Me conociste el lunes. Así que, técnicamente, has estado pensando en cuánto odias mi corte de pelo desde que nos conocimos, ¿verdad?

—No constantemente.

Holder no dice nada durante un minuto, y luego vuelve a sonreír.

—No puedo creerme que pienses que estoy bueno.

—Cállate.

—Probablemente fingiste desmayarte el otro día para que te cogiera en mis brazos sudorosos y varoniles.

—Cállate.

—Apuesto a que tienes fantasías conmigo por la noche, en esta cama.

—Cállate, Holder.

—Probablemente incluso...

Extiendo la mano y le tapo la boca.

—Estás mucho más bueno con la boca cerrada.

Cuando por fin la cierra, aparto la mano y la pongo detrás de mi cabeza. Volvemos a pasar un rato callados. Seguro que está regodeándose en el hecho de que me parezca atractivo, y yo, mientras, me avergüenzo de haberlo admitido.

—Estoy aburrido —dice él.

—Pues vete a casa.

—No quiero. ¿Qué sueles hacer cuando estás aburrida? No tienes ni internet ni tele. ¿Sueles pasar todo el día pensando en lo bueno que estoy?

Pongo los ojos en blanco y respondo:

—Leo. Mucho. A veces hago galletas. De vez en cuando salgo a correr.

—Leer, cocinar y correr. Y tener fantasías conmigo. Tu vida es fascinante.

—Me gusta mi vida.

—A mí también —responde. Se da la vuelta y coge el libro de la mesilla de noche—. Aquí tienes, lee.

Cojo el libro de sus manos y lo abro en la segunda página. Es todo lo que he leído hasta ahora.

—¿Quieres que lea en voz alta? ¿Estás tan aburrido?

—Muy aburrido.

—Es una novela romántica —le advierto.

—Ya te he dicho que estoy muy aburrido. Lee.

Coloco la almohada contra el cabecero, me pongo cómoda y empiezo a leer.

Si esta mañana alguien me hubiese dicho que por la noche estaría leyendo una novela romántica a Dean Holder en la cama, habría pensado que tenía ante mí a un loco. Pero, visto lo visto, no tengo buen ojo para reconocer a los tarados.

En cuanto abro los ojos, extiendo la mano y noto que no hay nadie más en la cama. Me siento y miro alrededor. La luz está apagada y yo estoy tapada. Cojo el libro cerrado de la mesilla de noche y veo que el marcador está casi al final.

¿He leído hasta quedarme dormida? Oh, no, me he quedado dormida. Salgo de la cama y voy a la cocina. Enciendo la luz y me quedo sorprendida: lo ha limpiado todo y ha envuelto las galletas y los brownies en papel transparente. Cojo el teléfono móvil de la encimera y veo que tengo un nuevo mensaje.

«Te has quedado dormida justo cuando la protagonista estaba a punto de descubrir el secreto de su madre. Cómo te atreves. Volveré mañana por la noche para que acabes de leérmelo. Por cierto, tu aliento apesta y roncas muy fuerte.»

Me echo a reír. Sonrío como una idiota, pero, por suerte, nadie me ve. Miro el reloj del horno y veo que son solo las dos y media de la madrugada. Vuelvo a la habitación y me meto en la cama, esperando que Holder venga mañana por la noche. No sé cómo este chico desesperanzado ha entrado en mi vida esta semana, pero de ningún modo voy a dejar que salga de ella.

Sábado, 1 de septiembre de 2012

Las 17.05

Hoy he aprendido una lección valiosísima sobre la lujuria: que da el doble de trabajo. Me he duchado no una, sino dos veces. Me he cambiado de ropa no dos, sino cuatro veces. He limpiado la casa una vez (eso ya es una vez más que de costumbre). He comprobado la hora más de mil veces y habré mirado el teléfono otras tantas veces, para ver si me ha llegado algún mensaje.

En su mensaje de anoche, Holder no decía a qué hora vendría, de modo que llevo esperándolo desde las cinco. No se me ocurre nada más que hacer, porque ya he preparado suficientes postres para todo un año y he corrido más de seis kilómetros. He pensado en hacer la cena para los dos, pero como no tengo ni idea de a qué hora llegará, no sabría para cuándo tenerla lista. Estoy sentada en el sofá, tamborileando con las uñas, cuando recibo un mensaje de él.

«¿A qué hora quieres que vaya? No pienses que estoy deseando verte, porque la verdad es que me aburro mucho contigo.»

Me ha enviado un mensaje. ¿Por qué no se me ha ocurrido? Podría haberle escrito hace unas horas para preguntarle cuándo vendría. Me habría ahorrado toda esta inquietud innecesaria y patética.

«Ven hacia las siete. Y trae algo de comida. No pienso prepararte la cena.»

Dejo el teléfono en la mesita y me quedo mirándolo. Faltan una hora y cuarenta y cinco minutos. ¿Qué hago ahora? Echo un vistazo al salón vacío y, por primera vez, el aburrimiento empieza a tener un efecto negativo en mí. Hasta esta semana estaba bastante satisfecha con mi vida monótona. Pero últimamente he estado expuesta a la tecnología y a Holder, y me pregunto cuál de esas dos tentaciones es la que me ha dejado con la miel en los labios. Probablemente ambas.

Estiro las piernas y apoyo los pies en la mesita de café que tengo enfrente. Hoy me he puesto unos tejanos y una camiseta, ya que, por fin, he decidido dar un descanso a los pantalones de chándal. Llevo el pelo suelto porque Holder siempre me ha visto con coleta. Pero no intento impresionarlo.

Bueno, la verdad es que quiero impresionarlo.

Cojo una revista y la ojeo, pero me tiembla la pierna y no puedo estarme quieta, por lo que no consigo concentrarme. Leo la misma página tres veces seguidas, de modo que lanzo la revista a la mesita de café y echo la cabeza hacia atrás. Miro al techo. Después a la pared. Luego a los dedos de los pies, y me pregunto si debería volver a pintarme las uñas.

Me estoy volviendo loca.

Al final, refunfuño y cojo el teléfono para escribirle otro mensaje.

«Ahora. Ven ahora mismo. Me aburro como una ostra, y si no vienes enseguida acabaré de leer el libro sin ti.»

Me quedo con el teléfono en las manos, y miro la pantalla mientras la hago rebotar contra mi rodilla. Holder contesta de inmediato.

«:-D. Estoy comprándote la cena, mandona. Llegaré en veinte minutos.»

¿:-D? ¿Qué demonios significa eso? Espero que no esté burlándose de mí porque, de lo contrario, no pienso dejarle entrar en casa. Pero, en serio, ¿qué demonios significa?

Dejo de pensar en ello y me centro en la última frase: «Llegaré en veinte minutos». Veinte minutos. Oh, mierda, de repente me parece muy poco tiempo. Voy corriendo al cuarto de baño y me arreglo el pelo, me coloco bien la ropa y me huelo el aliento. Correteo por toda la casa y la limpio por segunda vez. Finalmente, cuando llaman al timbre, ya sé lo que tengo que hacer: abrir la puerta.

Holder espera con las manos llenas de bolsas, lo que le da un aspecto muy hogareño. Las miro con curiosidad, y él las agarra aún más fuerte y se encoge de hombros.

—Uno de los dos tiene que ser el hospitalario —me dice. Pasa por mi lado, va directamente a la cocina y lo coloca todo sobre la encimera—. Espero que te gusten los espaguetis con albóndigas, porque es lo que vas a cenar.

Holder empieza a vaciar las bolsas y a sacar utensilios de cocina de los armarios. Mientras tanto, cierro la puerta y me acerco a la barra.

—¿Vas a prepararme la cena?

—Voy a prepararla para mí, pero tú puedes comer un poco si quieres —responde, vuelve la cabeza para mirarme y sonríe.

—¿Siempre eres tan sarcástico? —le pregunto.

—¿Y tú? —contesta, encogiéndose de hombros.

—¿Siempre respondes con preguntas?

—¿Y tú?

Cojo un trapo de la barra y se lo lanzo. Holder lo esquiva y abre el frigorífico.

—¿Quieres algo de beber? —me pregunta.

Pongo los codos sobre la barra y apoyo la barbilla en las manos.

—¿Estás ofreciéndome algo de beber en mi propia casa?

Él rebusca en el frigorífico.

—¿Quieres un poco de esa leche asquerosa o prefieres un refresco?

—¿Tenemos refrescos? —respondo, porque creo que ya me he bebido todo el alijo que compré ayer.

Holder se apoya en el frigorífico y arquea una ceja.

—¿Podemos decir algo que no sea una pregunta?

Me echo a reír.

—Yo no lo sé, ¿y tú?

—¿Cuánto tiempo crees que podemos seguir así? —Encuentra un refresco y coge dos vasos—. ¿Quieres hielo?

—¿Tú vas a ponerte hielo?

No voy a ser yo la que deje de hacer preguntas. Soy muy competitiva.

Se acerca a mí y deja los dos vasos en la encimera.

—¿Tú crees que debería ponerme hielo? —me dice, esbozando una sonrisa desafiante.

—¿Te gusta el hielo? —le respondo, con el mismo tono retador.

Holder niega con la cabeza, impresionado por la rapidez de mis respuestas.

—¿Tenéis buen hielo en esta casa?

—¿Lo prefieres picado o en cubitos?

Me mira con los ojos entrecerrados, consciente de que no tiene escapatoria. No puede responderme con otra pregunta. Abre la lata y empieza a servir el refresco en mi vaso.

—Te quedas sin hielo.

—¡Ah! —exclamo—. He ganado.

Holder se echa a reír y vuelve a los fogones.

—Te he dejado ganar porque me das lástima. Cualquiera que ronque como tú se merece un respiro de vez en cuando.

Le lanzo una sonrisita forzada y le digo:

—Los insultos solo hacen gracia cuando llegan escritos en un mensaje de texto.

Cojo el vaso y tomo un trago. Definitivamente, necesita hielo. Abro el congelador, saco unos cubitos y los echo al vaso.

Al darme la vuelta, me encuentro a Holder justo delante de mí. Su mirada es un tanto pícara, pero lo suficientemente seria para que me palpite el corazón. Él da un paso adelante, por lo que tengo que poner la espalda contra el frigorífico. De repente levanta el brazo y apoya la mano junto a mi cabeza.

No sé cómo no me caigo al suelo. Siento que las rodillas me flaquean.

—Sabes que estoy bromeando, ¿verdad? —me dice con dulzura.

Sus ojos recorren mi rostro y sonríe de tal manera que vuelven a aparecer sus hoyuelos.

Asiento con la cabeza y deseo que se aparte de una vez por todas, porque está a punto de darme un ataque de asma, y ni siquiera tengo asma.

—Bien —añade, y se acerca un poquito más—. Porque no roncas. De hecho, eres adorable mientras duermes.

No debería decirme ese tipo de cosas. Sobre todo cuando está tan cerca de mí. Dobla el codo y se acerca mucho más, hasta colocar la cabeza junto a mi oreja. Respiro hondo.

—Sky —susurra con un tono seductor—. Tienes que... apartarte. Necesito coger una cosa del frigorífico.

Se aleja poco a poco, sin dejar de mirarme fijamente a los ojos, y espera que yo reaccione. Las comisuras de sus labios esbozan una leve sonrisa, pero Holder acaba por reírse a carcajadas.

Le doy un empujón y paso por debajo de su brazo.

—¡Eres un idiota! —le grito.

Él abre el frigorífico sin dejar de reírse.

—Lo siento. Pero, joder, es tan evidente que te atraigo que me cuesta mucho no tomarte el pelo.

Sé que está bromeando, pero, de todos modos, me muero de la vergüenza. Vuelvo a sentarme y hundo la cabeza entre las manos. Empiezo a odiar a la chica en la que Holder está convirtiéndome. No sería tan difícil estar con él si no se me hubiese escapado que me atrae. Tampoco lo sería si él no fuese tan bromista... y dulce, cuando quiere, y guapo. Me imagino que por eso la lujuria es tan agridulce. Es un sentimiento agradable, pero requiere mucho esfuerzo ocultarlo.

—¿Quieres saber una cosa? —me pregunta.

Lo miro y veo que está revolviendo algo en la sartén.

—Seguramente no.

Él me mira durante unos segundos y después vuelve a dirigir la vista a la sartén.

—Quizá haga que te sientas mejor.

—Lo dudo.

Me mira otra vez, y me doy cuenta de que la sonrisita ha desaparecido de sus labios. Saca una cazuela del armario, se acerca al fregadero y la llena de agua. Luego la pone sobre el fuego y sigue revolviendo.

—A mí también me atraes un poco —confiesa.

Con mucho disimulo, respiro hondo y, poco a poco, dejo escapar un hilo de aire, intentando no parecer sorprendida por su comentario.

—¿Solo un poco? —pregunto, haciendo lo que mejor se me da: llenar de sarcasmo los momentos incómodos.

Holder vuelve a sonreír, pero no levanta la vista de la sartén que tiene delante. Nos quedamos en silencio durante unos minutos. Él está concentrado en preparar la cena, y yo estoy concentrada en él. Observo cómo se mueve con gracia por la cocina, y me impresiona lo cómodo que se le ve. Esta es mi casa y, sin embargo, yo estoy más nerviosa que él. No puedo quedarme quieta, y deseo que Holder se ponga a hablar. El silencio no parece afectarle, pero está adueñándose del aire que me rodea y tengo que deshacerme de él.

—¿Qué significa :-D?

Holder se echa a reír.

—¿Hablas en serio?

—Claro que sí. Me lo has escrito en el mensaje.

—Es un emoticono. Si lo miras de lado, verás que es una cara sonriente. Suele utilizarse cuando algo te hace mucha gracia.

No puedo negar que siento cierto alivio al saber que no estaba burlándose de mí.

—Menuda tontería —respondo.

—Sí, es una tontería. Pero son muy habituales. Cuando

les pilles el truco, no pararás de utilizarlos. Hay un montón: ;-) y :-) y...

—Para, por favor —lo interrumpo, para que no siga con su retahíla de emoticonos—. Pierdes todo el atractivo cuando escribes con esas caritas.

Holder se da la vuelta, me guiña un ojo y sigue cocinando.

—Pues no volveré a hacerlo.

Y otra vez... nos quedamos callados. Por algún motivo, los silencios de ayer no fueron tan incómodos como los de hoy. Al menos para mí. Sospecho que lo que me inquieta es pensar en lo que sucederá de aquí en adelante. Está claro que, por la química que hay entre nosotros, esta noche acabaremos besándonos. Me cuesta mucho centrarme en el presente y mantener una conversación, porque ese beso es lo único que tengo en la cabeza. No soporto no saber cuándo se lanzará Holder. ¿Esperará hasta después de cenar? ¿Hasta que el aliento me huela a ajo y a cebolla? ¿Esperará hasta el último momento? ¿Va a sorprenderme cuando menos me lo espere? Creo que prefiero hacerlo cuanto antes. Mejor que vayamos al grano y nos lo quitemos de encima, porque así podremos seguir disfrutando de la noche.

—¿Te encuentras bien? —me pregunta él desde el otro lado de la barra—. ¿En qué piensas? Llevas un rato ensimismada.

Niego con la cabeza e intento entablar una conversación.

—Estoy bien.

Holder coge un cuchillo y empieza a trocear tomates. Eso también lo hace con gracia. ¿Hay algo que se le dé mal a este chico? Apoya el cuchillo en la tabla y me mira con una expresión muy seria.

—¿En qué piensas, Sky? —insiste.

Se queda mirándome durante unos segundos, y al ver que no le respondo, vuelve a dirigir la vista a la tabla de cortar.

—¿Me prometes que no te reirás? —le pregunto.

Entorna los ojos, reflexiona sobre mi pregunta y niega con la cabeza.

—Te dije que siempre seré sincero contigo, así que no te lo prometo. Eres muy graciosa y quizá no pueda cumplir mi palabra.

—¿Siempre eres tan complicado?

Holder me lanza una sonrisita, pero no contesta. Sigue mirándome como si me retara a decir lo que realmente pienso. Para su desgracia, los retos no me intimidan.

—Vale. De acuerdo.

Pongo la espalda recta y respiro hondo. Después, le digo de un tirón todo lo que pienso.

—No se me dan bien las citas, aunque no sé si esto es una cita pero, sea lo que sea, es algo más que dos amigos que quedan para cenar, y eso me lleva a pensar en el momento en que te marches y en si has planeado besarme, y soy de las que odian las sorpresas, así que no puedo dejar de sentirme incómoda, porque yo quiero que me beses, y puede que esto te parezca una osadía, pero creo que tú también quieres besarme, de modo que he estado pensando en que sería mucho más fácil que nos besemos cuanto antes para que tú sigas cocinando y yo deje de darle vueltas a lo que va a suceder esta noche.

Respiro muy hondo porque apenas me queda aire en los pulmones.

Él ha dejado de trocear los tomates en algún momento en medio de mi diatriba, pero no sé exactamente cuándo. Me mira con la boca un poco abierta. Vuelvo a inspirar hondo y espiro muy despacio, pensando en que quizá he hecho que tenga ganas de salir corriendo por la puerta. Y, por muy triste que parezca, no se lo echaría en cara.

Holder deja el cuchillo sobre la tabla con mucha delicadeza y apoya las manos sobre la encimera, sin dejar de mirarme. Cruzo las manos sobre mi regazo y espero una respuesta. Es lo único que puedo hacer.

—Esa —empieza a decir con mordacidad— es la frase más larga y peor construida que he oído en toda mi vida.

Pongo los ojos en blanco, apoyo la espalda en el respaldo de la silla y cruzo los brazos sobre el pecho. Prácticamente le he rogado que me besara, ¿y a él no se le ocurre otra cosa mejor que criticar mi gramática?

—Tranquilízate —me dice con una sonrisa en los labios.

Añade los tomates troceados a la sartén y la pone en el fuego. Ajusta la temperatura de uno de los fogones y echa la pasta al agua hirviendo. Cuando lo tiene todo a punto, se seca las manos en el trapo, rodea la encimera y viene hacia mí.

—Levántate —me pide.

Lo miro con desaliento, pero le hago caso. Muy despacio. Cuando estoy de pie y frente a él, Holder coloca las manos sobre mis hombros y da un vistazo a la cocina.

—Mmm... —titubea, pensando en alto. Vuelve mirar la cocina, quita las manos de mis hombros y me agarra de las muñecas—. Me ha gustado el frigorífico como telón de fondo.

Me empuja como a un muñeco hasta colocarme de espaldas al frigorífico. Él apoya las dos manos en la puerta, a ambos lados de mi cabeza, y me mira fijamente.

No pensaba que me besaría de un modo tan poco romántico, pero creo que bastará. Solo deseo que pase ya. Sobre todo desde que ha empezado a montar todo este espectáculo. Holder empieza a acercar la cabeza, y yo respiro hondo y cierro los ojos.

Espero.

Y sigo esperando.

No pasa nada.

Abro los ojos y veo que está muy cerca. Me estremezco y él se echa a reír. Pero no se aparta, y su aliento acaricia mis labios como si fuesen las yemas de sus dedos. Huele a menta y a refresco. Nunca pensé que esa sería una buena combinación, pero lo es.

—¿Sky? —dice en voz baja—. No es mi intención torturarte. Pero antes de venir a tu casa he tomado una decisión: esta noche no voy a besarte.

Se me hunde el estómago por el peso de la decepción que me han provocado sus palabras. La confianza en mí misma acaba de huir por la ventana, y en estos momentos necesito un mensaje de Six para que me suba la moral.

—¿Por qué no? —le pregunto.

Poco a poco, Holder deja caer una de sus manos, la lleva a mi rostro y recorre mi mejilla con los dedos. Trato de no estremecerme por su tacto, de no parecer nerviosa. Su mirada sigue a su mano mientras desciende muy despacio por la barbilla, por el cuello, y finalmente se detiene en el hombro. Cuando vuelve a mirarme a los ojos, veo que están cargados de deseo, y mi decepción disminuye un poco.

—Quiero besarte —me dice—. Créeme.

Dirige la vista a mis labios y posa su mano en mi mejilla. Esta vez me inclino hacia ella. Prácticamente le he cedido todo el control desde el momento en que ha entrado por la puerta. Ahora puede hacer conmigo lo que le plazca.

—Pero, si de verdad quieres besarme, ¿por qué no lo haces? —insisto, y temo que me dé una excusa que contenga la palabra «novia».

Envuelve mi rostro con las dos manos y lo pone frente al suyo. Me acaricia las mejillas con los dedos pulgares, y noto cómo su pecho sube y baja a toda velocidad contra el mío.

—Porque me da miedo que no sientas nada —susurra.

Tomo un poco de aire y aguanto la respiración. Se me pasa por la mente la conversación que tuvimos anoche en mi cama, y me doy cuenta de que no tendría que habérselo contado. No tendría que haberle dicho que me entumezco cuando me besan, porque él es la única excepción. Llevo las manos a mis mejillas y las pongo sobre las suyas.

Lo sentiré, Holder. Ya lo siento. Quiero decírselo, pero no soy capaz. Simplemente asiento.

Él cierra los ojos, respira hondo, me aparta del frigorífico y me abraza. Pone una mano en mi espalda y la otra en mi nuca. Poco a poco levanto los brazos y los pongo alrededor de su cintura. En ese instante doy un grito ahogado por la paz que me embarga al estar envuelta en él. Nos abrazamos más fuerte, y Holder me da un beso en la cabeza. No es el beso que me esperaba, pero me ha gustado igual.

Estamos en esa misma posición cuando suena el temporizador del horno. Y sonrío porque Holder no me suelta enseguida. Cuando empieza a dejar caer los brazos, dirijo la vista al suelo porque no soy capaz de mirarlo. De algún modo, al intentar buscar una solución a la inquietud que me provocaba darnos el primer beso, he conseguido que la situación sea aún más incómoda.

Él, como si percibiese lo avergonzada que estoy, me toma de las manos y entrelaza los dedos con los míos.

—Mírame —me pide. Levanto la vista e intento ocultar lo mucho que me ha desilusionado saber que nuestra atracción mutua está a dos niveles muy distintos—. Sky, no voy a besarte esta noche, pero créeme cuando te digo que nunca he tenido tantas ganas de besar a una chica. De modo que deja de pensar en que no me atraes, porque no tienes ni idea de cuánto me gustas. Puedes agarrarme de la mano, puedes acariciarme la cabeza, puedes sentarte en mi regazo para que te dé de comer espaguetis, pero esta noche no voy a besarte. Tengo que estar seguro de que vamos a sentir lo mismo cuando nuestros labios se toquen. Porque quiero que tu primer beso sea el mejor primer beso de la historia de los primeros besos. —Se lleva mi mano a la boca y la besa—. Ahora, quita esa cara de enfurruñada y ayúdame a preparar las albóndigas.

Sonrío, porque esa ha sido la mejor excusa que me han dado para rechazarme. Podría rechazarme con esa excusa durante el resto de mi vida.

Balancea nuestras manos y me mira detenidamente.

—¿De acuerdo? —me pregunta—. ¿Es eso suficiente para que me des un par de citas más?

—Sí —afirmo—. Pero te equivocas en una cosa.

—¿En qué?

—Has dicho que quieres que mi primer beso sea el mejor primer beso, pero no será el primero. Ya lo sabes.

Entorna los ojos, suelta las manos y vuelve a ponerlas alrededor de mi rostro. Otra vez me empuja contra el frigorífico y acerca peligrosamente los labios a los míos. Su sonrisa ha sido reemplazada por un gesto muy serio, tanto que me corta la respiración.

Se acerca terriblemente despacio, hasta que sus labios casi rozan los míos. La simple expectativa me paraliza. Holder no cierra los ojos, y yo tampoco. Nos quedamos en esa posición durante unos segundos, mientras nuestra respiración se entremezcla. Nunca antes me he sentido tan impotente y con tan poco control sobre mí misma, y si Holder no hace nada en los próximos tres segundos, es muy probable que me abalance sobre él.

Me mira a la boca, e instintivamente me muerdo el labio inferior. En realidad podría morderlo a él.

—Déjame que te informe sobre algo —me dice en voz baja—. En el instante en que mis labios toquen los tuyos, será tu primer beso. Porque si nunca has sentido nada cuando te han besado, es que nadie te ha besado de verdad. No de la manera en la que yo pienso besarte.

Holder deja caer las manos y me sostiene la mirada mientras se dirige hacia los fogones. Se da la vuelta para ocuparse de la pasta, como si no acabara de echar a perder cualquier relación que pueda tener con otro chico durante el resto de mi vida.

No siento las piernas, de modo que hago lo único de lo que soy capaz. Deslizo la espalda por el frigorífico hasta que me siento en el suelo, y respiro hondo.

Sábado, 1 de septiembre de 2012

Las 19.15

—Los espaguetis que has preparado están asquerosos.

Tomo otro bocado, cierro los ojos y saboreo el que probablemente sea el mejor plato de pasta que he comido en toda mi vida.

—Te encantan y lo sabes —responde Holder. Se levanta de la mesa, coge dos servilletas y me ofrece una—. Límpiate la barbilla. Te has ensuciado con salsa de espaguetis asquerosos.

Tras el incidente que hemos tenido contra el frigorífico, la noche ha vuelto a la normalidad. Holder me ha traído un vaso de agua y me ha ayudado a ponerme en pie. Acto seguido me ha dado una palmadita en el culo y me ha puesto a trabajar. Era todo lo que necesitaba para dejar de sentirme incómoda: una buena palmadita en el culo.

—¿Has jugado alguna vez a *Cenas o preguntas*? —le digo.

—¿Debería querer jugar? —responde, tras negar lentamente con la cabeza.

—Claro. Es una buena manera para conocernos mejor. Después de nuestra segunda cita pasaremos la mayor parte del tiempo liándonos, por lo que tenemos que aclarar las dudas cuanto antes.

—Muy bien —responde entre risas—. ¿Cómo se juega?

—Yo te hago una pregunta muy personal e incómoda, y tú no puedes ni comer ni beber hasta que me respondas con total sinceridad. Y viceversa.

—Parece fácil. ¿Qué pasa si no quiero contestarte?

—Te mueres de hambre.

Holder tamborilea con los dedos en la mesa y deja el tenedor en el plato.

—Me apunto.

Tendría que haber preparado las preguntas de antemano, pero no habría sido tarea fácil porque me he inventado el juego hace medio minuto. Tomo un sorbo de lo que queda de mi refresco aguado y me pongo a pensar. No quiero ponerme demasiado trascendental porque, en esos casos, siempre acabamos discutiendo.

—Vale. Tengo una. —Dejo el vaso sobre la mesa y apoyo la espalda en el respaldo de la silla—. ¿Por qué me seguiste hasta el coche el día en que nos encontramos en el supermercado?

—Ya te lo dije: te confundí con otra persona.

—Lo sé. Pero ¿con quién?

Holder se revuelve en la silla y se aclara la voz. Con toda naturalidad se dispone a coger el vaso, pero se lo impido.

—No puedes beber. Antes tienes que contestarme.

Suspira y acaba por ceder.

—En aquel momento no lo sabía. Más tarde me di cuenta de que me recordabas a mi hermana.

—¿Te recuerdo a tu hermana? —le pregunto con la nariz arrugada—. Eso es de muy mal gusto, Holder.

Él se echa a reír y hace una mueca de disgusto.

—No, no lo digo en ese sentido. Ella no se parecía en nada a ti. Pero al verte me acordé de ella, y no sé por qué te seguí. Fue una situación muy surrealista y extraña. Y después, cuando te vi corriendo delante de mi casa... —Hace una pausa y se mira los dedos que recorren el borde del plato—. Me dio la sensación de que estaba escrito que nos conociésemos —añade en voz baja.

Respiro hondo y asimilo su respuesta, procurando no detenerme demasiado en la última frase. Holder me lanza una mirada nerviosa como si creyera que me ha asustado. Le sonrío para que se tranquilice y señalo su bebida.

—Ya puedes beber —le digo—. Ahora es tu turno.

—Oh, es muy fácil —comenta—. Quiero saber el terreno de quién estoy pisando. Hoy he recibido un mensaje misterioso. Decía lo siguiente: «Si estás saliendo con mi chica, cómprale tú mismo más minutos de saldo y no te aproveches de los que yo le puse. Gilipollas».

—Esa es Six, la responsable de mi dosis diaria de afirmaciones positivas —le explico entre risas.

Holder asiente.

—Me lo imaginaba. —Se inclina hacia delante y me mira con los ojos entrecerrados—. Soy muy competitivo, y si el mensaje lo hubiese enviado un chico mi respuesta no habría sido tan amable.

—¿Le has respondido? ¿Qué le has dicho?

—¿Es esa tu pregunta? Si no, voy a comer otro bocado.

—¡Para el carro! Contéstame —le pido.

—Sí, mi respuesta ha sido: «¿Cómo puedo comprar más minutos?».

En estos momentos mi corazón es un gran pozo de sensiblería empalagosa, pero trato de no sonreír. Es patético y penoso.

—Estaba bromeando, esa no era mi pregunta —respondo negando con la cabeza—. Sigue siendo mi turno.

Holder vuelve a dejar el tenedor en el plato y pone los ojos en blanco.

—Se me está enfriando la comida.

Coloco los codos sobre la mesa y apoyo la barbilla en ambas manos.

—Háblame de tu hermana. Quiero saber por qué te has referido a ella en pasado.

Él echa la cabeza hacia atrás, mira hacia arriba y se pasa las manos por la cara.

—Mmm. Haces preguntas muy profundas, ¿eh?

—Así es el juego. No he inventado yo las reglas.

Holder suspira y me sonríe. Sin embargo, noto que se ha puesto triste, y en ese mismo instante deseo retirar la pregunta.

—¿Recuerdas que te conté que en mi familia pasamos un año muy malo? —me pregunta.

Asiento.

Se aclara la voz y vuelve a recorrer con los dedos el borde del plato.

—Ella murió hace trece meses. Se suicidó, aunque mi madre prefiere decir que se tomó una sobredosis a propósito.

Holder no me quita ojo mientras habla y, por muy difícil que me resulte, yo trato de mostrarle el mismo respeto. No tengo ni idea de cómo reaccionar, pero he sido yo quien ha sacado el tema.

—¿Cómo se llamaba?

—Lesslie. Yo la llamaba Les.

En ese instante me embarga una gran tristeza y se me quita el apetito.

—¿Era mayor que tú?

Él se inclina hacia delante, coge el tenedor y le da vueltas en el plato.

—Éramos gemelos —responde de manera inexpresiva, justo antes de meterse los espaguetis en la boca.

Dios mío. Extiendo la mano para coger el vaso, pero Holder me lo quita y niega con la cabeza.

—Es mi turno —me avisa con la boca llena. Acaba de masticar, toma un sorbo de refresco y se limpia la boca con la servilleta—. Quiero saber qué pasó con tu padre.

Ahora soy yo la que refunfuña. Cruzo los brazos sobre la mesa y acepto la revancha.

—Ya te dije que no lo he visto desde que tenía tres años. No tengo recuerdos de él. Al menos no creo que los tenga. Ni siquiera sé qué aspecto tiene.

—¿Tu madre no tiene fotografías de él?

En ese momento me doy cuenta de que Holder ni siquiera sabe que soy adoptada.

—¿Recuerdas cuando me dijiste que mi madre parecía muy joven? Bueno, pues lo es. Me adoptó.

Ser adoptada no es un estigma que haya tenido que superar. Nunca me he avergonzado de ello, ni tampoco he sentido la necesidad de ocultarlo. Pero, por el modo en que Holder me mira, parece que le he dicho que nací con pene. Está incómodo, y eso hace que me revuelva en la silla.

—¿Qué te pasa? ¿Nunca has conocido a un adoptado? —le pregunto.

Le cuesta varios segundos recuperarse del susto, pero finalmente desaparece su expresión de sorpresa y esboza una sonrisa.

—¿Te adoptaron cuando solo tenías tres años? ¿Te adoptó Karen?

Asiento con la cabeza.

—Me dejaron en una casa de acogida cuando tenía tres años, después de que mi madre biológica muriese. Mi padre no podía ocuparse de mí. O no quería hacerlo. De todas maneras, no me importa. Afortunadamente Karen me adoptó, y no siento curiosidad por saber más. Si él hubiese querido encontrarme, habría venido a buscarme —le explico.

Por su mirada noto que no se ha quedado del todo satisfecho con la respuesta, pero tengo muchas ganas de comer y de lanzarle yo una pregunta.

Señalo su brazo con el tenedor.

—¿Qué significa tu tatuaje?

Extiende el brazo y lo recorre con los dedos.

—Es un recordatorio. Me lo hice después de que Les muriera.

—¿Un recordatorio de qué?

Holder coge el vaso y aparta la vista. Esta es la única pregunta que no ha sido capaz de responder mirándome a los ojos.

—Es un recordatorio de la gente a la que he fallado en mi vida.

Él toma un sorbo de refresco y deja el vaso sobre la mesa, sin levantar la vista.

—Este juego no es muy divertido, ¿verdad?

Holder deja escapar una pequeña risotada.

—La verdad es que no. Es una mierda —comenta sonriente—. Pero tenemos que seguir porque me quedan muchas preguntas que hacerte. ¿Recuerdas algo de cuando todavía no habías sido adoptada?

Niego con la cabeza.

—No mucho, alguna cosa que otra. Pero al no tener a nadie que me diga si esos recuerdos son verdaderos o no, los he olvidado casi todos. Lo único que poseo de aquella época es alguna joya, y no tengo ni idea de cómo llegó a mis manos. No puedo distinguir entre la realidad, los sueños y lo que he visto en la televisión.

—¿Te acuerdas de tu madre?

Me quedo callada un momento y reflexiono. No me acuerdo de mi madre. Nada de nada. Eso es lo único que me pone triste al pensar en mi pasado.

—Karen es mi madre —respondo con rotundidad—. Mi turno. La última pregunta, y luego comemos el postre.

—¿Crees que tenemos suficiente postre? —bromea él.

Lo miro fijamente y lanzo la última pregunta:

—¿Por qué le diste aquella paliza?

Por su cambio de expresión, sé que no tengo que aclararle a quién estoy refiriéndome. Holder niega con la cabeza y pone el plato a un lado.

—No quieres saber la respuesta, Sky. Pagaré la prenda.

—Sí que quiero.

Holder ladea la cabeza, se lleva la mano a la barbilla y estira el cuello. Después apoya el codo sobre la mesa.

—Ya te dije que le pegué porque era un gilipollas.

Lo miro con los ojos entornados.

—Eso es muy poco preciso, y tú no te andas con rodeos.

Él no cambia de gesto y me sostiene la mirada.

—Sucedió después de que Les muriera, la semana en que volví a la escuela —me explica—. Ella también estudiaba allí, así que todo el mundo sabía lo que había pasado. Un día, al pasar junto a un chico en el pasillo, oí que decía algo sobre Les. Yo no estaba de acuerdo y se lo hice saber. Fui demasiado lejos y llegó un momento en que estaba encima de él y no me importaba. Le pegaba una y otra vez, y no me importaba. Lo peor de todo es que, probablemente, el chico se quede sordo del oído izquierdo para el resto de su vida, y sigue sin importarme.

Holder me mira fijamente, pero no me ve. Tiene esa mirada seria y fría que he visto antes. No me gustó entonces, y tampoco me gusta ahora. Pero al menos la entiendo.

—¿Qué fue lo que dijo sobre ella? —insisto.

Él se hunde en la silla y baja la vista al espacio vacío que hay entre los dos.

—Le oí reírse mientras le contaba a su amigo que Les tomó la salida más fácil y egoísta. Dijo que si ella no hubiese sido tan cobarde, le habría hecho frente.

—¿A qué?

—A la vida —responde, encogiéndose de hombros y con indiferencia.

—Tú no crees que tomara la salida fácil —le digo, bajando la entonación al final de la frase, para que suene como una afirmación y no como una pregunta.

Él se inclina hacia delante, extiende los brazos sobre la mesa y me coge de la mano. Me acaricia la palma con los pulgares, respira hondo y deja salir el aire poco a poco.

—Les era la persona más valiente que he conocido. Hay que tener muchas agallas para hacer lo que ella hizo. Para acabar con todo sin saber lo que te espera. Sin saber si te espera algo. Seguir viviendo una vida que no es vida es más fácil que mandarlo todo a la mierda y marcharte. Ella fue una de las pocas que se atrevió a mandarlo todo a la mierda. Y siempre la admiraré porque a mí me da demasiado miedo hacer lo mismo.

Holder sujeta mi mano entre las suyas, y hasta este momento no me doy cuenta de que estoy temblando. Levanto la vista y veo que está mirándome. No hay nada que yo pueda decir después de eso, de modo que ni lo intento. Él se pone en pie, se inclina sobre la mesa y apoya la mano en mi nuca. Me da un beso en la cabeza, retira la mano y se va a la cocina.

—¿Quieres brownies o galletas? —me pregunta mirando hacia atrás, como si no acabara de dejarme muda.

Yo sigo aturdida. No sé qué decir. ¿Acaba de admitir que quiere suicidarse? ¿Estaba siendo metafórico? ¿Melodramático? No tengo ni idea de qué hacer con la bomba que ha dejado sobre mi regazo.

Holder trae a la mesa un plato lleno de brownies y de galletas, y se arrodilla frente a mí.

—Oye —me dice con ternura, y toma mi rostro entre las manos con una expresión tranquila—. No pretendía asustarte. No quiero suicidarme, si es eso lo que te preocupa. No se me ha ido la olla, ni estoy trastornado. Tampoco tengo estrés postraumático. Simplemente soy un hermano que quería a su hermana más que a sí mismo, y me pongo muy serio cuando pienso en ella. Lo sobrellevo mejor si me digo que Les tomó una decisión noble, aunque no lo fuera. Y eso es lo único que hago: sobrellevarlo. —Me aprieta con más fuerza y me mira con desesperación, tratando de hacerme entender por qué es como es—. Quería mucho a mi hermana, Sky. Tengo que creer que lo que hizo fue la única alternativa que le quedaba porque, de lo contrario, jamás me perdonaría no haberla ayudado a encontrar otra. ¿De acuerdo? —añade, apretando la frente contra la mía.

Asiento y él aparta las manos de mi rostro. No puedo dejar que vea lo que estoy a punto de hacer.

—Tengo que ir al lavabo —le digo.

Él se hace a un lado, y voy corriendo al cuarto de baño y cierro la puerta. Y entonces hago una cosa que no he hecho desde que tenía cinco años: lloro.

No me deshago en lágrimas. No sollozo, y ni siquiera hago ruido. Una única lágrima me recorre la mejilla, y una lágrima ya es demasiado, por lo que me la seco rápidamente. Cojo un pañuelo de papel y me limpio los ojos para evitar que se formen más lágrimas.

Todavía no sé qué decirle a Holder, pero me da la sensación de que él ha querido zanjar el tema, así que voy a dejarlo pasar. Sacudo las manos, respiro hondo y abro la puerta. Holder me espera en el pasillo, con los tobillos cruzados y las manos colgadas de los bolsillos. Se yergue y da un paso hacia mí.

—¿Te encuentras bien? —me pregunta.

Le dedico mi mejor sonrisa, asiento y vuelvo a respirar hondo.

—Te dije que me parecías serio. Esto demuestra que tenía razón.

Él sonríe y me empuja con delicadeza hacia la habitación. Me abraza por detrás y apoya la barbilla en mi cabeza.

—¿Ya tienes permiso para quedarte embarazada?

—No. Este fin de semana, no —le respondo entre risas—. Además, antes de hacerle un bombo a una chica, tienes que besarla.

—Aquí hay alguien que no recibió clases de educación sexual en casa —bromea—. Podría dejarte preñada sin besarte. ¿Quieres que te lo demuestre?

Me siento en la cama, cojo el libro y lo abro donde lo dejamos anoche.

—Te tomo la palabra. Además, espero que recibamos una buena dosis de educación sexual antes de que lleguemos a la última página.

Holder se tumba junto a mí, me rodea con un brazo y me acerca a él. Apoyo la cabeza en su pecho y empiezo a leer.

Sé que Holder no lo hace a propósito, pero me distrae totalmente mientras leo. Observa mi boca desde arriba y juguetea con mi pelo. Lo miro cada vez que paso una página, y siempre parece muy concentrado, muy concentrado en mi boca, lo que me lleva a pensar que no está haciendo ni caso a lo que estoy leyendo. Cierro el libro y lo dejo sobre mi vientre. Sospecho que ni se ha dado cuenta de qué acabo de hacer.

—¿Por qué has dejado de hablar? —me pregunta, sin cambiar de expresión ni apartar la vista de mi boca.

—¿De hablar? —repito con curiosidad—. Holder, estoy leyendo. Hay una pequeña diferencia. Por lo que veo, no me has prestado atención.

Me mira a los ojos y sonríe.

—Oh, claro que sí —responde—. Le prestado atención a tu boca. Quizá no a las palabras que salían de ella, pero a tu boca seguro que sí.

Me quita de encima de su pecho y me tumba en la cama. Después se pone a mi lado y me acerca a él. Su expresión sigue siendo la misma, y me mira como si quisiera comerme. Me encantaría que lo hiciese.

Lleva los dedos a mis labios y los recorre lentamente. Es una sensación increíble, y aguanto la respiración para que no deje de hacerlo. Juro que es como si sus dedos tuviesen una conexión directa con cada punto sensible de todo mi cuerpo.

—Tu boca es muy bonita. No puedo dejar de mirarla —comenta él.

—Deberías probarla. Sabe muy bien —le respondo.

Holder cierra los ojos y gruñe. Después inclina la cabeza hacia delante y la aprieta contra mi cuello.

—Eres muy mala. No me digas esas cosas.

Me echo a reír y niego con la cabeza.

—De ningún modo. Es una regla estúpida impuesta por ti. ¿Por qué tengo que ser yo la encargada de que la cumplas?

—Porque sabes que tengo razón. No puedo besarte esta noche porque un beso lleva a otra cosa, y luego a otra. Y al ritmo que vamos, ya no nos quedarán primeras veces para el próximo fin de semana. ¿No quieres dejar algunas de ellas para más adelante? —me pregunta, y aparta la cabeza de mi cuello y me mira.

—¿Primeras veces? ¿Cuántas primeras veces hay?

—No tantas, y por eso tenemos que reservarlas. Ya hemos tenido muchas desde que nos conocimos.

Ladeo la cabeza para poder mirarlo frente a frente.

—¿Qué primeras veces hemos tenido?

—Las más fáciles: el primer abrazo, la primera cita, la primera pelea, la primera vez que dormimos juntos... bueno, aunque yo no me quedé dormido. Ya nos quedan muy pocas: el primer beso, la primera vez que dormimos juntos estando los dos despiertos, el primer matrimonio, el primer hijo... y ya está. En ese momento nuestras vidas se volverán monótonas y aburridas, y nos divorciaremos para que pueda casarme con una chica veinte años más joven que yo y así tener muchas primeras veces más. Tú te quedarás cuidando de los hijos. —Me acaricia la mejilla y me sonríe—. ¿Lo ves, cariño? Solo lo hago por ti. Cuanto más tarde en besarte, más tiempo pasará antes de que te deje tirada.

—Tu lógica me horroriza —contesto riéndome—. Ya no me pareces tan atractivo.

Él se pone encima de mí y se apoya sobre ambas manos.

—¿Ya no te parezco tan atractivo? Eso quiere decir que todavía sigo pareciéndote atractivo.

—No me pareces nada atractivo —le contesto, negando con la cabeza—. Me das asco. De hecho, mejor que no me beses porque seguro que vomitaría en mi propia boca.

Holder se echa a reír y se apoya sobre una sola mano. Acerca la boca a un lado de mi cabeza y aprieta los labios contra mi oreja.

—Eres una mentirosa compulsiva —susurra—. Te parezco muy atractivo y voy a demostrártelo.

Cierro los ojos y doy un grito ahogado justo en el instante en que sus labios se topan con mi cuello. Me besa con suavidad, justo detrás de la oreja, y me da la sensación de que toda la habitación da vueltas como un tiovivo. Poco a poco, acerca los labios a mi oreja y susurra:

—¿Lo has sentido?

Niego ligeramente con la cabeza.

—¿Quieres que vuelva a hacerlo? —me pregunta.

Sigo negando con la cabeza por pura testarudez. Sin embargo, espero que tengamos telepatía y que él pueda oír lo que estoy gritando por dentro, porque sí, me ha gustado mucho. Y sí, quiero que vuelva a hacerlo.

Holder se echa a reír al ver mi reacción. Acerca los labios a mi boca, me besa en la mejilla y continúa haciéndolo por toda la oreja.

—¿Qué te ha parecido eso? —susurra.

Oh, Dios, en toda mi vida nunca he estado tan poco aburrida. Ni siquiera me ha besado y ya es el mejor beso que me han dado. Vuelvo a negar con la cabeza y mantengo los ojos cerrados porque prefiero no saber qué será lo siguiente. Por ejemplo, la mano que acaba de posar en mi muslo y que va trepando hacia mi cintura. La desliza por debajo de mi camiseta, hasta que sus dedos llegan a rozar el borde de mis pantalones. Deja la mano justo ahí y, mientras, me acaricia el vientre con el dedo pulgar. En este momento tengo plena conciencia de todo lo que Holder está haciéndome, y creo que podría acertar cuál es su huella dactilar en una rueda de reconocimiento.

Él recorre con la nariz el borde de mi mandíbula, y jadea tanto como yo. Así pues, no cabe duda de que no podrá resistirse y de que acabará besándome esta noche. Al menos eso es lo que espero y deseo.

Holder vuelve a acercarse a mi oreja, pero no dice nada.

Esta vez la besa y provoca en mí una sensación que me llega a todas las terminaciones nerviosas: desde la cabeza hasta los dedos de los pies, todo mi cuerpo desea su boca.

Poso la mano en su cuello, y en ese instante a Holder se le pone la carne de gallina. Al parecer, ese simple gesto hace que su determinación se tambalee, y por un segundo su lengua roza mi cuello. Gimo, y él enloquece.

Él ya no puede contenerse, y sube la mano de mi cintura a un lado de mi cabeza y aprieta la boca contra mi cuello. Abro los ojos, sorprendida por la rapidez con la que ha cambiado de actitud. Besa, lame y excita cada centímetro de mi cuello. Solo se detiene para tomar aire cuando es absolutamente necesario. Veo las estrellas sobre mí, pero no tengo tiempo de empezar a contarlas porque justo entonces pongo los ojos en blanco y trato de contener los sonidos que me avergüenza demasiado emitir.

Aleja los labios de mi cuello y los acerca a mi pecho. Si no nos quedasen tan pocas primeras veces, me arrancaría la camiseta y le pediría que siguiera adelante. Pero ni siquiera me brinda la oportunidad de hacerlo. Sube otra vez hacia mi cuello, hacia mi barbilla, y me besa suavemente alrededor de la boca, sin tocar mis labios. Tengo los ojos cerrados, pero siento su aliento en mi boca, y sé que está costándole mucho esfuerzo no besarme. Abro los ojos y veo que está mirándome a los labios, otra vez.

—Son perfectos —dice jadeante—. Parecen corazones. Podría pasarme los días admirando tus labios, y jamás me aburriría.

—No. Ni se te ocurra. Si solamente vas a admirarlos, seré yo quien se aburra.

Holder hace una mueca que deja en evidencia que está haciendo un gran esfuerzo para no besarme. No sé por qué, pero su modo de mirarme los labios es lo que más me gusta de esta situación. Y hago una cosa que probablemente no debería hacer: me lamo los labios, muy despacio.

Él vuelve a gemir y aprieta la frente contra la mía. Su brazo cede y deja caer todo su peso sobre mí. Me presiona, en todo mi cuerpo con todo su cuerpo. Ambos gemimos en cuanto encontramos esa conexión perfecta y, de repente, empieza la función. Tiro de su camiseta y él se arrodilla para ayudarme a sacársela por la cabeza. Después pongo las piernas alrededor de su cintura y lo aprieto contra mí, porque nada sería peor que separarnos en este momento.

Holder apoya la frente en la mía. Nuestros cuerpos vuelven a unirse, vuelven a fusionarse como las dos últimas piezas de un puzle. Él se balancea lentamente contra mí, y con cada movimiento, sus labios se acercan más y más, hasta que rozan apenas los míos. No acaba de ocupar el hueco que queda entre nuestras bocas, aunque yo necesito que lo haga. Nuestros labios se tocan, pero no se besan. Holder, cada vez que se mueve contra mí, deja escapar un soplo de aire. Yo intento que entre en mi boca, porque siento que lo necesito para sobrevivir a este momento.

Seguimos a ese ritmo durante unos minutos, y ninguno de los dos quiere ser el primero en lanzarse a besar al otro. Es evidente que ambos estamos deseándolo, pero, visto lo visto, he encontrado la horma de mi zapato en lo que se refiere a testarudez.

Pone la mano en un lado de mi cabeza y sigue con la frente apoyada en la mía. En un momento, Holder aparta los labios para poder lamérselos. Cuando deja que vuelvan a su posición, su saliva se desliza hacia mis labios, y una sensación arrolladora me recorre el cuerpo y me deja sin respiración.

Holder cambia de postura. No sé qué sucede en ese momento pero, de algún modo, provoca que yo eche la cabeza hacia atrás y que de mi boca salgan las palabras «Oh, Dios». No pretendía alejarme de su boca, porque me encantaba tenerla tan cerca, pero me encuentro incluso más a gusto en la posición que estoy ahora. Lo abrazo y pongo la cabeza contra su cuello para encontrar una especie de estabilidad, porque me da la sensación de que todo el planeta se ha salido de su eje y que Holder es el núcleo.

Me doy cuenta de lo que está a punto de suceder, y empiezo a asustarme. Aparte de su camiseta, no nos hemos quitado más ropa, ni tampoco nos hemos besado. Sin embargo, la habitación empieza a dar vueltas por el efecto que sus movimientos rítmicos tienen sobre mi cuerpo. Si no se detiene me desharé y me derretiré debajo de él, y ese probablemente será el momento más embarazoso de mi vida. Pero si le pido que se detenga, se detendrá, y ese probablemente será el momento más decepcionante de mi vida.

Intento respirar pausadamente y reprimir los ruidos que brotan de mi garganta, pero he perdido todo el autocontrol. Por lo visto mi cuerpo está disfrutando demasiado de este roce sin besos, y no consigo parar. Probaré la segunda mejor opción: le pediré a él que lo haga.

—Holder —le digo jadeante.

Sinceramente, no quiero que pare. De todos modos, espero que capte la indirecta y lo haga. Necesito que pare. Desde hace dos minutos.

No lo hace. Sigue besándome el cuello y moviendo el cuerpo contra el mío, igual que otros chicos con los que me he liado. Pero esto es diferente, tan increíblemente diferente y maravilloso que me deja petrificada.

—Holder —trato de decir más fuerte, pero ya no me quedan fuerzas en el cuerpo.

Él me da un beso en la sien y reduce la velocidad, pero no se detiene.

—Sky, si estás pidiéndome que pare, lo haré. Pero espero que no estés haciéndolo, porque no quiero parar. Por favor —me ruega entre jadeos. Se aparta y me mira fijamente. No deja de balancearse con suavidad contra mí, y tiene los ojos llenos de tristeza y preocupación—. No vamos a llegar más lejos. Te lo prometo. Pero, por favor, no me pidas que pare. Tengo que verte y oírte, porque es la hostia saber que estás sintiéndolo todo. Eres increíble y esto es increíble y por favor. Por favor...

Lleva su boca a la mía y me da el besito más suave que se pueda imaginar. Es un anticipo de cómo será el beso de verdad, y solo de pensarlo me estremezco. Deja de moverse, se apoya en ambas manos y espera que me decida.

En el instante en que se separa de mí, la pena se apodera de mi pecho y me entran ganas de llorar. No porque Holder se haya detenido o porque esté indecisa... sino porque nunca imaginé que dos personas podían conectar a un nivel tan íntimo, y que esa fuese una sensación tan maravillosa. Es como si el propósito de toda la humanidad se centrara en este momento: en nosotros dos. Todo lo que ha pasado y pasará en este mundo es el telón de fondo de lo que está ocurriendo entre nosotros ahora mismo, y no quiero que pare. No quiero. Niego con la cabeza mirando a sus ojos suplicantes, y solo soy capaz de susurrar:

—No. Ante todo, no pares.

Holder desliza la mano a mi nuca y apoya la frente en la mía.

—Gracias —musita, y vuelve a colocarse suavemente sobre mí y crea de nuevo la conexión.

Me besa en la comisura de los labios, los bordea, y baja hacia la barbilla y el cuello. Cuanto más rápido respiro yo, más rápido me besa él por el cuello. Cuanto más rápido me besa por el cuello, más rápido nos movemos el uno contra el otro, creando entre nosotros un ritmo sugerente que, según mi pulso, no va a prolongarse durante mucho más tiempo.

Hundo los talones en la cama y las uñas en su espalda. Holder deja de besarme en el cuello y me observa con intensidad. Vuelve a centrar toda la atención en mi boca, y por mucho que me guste ver cómo me mira, no puedo mantener los ojos abiertos. Se me cierran sin querer en cuanto la primera oleada de escalofríos me recorre el cuerpo, como un disparo de advertencia de lo que está a punto de suceder.

—Abre los ojos —me ordena.

Lo haría si pudiese, pero no soy capaz.

—Por favor —insiste.

Esas dos palabras son lo único que necesito escuchar, y mis ojos se abren justo debajo de él. Su mirada refleja un gran deseo, y es una situación casi más íntima que si estuviésemos besándonos. Por mucho que me cueste, le sostengo la mirada mientras dejo caer los brazos, agarro las sábanas con todas mis fuerzas y le doy gracias al karma por traer a mi vida a este chico desesperanzado. Hasta este momento, hasta que las primeras oleadas de clarividencia pura y absoluta me recorren, no tenía ni idea de que él era lo que me faltaba.

Empiezo a estremecerme, y él en ningún momento aparta la vista. Trato en vano de mantener los ojos abiertos, y finalmente me rindo y dejo que se cierren. Noto cómo sus labios vuelven a rozar los míos, pero no me besa. Sin separar nuestras bocas, Holder sigue el ritmo, hasta que salen de mí y entran en él mis últimos gemidos, un soplo de aire y, quizá, una parte de mi corazón. Lentamente vuelvo a la tierra rebosante de felicidad. Holder se queda quieto para que pueda recuperarme de una experiencia que, de alguna manera, él ha hecho que no sea embarazosa para mí.

Estoy físicamente rendida, emocionalmente agotada y me tiembla todo el cuerpo. Sin embargo, él sigue besándome en el cuello, en los hombros y en todos los sitios alrededor del lugar exacto en el que yo deseo que me bese: la boca.

Holder es tan testarudo que prefiere mantenerse fiel a su resolución que caer en la tentación. De hecho, aparta los labios de mis hombros y acerca su cara a la mía, pero se niega a establecer la conexión. Me pasa la mano por el nacimiento del pelo y me retira un mechón de la cara.

—Eres increíble —susurra él, mirándome solo a los ojos y no a la boca.

Esas palabras compensan su terquedad, y no puedo evitar sonreír. Se tumba a mi lado, todavía jadeante. Sé que el deseo aún corre por su cuerpo, y debe de estar haciendo un gran esfuerzo por contenerlo.

Cierro los ojos y escucho el silencio que crece entre nosotros, al mismo tiempo que nuestros jadeos remiten y se ralentizan. Todo está en silencio, y probablemente nunca me haya sentido tan en paz.

Holder entrelaza su dedo meñique con el mío, como si no le quedasen fuerzas para agarrarme de la mano. Me parece un gesto muy bonito porque ya nos hemos cogido de la mano antes, pero nunca hemos entrelazado los meñiques... y me doy cuenta de que esta es otra primera vez que hemos tenido. Pero no me decepciona porque sé que con él las primeras veces no importan. Podría besarme por primera vez, por vigésima vez o por millonésima vez, pero me daría igual si es el primero o no porque estoy segura de que acabamos de batir el récord del mejor primer beso en la historia de los primeros besos... sin ni siquiera besarnos.

Después de unos minutos de silencio absoluto, Holder respira hondo, se incorpora y me mira.

—Tengo que marcharme. No puedo seguir tumbado junto a ti ni un segundo más.

Ladeo la cabeza hacia él y observo con desánimo cómo se levanta y vuelve a ponerse la camiseta. Al verme tan triste, me sonríe y coloca el rostro sobre el mío, peligrosamente cerca.

—Cuando he dicho que no iba a besarte esta noche, estaba hablando muy en serio. Pero, joder, Sky, no sabía que me lo pondrías tan difícil.

Desliza la mano hasta mi nuca y doy un grito ahogado, esperando que el corazón no me salte del pecho. Me da un beso en la mejilla y siento que está indeciso, porque se aparta a regañadientes.

Camina hacia atrás hasta la ventana, sin quitarme ojo. Antes de marcharse, saca su teléfono, recorre la pantalla con los dedos durante unos segundos y vuelve a guardárselo en el bolsillo. Me sonríe, sale por la ventana y la cierra.

De algún modo, reúno las fuerzas para levantarme e ir a la cocina. Cojo mi teléfono y, efectivamente, tengo un mensaje de Holder. Pero solo consta de una palabra.

«Increíble.»

Sonrío, porque lo ha sido. Por supuesto que sí.

Trece años antes

—Hola.

Mantengo la cabeza hundida entre los brazos. No quiero que él me vea llorando otra vez. Sé que no se reirá de mí; de hecho, ninguno de ellos se reiría de mí. Pero la verdad es que no sé por qué estoy llorando, y deseo dejar de hacerlo, pero no puedo y lo odio, lo odio, lo odio.

Se sientan en la acera junto a mí, uno a cada lado. Sin embargo, no levanto la cabeza y sigo triste, pero no quiero que se marchen porque estoy muy a gusto aquí con ellos.

—Quizá esto haga que te sientas mejor —me dice ella—. Las he hecho en la escuela, una para cada una.

No me pide que levante la vista, de modo que no lo hago. Entonces noto que pone algo sobre mi rodilla.

Me quedo inmóvil. No me gusta recibir regalos, y no quiero que ella me vea mirándolo.

Sigo con la cabeza agachada, llorando, y me gustaría saber qué me pasa. Algo me pasa porque, de lo contrario, no me sentiría así cada vez que ocurre. Porque se supone que tiene que suceder. O, al menos, eso es lo que me dice papá. Se supone que tiene que suceder y yo tengo que dejar de llorar, porque eso le da muchísima pena.

Ellos se quedan a mi lado durante mucho tiempo, pero no sé exactamente cuánto porque desconozco si las horas duran más que los minutos. Él se acerca a mí y me susurra al oído:

—No olvides lo que te dije. ¿Recuerdas qué tienes que hacer cuando estás triste?

Asiento con la cabeza sin mirarlo. He estado haciendo lo que él me recomendó, pero a veces no se me pasa.

Tras un par de horas o quizá minutos, ella se pone en pie. Quiero que se queden un minuto o dos horas más. Nunca me preguntan qué me pasa, y por eso me caen tan bien y quiero que estén aquí conmigo.

Por debajo del codo veo a hurtadillas los pies de ella alejándose. Cojo el regalo que me ha dejado en la rodilla y lo toco con los dedos. Me ha hecho una pulsera. Es elástica y morada, y tiene la mitad de un corazón. Me la pongo en la muñeca y sonrío, aunque todavía estoy llorando. Levanto la cabeza y él sigue junto a mí, mirándome. Parece muy triste, y me siento mal porque me da la sensación de que soy yo la culpable de que esté así.

Se pone en pie y se vuelve hacia mi casa. La mira durante mucho tiempo, sin decir nada. Es un chico muy pensativo, y siempre me pregunto qué es lo que tiene en la cabeza. Entonces dirige la vista hacia mí.

—No te preocupes —me dice, tratando de esbozar una sonrisa—. Él no vivirá para siempre —añade, y se da la vuelta y camina hacia su casa.

Yo aprieto los ojos y vuelvo a apoyar la cabeza sobre los brazos. No sé por qué ha dicho eso. No quiero que papá muera... solo quiero que deje de llamarme «princesa».

Lunes, 3 de septiembre de 2012

Las 7.20

No la suelo sacar muy a menudo, pero hoy, por alguna razón, me apetece mirarla. Supongo que haber hablado con Holder sobre el pasado me ha puesto un poco nostálgica. Le dije que nunca había buscado a mi padre, pero hay días en los que siento cierta curiosidad. No puedo evitar preguntarme cómo puede un padre criar a su hija durante algunos años y después abandonarla. Nunca lo entenderé, y quizá tampoco tenga que hacerlo. Ese es el motivo por el que no indago. No le hago preguntas a Karen. No intento diferenciar los recuerdos de los sueños, y no me gusta hablar del tema... porque no tengo la necesidad de hacerlo.

Saco la pulsera de la caja y me la pongo en la muñeca. No sé quién me la dio, pero tampoco me importa demasiado. Seguramente, al haber pasado dos años en una casa de acogida, recibí muchos regalos de amigos. De todos modos, este es especial porque está relacionado con el único recuerdo que tengo de aquella vida. La pulsera confirma que mi recuerdo es real y eso, a su vez, confirma que fui otra persona antes de ser yo. Fui una niña que no recuerdo, una niña que lloraba mucho, una niña que no tiene nada que ver con la chica que soy ahora.

Algún día tendré que tirar la pulsera, pero hoy tengo ganas de ponérmela.

Ayer Holder y yo decidimos que nos tomaríamos un respiro el uno del otro. Y digo un respiro porque, después de lo que sucedió el sábado por la noche, estuvimos un buen rato tumbados en la cama sin aliento. Por otra parte, Karen regresaba a casa, y lo último que quería era volver a presentarle a mi... lo que sea. Todavía no hemos llegado a ponerle nombre a lo que tenemos. Me da la sensación de que no conozco a Holder lo suficiente para referirme a él como mi novio. Además, aún no nos hemos besado. Pero me cabrea pensar en sus labios tocando los de otra chica. De modo que, estemos saliendo juntos o no, no quiero que quedemos con otras personas. Pero ¿puedo exigirle eso sin habernos besado antes? ¿Son mutuamente excluyentes no quedar con otras personas y estar saliendo juntos?

Me hago gracia a mí misma. O :-D.

Ayer por la mañana, al despertar, tenía dos mensajes nuevos en el teléfono móvil. Estoy aficionándome a esto de enviar y recibir mensajes de texto. Me vuelvo loca cuando me llega alguno, y no puedo ni imaginarme lo adictivo que debe de ser el correo electrónico, Facebook y todo lo relacionado con la tecnología. Uno de los mensajes era de Six. Elogiaba mis impecables dotes de repostera y me daba la orden estricta de llamarla el domingo por la noche desde el teléfono de su casa. Y lo hice. Estuvimos poniéndonos al día toda una hora, y ella se sorprendió tanto como yo de que Holder no sea el chico que sospechábamos que era. Le pregunté sobre Lorenzo, pero Six no sabía ni a quién me refería, de modo que me eché a reír y cambiamos de tema. La extraño y me da mucha pena que no esté aquí, pero está pasándoselo en grande y me alegro por ella.

El segundo mensaje era de Holder. Esto era todo lo que decía:

«No quiero ni pensar que el lunes voy a tener que volver a verte en el instituto. Qué horror».

Salir a correr solía ser el mejor momento del día, pero

ahora prefiero recibir mensajes ofensivos de Holder. Y hablando sobre correr y Holder, no vamos a seguir haciéndolo juntos a diario. Ayer estuvimos escribiéndonos y pensamos que podría ser demasiado y demasiado pronto, por lo que cada uno hará ejercicio por su lado. Le dije que no quiero que nuestra relación se enrarezca. Además, me cohíbe que me vea sudada, llena de mocos, resollando y maloliente.

En estos momentos tengo la mirada perdida en mi taquilla, y me entretengo porque no me apetece entrar en el aula. Es la primera clase y la única en la que coincido con Holder, así que estoy muy nerviosa. Saco de la mochila el libro que me dejó Breckin y otras dos novelas que le he traído, y después guardo el resto de mis cosas. Entro en el aula y me dirijo a mi pupitre, pero ni Breckin ni Holder han llegado aún. Me siento y me quedo mirando la puerta, sin estar segura de por qué estoy tan inquieta. No es lo mismo ver a Holder aquí que en mi propia casa. El instituto es demasiado... público.

Se abre la puerta y entra Holder, seguido muy de cerca por Breckin. Ambos caminan hacia el fondo del aula. Holder me sonríe mientras se acerca por un pasillo. Breckin me sonríe mientras se acerca por el otro, con un vaso de café en cada mano. Holder llega al asiento libre que hay junto a mí, y pone la mochila sobre el pupitre al mismo tiempo que Breckin deja ambos vasos de café. Intercambian las miradas y luego ambos me miran a mí.

Menudo aprieto.

Hago lo único que sé hacer en estas situaciones incómodas: llenarlas de sarcasmo.

—Chicos, parece que tenemos un problemilla. —Les lanzo una sonrisa a ambos y después miro el café que sostiene Breckin en la mano—. Veo que el mormón ha traído a la reina su ofrenda de café. Impresionante. —Miro a Holder y arqueo una ceja—. Chico desesperanzado, ¿desea usted hacer su ofrenda para que pueda decidir quién va a acompañarme hoy en el trono de la clase?

Por el modo en que Breckin me mira, seguro que piensa que he perdido la cabeza. Holder se echa a reír y recoge la mochila del pupitre.

—Parece que alguien necesita un mensaje que le desinfle el ego —comenta él, coloca la mochila en el pupitre libre que hay enfrente y se sienta.

Breckin sigue de pie, con los vasos de café en las manos y una cara de confusión. Extiendo el brazo y cojo uno de los cafés.

—Felicidades, escudero. Hoy es usted el elegido de la reina. Tome asiento. Este fin de semana han pasado muchas cosas.

Breckin se sienta lentamente, deja el café en el pupitre y se quita la mochila de los hombros, sin dejar de mirarme con desconfianza. Holder está sentado de lado y no me quita ojo. Hago un gesto con la mano hacia Holder y digo:

—Breckin, te presento a Holder. Él no es mi novio, pero si lo pillo con otra chica intentando batir el récord al mejor primer beso, pronto se convertirá en mi difunto no-novio.

Holder arquea una ceja y esboza una sonrisita con la comisura de los labios.

—Lo mismo digo —responde.

Sus hoyuelos atraen mi atención, y me esfuerzo por mirarlo directamente a los ojos porque, de lo contrario, me vería obligada a hacer algo que me costaría la expulsión.

Hago un gesto hacia Breckin y añado:

—Holder, te presento a Breckin. Él es mi nuevo amigo más amigo del mundo mundial.

Breckin mira a Holder, y este le sonríe y extiende la mano. Breckin se la estrecha con indecisión, retira la mano y me mira con los ojos entrecerrados.

—¿Sabe tu no-novio que soy mormón? —me pregunta.

—Por lo visto, Holder no tiene ningún problema con los mormones, sino con los gilipollas —le explico.

Breckin se echa a reír y se vuelve hacia Holder.

—Bueno, en ese caso, bienvenido a la alianza.

Holder esboza una sonrisa, mirando fijamente el café que Breckin ha dejado en su pupitre.

—Pensaba que los mormones no podíais tomar cafeína.

Breckin se encoge de hombros y responde:

—Decidí romper esa regla la mañana en la que me desperté siendo gay.

Holder se echa a reír y Breckin sonríe, y el mundo es maravilloso. Al menos, el mundo de la primera clase. Me reclino en la silla y sonrío. Esto no va a ser nada difícil. De hecho, creo que acaba de empezar a gustarme el instituto.

Después de clase, Holder me sigue hasta mi taquilla. No hablamos. Cambio de libros mientras él se dedica a despegar más insultos. Me entristece que hoy tan solo haya dos notas adhesivas. Ya están tirando la toalla, y solo es la segunda semana de curso.

Holder arruga las notas y las tira al suelo, y yo me vuelvo hacia él tras cerrar mi taquilla. Ambos estamos apoyados en ellas, cara a cara, y por primera vez me fijo en su nuevo peinado.

—Te has cortado el pelo —le digo.

Él se pasa las manos por la cabeza y sonríe.

—Sí. He conocido a una chica que no paraba de quejarse. Se puso muy pesada.

—Te queda muy bien.

—Me alegro —responde sonriente.

Aprieto los labios y me balanceo sobre los talones. Me sonríe y me parece que está guapísimo. Si no estuviésemos rodeados de gente, lo agarraría de la camiseta y lo acercaría a mí para demostrarle lo que pienso de él. Sin embargo, borro esa imagen de mi mente y le devuelvo la sonrisa.

—Tendríamos que ir a clase.

—Sí —responde él asintiendo con la cabeza lentamente, pero sin hacer ademán de irse.

Nos quedamos quietos durante treinta segundos y después me echo a reír, doy una patada a la taquilla y me pongo en marcha. De repente, Holder me agarra del brazo, me tira hacia atrás y doy un grito ahogado. Antes de que me dé cuenta, estoy contra la taquilla y encerrada entre sus brazos. Me lanza una sonrisa endemoniada y pone mi rostro frente al suyo. Coloca la mano derecha en mi mejilla, la desliza por debajo de mi barbilla y me sostiene la cara. Acaricia mis labios con el dedo pulgar, y tengo que volver a recordar que estamos en un lugar público y que no puedo dejarme llevar por mis impulsos. Siento que me flaquean las rodillas, por lo que apoyo la espalda en la taquilla y me aprovecho de su solidez para no perder el equilibrio.

—Tendría que haberte besado el sábado por la noche —dice Holder. Me mira a los labios mientras los acaricia—. No puedo dejar de imaginarme qué sabor tendrás.

Presiona el centro de mis labios con el pulgar, y sin apartarlo, pone la boca contra la mía fugazmente. De repente ya no noto ni sus labios ni su dedo, y ni siquiera me doy cuenta de que Holder se ha marchado hasta que el pasillo deja de dar vueltas y soy capaz de mantenerme en pie.

No sé cuánto tiempo podré seguir aguantando esto. Me acuerdo del ataque de nervios que tuve el sábado por la noche en la cocina, cuando le pedí que me besara de una vez por todas. No tenía ni la más remota idea de dónde me metía.

—¿Cómo?

Es tan solo una palabra, pero en cuanto dejo mi bandeja frente a Breckin sé exactamente todo lo que abarca. Me echo a reír y decido contarle todos los detalles antes de que Holder se siente a nuestra mesa. Si lo hace. No hemos hablado sobre cómo referirnos a nuestra relación, ni tampoco sobre cómo vamos a sentarnos en el comedor.

—Apareció el viernes en mi casa, y tras algunos malen-

tendidos al final llegamos a la conclusión de que nos habíamos malinterpretado. Luego estuvimos horneando unos postres, le leí una mierda de libro y se fue a su casa. Volvió el
sábado por la noche y me preparó la cena. Después fuimos a
mi habitación y...

Me callo en cuanto Holder se sienta a mi lado.

—Sigue, adelante —me pide él—. Me gustaría oír qué hicimos después.

Pongo los ojos en blanco y me vuelvo hacia Breckin.

—Luego batimos el récord al mejor primer beso en la historia de los primeros besos, sin ni siquiera besarnos.

Breckin asiente lentamente, sin dejar de mirarme con cara
de escepticismo. O de curiosidad.

—Impresionante.

—Este fin de semana ha sido un muermo —le comenta
Holder a Breckin.

Me echo a reír, y Breckin vuelve a mirarme como si pensara que me he vuelto loca.

—A Holder le encanta aburrirse —aclaro—. Lo ha dicho
como algo positivo.

Breckin nos mira a Holder y a mí alternativamente. Después niega con la cabeza y se inclina hacia delante para coger
el tenedor.

—No hay muchas cosas que me desconcierten —dice él,
señalándonos con el tenedor—. Pero vosotros dos sois una
excepción.

Asiento porque estoy absolutamente de acuerdo.

Durante la comida los tres interactuamos de un modo
normal y corriente. Holder y Breckin hablan sobre el libro
que me prestó. Es gracioso que Holder hable sobre una novela romántica, pero es totalmente adorable que discuta acerca
del argumento con Breckin. De vez en cuando Holder posa la
mano en mi pierna, me acaricia la espalda o me besa en la sien,
y lo hace todo con total naturalidad. Pero, para mí, ninguno
de esos gestos pasa desapercibido.

Intento asimilar el cambio que él ha dado desde la semana pasada y no puedo evitar pensar en que quizá estemos excesivamente bien. No sé qué es lo que tenemos ni lo que estamos haciendo, pero todo parece demasiado bueno, demasiado perfecto. Eso me lleva a pensar en los libros que he leído y en cómo, cuando todo va demasiado bien y es demasiado perfecto, las cosas empiezan a torcerse, y de repente yo...

—Sky —me llama Holder, y chasquea los dedos delante de mis ojos. Levanto la vista y veo que me mira con cara de preocupación—. ¿En qué piensas?

Niego con la cabeza y sonrío, sin saber qué es lo que me ha provocado ese pequeño ataque de pánico. Holder posa la mano justo detrás de mi oreja y me acaricia la mejilla con el pulgar.

—Tienes que dejar de quedarte tan ensimismada. Me asusta un poco.

Me encojo de hombros y me disculpo.

—Lo siento. Me distraigo con cualquier cosa. —Aparto su mano de mi cuello y le aprieto los dedos para que se tranquilice—. De verdad, estoy bien.

En ese momento él se fija en mi mano. Le da la vuelta, me remanga y me tuerce la muñeca a un lado y a otro.

—¿De dónde has sacado esto? —me pregunta, sin levantar la vista.

Me miro la muñeca para ver a qué se refiere, y veo que se me ha olvidado quitarme la pulsera que me he puesto esta mañana. Holder me observa y yo me encojo de hombros. No estoy de humor para explicárselo, porque es muy complicado. Él me hará preguntas y enseguida tenemos que volver a clase.

—¿De dónde la has sacado? —repite, con un tono más serio.

Me agarra más fuerte y me mira con frialdad, esperando una respuesta. Aparto la mano porque no me gusta cómo está poniéndose.

—¿Crees que me la ha regalado un chico? —pregunto, asombrada por su reacción.

No había etiquetado a Holder como un chico celoso, pero me parece que esto no se debe a los celos, sino a la locura.

Él no me responde. Sigue fulminándome con la mirada como si pensara que estoy negándome a hacer una gran confesión. No sé qué espera que le diga, pero, con la actitud que está teniendo, probablemente acabe por darle una bofetada y no una explicación.

Breckin se revuelve en su silla y se aclara la voz.

—Holder. Tranquilízate, hombre.

Holder no cambia de expresión. En todo caso, cada vez es más fría. Se inclina un poquito hacia delante y me dice en voz baja:

—¿Quién te ha dado la puta pulsera, Sky?

Sus palabras se transforman en una carga insoportable en mi pecho, y me pasan por la mente las señales de advertencia que vi el día en que lo conocí. Ahora las veo en enormes letras de neón. Sé que tengo la boca y los ojos abiertos, pero me alivia que la esperanza no sea algo tangible porque en estos momentos todos verían que la mía está viniéndose abajo.

Holder cierra los ojos, mira al frente y apoya los codos en la mesa. Tiene las palmas de las manos apretadas contra la frente y respira muy hondo. No estoy segura de si lo hace para calmarse o para no gritar. Se pasa una mano por el pelo y la deja en la nuca.

—¡Mierda! —exclama.

Es un grito tan áspero que me estremezco. Se levanta y se marcha sin decir nada, dejando la bandeja sobre la mesa. Lo sigo con la mirada y veo que sale de la cafetería sin volver la vista atrás. Abre las puertas con ambas manos y desaparece. No consigo volver a pestañear y a respirar hasta que las puertas dejan de balancearse; estoy totalmente pasmada.

Me vuelvo hacia Breckin y solo puedo pensar en la cara de sorpresa que debo de tener. Pestañeo y agito la cabeza, recordando los últimos dos minutos de la escena. Breckin me agarra de la mano, pero no dice nada. No hay nada que decir. Ambos nos hemos quedado sin palabras en el momento en que Holder ha salido por la puerta.

Suena la campana y la cafetería se convierte en una vorágine de gente y ruido, pero me quedo inmóvil. Todos van y vienen, vacían las bandejas y limpian las mesas, pero el mundo de nuestra mesa está paralizado. Al final Breckin me suelta la mano y recoge nuestras bandejas, luego se lleva la de Holder y limpia la mesa. Coge mi mochila, vuelve a agarrarme de la mano y tira de mí. Se cuelga mi mochila en el hombro y me saca de la cafetería. No me lleva a la taquilla ni a clase. Sigue tirando de mí hasta que salimos por las puertas y llegamos al aparcamiento. Una vez allí, abre una puerta y me mete en un coche desconocido. Él toma asiento, arranca y se vuelve hacia mí.

—No voy a decirte lo que pienso sobre lo que acaba de suceder. Pero ha sido horrible. No tengo ni idea de por qué no estás llorando, pero sé que te ha herido el corazón y quizá también el orgullo. Así que, a la mierda el instituto. Nos vamos a comer helado.

Da marcha atrás y salimos del aparcamiento.

No sé cómo se las ha ingeniado, pero acaba de provocarme una sonrisa cuando estaba a punto de romper a llorar y de llenarle el coche de mocos.

—Me encanta el helado —respondo.

El helado me ha ayudado, pero no mucho. Breckin acaba de dejarme en mi coche y estoy sentada en el asiento del conductor, sin poder moverme. Estoy triste, asustada y enfadada, y siento todas esas cosas que tengo derecho a sentir después de lo que ha sucedido, pero no estoy llorando.

Y no lloraré.

Al llegar a casa hago lo único que sé que va a sentarme bien: salgo a correr. Cuando regreso y me meto en la ducha me doy cuenta de que, al igual que el helado, el ejercicio tampoco me ha ayudado tanto.

Esta noche no cambio de rutina: ayudo a Karen a cocinar, ceno con ella y con Jack, hago los deberes y leo un libro. Intento comportarme como si no estuviera triste porque deseo no estarlo, pero, en cuanto me meto en la cama y apago la luz, empiezo a darle vueltas a la cabeza. Sin embargo, esta vez no me hago demasiadas preguntas porque estoy obsesionada con una sola cosa. ¿Por qué demonios no se ha disculpado Holder?

Esperaba que estuviese en mi coche cuando Breckin y yo hemos regresado al aparcamiento, pero no ha sido así. Al venir a casa esperaba que estuviera aquí, dispuesto a humillarse y a suplicarme y a darme una pequeña explicación, pero no ha sido así. He tenido el teléfono escondido en el bolsillo (porque Karen todavía no sabe que lo tengo) y lo he mirado siempre que he podido, pero solo he recibido un mensaje de Six y todavía no lo he leído.

Y ahora estoy en la cama, abrazada a la almohada, sintiéndome culpable por no tener el impulso de ir a su casa, pincharle las ruedas del coche y darle una patada en los huevos. Porque así es como quiero sentirme. Quiero estar cabreada y enfadada y ser implacable con él, porque eso sería mucho mejor que sentir la desilusión que me ha provocado darme cuenta de que el Holder del fin de semana... no era el verdadero Holder.

4 de septiembre de 2012

Las 6.15

Abro los ojos y no me levanto de la cama hasta que cuento setenta y seis estrellas en el techo. Me destapo y me pongo la ropa de deporte. Cuando voy a salir por la ventana de la habitación me detengo.

Holder está en la acera, de espaldas a mí. Tiene las manos encima de la cabeza y, por la manera en la que se le contraen los músculos, parece que le cuesta respirar. Ha venido corriendo, y no sé si está esperándome o si da la casualidad de que justo ahora ha querido tomarse un descanso. Decido esperar en la ventana hasta que vuelva a emprender la marcha.

Pero no lo hace.

Tras un par de minutos consigo reunir el valor para salir al jardín. Cuando Holder oye mis pasos se da la vuelta. Intercambiamos las miradas y me detengo, pero en ningún momento aparto la vista. No estoy fulminándolo con la mirada ni frunciendo el entrecejo, pero seguro que tampoco estoy sonriendo. Solo estoy mirándolo.

La expresión de sus ojos ha cambiado, y la única palabra que puedo utilizar para describirla es «arrepentimiento». Pero él se queda callado, lo que significa que no va a disculparse, lo que, a su vez, quiere decir que no tengo tiempo de tratar de adivinar qué intenciones tiene. Solo quiero correr.

Paso por su lado y empiezo a correr por la acera. Después de dar varias zancadas oigo que Holder viene por detrás, pero mantengo la mirada al frente. No se coloca a mi lado, y decido no reducir la marcha porque quiero que se quede detrás. En un momento empiezo a correr más y más rápido hasta que estoy esprintando, pero él me sigue el ritmo, siempre varios metros por detrás. Cuando llegamos al punto en el que suelo dar la vuelta, me digo a mí misma que no voy a mirarlo. Paso por su lado y emprendo el camino de regreso a casa. Y la segunda mitad del recorrido es exactamente igual que la primera: silenciosa.

Nos quedan menos de dos manzanas para llegar a mi casa, y estoy enfadada porque ha venido, e incluso más enfadada porque todavía no se ha disculpado. Empiezo a acelerar más y más —probablemente nunca haya corrido tan rápido—, y Holder continúa sin quedarse rezagado. Eso me cabrea aún más, así que, al doblar la esquina para entrar en mi calle, me lanzo al sprint para llegar a casa lo antes posible. Pero sigue sin ser suficiente porque Holder continúa ahí. Me flaquean las rodillas y estoy haciendo tanto esfuerzo que no puedo ni respirar, pero solo me quedan seis metros para llegar hasta mi ventana.

Solo consigo recorrer tres.

En cuanto entro en el jardín, me derrumbo sobre las manos y las rodillas y respiro muy hondo. Nunca antes, ni incluso cuando he corrido seis kilómetros, me había sentido tan exhausta. Me tumbo boca arriba en la hierba. Todavía sigue húmeda por el rocío, pero me gusta la sensación en la piel. Tengo los ojos cerrados y estoy jadeando tan fuerte que apenas puedo oír resollar a Holder. Pero lo oigo, está muy cerca, tumbado junto a mí. Ambos nos quedamos quietos, tratando de recobrar el aliento, y en ese momento recuerdo la noche del sábado, cuando ambos estuvimos en esta misma posición, recuperándonos de lo que me había hecho en la cama. Creo que Holder también está pensando en eso porque acaba de entrelazar el dedo meñique con el mío. Pero esta vez no sonrío. Hago una mueca de disgusto.

Aparto la mano, me doy la vuelta y me pongo en pie. Camino los tres metros que me quedan, entro en mi habitación y cierro la ventana.

Viernes, 28 de septiembre de 2012

Las 12.05

Ya han pasado casi cuatro semanas. Holder no ha vuelto a venir a correr conmigo, ni tampoco se ha disculpado. No se sienta a mi lado ni en clase ni en la cafetería. No me envía mensajes ofensivos ni tampoco aparece los fines de semana siendo una persona distinta. Lo único que hace —al menos, creo que es él quien lo hace— es arrancar las notas adhesivas de mi taquilla. Siempre me las encuentro arrugadas en el suelo del pasillo.

Sigo existiendo, él sigue existiendo, pero no existimos juntos. De todos modos, los días van pasando, independientemente de con quién exista. Y cuanto más tiempo se interpone entre el presente y aquel fin de semana que compartimos, más preguntas me vienen a la cabeza. Pero soy demasiado terca para hacérselas a él.

Quiero saber qué le sucedió aquel día. Quiero saber por qué se lo tomó tan a pecho en lugar de quitarle hierro al asunto. Quiero saber por qué no se ha disculpado, ya que seguramente le habría dado otra oportunidad. Se puso como un energúmeno, y tuvo un comportamiento extraño y un poco posesivo. No obstante, si lo pusiera en una balanza, aquel arrebato tendría tanto peso como todos sus aspectos positivos.

Breckin ya no se esfuerza en analizar lo sucedido, y yo finjo no hacerlo. Pero lo hago, y lo que más me corroe por dentro es que todo lo que pasó entre nosotros empieza a parecerme surrealista, como si hubiese sido parte de un sueño. Me pregunto si aquel fin de semana sucedió de verdad, o si simplemente es otro recuerdo que no puedo comprobar si es real.

Durante todo un mes solo pienso en que no llegamos a besarnos (ya sé que es patético). Lo deseaba muchísimo, y saber que no voy a vivir esa experiencia me deja una sensación de vacío en el pecho. La naturalidad con la que interactuábamos, las caricias que me hacía justo donde yo las necesitaba, los besos que me daba en la cabeza... todas aquellas cosas eran trocitos de algo mucho más grande. Aunque no llegáramos a besarnos, aquello fue algo lo suficientemente grande para merecer cierto reconocimiento por su parte. Cierto respeto. Aunque no sepamos qué fue lo que estuvo a punto de surgir entre nosotros, Holder lo trata como si hubiese sido un error, y eso me duele. Porque sé que él lo sintió. Estoy segura de ello. Y si lo sintió del mismo modo que yo, sé que todavía lo sigue haciendo.

No tengo el corazón roto, y aún no he derramado ni una lágrima por lo sucedido. No puedo tener el corazón roto porque, afortunadamente, no le entregué esa parte de mí. Pero el orgullo no me impide admitir que estoy un poco triste, y sé que me costará tiempo superarlo porque Holder me gustaba muchísimo. Así que estoy bien. Un poco triste y muy confundida, pero bien.

—¿Qué es esto? —le pregunto a Breckin sin apartar la vista de la caja maravillosamente envuelta que acaba de dejar en la mesa.

—Un pequeño recordatorio.

Le lanzo una mirada inquisitiva.

—¿De qué?

Él se echa a reír y me acerca la caja.

—Es un recordatorio de que mañana es tu cumpleaños. Ábrelo ya.

Suspiro, pongo los ojos en blanco y empujo la caja hacia un lado.

—Esperaba que lo olvidaras.

Él coge el regalo y vuelve a ponerlo delante de mí.

—Abre la maldita caja, Sky. Sé que odias recibir regalos, pero a mí me encanta hacerlos. Así que deja de comportarte como una llorica, ábrelo, disfrútalo, abrázame y dame las gracias.

Dejo caer los hombros, aparto la bandeja vacía y cojo la caja.

—Envuelves muy bien los regalos —comento. Desato el lazo, despego un lado del papel y retiro todo el envoltorio. Miro el dibujo de la caja y arqueo una ceja—. ¿Me has comprado una tele?

Breckin se echa a reír, niega con la cabeza y me quita la caja de las manos.

—No es una tele, tonta. Es un e-reader.

—Ah —respondo.

No tengo ni idea de lo que es un e-reader, pero estoy segura de que Karen no me permite tenerlo. Lo aceptaría igual que acepté el teléfono móvil que me regaló Six, pero este trasto es tan grande que no puedo escondérmelo en el bolsillo.

—Me estás tomando el pelo, ¿verdad? —me pregunta, y se inclina hacia mí—. ¿No sabes lo que es un e-reader?

Me encojo de hombros.

—Sigue pareciéndome una tele en miniatura.

Breckin se ríe a carcajadas, abre la caja y saca el aparato. Lo enciende y me lo devuelve.

—Es un dispositivo electrónico que contiene más libros de los que podrás leer en toda tu vida.

Él presiona un botón y la pantalla se ilumina. Después la recorre con el dedo, pulsa aquí y allá, y aparecen decenas de pequeñas imágenes de libros. Toco una de ellas y la portada de un libro ocupa toda la pantalla. Breckin desliza el dedo por encima, pasa la página virtualmente y tengo ante mí el primer capítulo.

De inmediato empiezo a desplazar el dedo por la pantalla y observo cómo se pasan las páginas sin hacer ningún esfuerzo, una tras otra. Es lo más maravilloso que he visto jamás. Pulso más botones y accedo a más libros y ojeo más capítulos y, sinceramente, creo que nunca he tenido ante mí un invento más magnífico y práctico.

—¡Uau! —susurro.

No quito ojo al e-reader, y espero que Breckin no esté gastándome una broma pesada porque, si intenta arrebatármelo, pienso huir con el regalo en las manos.

—¿Te gusta? —me pregunta, muy orgulloso—. He metido más de doscientos libros gratuitos, así que tienes para un buen rato.

Lo miro y veo que esboza una sonrisa de oreja a oreja. Dejo el e-reader en la mesa y me lanzo a su cuello. Es el mejor regalo que me han hecho nunca, y estoy sonriendo y abrazándolo tan fuerte que no me importa que se me dé tan mal recibir regalos. Breckin me devuelve el abrazo y me da un beso en la mejilla. Lo suelto, abro los ojos y, sin querer, dirijo la vista hacia la mesa que he estado evitando mirar durante casi cuatro semanas.

Holder nos está observando, sonriente. No es una sonrisa malvada, seductora ni escalofriante, sino simpática. En cuanto la veo, una oleada de tristeza estalla en mi corazón, y aparto la vista de él y vuelvo a mirar a Breckin.

Tomo asiento y cojo el e-reader.

—Breckin, eres estupendo.

Él sonríe y me guiña un ojo.

—Es el mormón que hay en mí. Somos una gente formidable.

Viernes, 28 de septiembre de 2012

Las 23.50

Hoy es el último día de mi vida en el que tendré diecisiete años. Este fin de semana Karen no estará en casa porque tiene que ir a trabajar a la feria. Intentó cancelar el viaje porque se sentía mal por dejarme sola el día de mi cumpleaños. Pero no se lo permití. De modo que lo celebramos anoche. Sus regalos me gustaron, pero no son nada comparados con el e-reader. Nunca he tenido tantas ganas de pasar un fin de semana sola.

No he preparado tantos postres como la última vez que Karen estuvo fuera de casa. Sigo teniendo ganas de comer azúcar, pero mi adicción a la lectura ha ascendido de nivel. Es casi medianoche y no consigo mantener los ojos abiertos, pero ya he leído casi dos libros enteros y tengo que acabar este cueste lo que cueste. Cada vez que me quedo medio dormida me despierto de sopetón e intento leer otro capítulo. Breckin tiene muy buen gusto para la literatura, y me fastidia que haya tardado todo un mes en hablarme sobre este libro en particular. Sé que no soy una gran aficionada a los finales felices, pero si estos dos personajes no consiguen el suyo, me meteré en el e-reader y los encerraré en ese maldito garaje para toda la eternidad.

Los párpados se me cierran lentamente. Quiero mantenerlos abiertos, pero las palabras empiezan a mezclarse en la pantalla y no entiendo nada de lo que estoy leyendo. Al final apago tanto el aparato como la luz, y pienso en que mi último día con diecisiete años debería haber sido mucho mejor.

Abro los ojos, pero no me muevo. Todavía es de noche y sigo en la misma posición que antes, de modo que he tenido que quedarme dormida. Intento respirar con suavidad y vuelvo a oír el ruido que me ha despertado: el ruido que hace la ventana al abrirse.

Oigo que las cortinas se arrastran por la barra y que alguien entra en la habitación. Sé que debería gritar, correr hacia la puerta o buscar algún objeto que poder utilizar a modo de arma. Sin embargo, me quedo paralizada porque, sea quien sea, no está tratando de ser silencioso. Deduzco que es Holder. No tengo el corazón acelerado, pero, cuando se sienta en la cama, todos y cada uno de los músculos de mi cuerpo se ponen en tensión. Cuanto más se acerca más segura estoy de que se trata de él porque nadie más provoca que mi cuerpo reaccione de ese modo. Al notar que levanta las sábanas detrás de mí aprieto los ojos y me llevo las manos a la cara. Estoy muy asustada porque no sé qué Holder está metiéndose en mi cama ahora mismo.

Desliza un brazo por debajo de la almohada y con el otro me coge de las manos y me rodea. Me acerca a su pecho, entrelaza los dedos con los míos y hunde la cabeza en mi cuello. Me doy cuenta de que no llevo nada encima aparte de una camiseta sin mangas y la ropa interior, pero estoy segura de que Holder no ha venido por eso. Todavía no sé el motivo porque no ha dicho nada, pero él sabe que estoy despierta. Estoy segura de ello porque, en el instante en que me ha rodeado con el brazo, he dado un grito ahogado. Él me agarra con todas sus fuerzas y, de vez en cuando, me da un beso en la cabeza.

Estoy enfadada con él porque ha venido, pero aún más enfadada conmigo misma por querer que esté aquí. Por mucho que desee gritarle y pedirle que se marche, tengo ganas de que me agarre un poquito más fuerte. Quiero que me encierre entre sus brazos y que eche la llave, porque este es el lugar al que pertenece y me da miedo que vuelva a dejarme.

Odio que haya tantos aspectos de él que no entiendo, y no sé si me apetece seguir intentando comprenderlos. Algunos de ellos me encantan y otros los detesto, algunos me aterrorizan y otros me sorprenden. Pero hay una parte de él que solo me decepciona... y es justamente la que más me cuesta aceptar.

Estamos tumbados en un silencio absoluto durante alrededor de media hora, pero no lo sé con exactitud. Lo único cierto es que no me suelta y que no ha tratado de explicarse. Pero esa no es ninguna novedad. Si no se lo pregunto, él no va a decirme nada, pero ahora mismo no me apetece hacerlo.

Desenlaza los dedos de los míos, posa la mano en mi cabeza y me da un beso. Después dobla el brazo que tiene bajo la almohada y me mece con el rostro hundido en mi pelo. Sus brazos empiezan a temblar, y es desgarrador el modo en que me agarra, con tanta intensidad y desesperación. Tengo la respiración agitada y las mejillas sonrosadas, y el único motivo por el que no estoy llorando es que tengo los ojos tan apretados que las lágrimas no pueden salir.

No soporto más este silencio, y si no saco del pecho lo que tanta necesidad tengo de decir, puede que lance un grito. Sé que mi voz tendrá un tono de sufrimiento y tristeza, y que apenas seré capaz de hablar mientras intento contener las lágrimas, pero respiro hondo y digo la frase más sincera que se me ocurre:

—Estoy muy enfadada contigo.

Aunque parezca imposible, Holder me agarra aún más fuerte. Acerca la boca a mi oreja y la besa.

—Lo sé, Sky —susurra. Desliza la mano por debajo de mi camiseta y la apoya abierta en mi vientre, para apretarme con más firmeza—. Lo sé.

Es maravillosa la sensación que provoca oír una voz que has echado mucho de menos. Por ahora solo ha dicho cinco palabras, pero en el tiempo que le ha llevado pronunciarlas, mi corazón ha sido triturado y molido, y después ha regresado a mi pecho con la esperanza de que sabría cómo volver a latir.

Busco la mano con la que Holder me agarra, entrelazo los dedos con los suyos y se la aprieto. No sé qué significa ese gesto, pero todo mi cuerpo desea tocarlo y agarrarlo y asegurarse de que está aquí. Tengo que saber que está aquí y que esto no es otro de mis sueños intensos.

Su boca topa con mi hombro y separa los labios para darme un beso muy suave. Al sentir su lengua contra mi piel, una ola de calor me recorre el cuerpo y noto cómo me sube el rubor desde el estómago hasta las mejillas.

—Lo sé —vuelve a susurrar, mientras explora poco a poco mi clavícula y mi cuello con los labios.

Mantengo los ojos cerrados porque la angustia de su voz y la ternura de sus caricias están haciendo que la cabeza me dé vueltas. Echo la mano hacia atrás y la paso por su cabeza, en un intento de acercarlo aún más a mi cuello. Su aliento cálido choca con mi piel, y sus besos son cada vez más desesperados. La respiración de ambos se acelera cuando Holder vuelve a explorar cada milímetro de mi cuello.

Él se apoya en un brazo y me tumba boca arriba. Luego lleva la mano a mi rostro y me aparta el pelo de los ojos. Verlo tan cerca de mí me trae a la memoria todos y cada uno de los sentimientos que he tenido por este chico... tanto los buenos como los malos. Veo el dolor que reflejan sus ojos, y no entiendo cómo ha podido hacérmelo pasar tan mal. No sé si es porque no soy capaz de leerle la mente o porque se la leo muy bien, pero ahora mismo, teniéndolo sobre mí, estoy segura de que siente lo mismo que yo, y eso hace que sus acciones me parezcan mucho más confusas.

—Sé que estás enfadada conmigo —me dice mirándome fijamente. Tanto sus ojos como sus palabras están llenos de remordimiento, pero todavía no se ha disculpado—. Necesito que estés enfadada conmigo, Sky. Pero creo que necesito incluso más que desees que esté contigo ahora mismo.

Al oír sus palabras siento una gran carga en el pecho y me cuesta muchísimo seguir enviando aire a los pulmones. Asiento ligeramente con la cabeza porque estoy de acuerdo con él. Estoy cabreada, pero prefiero que se quede conmigo. Apoya la frente en la mía, el uno posa las manos en el rostro del otro y nos miramos fijamente a los ojos. No estoy segura de si está a punto de besarme. Ni siquiera estoy segura de si está a punto de marcharse. Lo único de lo que estoy segura es que, justo después de este momento, nunca volveré a ser la misma. Su existencia es como un imán que atrae a mi corazón, y por lo tanto sé que si vuelve a hacerme daño, estaré muy lejos de encontrarme bien. Estaré destrozada.

Nuestros pechos suben y bajan como si fueran uno, al mismo tiempo que el silencio y la tensión aumentan. Siento en todo mi cuerpo la fuerza con la que me sujeta el rostro, casi como si estuviese agarrándome desde dentro hacia fuera. La intensidad del momento hace que broten lágrimas de mis ojos, y estoy sorprendida por las emociones que se han apoderado de mí inesperadamente.

—Estoy enfadada contigo, Holder —repito con una voz temblorosa pero firme—. Sin embargo, ni por un segundo he dejado de querer tenerte conmigo.

De algún modo, él sonríe y frunce el entrecejo al mismo tiempo. En su rostro se dibuja un gesto de alivio y responde:

—Joder, Sky. Te he echado muchísimo de menos.

De repente, deja caer la boca y aprieta los labios contra los míos. Hacía mucho tiempo que deseaba tener esta sensación. A ambos se nos había agotado ya la paciencia. Separo los labios y dejo que me llene del dulce sabor a menta y a refresco. Holder es todo aquello que había imaginado, e incluso más. Dulce, áspero, bondadoso y egoísta. Con este beso percibo sus emociones mejor que con cualquier palabra. Por fin nuestros labios están entrelazados por primera vez, o por vigésima vez, o por millonésima vez. No tiene importancia porque es absolutamente perfecto. Es increíble y maravilloso, y casi compensa todo por lo que hemos tenido que pasar antes de llegar a este momento.

Nuestras bocas se mueven al unísono, apasionadamente, mientras luchamos por acercarnos aún más, deseando conectar nuestros cuerpos de un modo tan perfecto como nuestros labios. Holder aprieta la boca contra la mía con delicadeza, pero también con pasión, y yo imito cada uno de sus movimientos. Dejo escapar algunos gemidos e incluso más jadeos, y él se los bebe.

Seguimos besándonos en todas las posiciones posibles, intentando comedirnos tanto como nos permite nuestro deseo. Llega un momento en que dejo de sentir los labios y estoy tan cansada que no sé si aún continuamos besándonos. Entonces Holder apoya la cabeza en la mía.

Y así es como nos quedamos dormidos: cara a cara, envueltos el uno en el otro. Ya no nos decimos nada más. Ni siquiera una disculpa.

Sábado, 29 de septiembre de 2012

Las 8.40

Me doy la vuelta e inspecciono la cama, pensando que lo sucedido anoche fue un sueño. Holder no está aquí, pero en su lugar hay una cajita envuelta para regalo. Me apoyo en el cabecero y me quedo mirándola durante mucho tiempo antes de levantar la tapa y descubrir lo que guarda. Es una especie de tarjeta de crédito, y la saco y la leo.

Me ha comprado una tarjeta telefónica con minutos de saldo. Muchos minutos.

Sonrío porque sé el significado del regalo. Todo se debe al mensaje que le envió Six. Holder planea robarle a su chica y aprovecharse de los minutos que ella me puso. Sonrío e inmediatamente cojo el teléfono de la mesilla de noche. Tengo un mensaje y es de Holder.

«¿Tienes hambre?»

Es una frase corta y concisa, pero es su modo de hacerme saber que sigue aquí. En algún lugar. ¿Estará haciéndome el desayuno? Antes de ir a la cocina me limpio los dientes en el cuarto de baño, me quito la camiseta y me pongo un vestido de tirantes, y me recojo el pelo en una coleta. Miro mi reflejo en el espejo y veo a una chica deseosa de perdonar a un chico, pero no sin que antes él se postre ante ella.

Al abrir la puerta de la habitación huelo a beicon y oigo el chisporroteo de la grasa proveniente de la cocina. Cruzo el pasillo, me detengo en la esquina y me quedo mirando a Holder un rato. Está de espaldas a mí, cocinando y tarareando. Está descalzo, lleva unos tejanos y una camiseta blanca sin mangas. Vuelve a sentirse como en casa, y no sé cómo tomármelo.

—Me he marchado muy temprano esta mañana —me dice sin darse la vuelta— porque me daba miedo que tu madre entrara en la habitación y pensara que estaba intentando dejarte embarazada. Luego he ido a correr, he vuelto a pasar por tu casa y, al ver que el coche no estaba, he caído en la cuenta de que Karen suele ir a esas ferias el primer fin de semana de cada mes. Así que he decidido ir a hacer la compra y prepararte el desayuno. También he traído comida para el mediodía y para la noche, pero quizá sea mejor que hoy comamos juntos una sola vez. —Se da la vuelta y me mira lentamente de arriba abajo—. Felicidades. Me gusta mucho ese vestido. He comprado leche de verdad, ¿te apetece?

Me acerco a la barra sin quitarle ojo, intentando procesar el montón de palabras que acaban de salir de su boca. Saco una silla y me siento. Holder me sirve un vaso de leche, aunque no le haya respondido que me apetece, y me lo acerca esbozando una gran sonrisa. Antes de que le dé un trago, se aproxima a mí y sostiene mi barbilla con la mano.

—Tengo que besarte. Anoche tu boca me pareció tan perfecta que temo haberlo soñado.

Lleva los labios a los míos y, en cuanto su lengua roza la mía, me doy cuenta de que esto va a ser un problema.

Su boca y su lengua y sus manos son tan perfectos que nunca podré estar enfadada con él si los utiliza contra mí de esta manera. Lo agarro de la camiseta y aprieto los labios contra los suyos. Holder gime y lleva las manos a mi cabeza, pero, de repente, me suelta y se aparta.

—No —dice sonriente—. No lo he soñado.

Vuelve a la cocina y apaga los fogones. Después apila en un plato el beicon, los huevos y las tostadas. Lo trae a la mesa y me sirve. Acto seguido, toma asiento y empieza a comer. Me sonríe constantemente, y entonces me doy cuenta.

Ya lo sé. Sé cuál es su problema. Sé por qué es feliz y malhumorado y temperamental y caótico; por fin todo cobra sentido.

—¿Podemos jugar a *Cenas o preguntas* aunque estemos desayunando? —me propone.

Doy un sorbo de leche y asiento.

—Siempre y cuando yo haga la primera pregunta —respondo.

Holder deja el tenedor en el plato y sonríe.

—Estaba pensando en dejarte que me hicieras tú todas las preguntas.

—Solo necesito una respuesta.

Holder suspira, apoya la espalda en el respaldo y baja la vista a sus manos. Por el modo en que evita mi mirada me parece que se ha dado cuenta de que yo ya lo sé. Ha reaccionado como si se sintiera culpable. Me inclino hacia delante y lo fulmino con la mirada.

—¿Hace cuánto que te drogas, Holder?

Él levanta la vista y se queda mirándome a los ojos por un momento, con una expresión estoica. Yo no cambio de actitud porque quiero que se dé cuenta de que no voy a parar hasta que me diga la verdad. Aprieta los labios y vuelve a fijarse en sus manos. Por un segundo pienso que quizá esté preparándose para salir huyendo por la puerta con tal de no tener que hablar del tema. Pero entonces veo algo en su rostro que no esperaba en absoluto: un hoyuelo.

Está haciendo una especie de mueca, intentando no cambiar de expresión, pero las comisuras de sus labios se tensan y rompe a reír.

Se ríe a carcajadas, y yo me estoy cabreando.

—¿Drogarme? ¿Crees que me drogo? —me pregunta entre risas. Se da cuenta de que a mí no me hace ni pizca de gracia y, finalmente, deja de reírse. Respira hondo, me coge de la mano y añade—: No me drogo, Sky. Te lo prometo. No sé por qué lo piensas, pero te juro que no me drogo.

—Entonces ¿qué te pasa?

Su gesto cambia al oír la pregunta, y suelta mi mano.

—¿Puedes ser un poco más precisa?

Vuelve a tomar asiento y cruza los brazos sobre el pecho. Me encojo de hombros y respondo:

—Claro. ¿Qué sucedió aquel día entre nosotros y por qué actúas como si lo hubieses olvidado?

Holder tiene el codo apoyado en la mesa y se mira el brazo. Poco a poco recorre con los dedos todas y cada una de las letras de su tatuaje, absorto en sus pensamientos. Sé que el silencio no se considera un ruido, pero el que hay ahora mismo entre nosotros es el estruendo más fuerte del mundo. Él retira el brazo de la mesa y me mira.

—No quería decepcionarte, Sky. He fallado a todas las personas que me han querido, y después de aquel día en el comedor, supe que a ti también te había fallado. De modo que... te dejé antes de que empezaras a quererme. De lo contrario, cualquier esfuerzo para no decepcionarte habría sido en vano.

Habla con un tono de disculpa, tristeza y arrepentimiento, pero sigue sin pedirme perdón directamente. Reaccionó de forma exagerada y se dejó llevar por los celos, pero si tan solo hubiese dicho esas dos palabras, nos habríamos ahorrado todo un mes de agonía emocional. Estoy negando con la cabeza porque no lo comprendo. No sé por qué no es capaz de decir «Lo siento».

—¿Por qué no lo dices, Holder? ¿Por qué no puedes disculparte?

Se inclina hacia delante, me coge de la mano y me mira a los ojos.

—No voy a pedirte perdón... porque no quiero que me perdones.

En sus ojos se refleja la tristeza de los míos, pero no quiero que él la vea. No quiero que me vea apenada, de modo que aprieto los párpados. Holder me suelta la mano, y un momento después, rodea la mesa, me toma entre sus brazos y me levanta. Me pone sobre la barra para que estemos frente a frente, me aparta el pelo de la cara y me pide que abra los ojos. Tiene el entrecejo fruncido, y el dolor que muestra su rostro es crudo, real y desgarrador.

—Cariño, la cagué. La he cagado más de una vez contigo, soy muy consciente de ello. Pero, créeme, lo que sucedió en la cafetería no se debía a los celos ni al mal humor ni a nada que debas temer. Me gustaría poder contarte qué pasó, pero no puedo. Algún día lo haré, pero ahora mismo no puedo, y necesito que lo aceptes. Por favor. Y no te pido perdón porque no quiero que me perdones por lo que hice. No me lo perdones jamás. No trates de justificarme, Sky.

Holder se inclina hacia delante y me da un beso muy breve. Se aparta y sigue hablando:

—Me dije a mí mismo que debía alejarme de ti y dejar que estuvieses enfadada conmigo, porque tengo muchos problemas que todavía no puedo compartir contigo. He intentado por todos los medios mantenerme lejos de ti, pero no puedo. No soy lo suficientemente fuerte para seguir negando lo que tenemos. Y ayer, en la cafetería, cuando abrazabas a Breckin y te reías con él... Me alegró verte tan feliz, Sky, pero deseaba ser yo quien te hiciera reír así. Me corroía por dentro que pensaras que no me importa lo nuestro, o que aquel fin de semana contigo no fue el mejor fin de semana de mi vida. Porque sí que me importa y porque sí que fue el mejor. Fue el mejor fin de semana de la historia de los fines de semana.

El corazón me late con la misma rapidez con la que Holder habla. Él aparta las manos de mi rostro, me acaricia el pelo y finalmente las deja en mi nuca. Toma aire, se tranquiliza y prosigue:

—Está matándome, Sky —añade, en un tono de voz mucho más sosegado y bajo—. Está matándome porque no quiero que pase un día más sin que sepas lo que siento por ti. Y no estoy preparado para decirte que me he enamorado de ti. Aún no. Pero esto que siento es algo más que «gustar». Es muchísimo más. Y durante las últimas semanas he estado dándole vueltas. He estado pensando en por qué no existe una palabra que lo describa. Quiero explicarte cómo me siento exactamente, pero no hay una maldita palabra en todo el diccionario que describa ese punto intermedio entre «gustar» y «amar». Pero la necesito. La necesito porque quiero que me oigas decirla.

Acerca mi rostro al suyo y me besa. Son besos breves, más bien picos, pero no deja de dármelos. Se aparta entre uno y otro, esperando que yo responda.

—Dime algo —me pide.

Veo sus ojos aterrorizados, y por primera vez desde que nos conocemos... creo que lo entiendo. A todo él. No reacciona así porque su personalidad conste de cinco caras distintas. Reacciona así porque Dean Holder tiene una sola cara.

Simplemente, es apasionado.

Le apasiona la vida, el amor, sus palabras, Les... Y yo deseo ser parte de esa lista. La intensidad que transmite es desconcertante y maravillosa. He pasado mucho tiempo intentando encontrar modos de entumecerme, pero al ver el entusiasmo que emana de sus ojos ahora mismo... quiero sentir todas y cada una de las cosas que componen la vida. Lo bueno, lo malo, lo bonito, lo feo, el placer, el dolor. Lo quiero todo. Quiero empezar a sentir la vida como él. Y el primer paso lo daré con este chico desesperanzado que está abriéndome su corazón, que busca la palabra perfecta, que quiere ayudarme a vivir la vida.

Vivir.

La palabra me viene a la mente como si siempre hubiese estado ahí, guardada en el diccionario desde que conocí a Holder.

—Vivir —le digo.

En ese momento desaparece su gesto de desesperación y deja escapar una risita de confusión.

—¿Cómo? —pregunta, negando con la cabeza, intentando comprender mi respuesta.

—Vivir. Puedes utilizar ese verbo para expresar lo que sientes, porque tú me has devuelto la vida.

Vuelve a reírse, pero esta vez mucho más tranquilo. Me envuelve con sus brazos y me besa totalmente aliviado.

—Te vivo, Sky —dice pegado a mis labios—. Te vivo muchísimo.

Sábado, 29 de septiembre de 2012

Las 9.20

No sé cómo lo ha conseguido, pero en cuestión de quince minutos se lo he perdonado todo, estoy loca por él y no puedo dejar de besarlo. Holder ha demostrado tener mucha labia. Ya no me molesta tanto que tarde mucho tiempo en elegir las palabras que quiere decir. Él se aparta sonriente y me agarra de la muñeca con ambas manos.

—¿Qué quieres hacer el día de tus cumpleaños? —pregunta, y me baja de la barra.

Me da otro besito en la boca, va al salón y coge la cartera y las llaves de un extremo de la mesita.

—No tenemos por qué hacer algo especial. No espero que me entretengas porque es mi cumpleaños.

Se mete las llaves en el bolsillo y me mira. Sus labios esbozan una sonrisa pícara y no me quita ojo de encima.

—¿Qué pasa? —pregunto—. Pareces avergonzado.

Holder se echa a reír y se encoge de hombros.

—Estaba pensando en todos los modos en los que podría entretenerte sin salir de casa. Y ese es el motivo por el que tenemos que salir de aquí.

Y ese es el motivo por el que yo quiero quedarme aquí.

—Podríamos ir a visitar a mi madre —le propongo.

—¿A tu madre? —pregunta, mirándome con recelo.

—Sí. Tiene un puesto de hierbas en la feria. Es allí adonde suele ir el primer fin de semana de cada mes. Yo nunca la acompaño porque se pasa allí catorce horas diarias y es un aburrimiento. Pero es una de las ferias más grandes del mundo, y siempre he querido ir a dar una vuelta. Está solo a una hora y media en coche. Habrá algodón de azúcar —añado, intentando que suene tentador.

Holder se acerca a mí y me rodea con los brazos.

—Si quieres ir a la feria, iremos a la feria. Pasaré por mi casa a cambiarme, y después tengo que hacer un recado. Te recogeré dentro de una hora.

Asiento. Sé que solo vamos a la feria, pero estoy emocionadísima. No sé cómo se tomará Karen que aparezca allí sin avisar, y acompañada por Holder. Me siento mal por sorprenderla, porque aún no le he hablado sobre él. Sin embargo, es culpa de ella. Si no me hubiese prohibido la tecnología, habría podido llamarla para decírselo.

Holder me da otro besito y se dirige a la puerta principal.

—Oye —le digo, justo cuando está a punto de salir. Él se da la vuelta y me mira—. Es mi cumpleaños y los dos últimos besos que me has dado han sido bastante malos. Si esperas que pase el día contigo, más te vale empezar a besarme como un novio besa a su...

Interrumpo la frase en cuanto me doy cuenta de qué palabra se me acaba de escapar. Todavía no hemos hablado de cómo referirnos a lo nuestro. Además, nos hemos reconciliado hace apenas media hora, y mi uso descuidado de la palabra «novio» suena a algo que me habría dicho Matt.

—Bueno... —tartamudeo.

Veo que no tengo escapatoria, así que cierro la boca. No puedo recuperarme de esto.

Holder sigue en la puerta, mirándome, sin sonreír. Me sostiene la mirada, pero no dice nada. Ladea la cabeza y arquea las cejas con curiosidad.

—¿Acabas de referirte a mí como tu novio?

Me estremezco, porque no le ha hecho ninguna gracia. Dios mío, esta me parece una situación muy infantil.

—No —respondo por pura terquedad, con los brazos cruzados—. Solo los niñatos cursis de catorce años hacen esas cosas.

Holder se acerca a mí sin cambiar de expresión. Se detiene a muy poca distancia e imita mi postura.

—¡Qué pena! Porque me han dado ganas de comerte a besos. —Entorna los ojos y hace un gesto juguetón que inmediatamente desata el nudo que tengo en el estómago—. Te recojo dentro de una hora.

Abre la puerta, se da la vuelta y sale lentamente, burlándose de mí con su sonrisa pícara y sus hoyuelos que tantas ganas tengo de lamer.

Suspiro y pongo los ojos en blanco.

—Holder, espera.

Se detiene y se apoya en el marco de la puerta, lleno de orgullo.

—Ven a darle un beso de despedida a tu novia —le pido, muy consciente de lo cursi que estoy sonando.

Holder vuelve a entrar en el salón con cara de vencedor. Pone la mano en mi espalda y me acerca a él. Es el primer beso que nos damos de pie, y me encanta el modo en que me protege con su brazo. Recorre con los dedos mi mejilla y me acaricia el pelo, mientras poco a poco acerca los labios a los míos. Esta vez está mirándome a los ojos y no a la boca. Tiene la mirada llena de algo que no sé cómo describir. No es lujuria, sino más bien agradecimiento.

Sigue mirándome sin ocupar completamente el espacio que hay entre nuestros labios. No está burlándose de mí ni intentando que sea yo la que me lance a besarlo. Tan solo está mirándome con agradecimiento y cariño, y eso hace que el corazón se me derrita. Lentamente subo las manos desde sus hombros hacia su cuello y su pelo, y disfruto del silencio. Su pecho sube y baja con el mío, y sus ojos empiezan a recorrer todas las facciones de mi rostro. El modo en que me mira hace que me flaquee todo el cuerpo, y agradezco que esté agarrándome de la cintura.

Pone la frente contra la mía y deja escapar un largo suspiro. De repente veo cierto sufrimiento en su mirada, de modo que llevo las manos a sus mejillas y lo acaricio suavemente con los dedos, deseando que desaparezca aquello que esté escondido detrás de esos ojos.

—Sky —empieza a decir, mirándome.

Me da la sensación de que está a punto de explicarme algo muy serio. Sin embargo, mi nombre es lo único que pronuncia.

Muy poco a poco, Holder lleva la boca a la mía y nuestros labios se topan. Respira hondo y aprieta sus labios cerrados contra los míos, como si estuviera respirándome. Se aparta y, durante unos segundos, me mira a los ojos mientras me acaricia la mejilla. Nunca antes me han saboreado así, y es una sensación maravillosa.

Él vuelve a acercar la cabeza y a besarme, con mi labio superior entre los suyos. Me da un beso muy tierno, y trata mi boca como si fuera un objeto delicado que está a punto de romperse. Separo los labios para que me dé un beso más profundo. Holder lo hace, pero sigue siendo muy cariñoso, dulce y tierno. Con una mano en mi nuca y la otra en mi cadera, saborea y acaricia muy despacio toda mi boca. Este beso es como él: estudiado y sin prisas.

Justo cuando mi mente ha sucumbido a estar envuelta por él, sus labios se detienen y se apartan. Abro los ojos y dejo escapar un soplo de aire acompañado de la palabra «Oh».

Al verme sin aliento, Holder esboza una sonrisa socarrona.

—Oficialmente, este ha sido nuestro primer beso como pareja.

Espero que se me pase el pánico, pero no lo hace.

—Pareja —repito, en voz baja.

—¡Tú lo has dicho! —responde. Todavía tiene la mano en mi espalda y nos miramos a los ojos muy de cerca—. Y no te preocupes, yo mismo se lo haré saber a Grayson. Si veo que intenta tocarte, volveré a presentarle a mi puño. —Posa la mano en mi mejilla y añade—: Ahora sí que me marcho. Te veré dentro de una hora. Te vivo.

Me da un besito en los labios, se da la vuelta y se dirige hacia la puerta.

—Holder —le digo en cuanto recobro el aliento para poder hablar—. ¿Qué quieres decir con que volverás a presentarle a tu puño? ¿Te has peleado antes con Grayson?

Tiene una expresión de rabia contenida, y asiente levemente con la cabeza.

—Ya te lo dije. No es una buena persona.

La puerta se cierra tras él y deja mis preguntas sin responder. Pero esa no es ninguna novedad.

Decido dejar la ducha para más tarde y llamar a Six. Tengo muchas cosas que contarle. Voy a la habitación, salgo por mi ventana y me cuelo por la suya. Cojo el teléfono que hay junto a la cama y busco en mi teléfono móvil el mensaje en el que me daba su número internacional. Al empezar a marcar, recibo un mensaje de Holder.

«Me horroriza pensar en que tengo que pasar todo el día contigo. No tiene pinta de que vaya a ser muy divertido. Además, el vestido que te has puesto no te favorece nada y es demasiado veraniego, pero no te lo quites.»

Sonrío. Mierda, vivo mucho a este chico desesperanzado.

Marco el número de teléfono de Six y me tumbo en su cama. Al tercer tono, responde como atontada.

—Hola —la saludo—. ¿Estás dormida?

La oigo bostezar.

—Claro que no. Pero tienes que empezar a tener en cuenta la diferencia horaria.

Me echo a reír.

—Six, allí debe de ser por la tarde. Aunque tuviera en cuenta la diferencia horaria, contigo no valdría la pena.

—He tenido una mañana muy ajetreada —responde ofendida—. Echo de menos tu cara. ¿Qué pasa?

—No mucho.

—Estás mintiendo. Estás tan contenta que da rabia. Me imagino que Holder y tú habéis arreglado lo que pasó en el instituto aquel día.

—Sí. Y eres la primera en saber que yo, Linden Sky Davis, soy ahora una mujer con pareja.

Six refunfuña.

—No consigo entender cómo alguien puede someterse a semejante miseria. Pero me alegro por ti.

—Gra...

Estoy a punto de darle las gracias, cuando Six lanza un grito de «Oh, Dios mío» desde el otro lado de la línea.

—¿Qué pasa? —le pregunto.

—Se me ha olvidado. ¡Es tu cumpleaños y se me ha olvidado! Felicidades, Sky. Joder, soy la peor mejor amiga del mundo.

—No te preocupes —le digo entre risas—. Me alegra que te hayas olvidado. Sabes que odio los regalos y las sorpresas y todo lo relacionado con los cumpleaños.

—Oh, espera. Acabo de recordar lo maravillosa que soy. Mira detrás del tocador de tu habitación.

—Me lo imaginaba —respondo, poniendo los ojos en blanco.

—Y dile a tu nuevo novio que te compre minutos de saldo.

—Lo haré. Tengo que dejarte, tu madre va a matarme cuando vea la factura.

—Sí, bueno... ella también debería estar más en consonancia con la tierra, como tu madre.

Me echo a reír.

—Te quiero, Six. Cuídate, ¿vale?

—Yo también te quiero. ¡Sky!

—¿Sí?

—Pareces feliz. Y me alegra mucho.

Sonrío y se corta la llamada. Vuelvo a mi habitación y,

por mucho que odie los regalos, sigo siendo humana y curiosa por naturaleza. Voy directamente al tocador y miro detrás. Veo una caja envuelta en el suelo, así que me agacho y la cojo. Me siento en la cama y la abro. Es una caja llena de Snickers.

Joder, cómo la quiero.

Sábado, 29 de septiembre de 2012

Las 10.25

Miro por la ventana mientras espero con impaciencia que Holder venga a recogerme. Por fin, cuando aparca en la entrada, salgo de casa y cierro la puerta con llave. Me doy la vuelta y me quedo paralizada: Holder no está solo, hay otro chico en el asiento del copiloto. Cuando se baja del coche y veo de quién se trata, en mi rostro se dibuja una expresión entre :-O y >:-/. Estoy aprendiendo.

Breckin sujeta la puerta, esbozando una sonrisa de oreja a oreja.

—Espero que no te importe que hoy os haga de *sujetavelas*. Mi segundo mejor amigo del mundo mundial me ha invitado a venir.

Me acerco al coche totalmente confundida. Breckin espera a que yo me siente para subirse a la parte trasera. Me inclino hacia delante y vuelvo la cabeza hacia Holder, que está partiéndose de risa como si acabara de contar el final de un chiste muy gracioso. Un chiste del que yo no formo parte.

—¿Alguno de los dos podría explicarme de qué va todo esto? —pregunto.

Holder se lleva mi mano a la boca y me da un beso en los nudillos.

—Dejaré que Breckin te lo aclare. Él habla más rápido que yo.

Me doy la vuelta y Holder empieza a dar marcha atrás.

Arqueo una ceja y fulmino con la mirada a Breckin, que parece sentirse culpable.

—Estas dos últimas semanas he formado parte de dos alianzas —me responde avergonzado.

Niego con la cabeza, intentando comprender la confesión que acaba de hacerme.

—¿Dos semanas? ¿Lleváis hablando dos semanas? ¿Sin mí? ¿Por qué no me lo habéis dicho? —les pregunto, mirando a uno y luego a otro.

—Juré mantener el secreto —contesta Breckin.

—Pero...

—Date la vuelta y abróchate el cinturón —me ordena Holder.

—Espera un poco —le pido, lanzándole una mirada asesina—. Estoy intentando comprender por qué hiciste las paces con Breckin hace dos semanas y has esperado hasta hoy para reconciliarte conmigo.

Holder me mira, pero enseguida vuelve a dirigir la vista a la carretera.

—Breckin se merecía una disculpa. Aquel día me comporté como un gilipollas —responde.

—¿Y yo no me la merecía?

Esta vez me mira fijamente a los ojos.

—No —dice con rotundidad, y vuelve a fijarse en la carretera—. Tú no te mereces palabras, Sky. Te mereces acciones.

Mientras miro a Holder, me pregunto cuánto tiempo habrá pasado anoche preparando esa frase tan perfecta. Él me devuelve la mirada, suelta mi mano y me hace cosquillas en el muslo.

—No estés tan enfurruñada. Tu novio y tu amigo más amigo del mundo mundial te llevan a la feria.

Me echo a reír y le aparto la mano.

—¿Cómo voy a estar contenta después de haber sabido que hay un infiltrado en mi alianza? Vosotros dos vais a tener que hacerme mucho la pelota.

Breckin me mira con la barbilla apoyada en lo alto de mi reposacabezas.

—Creo que soy yo el que más ha sufrido con este suplicio. Tu novio me ha fastidiado dos noches de viernes seguidas, amargado y desconsolado por lo mucho que te desea y por cómo no quiere fallarte y bla, bla, bla. Cada vez que he comido contigo he tenido que morderme la lengua para no quejarme de él.

Holder vuelve la cabeza hacia atrás y fulmina con la mirada a Breckin.

—Bueno, ahora los dos podéis quejaros de mí todo lo que queráis. La vida vuelve a ser como debería ser.

Él entrelaza los dedos con los míos y me aprieta la mano. Se me pone la carne de gallina, pero no estoy segura de si es por su tacto o por sus palabras.

—Sigo pensando que merezco que me hagáis la pelota —les digo a ambos—. Vais a tener que comprarme todo lo que quiera en la feria, por muy caro, grande o pesado que sea.

—¡Tú lo has dicho! —exclama Breckin.

—Oh, Dios, Holder está contagiándote —refunfuño.

Breckin se echa a reír, se estira para agarrarme de las manos y me tira hacia él.

—Me parece que tienes razón, Sky, porque me han entrado unas ganas enormes de hacerte arrumacos aquí detrás —bromea él.

—No te he contagiado tantas cosas si piensas que solo le haría arrumacos —puntualiza Holder.

Acto seguido, me da un cachete en el culo y me caigo al asiento trasero, justo al lado de Breckin.

—Tienes que estar bromeando —me dice Holder, mirando el salero que acabo de darle.

Llevamos una hora paseando por la feria y estoy ciñéndome a mi plan. Van a tener que comprarme todo lo que se me ponga en la punta de la nariz. Me han traicionado, y si quieren que lo supere y me sienta mejor, tendrán que recompensarme.

Dirijo la vista a la figurilla que Holder sostiene entre las manos y asiento.

—Tienes toda la razón. Debería llevarme el juego completo.

Cojo el pimentero y se lo doy. Jamás se me pasaría por la cabeza comprarlos. De hecho, no sé si habrá alguien a quien se le haya ocurrido semejante idea. ¿Quién hace saleros y pimenteros de cerámica con forma de intestinos gruesos y delgados?

—Apuesto a que pertenecían a un médico —comenta Breckin, mientras los admira conmigo.

Saco la cartera del bolsillo de Holder y me vuelvo hacia el vendedor que espera tras la mesa.

—¿Cuánto es?

El señor se encoge de hombros y responde sin mucho entusiasmo:

—No sé. ¿Un dólar cada uno?

—¿Qué le parece un dólar por los dos? —le pregunto.

Coge el dólar que le ofrezco y hace un gesto con la cabeza para que nos marchemos.

—Así se regatea —dice Holder, agitando la cabeza—. La próxima vez que vaya a tu casa, espero encontrármelos encima de la mesa de la cocina.

—¡Qué asco! Claro que no —respondo—. ¿Quién querría comer teniendo unos intestinos delante?

Los tres seguimos curioseando hasta llegar a la caseta donde se encuentran Karen y Jack. Al vernos aparecer, ella mira sorprendida a Breckin y a Holder.

—Hola —los saludo, con las manos extendidas—. ¡Sorpresa!

Jack sale rápidamente de la caseta y me da un breve abrazo. Mi madre lo sigue por detrás, sin dejar de mirarme con recelo.

—Tranquila —le digo, después de haber visto el gesto de preocupación con el que observa a Holder y a Breckin—. Ninguno de los dos va a dejarme embarazada este fin de semana.

Karen se echa a reír y por fin me rodea con los brazos.

—Feliz cumpleaños. —Se aparta y su instinto maternal surte efecto con quince segundos de retraso—. Espera. ¿Por qué estás aquí? ¿Va todo bien? ¿Te encuentras mal? ¿Ha pasado algo en casa?

—Todo va bien. Y me encuentro bien. Estaba aburrida, y le he pedido a Holder que me trajera a hacer unas compras.

Él está detrás de mí, presentándose a Jack. Breckin pasa por mi lado y abraza a Karen.

—Hola, yo soy Breckin. Junto con su hija, formo parte de una alianza para sobrevivir al sistema educativo público y a todos sus secuaces.

—Formaba —le corrijo, fulminándolo con la mirada—. Formaba parte de una alianza.

—Ya me caes bien —le responde ella con una sonrisa. Después dirige la vista hacia Holder y le estrecha la mano—. Hola, Holder. ¿Qué tal estás? —lo saluda educadamente.

—Bien —responde él, muy comedido.

Holder parece muy incómodo. Tal vez esté avergonzado por el salero y el pimentero que tiene en la mano, o quizá el que hayamos empezado a salir juntos ha provocado que cambie de actitud ante mi madre. Intento desviar la conversación, y le pregunto a Karen si tiene una bolsa en la que podamos guardar nuestras compras. Ella coge una de debajo de la mesa y la abre para que Holder meta el pimentero y el salero. Al verlos me lanza una mirada inquisitiva.

—No preguntes —le pido.

Cojo la bolsa y se la ofrezco a Breckin para que guarde lo que me ha comprado. Es una pequeña foto enmarcada en madera de la palabra «derretir», escrita con tinta negra sobre un papel blanco. Valía veinticinco centavos y no sirve para nada, de modo que no he podido resistirme y me lo he llevado.

Un par de clientes se acercan a la caseta, y Jack y Karen se dirigen al otro lado de la mesa para atenderlos. Al darme la vuelta, me encuentro a Holder mirándolos con un gesto muy serio. No lo he visto así desde aquel día en la cafetería. Me pone un poco nerviosa, de modo que me acerco a él y le acaricio la espalda, deseando con todas mis fuerzas que desaparezca esa mirada.

—Oye —le digo, para atraer su atención—. ¿Te encuentras bien?

Holder asiente y me da un beso en la frente.

—Estoy bien —responde. Me rodea la cintura con un brazo y me dedica una sonrisa tranquilizadora—. Me has prometido que comeríamos algodón de azúcar —añade, acariciándome la mejilla.

Asiento, aliviada al ver que se encuentra bien. No quiero que Holder tenga uno de sus arrebatos delante de Karen. Yo ya he empezado a comprender su visión apasionada de la vida, pero dudo que mi madre llegue a hacerlo.

—¿Algodón de azúcar? —pregunta Breckin—. ¿Has dicho algodón de azúcar?

Me doy la vuelta y veo que el cliente de Karen se ha marchado. Ella está pálida y boquiabierta tras la mesa, mirando fijamente el brazo que me envuelve la cintura.

¿Por qué hoy todo el mundo me mira de un modo tan extraño?

—¿Estás bien? —le pregunto a Karen.

No es la primera vez que me ve con un novio. De hecho, Matt prácticamente vivió en nuestra casa durante el mes en el que salimos juntos.

Ella me mira y se fija en Holder por un momento.

—No sabía que salías con él —responde.

—Sí. Bueno... Te lo habría contado, pero es algo que hemos decidido hace unas cuatro horas.

—Ah. Pues... hacéis buena pareja. ¿Podemos hablar? —me pregunta, y me hace una señal para darme a entender que quiere un poco de privacidad.

Suelto el brazo de Holder y la sigo hasta un lugar en el que nadie puede oírnos. Entonces ella se da la vuelta y niega con la cabeza.

—No sé qué pensar sobre esto —me dice entre susurros.

—¿Sobre qué? Tengo dieciocho años y un novio. No es para tanto.

Suspira y responde:

—Ya lo sé, pero... ¿Qué pasará esta noche? ¿Sin que yo esté en casa? ¿Cómo puedo saber que él no andará por allí?

Me encojo de hombros.

—No puedes saberlo. Tienes que confiar en mí —contesto.

Inmediatamente me siento culpable por la mentira que acabo de decir. Puedo afirmar con toda certeza que si mi madre se enterase de que anoche dormimos juntos, Holder pronto se convertiría en mi difunto novio.

—Se me hace extraño, Sky. Nunca hemos hablado sobre las normas que debes cumplir si quedas con chicos cuando yo no estoy en casa.

Karen parece muy nerviosa, así que hago todo lo posible por tranquilizarla.

—Mamá, confía en mí. Hemos decidido empezar a salir juntos hace unas horas. Entre nosotros no va a pasar nada que deba preocuparte. Se habrá marchado antes de medianoche, te lo prometo.

Ella asiente sin estar muy convencida.

—Es solo que... no lo sé. Veros a los dos justo delante de mí, abrazados... La manera en la que interactuáis... Las nuevas parejas no se miran de ese modo, Sky. He reaccionado así porque he pensado que quizá sales con él desde hace un tiempo y que me lo has ocultado. Sabes que puedes hablar conmigo de lo que quieras.

Lo agarro de la mano y se la aprieto.

—Ya lo sé, mamá. Y créeme, si hoy no hubiésemos venido aquí, te lo habría contado todo mañana. Te habría hablado de él hasta aburrirte. No estoy ocultándote nada, ¿de acuerdo?

Karen sonríe y me da un pequeño apretón.

—Espero que mañana me hables sobre él hasta que me aburra.

Sábado, 29 de septiembre de 2012

Las 22.15

—Sky, despierta.

Levanto la cabeza del brazo de Breckin y me seco las babas de la mejilla. Él hace una mueca de asco al ver que le he mojado la camiseta.

—Lo siento —me disculpo entre risas—. No deberías ser tan cómodo.

Hemos llegado a su casa tras pasar ocho horas de aquí para allá examinando cachivaches. Al final, Holder y Breckin han dado su brazo a torcer y hemos hecho una competición para ver quién encontraba el objeto más raro. Creo que he ganado gracias al salero y al pimentero con forma de intestino, pero Breckin se ha acercado mucho con una pintura sobre terciopelo de un cachorro montado a lomos de un unicornio.

—No te olvides de tu pintura —le recuerdo cuando se baja del coche.

Breckin se agacha, lo coge de debajo del asiento y me da un beso en la mejilla.

—Te veo el lunes —me dice. Mira a Holder y añade—: Por mucho que ahora sea tu novia, no pienses que voy a cederte mi asiento en la primera clase.

—No soy yo quien le lleva el café cada mañana. Dudo que Sky deje que te eche —le responde Holder riéndose.

Breckin cierra la puerta y Holder espera a que entre en casa para arrancar.

—¿Qué haces ahí detrás? —me pregunta, lanzándome una sonrisa por el espejo retrovisor—. Ven aquí.

Niego con la cabeza y me quedo donde estoy.

—Me gusta tener chófer.

Él pone el coche en punto muerto, se desabrocha el cinturón y se da la vuelta.

—Ven aquí —repite, y me agarra de los brazos.

Tira de mis muñecas hasta que nuestros rostros están a pocos centímetros de distancia. Me aprieta las mejillas como si fuese una niña pequeña y estampa un beso ruidoso en mis labios sellados.

—Hoy me lo he pasado bien. Eres bastante rara —comenta.

Arqueo una ceja, sin estar segura de si es un cumplido. ¿Gracias?

—Me gusta lo raro —puntualiza—. Ahora levanta el culo y ponte a mi lado antes de que vaya ahí detrás y te haga algo más que arrumacos.

Tira de mí, me paso al asiento delantero y me abrocho el cinturón.

—¿Qué hacemos ahora? ¿Vamos a tu casa? —pregunto.

—No. Nos queda una parada más —responde, negando con la cabeza.

—¿Mi casa?

Vuelve a negar con la cabeza.

—Espera y verás.

Nos dirigimos hacia las afueras de la ciudad. Cuando Holder aparca en un lado de la carretera, me doy cuenta de que estamos en el aeropuerto. Se baja del coche sin decirme nada y viene a abrirme la puerta.

—Ya hemos llegado —anuncia, señalando la pista que se extiende en el campo que tenemos enfrente.

—Holder, este es el aeropuerto más pequeño en trescientos kilómetros a la redonda. Si esperas ver un aterrizaje, vamos a tener que pasar aquí dos días.

Él me coge de la mano y me ayuda a bajar una pequeña pendiente.

—No hemos venido por los aviones —responde.

Seguimos caminando hasta llegar a la valla que bordea el aeropuerto. Holder la zarandea para comprobar su robustez, y vuelve a agarrarme de la mano.

—Será mejor que te descalces —me aconseja.

Miro la valla, y luego a él.

—¿Esperas que salte por encima?

—Bueno —dice mirándola—. Podría cogerte en brazos y lanzarte al otro lado, pero te harías un poquito de daño.

—¡Llevo vestido! No me avisaste de que esta noche íbamos a andar saltando vallas. Además, está prohibido.

Holder echa la cabeza hacia atrás y me empuja hacia la valla.

—No está prohibido cuando tu padrastro es el director del aeropuerto. Y no, no te avisé de que íbamos a andar saltando vallas porque temía que te cambiaras de ropa.

Empiezo a zarandear la valla cuando, con un movimiento veloz, Holder me levanta de la cintura y me manda por los aires al otro lado.

—¡Joder! —grito al pisar el suelo.

—Lo sé. Ha sido demasiado precipitado. Se me ha olvidado aprovechar la ocasión para toquetearte —bromea. Se sube a la valla, pasa una pierna por encima y salta—. Ven conmigo.

Holder me coge de la mano y me lleva a la pista. Me detengo y observo detenidamente lo larga que es. Nunca he viajado en avión, y solo de pensarlo me dan escalofríos. Sobre todo cuando veo que hay un lago enorme en el otro extremo de la pista.

—¿Alguna vez ha aterrizado un avión en ese lago? —le pregunto.

—Solo uno. Pero era un pequeño Cessna y el piloto estaba achispado. Él salió ileso, pero el avión sigue hundido en el lago —me explica, y se sienta en la pista y tira de mi mano para que haga lo mismo.

—¿A qué hemos venido? —le pregunto, mientras me coloco bien el vestido y me descalzo.

—¡Chis! —responde—. Túmbate y mira hacia arriba.

Echo la cabeza hacia atrás y respiro hondo. Un gran manto de estrellas muy brillantes se extiende ante mí, en todas direcciones.

—¡Uau! —susurro—. No se ven así desde el jardín de casa.

—Ya lo sé. Por eso te he traído —contesta, y extiende la mano y entrelaza el dedo meñique con el mío.

Pasamos un buen rato callados, pero es un silencio placentero. De vez en cuando Holder me mira la mano, pero es lo único que hace. Estamos el uno al lado del otro y yo llevo un vestido con muy fácil acceso, pero él no intenta ni besarme. Es evidente que no me ha traído a la mitad de la nada para que nos liemos, sino para compartir esta experiencia conmigo. Esto también le apasiona.

Hay muchas cosas de Holder que me sorprenden, sobre todo algunas que he visto en las últimas veinticuatro horas. Aún no sé por qué se enfadó tanto aquel día en la cafetería, pero él parece estar muy seguro de cuál fue el motivo exacto y de que no volverá a suceder. Y, ahora mismo, lo único que puedo hacer es fiarme de su palabra. Lo único que puedo hacer es tomar mi confianza y depositarla en sus manos. Solo espero que él sepa que esa es toda la fe que me queda en él. Sé a ciencia cierta que si me hace daño otra vez será la última.

Vuelvo la cabeza hacia la suya y veo que está admirando el cielo. Tiene el entrecejo fruncido y es obvio que está pensando en algo. Parece que siempre tiene algo en mente, y no sé si alguna vez llegaré a saber de qué se trata. Tengo mucha curiosidad sobre su pasado, su hermana y su familia. Pero si saco el tema ahora que está tan absorto, interrumpiré sus pensamientos. No quiero hacer eso. Sé exactamente dónde está y qué está haciendo, con la vista perdida en el espacio. Lo sé porque es justo lo que yo hago cuando observo las estrellas del techo de mi habitación.

Me quedo mirándolo un buen rato, luego vuelvo a admirar el cielo y empiezo a pensar en mis cosas. En ese momento Holder rompe el silencio con una pregunta que no viene a cuento.

—¿Has tenido una buena vida?

Reflexiono sobre ello, especialmente porque quiero adivinar qué tenía en mente cuando se le ha ocurrido preguntármelo. ¿Estaba pensando en mi vida o en la suya?

—Sí —respondo con honestidad—. Sí, la he tenido.

Holder lanza un gran suspiro y me coge de la mano.

—Me alegro.

Nos quedamos en silencio media hora más, y después me propone que nos marchemos.

Llegamos a mi casa unos minutos antes de medianoche. Ambos bajamos del coche, Holder coge mi bolsa llena de cachivaches y me acompaña hasta la puerta principal. Se queda en la entrada y deja la bolsa en el suelo.

—No voy a entrar —me dice, metiéndose las manos en los bolsillos.

—¿Por qué no? ¿Eres un vampiro? ¿Necesitas que te dé permiso?

—Me parece que no debería hacerlo —me contesta sonriendo.

Me acerco a él, lo abrazo y le doy un beso en la barbilla.

—¿Por qué? ¿Estás cansado? Podemos ir a dormir si quieres. Sé que ayer apenas pegaste ojo.

No quiero que se marche. Nunca antes había dormido tan bien como anoche entre sus brazos.

Holder coloca los brazos alrededor de mis hombros y me aprieta contra su pecho.

—No puedo —contesta—. Es por varios motivos. Mi madre me hará un montón de preguntas sobre dónde he pasado la noche. He oído cómo le prometías a Karen que me marcharía antes de medianoche. Y he pasado todo el día pensando en qué llevas debajo de ese vestido.

Entonces pone las manos en mi rostro y me mira fijamente la boca. Deja caer los párpados y añade entre susurros:

—Por no mencionar esos labios... No tienes ni idea de lo difícil que ha sido escucharte hablar cuando solo podía pensar en lo suaves que son. En qué sabor tienen. En lo bien que encajan entre los míos. —Me besa con delicadeza y se aparta justo cuando empiezo a derretirme—. Y este vestido... —prosigue, recorriendo con la mano mi espalda y deslizándola suavemente por mi cadera y mi muslo. Me estremezco con el roce de las yemas de sus dedos—. Este vestido es el motivo principal por el que no voy a entrar en tu casa.

En cuanto noto la sensación que provoca Holder en mi cuerpo, me parece bien su decisión de marcharse. Con lo mucho que me gusta estar con él y besarlo, sé que no podría contenerme, y creo que todavía no estoy preparada para tener esa primera vez.

Suspiro, pero es como si estuviera refunfuñando. Estoy muy de acuerdo con su decisión, pero mi cuerpo sigue muy cabreado porque no estoy suplicándole que se quede. Por raro que parezca, haber pasado el día con Holder ha aumentado las ganas de estar constantemente junto a él.

—¿Es esto normal? —le pregunto, mirándolo a los ojos. Nunca antes los he visto llenos de tanto deseo.

Sé por qué se marcha, ya que es evidente que él también quiere tener esa primera vez.

—¿El qué?

Aprieto la cabeza contra su pecho para no tener que mirarlo mientras hablo. A veces digo cosas embarazosas, pero, de todas formas, tengo que decirlas.

—¿Es normal lo que sentimos el uno por el otro? Nos conocimos hace apenas unos meses, y nos hemos pasado la mayor parte del tiempo evitándonos. Pero, no sé, contigo ocurre algo especial. Me imagino que las nuevas parejas se pasan los primeros meses intentando crear una conexión. —Levanto la cabeza y lo miro—. Me da la sensación de que nosotros conectamos en el mismo instante en que nos conocimos. Todo sucede con mucha naturalidad. Es como si ya estuviésemos en ese punto, y ahora intentásemos ir hacia atrás. Como si tratásemos de volver a conocernos muy lentamente. ¿Te parece muy raro lo que estoy diciendo?

Holder me retira el pelo de la cara y me mira de un modo muy distinto. La lujuria y el deseo han sido reemplazados por una angustia que me hunde el corazón.

—Sea lo que sea, no quiero analizarlo. Y tampoco quiero que tú lo hagas, ¿de acuerdo? Simplemente agradezcamos que por fin te haya encontrado.

Me echo a reír por esa última frase.

—Lo dices como si hubieses estado buscándome.

Él frunce el entrecejo, pone las manos en ambos lados de mi cabeza y me la levanta para que lo mire.

—Me he pasado toda la vida buscándote —responde con un tono serio y enérgico, y acto seguido une nuestras bocas.

Este beso es más fuerte y apasionado que los que me ha dado durante el día. Estoy a punto de tirar de él para que entre en casa, pero se aparta en cuanto pongo las manos sobre su cabeza.

—Te vivo —dice, y baja a regañadientes la escalera—. Te veo el lunes.

—Yo también te vivo.

No le pregunto por qué no nos veremos mañana, porque creo que nos vendrá bien tomarnos un poco de tiempo para asimilar lo sucedido en las últimas veinticuatro horas. A Karen también le vendrá bien, porque tengo que ponerla al tanto de mi nueva vida amorosa. O mejor dicho, de mi nueva vida.

Lunes, 22 de octubre de 2012

Las 12.05

Ha pasado casi un mes desde que Holder y yo decidimos ser pareja. En todo este tiempo ninguna idiosincrasia suya me ha sacado de quicio. En cualquier caso, algunas de sus pequeñas costumbres han hecho que lo adore incluso más. Por ejemplo, el modo en que se queda mirándome, como si me estudiara, la manera en que levanta la barbilla cuando se enfada y la forma en que se chupa los labios cada vez que se ríe. De hecho, es bastante atractivo. Por no hablar de sus hoyuelos.

Afortunadamente, he tenido al mismo Holder desde la noche en que se coló por la ventana y se metió en mi cama. Desde aquel día, no he visto ningún atisbo del Holder malhumorado y temperamental. De algún modo, cuanto más tiempo pasamos juntos, más conectados estamos, y me da la sensación de que ahora puedo leerle la mente, igual que él a mí.

Karen ha estado en casa todos los fines de semana, por lo que Holder y yo no hemos pasado mucho tiempo a solas. Solemos estar juntos en el instituto y en las citas que tenemos los fines de semana. Por alguna razón, a él no le parece bien colarse en mi habitación cuando mi madre está en casa, y siempre pone alguna excusa cuando le propongo ir a la suya. De modo que hemos visto muchísimas películas, y también hemos salido un par de veces con Breckin y su nuevo novio, Max.

Holder y yo nos lo pasamos muy bien juntos, pero no todo lo bien que querríamos. Ambos estamos empezando a perder la paciencia por la falta de un lugar decente en el que liarnos. Su coche es bastante pequeño, pero nos las arreglamos. Creo que los dos contamos las horas que faltan para que llegue el próximo fin de semana en que Karen tenga que marcharse a trabajar.

Me siento a la mesa con Breckin y Max, esperando que Holder traiga nuestras bandejas. Max y Breckin se conocieron en una galería de arte hace dos semanas, y ni siquiera se habían dado cuenta de que estudiaban en el mismo instituto. Me alegro por Breckin, porque había empezado a sospechar que se sentía como un *sujetavelas,* cuando no lo era en absoluto. Me encanta estar con él, pero verlo totalmente centrado en su propia relación ha facilitado mucho las cosas.

—¿Holder y tú tenéis algo que hacer este sábado? —me pregunta Max cuando tomo asiento.

—No lo creo. ¿Por qué?

—En una galería de arte del centro han organizado una exposición con obras de artistas locales, y van a mostrar uno de mis trabajos. Me gustaría que vinieseis.

—Suena muy bien —dice Holder, sentándose a mi lado—. ¿Qué trabajo has elegido?

—Todavía no lo he decidido. Estoy debatiéndome entre dos —responde Max, encogiéndose de hombros.

—Sabes muy bien cuál tienes que elegir, y no es ninguno de esos dos —lo interrumpe Breckin con los ojos en blanco.

Max lo fulmina con la mirada.

—Vivimos en el este de Texas. Dudo que una obra de temática homosexual vaya a sentar muy bien.

Holder mira a uno y a otro alternativamente.

—¿A quién le importa lo que piense la gente?

La sonrisa de Max desaparece y coge su tenedor.

—A mis padres —contesta.

—¿Saben ellos que eres gay? —pregunto yo.

—Sí. Casi siempre me apoyan, pero todavía esperan que sus amigos de la iglesia no se enteren. No quieren que los compadezcan por tener un hijo condenado al infierno.

Niego con la cabeza y le respondo.

—Si Dios es de los que te condenan al infierno por amar a alguien, no quiero pasar la eternidad a su lado.

Breckin se echa a reír.

—Apuesto a que tienen algodón de azúcar en el infierno.

—¿A qué hora es lo del sábado? —pregunta Holder—. Iremos, pero Sky y yo tenemos planes para más tarde.

—Hacia las nueve —aclara Breckin.

—¿Tenemos planes? ¿Qué vamos a hacer? —pregunto a Holder.

Me sonríe, pone el brazo alrededor de mis hombros y me susurra al oído:

—Mi madre no estará en casa el sábado por la noche. Quiero enseñarte mi habitación.

Se me pone la carne de gallina y, de repente, imagino cosas que no son en absoluto apropiadas para la cafetería de un instituto.

—No quiero saber lo que acaba de decirte para que te sonrojes así —comenta Breckin riéndose.

Holder retira el brazo y apoya la mano en mi pierna. Empiezo a comer y miro a Max.

—¿Hay que ir de etiqueta a la exposición? Tengo un vestido de tiras que pensaba ponerme esa noche, pero no es muy elegante.

Holder me aprieta el muslo y sonrío, porque sé exactamente el tipo de pensamientos que acaban de inundar su mente.

Cuando Max empieza a contestarme, un chico le dice algo a Holder desde la mesa de detrás. No consigo entenderlo, pero sea lo que sea inmediatamente capta la atención de Holder, quien se vuelve para mirar de frente al chico.

—¿Podrías repetirlo? —le dice él, lanzándole una mirada asesina.

No me doy la vuelta. No quiero ver al responsable de hacer reaparecer al Holder temperamental en apenas dos segundos.

—Quizá tenga que hablar más claro —le responde el chico, levantando la voz—. He dicho que, como no eres capaz de matarlos a golpes, te unes a ellos.

Holder no reacciona enseguida, lo que es bueno. Me da tiempo de agarrarlo de las mejillas para que se fije en mí.

—Holder, no le hagas ni caso. Por favor —le ruego.

—Sí, ni caso —insiste Breckin—. Solo intenta cabrearte. Max y yo aguantamos esas tonterías todo el tiempo, ya estamos acostumbrados.

Holder aprieta los dientes y respira hondo por la nariz. Su gesto se suaviza poco a poco y me coge de la mano. Luego se da la vuelta muy despacio, sin volver a mirar al chico.

—Estoy bien —dice, más que nada para convencerse a sí mismo—. Estoy bien.

En cuanto les da la espalda, las carcajadas de la mesa de detrás retumban en todo el comedor. Los hombros de Holder se ponen en tensión, de modo que le aprieto el muslo para que se tranquilice.

—¡Qué bonito! —comenta el chico de detrás—. Deja que la putilla te convenza para que no defiendas a tus nuevos amiguitos. Me imagino que ellos no te importan tanto como Lesslie. De lo contrario, yo estaría tan jodido como Jake el año pasado, cuando te abalanzaste sobre él.

Me cuesta muchísimo no ser yo la que se pone en pie y le da una torta al chico, de modo que Holder debe de estar a punto de perder los estribos. Él empieza a darse la vuelta, con un rostro inexpresivo. Nunca lo he visto tan rígido, y es aterrador. Sé que algo terrible está a punto de suceder, y no sé cómo evitarlo. Antes de que pueda levantarse y darle una paliza al chico, hago algo que me sorprende hasta a mí misma. Doy una bofetada a Holder con todas mis fuerzas. Él se lleva la mano a la mejilla y me mira totalmente desconcertado. Pero está mirándome a mí, y eso es bueno.

—Al pasillo —le digo tajantemente en cuanto veo que me presta atención.

Hago que se levante del banco y lo empujo mientras nos dirigimos hacia las puertas de la cafetería. Cuando salimos al pasillo, Holder estampa un puñetazo en la taquilla más cercana, que hace que se me escape un grito ahogado. Ha abollado la taquilla, y me alivia pensar que no ha sido el chico de la cafetería quien ha recibido semejante golpe.

Holder está furioso. Tiene la cara encendida y nunca antes lo he visto tan cabreado. Empieza a pasearse por el pasillo, y de vez en cuando se detiene para mirar la puerta de la cafetería. No estoy segura de que él no vaya a entrar otra vez, por lo que decido llevármelo aún más lejos.

—Vayámonos a tu coche.

Lo empujo hacia la salida y él no opone resistencia. Nos dirigimos al coche y Holder se pasa todo el trayecto echando pestes en voz baja. Se sienta en el asiento del conductor y yo en el del copiloto, y ambos cerramos las puertas. No sé si todavía siente la tentación de ir corriendo al instituto y acabar la pelea que ese gilipollas estaba deseando empezar, pero haré todo lo posible para que no vuelva adentro hasta que se haya calmado.

Lo que pasa a continuación no me lo esperaba en absoluto. Holder me abraza y empieza a sacudirse sin control. Le tiemblan los hombros y me aprieta muy fuerte, con la cabeza hundida en mi cuello.

Está llorando.

Lo envuelvo entre mis brazos y dejo que se agarre a mí para que saque todo lo que tiene guardado dentro. Me pone en su regazo y me aprieta contra él. Coloco las piernas a ambos lados de él y le doy besitos en la sien. Apenas hace ruido, y lo poco que se oye lo amortigua mi hombro. No tengo ni idea de qué ha provocado que se derrumbe, pero esta es la situación más desgarradora de toda mi vida. Sigo besándole en la sien y recorriendo su espalda con las manos. Tras unos minutos Holder deja de sollozar, pero no me suelta.

—¿Quieres que hablemos de ello? —le susurro, acariciándole el pelo.

Me echo hacia atrás, y Holder apoya la cabeza en el reposacabezas y me mira. Tiene los ojos rojos y llenos de dolor, y me dan ganas de besarlos. Poso los labios en sus párpados, vuelvo a apartarme y espero que responda a mi pregunta.

—Te mentí —contesta. Sus palabras son como un puñal que se clava en mi corazón, y me aterroriza lo que está a punto de decir—. Te dije que volvería a hacerlo. Te dije que volvería a darle una paliza a Jake si tuviera la oportunidad. —Pone las palmas de las manos en mis mejillas y me mira con desesperación—. No lo haría. No se lo merecía, Sky. Y ese chico de la cafetería... es el hermano pequeño de Jake. Me odia, y tiene todo el derecho del mundo a hacerlo. Tiene todo el derecho del mundo a decirme lo que le venga en gana, porque yo sí que me lo merezco. Ese es el motivo por el que no quería volver a este instituto, porque sabía que me merecería todo lo que me dijeran. Pero no puedo permitir que hable así de Breckin y de ti. Puede decir lo que quiera sobre mí o sobre Les, porque nos lo merecemos, pero vosotros no.

Sus ojos vuelven a empañarse y está angustiado, con mi rostro entre sus manos.

—Tranquilo, Holder. No tienes que defender a todo el mundo. Y no te lo mereces. Jake no tendría que haber hablado así de Les el año pasado, y su hermano tampoco tendría que haberte dicho nada.

Él niega con la cabeza y responde:

—Jake tenía razón. Sé que él no tendría que haberlo dicho, pero yo tampoco tendría que haberle puesto la mano encima. Sin embargo, tenía razón. Lo que hizo Les no fue ni valiente, ni noble, ni valeroso. Fue egoísta. Ni siquiera intentó sobrellevarlo. No pensó en mí, no pensó en mis padres. Solo pensó en ella misma y en nadie más. Y la odio por eso. La odio muchísimo por eso, y estoy cansado de hacerlo, Sky. Estoy muy cansado de odiarla, porque está hundiéndome y convirtiéndome en esta persona que no quiero ser. Les no se merece que la odie. Lo hizo por mi culpa. Tendría que haberla ayudado, pero no lo hice. No lo sabía. Quería a aquella chica más que a nadie, y no tenía ni idea de lo mal que lo estaba pasando.

Le seco las lágrimas con el dedo pulgar y, como no sé qué decir, hago lo único que se me ocurre: lo beso. Lo beso desesperadamente e intento sacar de él todo su dolor de la única manera que sé. Nunca he vivido la muerte tan de cerca, de modo que ni siquiera trato de entender sus sentimientos. Holder pone las manos sobre mi cabeza y me besa con tanta fuerza que casi me hace daño. Nos besamos durante unos minutos, hasta que su cuerpo empieza calmarse poco a poco.

Aparto los labios de los suyos y lo miro directamente a los ojos.

—Holder, tienes todo el derecho del mundo a odiarla por lo que hizo. Pero también tienes derecho a quererla a pesar de todo. Lo único a lo que no tienes derecho es a seguir culpándote. Nunca entenderás por qué lo hizo, de manera que tienes que dejar de castigarte por no tener todas las respuestas. Ella tomó la decisión, aunque no fuera la correcta. Y eso es lo que tienes que recordar: ella tomó la decisión. No tú. Y no puedes cargar con la culpa por no saber lo que ella no te contó. —Le doy un beso en la frente y vuelvo a mirarlo a los ojos—. Tienes que superarlo. Puedes aferrarte al odio, al amor e incluso al resentimiento, pero no puedes seguir sintiéndote culpable. La culpa es lo que está hundiéndote.

Holder cierra los ojos, pone mi cabeza en su hombro y deja escapar un suspiro tembloroso. Noto que asiente con la cabeza y que vuelve a recobrar la calma. Me besa en ambas sienes y nos abrazamos en silencio. Cualquiera que fuese la conexión que creíamos tener antes de hoy... no es comparable con este momento. No importa lo que pase entre nosotros en el futuro porque en este instante hemos fusionado trocitos de nuestras almas. Siempre nos quedará eso y, de algún modo, me reconforta saberlo.

Él me mira y arquea una ceja.

—¿Por qué demonios me has dado una bofetada?

Me echo a reír y lo beso en la mejilla en la que le he pegado. Apenas se ve la marca de mis dedos, pero siguen ahí.

—Lo siento. Tenía que sacarte de allí y no se me ha ocurrido otra alternativa.

—Pues ha funcionado —responde con una sonrisa—. No sé si alguien más podría haber dicho o hecho algo igual. Gracias por saber tan bien cómo manejarme, porque a veces ni yo mismo sé hacerlo.

Le doy un beso muy suave.

—Créeme, Holder, no tengo ni idea de cómo manejarte. Voy entendiéndote paso a paso.

Viernes, 26 de octubre de 2012

Las 15.40

—¿A qué hora crees que volverás? —le pregunto.

Holder me abraza y estamos apoyados en mi coche. No hemos pasado mucho tiempo juntos desde que estuvimos en su coche el lunes, después del altercado de la cafetería. Por suerte, el chico que provocó a Holder no ha dicho nada más. Ha sido una semana bastante tranquila, sobre todo teniendo en cuenta cómo empezó.

—No regresaremos hasta tarde. La fiesta de Halloween de su empresa suele durar varias horas. Pero nos veremos mañana. Si quieres podemos quedar para comer, pasar la tarde juntos y, después, ir a la galería.

—No puedo —respondo, negando con la cabeza—. Es el cumpleaños de Jack e iremos a comer por ahí, porque él tiene que trabajar mañana por la noche. Ven a recogerme a las seis.

—Sí, señora —dice Holder.

Me da un beso y me abre la puerta del coche. Le digo adiós con la mano y, cuando empieza a alejarse, saco el teléfono móvil de mi mochila. Me alegra ver que tengo un mensaje de Six. No ha cumplido su promesa de escribirme a diario. No pensé que los echaría de menos, pero me entristece recibir solo un mensaje cada tres días.

«Dale las gracias a tu novio por ponerte minutos de saldo en el móvil. ¿Ya habéis tenido sexo? Te echo de menos.»

Me echo a reír por su franqueza y le respondo:

«No, todavía no hemos tenido sexo. Ya hemos hecho casi todo lo demás, así que estoy segura de que pronto se le agotará la paciencia. Vuelve a preguntármelo después de mañana por la noche, porque tal vez tenga una respuesta distinta. Te echo más de menos».

Pulso el botón de enviar y me quedo mirando la pantalla. La verdad es que no he reflexionado demasiado sobre si estoy preparada para tener esa primera vez, pero acabo de admitir que lo estoy. Me pregunto si invitarme a su casa es su modo de saber si estoy lista.

Me dispongo a dar marcha atrás cuando suena el teléfono. Lo cojo y veo que es un mensaje de Holder.

«No te marches. Voy hacia ti.»

Pongo el coche en punto muerto y bajo la ventanilla cuando veo a Holder acercarse.

—Oye —me dice, inclinándose hacia la ventanilla.

Aparta la vista y escudriña el interior del coche con un semblante nervioso. Odio que parezca incómodo, porque siempre significa que va a decirme algo que no quiero escuchar.

—Mmm... —prosigue, y vuelve a mirarme.

Holder tiene el sol a sus espaldas, y la luz destaca todas sus facciones maravillosas. Sus ojos brillantes miran fijamente los míos, como si no quisieran volver a ver nada más.

—Mmm... acabas de mandarme un mensaje que sospecho que era para Six.

Oh, Dios, no. Inmediatamente cojo el teléfono y compruebo si está diciendo la verdad. Por desgracia, no está mintiendo. Lanzo el teléfono al asiento del copiloto, cruzo los brazos sobre el volante y apoyo la cara en el codo.

—Oh, Dios mío —gruño.

—Mírame, Sky —me pide él.

No le hago caso, y deseo que me trague un agujero de gusano mágico para no tener que enfrentarme a la situación embarazosa en la que me he metido. Holder pone la mano en mi mejilla y me obliga a levantar la cabeza. Está mirándome y me habla con total sinceridad:

—Tanto si sucede mañana como dentro de un año, te prometo que será la mejor noche de toda mi vida. Asegúrate de que tomas la decisión por ti misma, y no por nadie más, ¿de acuerdo? Siempre te desearé, pero no voy a permitirme tenerte hasta que estés cien por cien segura de que tú me deseas tanto como yo a ti. Y no me respondas ahora. Me daré la vuelta, iré a mi coche y fingiremos que nunca hemos tenido esta conversación. Si no, nunca dejarás de sonrojarte. —Se inclina hacia delante y me da un beso—. Eres un encanto, ¿lo sabes? Pero tienes que aprender a utilizar el teléfono.

Me guiña el ojo y se marcha. Apoyo la cabeza en el reposacabezas y me maldigo en silencio.

Odio la tecnología.

Me paso el resto de la noche haciendo todo lo posible por borrar de mi mente el incidente del mensaje. Ayudo a Karen a empaquetar las cosas para la siguiente feria y finalmente me meto en la cama con el e-reader. En cuanto lo enciendo, el teléfono móvil brilla en la mesilla de noche.

«Ahora mismo estoy yendo hacia tu casa. Sé que es tarde y que tu madre está ahí, pero no puedo esperar hasta mañana por la noche para volver a besarte. Asegúrate de quitar el pestillo de la ventana.»

Después de leer el mensaje, me levanto de un salto y cierro la puerta con llave, agradecida de que Karen se haya acostado hace dos horas. Inmediatamente voy al cuarto de baño a lavarme los dientes y a arreglarme el pelo, luego apago las luces y vuelvo a meterme en la cama. Ya es más de medianoche y Holder nunca se ha colado en mi habitación estando mi madre en casa. Estoy nerviosa, pero son unos nervios agradables. No me siento en absoluto culpable de que Holder esté viniendo, y eso demuestra que voy a ir directa al infierno. Soy la peor hija de la historia.

Unos minutos más tarde, se abre la ventana y oigo que Holder entra. Me hace tanta ilusión verlo que voy corriendo a darle un abrazo. Después doy un salto para que me tome en sus brazos y lo beso. Él, con las manos en mi culo, se acerca a la cama y me tumba con suavidad.

—Bueno, hola a ti también —dice esbozando una amplia sonrisa.

Da un pequeño traspié, cae sobre mí y vuelve a poner los labios sobre los míos. Está intentando quitarse las zapatillas, pero no lo consigue y se echa a reír.

—¿Estás borracho? —le pregunto.

Él coloca los dedos sobre mis labios e intenta dejar de reír, pero no puede.

—No. Sí.

—¿Cuánto?

Acerca la cabeza a mi cuello y recorre con la boca mi clavícula, lo que provoca una ola de calor en mi cuerpo.

—Lo suficientemente borracho para hacerte cosas malas y no tanto para hacerlas borracho —responde—. Pero lo suficientemente borracho para recordarlas mañana si te las hiciese.

Me echo a reír, totalmente confundida por su contestación, pero muy excitada al mismo tiempo.

—¿Por eso has venido aquí? ¿Porque has estado bebiendo?

Holder niega con la cabeza.

—He venido porque quería un beso de buenas noches y, por suerte, no encontraba mis llaves. Pero tenía muchísimas ganas de besarte, cariño. Esta noche te he echado mucho de menos.

Me besa y me doy cuenta de que su boca sabe a limonada.

—¿Por qué sabes a limonada?

—Solo tenían esas bebidas de chicas con sabor a fruta —responde riéndose—. Me he emborrachado con bebidas de chicas con sabor a fruta. Es penoso y muy poco atractivo, ya lo sé.

—Bueno, tienes un sabor muy rico —le contesto, poniendo la boca en la suya.

Holder gime y se aprieta contra mí, hundiendo la lengua cada vez más en mi boca. En cuanto nuestros cuerpos conectan sobre la cama, Holder se aparta, se pone en pie y me deja jadeante y sola en el colchón.

—Es hora de que me marche —anuncia—. Sospecho que esto va a acabar en un punto al que no puedo llegar estando tan borracho. Te veré mañana por la noche.

Me levanto de un salto y me pongo ante la ventana antes de que pueda marcharse. Holder se detiene frente a mí y cruza los brazos sobre el pecho.

—Quédate —le pido—. Por favor. Túmbate en la cama conmigo, nada más. Podemos poner cojines entre los dos y prometo no seducirte estando borracho. Solo quédate una hora más, no quiero que te vayas.

Inmediatamente se da la vuelta y se dirige hacia la cama.

—De acuerdo —responde.

Se tumba y aparta las mantas que tiene debajo.

Ha sido muy fácil.

Me acuesto junto a él, y ninguno de los dos coloca un cojín en medio. Pongo el brazo sobre su pecho y entrelazo las piernas con las suyas.

—Buenas noches —dice Holder, echándome el pelo hacia atrás.

Me da un beso en la frente y cierra los ojos. Pongo la cabeza en su pecho y escucho su corazón. Tras varios minutos, su respiración y su latido se ralentizan, y duerme como un tronco. Ya no siento el brazo, de modo que lo aparto y me doy la vuelta sin hacer ruido. En cuanto coloco la cabeza sobre la almohada, Holder me rodea la cintura con su brazo y pone las piernas sobre las mías.

—Te quiero, Hope —masculla.

Hum...

Respira, Sky.

Solo respira.

No es tan difícil.

Respira hondo.

Cierro los ojos e intento convencerme de que he debido de oírlo mal. Pero lo ha dicho claramente. Y, sinceramente, no sé qué es lo que más me rompe el corazón: que me haya llamado por otro nombre, o que esta vez haya dicho «Te quiero» en lugar de «Te vivo».

Intento tranquilizarme para no saltar sobre él y darle un puñetazo en la cara. Ha bebido y estaba medio dormido cuando lo ha dicho. No puedo dar por hecho que ella significa algo para Holder cuando puede haber sido solo un sueño. Pero... ¿quién demonios es Hope? ¿Y por qué la quiere?

Trece años antes

Estoy sudando porque tengo calor bajo las mantas, pero no quiero descubrirme la cabeza. Sé que si la puerta se abre, no importará que esté tapada, pero me siento más segura así. Asomo los dedos y levanto la sábana que tengo sobre los ojos. Miro el pomo de la puerta, como cada noche.

No gires. No gires. Por favor, no gires.

Siempre hay un silencio absoluto en mi habitación, y lo odio. A veces oigo cosas que me hacen pensar que el pomo está girando, y eso provoca que el corazón me lata muy fuerte y rápido. Ahora mismo, mirando el pomo, el corazón me late muy fuerte y muy rápido, pero no puedo dejar de mirarlo. No quiero que gire. No quiero que la puerta se abra. No quiero.

Todo está en silencio.

En silencio.

El pomo no gira.

El corazón ya no late tan rápido porque el pomo no gira.

Me pesan los párpados y al final cierro los ojos.

Estoy muy contenta de que esta sea una de esas noches en las que el pomo no gira.

Todo está en silencio.

En silencio.

Y luego ya no, porque el pomo gira.

Sábado, 27 de octubre de 2012

En algún momento de la madrugada

—Sky.

Soy muy pesada. Todo es muy pesado. No me gusta esta sensación. No tengo nada material sobre el pecho, pero siento una presión que jamás he notado antes. Y tristeza. Una tristeza abrumadora está consumiéndome, y no sé por qué. Me tiemblan los hombros y oigo unos sollozos que provienen de algún lugar de la habitación. ¿Quién está llorando?

¿Estoy llorando?

—Sky, despierta.

Siento cómo me abraza. Tiene la mejilla apretada contra la mía y está detrás de mí, apretándome con firmeza contra su pecho. Lo cojo de la muñeca y aparto su brazo. Me incorporo y miro a mi alrededor. Fuera está oscuro. No lo entiendo. Estoy llorando.

Él se sienta a mi lado y me vuelve hacia él, acariciando mis ojos con los pulgares.

—Estás asustándome, cariño.

Me mira aterrorizado. Aprieto los ojos e intento recuperar el control, porque no tengo ni idea de qué demonios está pasando y no puedo respirar. Me oigo llorar y no consigo recobrar el aliento.

Miro el reloj de la mesilla de noche y veo que son las tres. La cosas vuelven a tener sentido, pero... ¿por qué estoy llorando?

—¿Por qué lloras? —me pregunta Holder.

Me acerca a él y no opongo resistencia. Él me da seguridad. Siento que sus brazos son mi hogar. Me abraza y me acaricia la espalda mientras me besa en la sien de vez en cuando. No deja de repetir que no me preocupe, una y otra vez, y me sujeta como si de eso dependiese mi vida.

El peso que sentía sobre el pecho va disminuyendo, la tristeza se disipa y al fin dejo de llorar.

Pero estoy asustada porque nunca antes me ha pasado nada parecido. Jamás he sentido una tristeza tan insoportable, pero ¿cómo puede ser tan real un sueño?

—¿Te encuentras bien? —susurra él.

Asiento con la cabeza apoyada en su pecho.

—¿Qué ha pasado?

—No lo sé —respondo, negando con la cabeza—. Creo que he tenido una pesadilla.

—¿Quieres hablar sobre ella? —me pregunta, sin dejar de acariciarme el pelo.

Vuelvo a negar con la cabeza.

—No. No quiero recordarla.

Me abraza durante un rato y luego me da un beso en la frente.

—No quiero dejarte sola, pero tengo que irme. No quiero causarte problemas.

Asiento, pero sigo agarrándolo. Deseo suplicarle que no me deje sola, pero no quiero parecer desesperada y aterrorizada. Todo el mundo tiene pesadillas; no entiendo por qué he reaccionado así.

—Vuelve a la cama, Sky. Todo está bien, solo has tenido un mal sueño.

Me tumbo y cierro los ojos. Siento cómo sus labios rozan mi frente, y luego se va.

Sábado, 27 de octubre de 2012

Las 20.20

Abrazo a Breckin y a Max en el aparcamiento de la galería. La exposición ya ha terminado, y Holder y yo nos vamos a su casa. Sé que tendría que estar nerviosa por lo que pueda pasar entre nosotros esta noche, pero me siento muy tranquila. Nuestra relación va muy bien. Bueno, excepto esa frase que no deja de repetirse en mi mente.

«Te quiero, Hope.»

Deseo preguntarle sobre ello, pero no encuentro el momento adecuado. La galería tampoco era el lugar idóneo. Ahora parece una buena ocasión, pero cada vez que abro la boca para preguntárselo, vuelvo a cerrarla. Creo que me asusta más saber quién es ella y qué significa para Holder que reunir el valor para sacar el tema. Cuanto más tarde en lanzar la pregunta, más tiempo me quedará antes de enterarme de la verdad.

—¿Quieres que compremos algo para cenar? —me pregunta él mientras nos dirigimos hacia la salida del aparcamiento.

—Sí —respondo rápidamente, aliviada porque ha interrumpido mis pensamientos—. Una hamburguesa con queso estaría bien. Y patatas con queso. Y también un batido de chocolate.

Holder se echa a reír y me coge de la mano.

—Eres un poquito mandona, ¿eh, princesa?

Suelto su mano y me vuelvo hacia él.

—No me llames así —le contesto con brusquedad.

Me mira y, aunque estemos a oscuras, ve que estoy enfadada.

—Oye —dice con dulzura, y vuelve a cogerme de la mano—. No pienso que seas mandona, Sky. Estaba bromeando.

Niego con la cabeza.

—Quiero decir que no me llames princesa. Odio esa palabra —le explico.

Me mira de reojo y vuelve a fijar la vista en la carretera.

—De acuerdo.

Me vuelvo hacia la ventanilla, intentando borrar esa palabra de mi cabeza. No sé por qué detesto tanto los apodos, pero es algo que no puedo evitar. Mi reacción ha estado fuera de lugar, pero no quiero que me llame así. Tampoco debería referirse a mí con el nombre de alguna de sus ex novias. Tendría que llamarme siempre Sky, es mucho más seguro.

Ambos estamos callados, y me arrepiento cada vez más de mi reacción. En todo caso tendría que estar triste porque me ha llamado por el nombre de otra chica, y no porque me haya llamado «princesa». Me da la sensación de que busco cualquier excusa para enfadarme porque me asusta demasiado hablar de lo que realmente me importa. A decir verdad, no quiero ningún drama esta noche. Otro día ya tendré tiempo de preguntarle quién es Hope.

—Lo siento, Holder —me disculpo.

Él me aprieta la mano y la pone sobre su regazo, pero no dice nada.

Llegamos a la entrada de su casa y me bajo del coche. No nos hemos parado a comprar comida, pero tampoco tengo ganas de recordárselo. Holder se acerca a la puerta del copiloto, me envuelve con sus brazos y yo le devuelvo el abrazo. Me apoya en el coche, pone mi cabeza en su hombro y respiro su perfume. Todavía persiste la incomodidad del trayecto, de modo que intento relajarme para hacerle saber que no estoy pensando en ello. Él me acaricia los brazos y se me pone la carne de gallina.

—¿Puedo hacerte una pregunta? —dice él.

—Claro que sí.

Holder suspira, se aparta y me mira.

—¿Te asusté el lunes? ¿Cuando estuvimos en mi coche? Lo siento mucho. No sé qué me pasó. Te juro que no soy un llorica. No he llorado desde que Les murió, y estoy segurísimo de que no pretendía hacerlo delante de ti.

Apoyo la cabeza en su pecho y lo abrazo aún más.

—¿Recuerdas cómo me desperté anoche tras tener la pesadilla? —le pregunto yo.

—Sí.

—Es la segunda vez que lloro desde que tenía cinco años. La primera vez fue cuando me contaste lo que le pasó a tu hermana. Lloré en el cuarto de baño. Solo derramé una lágrima, pero cuenta. Creo que cuando estamos juntos nos abruman los sentimientos y los dos nos convertimos en lloricas.

Holder se echa a reír y me besa en la cabeza.

—Me da la sensación de que no voy a seguir viviéndote durante mucho más tiempo. —Me da otro besito y me coge de la mano—. ¿Estás preparada para el gran recorrido?

Lo sigo hacia su casa, pero todavía pienso en que acaba de decirme que está a punto de dejar de vivirme. Eso quiere decir que me querrá. Acaba de confesar que está enamorándose de mí sin decirlo claramente. Lo más sorprendente es que me ha gustado.

La casa no es en absoluto como me la esperaba. Por fuera no parece muy grande, pero tiene un vestíbulo. Las casas normales no tienen vestíbulo. Hay un arco en la derecha que conduce al salón. Todas las paredes están cubiertas de libros, y me da la sensación de que he muerto y he ido al cielo.

—¡Uau! —exclamo asombrada, fijándome en las estanterías del salón.

Hay libros amontonados desde el suelo hasta el techo, en todas y cada una de las paredes.

—Sí. Mamá se cabreó mucho cuando inventaron el e-reader —me responde.

—Creo que ya me cae bien tu madre —comento entre risas—. ¿Cuándo la conoceré?

Holder niega con la cabeza.

—A mi madre no le presento chicas.

Su voz es tan indiferente como sus palabras y, en cuanto las dice, se da cuenta de que ha herido mis sentimientos. Se acerca lentamente y toma mi rostro entre las manos.

—No, no. No me refería a eso. No quería decir que tú eres como las demás chicas con las que he salido. No era mi intención que sonara tan mal.

Escucho lo que dice, pero llevamos un tiempo saliendo juntos, ¿y nuestra relación todavía no le parece lo suficientemente seria para que conozca a su madre? Me pregunto si alguna vez se lo parecerá.

—¿Le presentaste a Hope?

Sé que no tendría que haber sacado el tema, pero ya no podía aguantar más. Sobre todo ahora que acaba de hablar de «otras chicas». No soy una ilusa: sé que ha salido con otras antes de conocerme. Pero no me gusta que lo diga. Y mucho menos que me llame por otro nombre.

—¿Cómo? —responde él, dejando caer las manos. Se aparta de mí y añade—: ¿Por qué me has hecho esa pregunta?

Holder está palideciendo, e inmediatamente me arrepiento de haberlo dicho.

—No me hagas caso. No me refería a nada. No tengo por qué conocer a tu madre.

Quiero que dejemos este tema aparcado. Sabía que esta noche no era el momento adecuado para hablar de ello. Deseo retomar el recorrido y olvidar que hemos tenido esta conversación.

Me agarra de la mano e insiste.

—¿Por qué lo has dicho, Sky? ¿Por qué has mencionado ese nombre?

—No le des tanta importancia. Estabas borracho —contesto, negando con la cabeza.

Holder me mira fijamente y me doy cuenta de que no tengo escapatoria. Suspiro y, a regañadientes, me aclaro la voz y me dispongo a responderle.

—Anoche, cuando estabas a punto de quedarte dormido... me dijiste que me querías. Pero me llamaste Hope, así que no estabas hablándome a mí. Habías estado bebiendo y estabas medio dormido, de modo que no tienes que darme ninguna explicación. No sé ni si quiero saber por qué lo dijiste.

Holder se lleva las manos a la cabeza y gruñe.

—Sky. —Da un paso adelante y me abraza—. Lo siento mucho. Debió de ser un sueño estúpido. Ni siquiera conozco a nadie que se llame Hope, y te juro que nunca he tenido una novia con ese nombre, si es eso lo que sospechas. Siento mucho lo que pasó. No tendría que haber ido borracho a tu casa. —Me mira y, por mucho que el instinto me diga que está mintiendo, veo que sus ojos están llenos de sinceridad—. Tienes que creerme. Me moriría si pensaras que siento algo por otra persona. Nunca he sentido esto por nadie.

Cada palabra que sale de su boca está cargada de sinceridad. Teniendo en cuenta que yo ni siquiera recuerdo por qué me desperté llorando, es posible que Holder hablara en sueños. Después de haber escuchado todo lo que acaba de decir, me doy cuenta de lo serias que están poniéndose las cosas entre nosotros.

Miro a Holder e intento preparar algún tipo de respuesta para lo que acaba de decir. Abro la boca y espero que me salgan las palabras, pero no es así. De repente soy yo la que necesita tiempo para procesar los pensamientos.

Él está acariciándome las mejillas, esperando que yo rompa el silencio.

—Tengo que besarte —dice en un tono de disculpa, acercando mi rostro al suyo.

Estamos de pie en el vestíbulo, y Holder me levanta sin esfuerzo y me lleva hasta la escalera que conduce a las habitaciones del piso de arriba. Me tumbo y él vuelve a besarme, con las manos apoyadas en los escalones de madera, a ambos lados de mi cabeza.

Debido a la posición en la que estamos, él se ve obligado a poner una rodilla entre mis muslos. Sé que no parece gran cosa, pero hay que tener en cuenta que llevo vestido. Para Holder sería muy fácil hacérmelo aquí mismo; aun así, deseo que al menos lleguemos a su habitación antes de que lo intente. Me pregunto si se esperará algo, especialmente después del mensaje que le mandé. Es un chico, por supuesto que se espera algo. ¿Sabrá que soy virgen? ¿Tendría que decírselo? Claro que sí. Si no, seguro que se dará cuenta.

—Soy virgen —le confieso con mi boca pegada a la suya.

Inmediatamente me pregunto cómo demonios se me ocurre hablar en un momento así. No tendrían que dejarme volver a hablar. Alguien debería quitarme la voz porque es evidente que no tengo ningún tipo de filtro cuando bajo la guardia sexual.

De repente él deja de besarme. Lentamente, aparta el rostro del mío y me mira a los ojos.

—Sky, estoy besándote porque a veces no soy capaz de no besarte. Sabes lo que tu boca provoca en mí. No espero nada más, ¿de acuerdo? Mientras pueda besarte, lo demás puede esperar —responde, poniéndome el pelo detrás de las orejas y mirándome con sinceridad.

—He pensado que tenías que saberlo. Probablemente debería haber elegido un momento más adecuado para confesártelo, pero a veces hablo sin pensar. Es una mala costumbre que odio porque suelo hacerlo en los momentos más inoportunos, y me da mucha vergüenza. Como ahora mismo.

Holder se echa a reír y niega con la cabeza.

—No, no dejes de hacerlo. Me encanta que hables sin pensar. Y me encanta que te pongas nerviosa y digas frases interminables y sin sentido. Es atractivo.

Me sonrojo. Que me diga que soy atractiva es muy... atractivo.

—¿Sabes qué otra cosa es atractiva? —me pregunta, volviendo a ponerse encima de mí.

Su expresión juguetona hace que ya no me sienta tan avergonzada.

—¿Qué?

—Intentar no tocarnos mientras vemos una película —responde, esbozando una sonrisa.

Holder se pone en pie, me ayuda a levantarme y subimos la escalera para ir a su habitación. Abre la puerta, se da la vuelta y me pide que cierre los ojos. En su lugar, los pongo en blanco.

—No me gustan las sorpresas —le advierto.

—Tampoco te gustan los regalos y ciertas demostraciones habituales de cariño. Estoy aprendiendo. Pero esto que voy a enseñarte mola mucho... No es algo que te haya comprado. Así que hazme caso y cierra los ojos.

Hago lo que me pide y entramos en la habitación. Me encanta estar aquí, porque huele igual que él. Holder me ayuda a dar unos pasos y pone las manos sobre mis hombros.

—Siéntate —me ordena, empujándome hacia abajo.

Me siento en lo que parece una cama, y Holder me tumba y me agarra de los pies.

—No abras los ojos.

Coloca mis pies sobre la cama y me recuesta sobre una almohada. Después, tira del dobladillo de mi vestido hacia abajo, para asegurarse de que está donde debe.

—Tengo que taparte. No puedes enseñarme así el muslo estando tumbada.

Me echo a reír, pero no abro los ojos. Entonces él pasa por encima de mí, procurando no darme un rodillazo. Noto cómo se tumba a mi lado y apoya la cabeza en su almohada.

—Vale. Abre los ojos y prepárate para flipar —me dice.

Estoy asustada. Abro los ojos muy poco a poco. Al principio no tengo ni idea de qué es lo que tengo delante, pero sospecho que es una tele. Aunque las teles no suelen ocupar dos metros de pared. Esta cosa es enorme. Holder apunta con un mando a distancia y la pantalla se ilumina.

—¡Uau! —exclamo impresionada—. Es gigante.

—Eso es lo que dicen todas.

Le doy un codazo y se echa a reír. Vuelve a apuntar a la pantalla con el mando y me pregunta:

—¿Cuál es tu película favorita? Tengo Netflix.

Vuelvo la cabeza hacia él.

—Net... ¿qué?

Holder se echa a reír y niega con la cabeza.

—Siempre se me olvida que no tienes ni idea de tecnología. Es parecido a un e-reader, solo que en lugar de libros, tienes películas y programas de la tele. Puedes ver lo que quieras con solo pulsar un botón.

—¿Echan anuncios?

—No —responde orgulloso—. ¿Qué quieres ver?

—¿Tienes *Un loco anda suelto*? Me encanta esa película.

Holder deja caer el brazo sobre su pecho y apaga la tele. Se queda callado durante unos segundos eternos y lanza un gran suspiro. Se da la vuelta y deja el mando a distancia sobre la mesilla de noche.

—Ya no quiero ver la tele —me dice.

¿Está haciendo pucheros? ¿Qué coño he dicho?

—Vale. No tenemos que ver *Un loco anda suelto*. Escoge otra cosa, grandullón —le respondo entre risas.

Él no dice nada y sigue mirándome con un gesto inexpresivo. Acaricia con la mano mi vientre hasta la cintura, me agarra y me acerca a él.

—Mira —empieza a decir con los ojos entrecerrados. Recorre con la mirada todo mi cuerpo, toquetea con un dedo el estampado de mi vestido y pasa la mano por mi vientre con delicadeza—. Puedo soportar lo que provoca este vestido en mí —prosigue, dirigiendo la vista a mi boca—. Incluso puedo soportar tener que mirarte constantemente los labios, hasta cuando no puedo besarlos. Puedo soportar el sonido de tu carcajada y las ganas que me da de poner mi boca sobre la tuya y absorberte.

Sus labios están acercándose a los míos, y la tonalidad un tanto lírica y divina que ha tomado su voz hace que el corazón se me acelere. Me da un beso muy suave en la mejilla, y su aliento cálido choca contra mi piel mientras habla.

—Incluso puedo soportar las millones de ocasiones en las que he recordado nuestro primer beso. Qué sabor tenías. Cómo sonabas. El modo en que me miraste justo antes de que nuestros labios se tocaran.

Holder se pone encima de mí, me coloca los brazos sobre la cabeza y me agarra de las muñecas. Estoy muy atenta a todas y cada una de las palabras que salen de su boca porque no quiero perderme ni una sola cosa de lo que está diciendo.

—Pero ¿sabes qué es lo que no puedo soportar, Sky? ¿Qué es lo que me vuelve loco y hace que quiera poner las manos y la boca en cada milímetro de tu cuerpo? Que hayas dicho que tu película favorita es *Un loco anda suelto*. Eso... —empieza a decir, poniendo la boca sobre la mía—. Eso... me pone a cien y creo que tenemos que liarnos ahora mismo.

Su tono de guasa hace que me eche a reír, y le susurro al oído con un tono seductor:

—«Odia estas latas».

Holder gime, me besa y se aparta.

—Hazlo otra vez. Por favor. Oírte citar frases de una película me pone más cachondo que besarte.

Me echo a reír y cito otra frase:

—«¡No se acerque a las latas!».

Él gime otra vez en mi oreja.

—Esa es mi chica. Una más. Di una más.

—«Es lo único que necesito» —prosigo con coquetería—. «El cenicero, la paleta, el mando a distancia y la lámpara... ¡Eso es todo lo que necesito! ¡No necesito nada más!»

Él se ríe a carcajadas. Six y yo hemos visto esa película muchísimas noches, y Holder se sorprendería al saber cuántas frases me sé de memoria.

—¿Eso es todo lo que necesitas? —bromea Holder—. ¿Estás segura, Sky?

Su voz es suave y provocadora, y si ahora mismo estuviese de pie, seguro que ya se me habrían caído las bragas.

Niego con la cabeza y su sonrisa se desvanece.

—A ti —susurro—. Necesito la lámpara, el cenicero, la paleta, el mando a distancia... y a ti. Eso es todo lo que necesito.

Holder se echa a reír, pero deja de hacerlo en cuanto su mirada vuelve a centrarse en mi boca. La escudriña, probablemente planeando qué va a hacer con ella en la próxima hora.

—Tengo que besarte ahora mismo.

Su boca choca con la mía y, en este instante, él es todo lo que necesito.

Holder está apoyado sobre las manos y las rodillas y me besa con pasión, pero necesito que se ponga encima de mí. Todavía tengo las manos sobre la cabeza, y soy incapaz de articular palabras cuando él está besándome así. Lo único que puedo hacer es levantar el pie y darle un golpe en la rodilla, de modo que eso es lo que hago.

En el momento en que su cuerpo cae sobre el mío, doy un grito ahogado. Muy fuerte. No había tenido en cuenta que, cuando levantara la pierna, se me subiría el vestido. Mucho. Eso, unido a la dureza de sus pantalones, es una combinación que merece un grito ahogado.

—Joder, Sky —dice él jadeante, sin dejar de besarme apasionadamente. Ya está sin aliento y llevamos liándonos menos de un minuto—. Dios, eres increíble. Gracias por ponerte este vestido. —Me besa, y de vez en cuando musita algo en mi boca—. Me... —Sigue besándome por la barbilla y el cue-llo—. Me gusta muchísimo... tu vestido.

Holder respira muy fuerte, y yo apenas puedo entender lo que dice. Se desliza hacia abajo y sus labios besan el comienzo de mi garganta. Echo la cabeza hacia atrás para facilitarle el camino, porque su boca es más que bienvenida en cualquier parte de mi cuerpo. Deja de agarrarme de las manos para poder acercarse a mi pecho. Una de sus manos se dirige a mi muslo, y lentamente la mueve hacia arriba, apartando lo que queda de vestido. Cuando llega a la parte superior del muslo, se detiene y me lo aprieta muy fuerte, como si estuviera rogando a sus dedos que no se aventuren a ir más lejos.

Retuerzo el cuerpo bajo el suyo, esperando que su mano capte la señal que le estoy enviando para que vaya a donde desee ir. No quiero que Holder le dé vueltas a la cabeza ni que piense ni por un segundo que yo no anhelo llegar más lejos. Solo quiero que haga lo que le apetezca, porque lo necesito. Necesito que tengamos la mayor cantidad de primeras veces posible esta noche, porque, de repente, me siento codiciosa y quiero tenerlas todas.

Él adivina el significado de mis insinuaciones y acerca su mano al interior de mi muslo. La mera expectativa de que Holder me toque es suficiente para provocar que se tensen todos los músculos que tengo por debajo de la cintura. Al fin, sus labios se han abierto camino hasta más allá del comienzo de mi garganta y han bajado hasta mi pecho. Siento que el siguiente paso es que él me quite el vestido, para que pueda ver lo que se esconde debajo. Pero eso requeriría que utilizara la otra mano, y me gusta mucho dónde está ahora mismo. Me gustaría aún más si estuviera unos pocos centímetros más allá, pero no más lejos.

Llevo las manos a su rostro y lo obligo a que me bese más fuerte. Después las pongo sobre su espalda.

Todavía lleva puesta la camiseta.

Eso no está bien.

Le subo la camiseta hasta la cabeza, sin pensar que eso provoca que quite la mano de mi muslo. Es posible que yo haya gemido un poquito porque Holder está sonriendo y me ha dado un beso en la comisura de los labios.

Nos miramos fijamente a los ojos y, mientras, él me acaricia todo el rostro con las yemas de los dedos. En ningún momento aparta la vista, ni cuando hunde la cabeza para besarme alrededor de la boca. El modo en que me mira hace que me sienta... Intento encontrar un adjetivo adecuado para acabar la frase, pero no se me ocurre ninguno. Holder hace que me sienta. Es el único chico que se ha preocupado de que yo sienta algo, y solo por eso dejo que me robe otro trocito de mi corazón. Pero no me parece suficiente porque, de repente, quiero dárselo entero.

—Holder —digo en voz baja.

Él pone las manos en mi cintura y se acerca a mí.

—Sky —responde, imitando el tono de mi voz.

Sus labios se acercan a los míos, y mete la lengua en mi boca. Es dulce y caliente, y sé que no ha pasado mucho tiempo desde la última vez que la he saboreado, pero la echaba de menos. Él tiene las manos en ambos lados de mi cabeza, y está procurando no tocarme, ni con las manos ni cualquier otra parte de su cuerpo. Solo con la boca.

—Holder —musito apartándome. Llevo la mano a su mejilla y añado—: Quiero hacerlo. Esta noche. Ahora.

Su rostro no cambia de expresión. Me mira como si no hubiese oído lo que acabo de decir. Quizá no lo haya hecho, porque no está aceptando la oferta.

—Sky... —repite, no muy convencido—. No tenemos por qué hacerlo. Quiero que estés completamente segura de que es lo que quieres. ¿De acuerdo? —responde, acariciándome la mejillas—. No quiero que nos apresuremos.

—Ya lo sé. Pero estoy diciéndote que quiero hacerlo. Nunca antes lo he querido, pero contigo sí.

Holder, con sus ojos clavados en los míos, asimila todas y cada una de las palabras que han salido de mi boca. O no quiere reconocerlo o está sorprendido, pero ninguna de las dos opciones está ayudándome. Pongo las manos sobre sus mejillas y acerco su cabeza para que me bese.

—No estoy diciéndote que quiero hacerlo, Holder. Estoy rogándote que lo hagamos.

En ese instante sus labios chocan contra los míos y gime. Al oír ese sonido brotando desde lo más profundo de su pecho, mi decisión se refuerza. Necesito a Holder, y lo necesito ahora mismo.

—¿De verdad que vamos a hacerlo? —me pregunta en la boca, sin dejar de besarme con pasión.

—Sí. Vamos a hacerlo. Nunca he estado más segura.

Su mano sube por mi muslo, la mete entre la cadera y las bragas y empieza a bajármelas.

—Antes necesito que me prometas una cosa —le pido.

Me besa con suavidad, aparta la mano de mi ropa interior (mierda) y asiente.

—Lo que quieras.

Cojo su mano y vuelvo a ponerla justo donde estaba.

—Quiero hacerlo, pero solo si me prometes que vamos a batir el récord a la mejor primera vez de la historia de las primeras veces.

Me sonríe y responde:

—Cuando se trata de ti y de mí, Sky, no puede esperarse menos.

Holder me ayuda a incorporarme. Sus manos se dirigen a mis brazos, mete los dedos detrás de las finas tiras de mi vestido y los desliza por mis hombros. Aprieto los ojos, pongo la mejilla contra la suya y recorro su pelo con los dedos. Siento su respiración contra mi hombro y después sus labios. Lo besa con mucha suavidad, pero es como si, con un solo beso, me tocara y me encendiera todo el cuerpo.

—Voy a quitártelo —me dice.

Sigo con los ojos cerrados, y no estoy segura de si está afirmándolo o si está pidiéndome permiso, pero asiento de todas maneras. Levanta el vestido y me lo saca por la cabeza, y mi piel desnuda se estremece con su tacto. Poco a poco me tumba sobre la almohada. Abro los ojos y admiro lo increíblemente guapo que es. Holder, después de mirarme detenidamente durante unos segundos, dirige la vista a la mano que tiene sobre mi cintura.

Lentamente recorre con la mirada todo mi cuerpo.

—Joder, Sky. —Me toca el vientre, se inclina hacia delante y lo besa con suavidad—. Eres increíble.

Nunca he estado tan expuesta ante otra persona, pero el modo en que él me admira solo hace que quiera estar así de expuesta. Holder lleva la mano a mi sujetador y roza con su pulgar debajo de él, lo que hace que abra la boca y vuelva a cerrar los ojos.

Oh, Dios mío, deseo a Holder. Lo deseo muchísimo.

Tomo su rostro y lo acerco al mío, mientras pongo las piernas alrededor de sus caderas. Él gime, retira la mano de mi sujetador y la vuelve a poner en mi cintura. Desliza las bragas por mis muslos y yo bajo las piernas para que pueda quitármelas. Acto seguido, me desabrocha el sujetador y, una vez que estoy completamente desnuda, él saca las piernas de la cama y se levanta a medias. Yo sigo agarrándolo del rostro y nos besamos con pasión mientras se quita los calzoncillos. Vuelve ponerse sobre la cama y se coloca encima de mí. Es la primera vez que estamos piel con piel, tan cerca que el aire no corre entre nosotros y, sin embargo, siento que no estamos lo suficientemente unidos. Él extiende la mano y busca a tientas la mesilla de noche. Saca un preservativo del cajón, lo deja sobre la cama y vuelve a colocarse sobre mí. La dureza y el peso de Holder me obligan a abrir más las piernas. Y hago una mueca de dolor al darme cuenta de que la ilusión que sentía en el estómago está convirtiéndose en terror.

Y en náuseas.

Y en miedo.

Se me acelera el corazón y empiezo a respirar con dificultad. Brotan lágrimas en mis ojos mientras Holder busca con la mano el preservativo que ha dejado sobre la cama. Lo encuentra y oigo que lo abre, pero tengo los ojos apretados. Se echa hacia atrás y se arrodilla. Sé que está poniéndoselo, y sé qué es lo que viene a continuación. Conozco esa sensación, sé lo mucho que duele y sé que me echaré a llorar cuando acabe.

Pero ¿cómo puedo saberlo? ¿Cómo puedo saberlo si nunca antes lo he hecho?

Empiezan a temblarme los labios cuando Holder vuelve a ponerse entre mis piernas. Intento pensar en algo para ahuyentar el miedo, y visualizo el cielo y las estrellas, y pienso en lo maravillosas que son, tratando de aliviar el pánico que está apoderándose de mí. Si recuerdo que, pase lo que pase, el cielo es bonito, puedo pensar en ello y olvidar lo feo que es esto. No quiero abrir los ojos y empiezo a contar en mi mente. Visualizo las estrellas que tengo sobre mí y cuento de abajo arriba.

Una, dos, tres...

Cuento y cuento y cuento y sigo contando.

Veintidós, veintitrés, veinticuatro...

Aguanto la respiración y me centro, me centro, me centro en las estrellas.

Cincuenta y siete, cincuenta y ocho, cincuenta y nueve...

Quiero que acabe ya. Quiero que se aparte de mí.

Setenta y uno, setenta y dos, setenta y...

—¡Joder, Sky! —grita Holder, retirándome el brazo de los ojos.

No quiero que me obligue a mirar, de modo que aprieto el brazo contra mi cara para que todo siga a oscuras y pueda continuar contando en silencio.

De repente noto que tengo la espalda en el aire y que ya no estoy apoyada en la almohada. Los brazos me cuelgan

muertos y los suyos me envuelven, pero no puedo moverme.
Tengo los músculos debilitados y estoy llorando a lágrima
viva. Holder está moviéndome y no sé el motivo, por lo que
abro los ojos. Todo da vueltas y vueltas, y por un segundo,
me asusto y aprieto los ojos, pensando que todavía no ha acabado. Pero noto que me arropa con las sábanas, que me abraza, que me acaricia el pelo y me susurra algo al oído:

—Cariño, ya está. —Tiene los labios apretados contra mi
cabeza y está meciéndome. Abro los ojos y las lágrimas me
nublan la vista—. Lo siento, Sky. Lo siento mucho.

Me besa una y otra vez en la sien mientras me mece, sin
dejar de decir que lo siente. Está disculpándose por algo.
Quiere que lo perdone por algo que ha hecho.

Holder se aparta y se da cuenta de que tengo los ojos
abiertos. Los suyos están enrojecidos, pero no veo lágrimas.
Está temblando. O quizá soy yo la que está temblando. Creo
que ambos estamos temblando.

Está mirándome a los ojos, buscando algo. Buscándome a
mí. Empiezo a tranquilizarme entre sus brazos porque, cuando me abraza, no me da la sensación de que esté cayéndome
del borde de la tierra.

—¿Qué ha pasado? —le pregunto.

No entiendo por qué estamos así.

Él niega con la cabeza, con los ojos llenos de dolor, miedo
y arrepentimiento.

—No lo sé. Has empezado a contar, a llorar y a temblar, y
he intentado que pararas, Sky. Pero no lo hacías. Estabas ho-
rrorizada. ¿Qué es lo que he hecho? Dímelo, porque lo siento. Lo siento muchísimo. ¿Qué cojones he hecho?

Niego con la cabeza porque no tengo la respuesta.

Holder hace una mueca de dolor y apoya su frente en la
mía.

—Lo siento mucho. No tendría que haber permitido que
llegáramos tan lejos. No sé qué demonios acaba de suceder,
pero todavía no estás preparada, ¿de acuerdo?

¿Que no estoy preparada?

—Así que no... ¿no lo hemos hecho?

Deja de apretarme fuerte y percibo que su actitud cambia por completo. Sus ojos solo reflejan la derrota. Sus cejas se apartan y frunce el entrecejo, acariciándome las mejillas.

—¿Dónde tenías la cabeza, Sky?

—Aquí, estoy escuchándote —respondo, totalmente confundida.

—No, me refiero a antes. ¿Dónde la tenías? No la tenías aquí conmigo, porque no, no ha pasado nada. He visto en tu cara que algo iba mal, así que no he seguido adelante. Pero ahora tienes que reflexionar sobre lo que estabas pensando, porque te has asustado mucho. Estabas histérica y tengo que saber qué lo ha provocado, para que nunca vuelva a ocurrir.

Me da un beso en la frente y retira el brazo de mi espalda. Se levanta, se pone los pantalones y recoge mi vestido. Lo sacude, le da la vuelta, se acerca a mí y me lo mete por la cabeza. Después, me ayuda a pasar los brazos y tira del vestido hacia abajo para cubrirme.

—Voy a traerte un poco de agua. Vuelvo ahora mismo.

Me da un beso tímido en los labios, como si le diera miedo volver a tocarme. Cuando sale de la habitación, apoyo la cabeza en la pared y cierro los ojos.

No tengo ni idea de qué acaba de pasar, pero temo perder a Holder por ello. He cogido una de las cosas más íntimas que existen y la he convertido en un desastre. He hecho que Holder se sienta inútil, como si hubiese hecho algo mal, y ahora se arrepiente de que yo haya tenido que pasar por eso. Seguramente querrá que me vaya, y no lo culpo por ello. No lo culpo ni lo más mínimo. Yo también quiero huir de mí misma.

Me quito las sábanas de encima, me pongo en pie y me arreglo el vestido. Ni siquiera busco mi ropa interior. Tengo que encontrar el cuarto de baño y recomponerme antes de que

Holder me lleve a casa. Es la segunda vez en una semana que he acabado llorando, y ni siquiera sé el motivo. Además, las dos veces él ha tenido que rescatarme. No volveré a hacerle nada parecido.

Cuando paso junto a la escalera en busca del cuarto de baño, miro por la barandilla hacia la cocina. Holder está apoyado sobre los codos y tiene la cara hundida en las manos. Está ahí, sintiéndose desgraciado y triste. No puedo verlo así, de modo que abro la primera puerta a la derecha, pensando que es el baño.

Pero no lo es.

Es la habitación de Lesslie. Me dispongo a cerrar la puerta pero, en cambio, la abro aún más, entro y la cierro tras de mí. No me importa si estoy en un cuarto de baño, en una habitación o en un armario, solo necesito paz y tranquilidad. Un poco de tiempo para recomponerme de aquello que esté pasándome. Empiezo a pensar que quizá me he vuelto loca. Nunca se me ha ido tanto la cabeza, y me da mucho miedo. Todavía me tiemblan las manos, así que las aprieto e intento centrarme en algo que me ayude a relajarme.

Observo lo que tengo alrededor, y la habitación me parece un tanto inquietante. Para mi sorpresa la cama está sin hacer. Toda la casa está impoluta, pero la cama de Lesslie está deshecha. Hay un pantalón tirado en el suelo, y es como si ella acabara de quitárselo. Es la típica habitación de una adolescente: maquillaje en el tocador, un iPod en la mesilla de noche. Da la sensación de que sigue viviendo aquí, no parece que ella ya no esté. Es evidente que nadie ha tocado sus cosas desde que murió. Sus fotografías siguen colgadas en las paredes y pegadas en el espejo. Su ropa continúa en el armario, y algunas prendas están amontonadas en el suelo. Hace un año que falleció, y apuesto a que ningún miembro de la familia lo ha aceptado todavía.

Es extraño e inquietante estar aquí, pero me distrae de lo que acaba de pasar. Me acerco a la cama y miro las fotografías de la pared. La mayoría de ellas son de Lesslie y de sus amigas, y solo hay unas pocas en las que aparece con Holder. Se parece mucho a él: tienen los mismos ojos azules e intensos y el mismo cabello castaño oscuro. Lo que más me sorprende es lo feliz que parece. En todas ellas está contenta y llena de vida, y es difícil imaginar qué le pasaba por la mente. No me extraña que Holder no tuviese ni idea de lo infeliz que era. Seguro que Lesslie nunca dejó que nadie lo supiese.

Cojo la fotografía que está boca abajo sobre la mesilla de noche. Cuando le doy la vuelta y la veo, doy un grito ahogado. Es una foto de ella besando a Grayson en la mejilla, y están abrazados. Estoy boquiabierta y tengo que sentarme en la cama para sobreponerme. ¿Es este el motivo por el que Holder odia tanto a Grayson? ¿Es por esto por lo que no quería que me tocara? Me pregunto si Holder culpa a Grayson por lo que hizo su hermana.

Tengo la foto entre las manos y estoy sentada sobre la cama, y entonces se abre la puerta y Holder asoma la cabeza.

—¿Qué estás haciendo? —me pregunta.

No parece enfadado porque yo esté aquí. Parece incómodo, y eso probablemente sea una consecuencia de cómo he hecho que se sintiera antes.

—Estaba buscando el cuarto de baño —respondo en voz baja—. Lo siento. Necesitaba estar un segundo a solas.

Holder se apoya en el marco de la puerta, cruza los brazos y echa un vistazo a la habitación. Lo está mirando todo, como yo. Como si él tampoco hubiese estado aquí antes.

—¿Nadie ha entrado aquí desde que ella...?

—No —responde rápidamente—. ¿Qué sentido tendría? Está muerta.

Asiento y coloco boca abajo la foto de Lesslie y de Grayson, tal como ella la había dejado.

—¿Estaban saliendo juntos? —le pregunto.

Holder entra en la habitación con un paso vacilante, y después se acerca a la cama. Se sienta a mi lado, apoya los codos en las rodillas y aprieta las manos frente a su rostro. Vuelve a escudriñar la habitación con detenimiento, sin responder a mi pregunta. Me mira, pone un brazo alrededor de mis hombros y me acerca a él. Que ahora mismo esté sentado junto a mí, que todavía desee abrazarme, hace que quiera echarme a llorar.

—Rompió con ella la noche antes de que lo hiciera —dice en voz baja.

Intento no dar un grito ahogado, pero sus palabras me dejan atónita.

—¿Crees que él fue el motivo por el que decidió hacerlo? ¿Por eso odias tanto a Grayson?

Niega con la cabeza y contesta:

—Odiaba a Grayson porque rompió con ella. Le hizo pasar muy malos momentos, Sky. Y no, no creo que él fuera el motivo por el que decidió hacerlo. Quizá fue el factor determinante en una decisión que ella quería tomar desde hacía mucho tiempo. Lesslie tenía problemas antes de que Grayson entrara en su vida. Así que no, no lo culpo a él. Nunca lo he hecho. —Se pone en pie y me agarra de la mano—. Vayámonos. No quiero estar aquí.

Doy otro vistazo a la habitación, me levanto y sigo a Holder. Sin embargo, me detengo antes de llegar a la puerta. Él se da la vuelta y ve cómo observo las fotografías del tocador. Una de ellas está enmarcada y aparecen Holder y Lesslie cuando eran pequeños. La cojo y la miro de cerca. Ver a Holder de niño me hace sonreír. Verlos a ambos tan pequeños... es reconfortante. Me da la sensación de que irradian inocencia antes de que la fea realidad irrumpiera en sus vidas. Están ante una casa de madera pintada de blanco, y Holder tiene el brazo en el cuello de Lesslie y la aprieta contra él. Ella rodea con los brazos la cintura de Holder, y ambos sonríen a cámara.

Tras observar sus rostros me fijo en la casa que tienen detrás. Es de madera blanca, con los bordes amarillos y, aunque en la foto no puede apreciarse, el salón está pintado con dos tonos de verde distintos.

Inmediatamente cierro los ojos. ¿Cómo puedo saber eso? ¿Cómo puedo saber de qué color es el salón?

Empiezan a temblarme las manos e intento respirar, pero no puedo. ¿De qué conozco esta casa? La conozco y, de repente, siento como si también conociera a los niños. ¿Cómo puedo saber que hay un columpio verde y blanco en la parte trasera? Y a tres metros del columpio hay un pozo seco que tiene que estar cubierto porque una vez el gato de Lesslie cayó dentro.

—¿Te encuentras bien? —me pregunta Holder.

Intenta coger la fotografía de mis manos, pero se la quito. Él me mira preocupado. Da un paso hacia mí y yo doy un paso atrás.

¿Cómo puedo conocer a Holder?

¿Cómo puedo conocer a Lesslie?

¿Por qué tengo la sensación de que los echo de menos? Niego con la cabeza, miro la foto y a Holder alternativamente. Esta vez lo que me llama la atención es la muñeca de Lesslie. Lleva una pulsera, una pulsera idéntica a la mía.

Quiero preguntarle a Holder sobre ello, pero no puedo. Lo intento, pero no me salen las palabras, de modo que me quedo con la fotografía en las manos. Él niega con la cabeza y su rostro se ensombrece como si el corazón se le estuviera rompiendo en pedazos.

—Sky, no —me suplica.

—¿Cómo? —Tengo la voz rota y apenas la oigo. Vuelvo a mirar la fotografía que tengo en las manos—. Hay un columpio. Y un pozo. Y... tu gato. Se quedó atrapado en el pozo. —Lo miro a los ojos y los recuerdos no dejan de brotar en mi mente—. Holder, sé cómo es el salón. Es verde y en la cocina hay una encimera demasiado alta para nosotros y... tu madre... tu madre se llama Beth. —Hago una pausa e intento respirar porque no paro de acordarme de más detalles. No paro de recordar detalles y no puedo respirar—. Holder... ¿tu madre se llama Beth?

Él hace una mueca y se pasa las manos por el pelo.

—Sky... —dice.

No es capaz ni de mirarme. Tiene un gesto de dolor y confusión, y ha estado... ha estado mintiéndome. Está ocultando algo y le da miedo decírmelo.

Holder me conoce. ¿Por qué demonios me conoce? ¿Y por qué no me lo ha dicho?

De repente me siento mal. Paso rápidamente junto a él, abro la puerta que está al otro lado del pasillo y, gracias a Dios, es el cuarto de baño. Cierro el pestillo, dejo la fotografía enmarcada sobre el lavabo y me siento directamente en el suelo.

Las imágenes y los recuerdos empiezan a inundarme como si acabaran de abrirse las compuertas de mi mente. Recuerdos de él, de ella, de nosotros tres juntos. Recuerdos de los tres jugando, yo cenando en su casa, yo y Les siendo inseparables. La quería. Yo era muy pequeña y ni siquiera sé cómo los conocía, pero los quería. A ambos. Todos los recuerdos van acompañados del dolor que me provoca saber que la Lesslie que conocía y quería de pequeña ya no está. De repente estoy triste y decaída porque ella está muerta. Pero no me siento así por mí, por Sky, sino por la niña pequeña que fui y, de algún modo, su dolor por la pérdida de Lesslie está emergiendo a través de mí.

¿Cómo no me he dado cuenta? ¿Cómo no reconocí a Holder la primera vez que lo vi?

—Sky, abre la puerta. Por favor.

Apoyo la espalda en la pared. Esto me sobrepasa. Los recuerdos y las emociones y el dolor... Es demasiado para asimilarlo de golpe.

—Cariño, por favor. Tenemos que hablar y no puedo hacerlo desde el otro lado de la puerta. Abre, por favor.

Él lo sabía. La primera vez que me vio en el supermercado, lo sabía. Y cuando vio mi pulsera... sabía que me la había dado Lesslie. Me la vio puesta y lo supo.

El dolor y la confusión pronto se convierten en enfado, y me levanto del suelo y me acerco lentamente a la puerta del cuarto de baño. Quito el pestillo y la abro. Holder tiene las manos apoyadas en ambos lados del marco, y está mirándome directamente, pero me da la sensación de que ni siquiera sé quién es el chico que tengo delante. No sé qué hay de real y de falso entre nosotros dos. No sé cuáles de sus sentimientos se deben a su vida conmigo o a su vida con la chiquilla que fui.

Tengo que saberlo. Tengo que saber quién era ella. Quién era yo. Supero el miedo y lanzo la pregunta, por mucho que tema la respuesta:

—¿Quién es Hope?

Holder no cambia de expresión y vuelvo a preguntárselo, esta vez más fuerte:

—¿Quién demonios es Hope?

Él me sostiene la mirada y sigue con las manos apoyadas en el marco de la puerta, pero no es capaz de contestarme. Por alguna razón no quiere que yo lo sepa. No quiere que yo recuerde quién era. Respiro hondo e intento contener las lágrimas. Me da miedo decirlo porque no quiero saber la respuesta.

—¿Soy yo? —le pregunto, con la voz temblorosa y llena de temor—. Holder... ¿yo soy Hope?

Él deja escapar un breve suspiro y mira al techo, casi como si estuviera esforzándose por no llorar. Cierra los ojos y apoya la frente en el brazo, y luego respira muy hondo y me mira.

—Sí.

El aire que me rodea es cada vez más denso, tan denso que no puedo respirar. Me quedo quieta, justo delante de él, incapaz de moverme. Todo está en silencio, excepto mi mente. Me pasan por ella muchísimos pensamientos, preguntas y recuerdos, y todos luchan por salir y no sé si quiero llorar, o gritar, o dormir o echarme a correr.

Necesito salir. Me da la sensación de que Holder y el cuarto de baño y toda la casa están aprisionándome, y he de salir para tener suficiente espacio y sacar todo lo que tengo en la cabeza. Quiero que salga todo.

Paso junto a Holder y él intenta agarrarme del brazo, pero doy un tirón y me libro de él.

—¡Sky, espera! —grita.

Sigo corriendo hasta la escalera y bajo los escalones lo más rápido que puedo, de dos en dos. Oigo los pasos de Holder tras de mí, así que acelero los míos y pongo un pie más lejos de lo que quería. No consigo agarrarme al pasamanos, caigo hacia delante y aterrizo al pie de la escalera.

—¡Sky! —grita Holder.

Intento levantarme, pero él ya está de rodillas y me rodea con los brazos. Le doy un empujón porque quiero que me suelte para poder salir. Pero no se mueve.

—Fuera —le digo, jadeante y debilitada—. Quiero ir afuera. Por favor, Holder.

Noto que él tiene una lucha interna y que no desea soltarme. A regañadientes, me aparta de su pecho y busca mis ojos.

—No huyas, Sky. Ve afuera, pero no te marches. Tenemos que hablar.

Asiento, y Holder me suelta y me ayuda a levantarme. Cuando cruzo la puerta principal y salgo al jardín, entrelazo las manos detrás de la cabeza y respiro el aire frío de la noche. Echo la cabeza hacia atrás y miro las estrellas, deseando más que cualquier otra cosa estar allí arriba y no aquí abajo. No quiero recordar más cosas porque cada recuerdo confuso provoca una pregunta aún más confusa. No entiendo cómo puedo conocer a Holder. No entiendo por qué me lo ha ocultado. No entiendo cómo podía llamarme Hope cuando solo recuerdo haberme llamado Sky. No entiendo por qué Karen me dijo que Sky era mi nombre de nacimiento si no lo es. Todo lo que pensaba y creía después de todos estos años está deshaciéndose, y estoy sabiendo cosas que no quiero saber. Están mintiéndome, y me aterroriza saber qué es lo que todo el mundo está intentando ocultarme.

Estoy fuera durante lo que me parece una eternidad e intento aclarar por mí misma las ideas, pero ni siquiera sé qué ideas son esas. Tengo que hablar con Holder y preguntarle qué sabe él, pero estoy dolida. No quiero enfrentarme a él porque ha estado ocultándome el secreto todo este tiempo. Lo que yo creía que estaba sucediendo entre nosotros dos no era más que una ilusión.

Estoy emocionalmente agotada y ya he tenido suficientes revelaciones por esta noche. Quiero irme a casa y meterme en la cama. Necesito consultar lo sucedido con la almohada, y después podré preguntar a Holder por qué no me dijo que me conocía de la infancia. No entiendo cómo se le pasó por la cabeza ocultarme algo así.

Me doy la vuelta y me encamino hacia la casa. Él está apoyado en el marco de la puerta, mirándome. Se hace a un lado para que pueda entrar, y me dirijo a la cocina y abro el frigorífico. Cojo una botella de agua, la abro y doy varios tragos. Tengo la boca seca porque Holder no me ha traído el vaso de agua que había ido a buscar.

Dejo la botella en la encimera y lo miro.

—Llévame a casa —le pido.

Holder no se opone. Se da la vuelta, coge las llaves de la mesita de la entrada y me hace un gesto para que lo siga. Dejo el agua en la encimera y voy en silencio hasta el coche. Cuando me subo, él arranca y nos ponemos en marcha sin decir nada.

Dejamos atrás la salida hacia mi casa, y es evidente que Holder no quiere dejarme allí todavía. Lo miro y veo que está concentrado en la carretera que tiene ante él.

—Llévame a casa —repito.

Me lanza una mirada seria y responde:

—Tenemos que hablar, Sky. Tienes preguntas que hacerme, lo sé.

Claro que las tengo. Tengo un millón de preguntas que hacerle, pero esperaba poder dejar pasar una noche para aclararme las ideas e intentar responder la mayoría de ellas por mí misma. Obviamente, a estas alturas, a Holder no le importa lo que yo prefiera. A regañadientes me desabrocho el cinturón y apoyo la espalda en la puerta, para poder mirarlo directamente. Si no quiere darme tiempo para que pueda asimilar todo esto, voy a lanzarle todas las preguntas de golpe. Pero voy a hacerlo muy rápido, porque quiero irme a casa.

—Muy bien —digo tenazmente—. Vamos a acabar con esto. ¿Por qué te has pasado dos meses mintiéndome? ¿Por qué te enfadaste tanto cuando me viste con aquella pulsera y estuviste semanas sin hablarme? ¿O por qué no me dijiste quién pensabas que era cuando nos vimos en el supermercado? Porque lo sabías, Holder. Sabías quién era yo, y por algún motivo pensaste que sería divertido darme falsas esperanzas hasta que lo descubriera todo. ¿Realmente te gusto? ¿Este jueguecito era tan importante para ti que te merecía la pena hacerme más daño del que nadie me ha hecho nunca? Porque eso es lo que ha pasado —le digo, tan enfadada que incluso tiemblo.

Por fin dejo escapar las lágrimas, porque ellas también quieren salir y estoy cansada de retenerlas. Me las seco con el dorso de la mano y prosigo en un tono más bajo:

—Me has hecho daño, Holder. Muchísimo daño. Me prometiste que siempre serías sincero conmigo.

Ya no levanto la voz. De hecho, hablo tan bajo que no estoy segura de que él pueda oírme. Sigue mirando la carretera como el idiota que es. Aprieto los ojos y cruzo los brazos sobre el pecho. Después vuelvo a apoyar la espalda en el asiento. Miro por la ventanilla y maldigo al karma. Maldigo al karma por traer a mi vida a este chico desesperanzado para que me la arruinara.

Holder continúa conduciendo sin responder a mis preguntas. Y no puedo evitar dejar escapar una pequeña carcajada patética.

—Desesperanzado... —mascullo.

Trece años antes

—Tengo que hacer pipí —dice ella con una risita.

Estamos escondidas debajo del porche de su casa, esperando que Dean nos encuentre. Me gusta jugar al escondite, pero prefiero ser la que se esconde. Muchas veces me piden que yo cuente, pero no quiero que se enteren de que no sé hacerlo. Dean siempre me dice que cuente hasta veinte cuando ellos van a esconderse, pero no sé cómo. De modo que suelo cerrar los ojos y finjo que estoy contando. Ambos van a la escuela, pero yo no iré hasta el año que viene, así que no sé contar tan bien como ellos.

—Viene hacia aquí —me advierte ella, arrastrándose hacia atrás.

La tierra que hay debajo del porche está fría por lo que, a diferencia de ella, intento no tocarla con las manos, pero me duelen las piernas.

—¡Les! —grita él.

Dean se acerca al porche y va directamente a la escalera. Llevamos escondidas mucho tiempo, y parece que él ya se ha cansado de buscarnos. Se sienta sobre un escalón, justo enfrente de nosotras. Si ladeo la cabeza puedo verle la cara.

—¡Estoy aburrido de buscaros!

Me doy la vuelta, miro a Lesslie y veo que está preparada para salir corriendo a la base. Niega con la cabeza y se lleva un dedo a los labios.

—¡Hope! —grita él, todavía sentado en el escalón—. ¡Me rindo!

Dean echa otro vistazo al jardín y lanza un suspiro. Me río al verlo hablar entre dientes y pisotear la gravilla que tiene bajo los pies. Lesslie me da un golpe en el brazo y me dice que no haga ruido.

Él se echa a reír, y al principio pienso que es porque nos ha oído, pero luego me doy cuenta de que está hablando solo.

—Hope y Les —dice en voz baja—. *Hopeless.* —Vuelve a reírse y se pone en pie—. ¡Chicas! —grita, con las manos alrededor de la boca—. ¡No tengo ninguna esperanza de encontraros!

A Lesslie le hace gracia que Dean haya compuesto una palabra con nuestros nombres, y sale de debajo del porche. Yo la sigo y me levanto en cuanto él se da la vuelta y la ve. Dean sonríe y nos mira las rodillas manchadas de tierra y las telarañas del pelo. Niega con la cabeza y repite:

—*Hopeless.*

Sábado, 27 de octubre de 2012

Las 23.20

Es un recuerdo muy vívido, y no tengo ni idea de por qué me ha venido ahora a la mente. ¿Cómo no me había dado cuenta al ver su tatuaje día tras día, al oírle mencionar a Hope y hablar sobre Les? Me vuelvo hacia Holder, lo agarro del brazo y lo remango. Sé que está ahí, sé lo que dice, pero esta es la primera vez que lo miro siendo consciente de lo que significa.

—¿Por qué te lo hiciste? —le pregunto.

Me lo ha explicado antes, pero ahora quiero saber el verdadero motivo. Él aparta la vista de la carretera y me mira.

—Ya te lo dije. Es un recuerdo de las personas a las que he fallado en la vida.

Cierro los ojos, vuelvo a apoyar la espalda en el respaldo y niego con la cabeza. Él siempre dice que no se anda con rodeos, pero no se me ocurre una explicación más imprecisa que la que insiste en darme sobre su tatuaje. ¿Cómo puede haberme fallado Holder? No tiene ningún sentido que piense que me falló en la infancia. Y, a estas alturas, no consigo entender cómo se arrepiente tanto de aquello que decidió hacerse un tatuaje críptico. No sé qué más puedo decir o hacer para que me lleve a casa. No ha respondido a ninguna de mis preguntas, y otra vez está utilizando esos jueguecitos psicológicos con sus silencios indescifrables. Solo quiero irme a casa.

Holder detiene el coche, y espero que sea para dar la vuelta. Sin embargo, apaga el motor y abre la puerta. Miro por la ventanilla y veo que estamos en el aeropuerto. Estoy enfadada. No quiero estar aquí y verlo admirar las estrellas mientras da vueltas a la cabeza. O me responde, o me voy a casa.

Abro la puerta y, a regañadientes, lo sigo hasta la valla. Tengo la esperanza de que, si hago lo que él quiere por última vez, me dará una explicación enseguida. Me ayuda a saltar la valla, nos dirigimos al mismo rincón de la pista de aterrizaje en el que estuvimos y me tumbo.

Miro hacia arriba y espero ver una estrella fugaz. Ahora mismo me iría bien que se me cumplieran un par de deseos. Pediría retroceder dos meses y no haber ido al supermercado aquel día.

—¿Estás lista para escuchar las respuestas? —me pregunta Holder.

Vuelvo la cabeza para mirarlo.

—Estoy lista si esta vez vas a ser completamente sincero.

Él se sitúa frente a mí, se apoya en un brazo y se pone de costado. Y vuelve a hacerlo: se queda mirándome en silencio. Está más oscuro que la última vez que estuvimos aquí, por lo que apenas puedo ver qué cara tiene. Pero sé que está triste. Holder nunca ha sabido esconder la tristeza que refleja su mirada. Se acerca a mí y lleva la mano a mi mejilla.

—Necesito besarte.

Casi rompo a reír, pero temo que vaya a hacerlo como una loca porque definitivamente no estoy en mi sano juicio. Niego con la cabeza, sorprendida de que se le haya ocurrido pedirme un beso en estos momentos. De ningún modo voy a dárselo tras descubrir que ha estado mintiéndome durante dos meses.

—No —respondo tajantemente.

Holder no aparta el rostro del mío, ni tampoco la mano de mi mejilla. Odio que, a pesar de lo enfadada que estoy con él por haberme engañado, mi cuerpo siga reaccionando a su tacto. La mía es una batalla interna muy peculiar porque no sé si golpear o besar la boca que tengo a apenas cinco centímetros de mí.

—Necesito besarte —repite, en un tono suplicante—. Por favor, Sky. Me da miedo que después de que te lo cuente todo... no pueda volver a besarte. —Se acerca a mí y me acaricia la mejilla con el dedo pulgar, sin dejar de mirarme a los ojos—. Por favor.

Asiento ligeramente, sin estar segura de por qué estoy dejándome llevar por mi debilidad. Holder me besa, y yo cierro los ojos y abro la boca porque una gran parte de mí teme que esta sea la última vez que sienta sus labios contra los míos. Temo que sea la última vez que sienta cualquier cosa, porque él es el único con quien he querido sentir algo.

Holder se pone de rodillas. Coloca una mano en mi rostro y apoya la otra en el suelo, junto a mi cabeza. Extiendo la mano, le acaricio la cabeza y lo atraigo hacia mí con deseo. Por un instante, mientras saboreo y noto su aliento mezclándose con el mío, olvido todo lo sucedido esta noche y lo guardo bajo llave. En estos momentos estoy centrada en él, en mi corazón y en cómo se me está hinchando y rompiendo al mismo tiempo. Me duele saber que lo que siento por él no es seguro ni cierto. Me duele todo. La cabeza, las entrañas, el pecho, el corazón y el alma. Antes pensaba que sus besos me curarían. Ahora me da la sensación de que están provocando un dolor irreversible en lo más profundo de mí.

Holder nota la sensación de derrota que se apodera de mí cuando los sollozos empiezan a brotar de mi garganta. Lleva los labios a mi mejilla y luego a mi oreja.

—Lo siento muchísimo —me dice abrazándome—. Lo siento muchísimo. No quería que lo supieses.

Cierro los ojos y aparto a Holder. Me incorporo y respiro hondo. Me seco las lágrimas con el dorso de la mano, doblo las piernas y me abrazo a ellas. Hundo la cabeza en las rodillas para no tener que volver a mirarlo.

—Solo quiero que me lo expliques, Holder. Te he preguntado todo lo que se me ha ocurrido de camino hacia aquí. Necesito que me respondas ahora, para que pueda irme a casa cuanto antes —le pido, con una voz triste y cansada.

Él pone la mano en mi nuca y desliza los dedos por mi pelo, una y otra vez, pensando una respuesta. Se aclara la voz y dice:

—La primera vez que te vi no estaba seguro de si eras Hope. Dejé de buscarla hace unos años porque creía reconocerla en todas y cada una de las chicas desconocidas de nuestra edad. Pero cuando nos encontramos en la tienda y te miré a los ojos... tuve la impresión de que tú eras ella. Cuando me enseñaste tu carnet de identidad y vi que no te llamabas Hope, me sentí como un idiota. Aquella fue la señal que necesitaba para borrar su recuerdo de mi mente.

Hace una pausa y pasa la mano por mi pelo, muy despacio. La apoya en mi espalda y traza círculos con el dedo. Me dan ganas de apartársela, pero deseo aún más que siga tocándome.

—Durante un año fuimos vecinos. Les, tú y yo... éramos muy amigos. Pero es muy difícil reconocer a alguien después de tanto tiempo. Pensé que eras Hope, pero también pensé que, si realmente eras ella, no lo dudaría ni por un segundo.

»Creía que si volvía a verla la reconocería enseguida. Aquel día, al marcharme del aparcamiento, inmediatamente busqué tu nombre en internet. No pude encontrar nada sobre ti, ni siquiera en Facebook. Estuve investigando toda una hora, y sentí tal frustración que salí a correr para despejarme. Cuando doblé la esquina y te vi delante de mi casa, se me cortó la respiración. Allí estabas, agotada por la carrera y... Jesús, Sky, estabas preciosa. Seguía sin estar seguro de si eras Hope, pero, en aquel momento, ni se me pasó por la cabeza. No me importaba quién eras, solo quería conocerte.

»Aquella semana, tras pasar algún tiempo contigo, no pude evitar ir a tu casa el viernes por la noche. No lo hice con la intención de sacar a la luz tu pasado, ni tampoco con la esperanza de que ocurriera algo entre nosotros. Quería que me conocieras de verdad, que supieras que no soy la persona de la que habías oído hablar a todo el mundo. Tras aquella noche solo podía pensar en cómo pasar más tiempo contigo. Nadie me había atraído tanto como tú. Y aún me preguntaba si era posible... Si eras ella. Sobre todo después de que me contaras que te habían adoptado. Sin embargo, volví a pensar que era una coincidencia.

»Pero al ver tu pulsera... —Se calla y retira la mano de mi espalda. Coloca los dedos debajo de mi barbilla, me levanta la cabeza de las rodillas y me obliga a mirarlo a los ojos—. Se me rompió el corazón, Sky. No quería que fueses ella. Quería que me dijeras que la pulsera te la había dado una amiga, que te la habías encontrado o que la habías comprado. Después de todos los años que había pasado buscándote entre todos los rostros que veía, al final te encontré... y estaba destrozado. No quería que tú fueses Hope. Solo deseaba que tú fueses tú.

Niego con la cabeza porque su explicación me ha dejado igual de confundida.

—Pero ¿por qué no me lo dijiste? ¿Habría sido tan duro admitir que nos conocíamos de antes? No entiendo por qué has estado mintiéndome.

Holder me mira durante un instante mientras piensa una respuesta adecuada.

—¿Qué recuerdas sobre tu adopción? —me pregunta, apartándome el pelo de la cara.

Vuelvo a negar con la cabeza.

—No mucho. Sé que estuve en una casa de acogida después de que mi padre me dejó. Cuando tenía cinco años, Karen me adoptó y nos mudamos aquí. Aparte de eso y de un par de recuerdos extraños, no sé nada más.

Holder se pone frente a mí y apoya con firmeza las manos en mis hombros, como si empezara a sentirse frustrado.

—Eso es todo lo que te ha contado Karen. Lo que quiero saber es qué recuerdas tú.

Esta vez niego con la cabeza lentamente.

—Nada. Los primeros recuerdos que tengo son con Karen. La pulsera es lo único que me queda de la época anterior a que ella me adoptara. Al conservarla, el recuerdo se me quedó grabado. No sabía quién me la había dado.

Holder toma mi rostro entre las manos y me da un beso en la frente. Aprieta los labios como si temiera apartarse porque eso significaría seguir hablando. No quiere contarme lo que sabe.

—Dímelo, Holder —susurro—. Dime eso que has deseado no tener que decirme.

Apoya la frente en el lugar en el que estaban sus labios. Tiene los ojos cerrados y me agarra el rostro con firmeza. Parece muy triste, y quiero abrazarlo a pesar de lo mucho que me ha decepcionado. Extiendo los brazos y lo rodeo. Él hace lo mismo y me pone en su regazo. Coloco las piernas alrededor de su cintura y seguimos con las frentes pegadas. Se aferra a mí, pero esta vez es su mundo el que se ha salido de su eje, y yo soy el núcleo.

—Dímelo, Holder.

Baja la mano hasta mi cintura, abre los ojos y aparta un poco la cabeza para poder mirarme al hablar.

—El día en que Les te dio la pulsera, estabas llorando. Recuerdo cada pequeño detalle, como si hubiese sido ayer. Estabas sentada en el jardín de tu casa. Les y yo estuvimos contigo durante mucho rato, pero no dejabas de llorar. Después de que Les te diera la pulsera, ella entró en casa, pero yo no era capaz. No quería dejarte allí sola porque pensaba que habías vuelto a enfadarte con tu padre. Siempre llorabas por él, y yo lo odiaba por ello. No recuerdo nada de él, aparte de que lo odiaba porque hacía que te sintieras así. Yo solo tenía seis años, de modo que nunca sabía qué decirte cuando llorabas. Creo que aquel día dije algo así como «No te preocupes...».

—«No vivirá para siempre» —lo interrumpo—. Recuerdo aquel día. Les me dio la pulsera y tú me dijiste que él no viviría para siempre. Esas son las dos únicas cosas que he recordado en todo este tiempo. Pero no sabía que aquel chiquillo eras tú.

—Sí, eso fue lo que te dije. —Lleva las manos a mis mejillas y añade—: Entonces hice algo de lo que me he arrepentido todos y cada uno de los días de mi vida.

—Holder, no hiciste nada —le digo, negando con la cabeza—. Simplemente te marchaste.

—Exacto —responde—. Me fui a mi jardín, aun sabiendo que debería quedarme sentado junto a ti. Me quedé delante de mi casa y te vi llorar con la cabeza hundida en los brazos, cuando deberías haber estado llorando en los míos. Me quedé allí... y vi cómo apareció un coche por la curva. Vi cómo se bajó la ventanilla del pasajero y oí que alguien te llamaba por tu nombre. Te vi mirar el coche y secarte las lágrimas. Te pusiste en pie, te arreglaste los pantalones cortos y te acercaste al coche. Vi cómo te montabas en él y supe que, pasara lo que pasase, no podía quedarme allí sin hacer nada. Pero me quedé mirando cuando debería haber estado contigo. Nunca habría pasado si yo me hubiese quedado contigo.

El miedo y el arrepentimiento que reflejan su voz hacen que el corazón me lata muy fuerte. Consigo reunir las fuerzas para hablar aunque el miedo está apoderándose de mí.

—¿Qué es lo que nunca habría pasado?

Holder me da un beso en la frente y me acaricia los pómulos con los pulgares. Me mira como si temiera estar a punto de romperme el corazón.

—Te llevaron con ellos. No sé quiénes estaban en aquel coche, pero te alejaron de tu padre, de Les y de mí. Has estado desaparecida trece años, Hope.

Sábado, 27 de octubre de 2012

Las 23.57

Una de las cosas que más me gustan de los libros es que pueden delimitarse y condensarse en capítulos ciertas partes de la vida de los personajes. Me parece fascinante porque es imposible hacer lo mismo en la vida real. No puedes dar un capítulo por acabado, luego saltar las cosas por las que no quieres pasar, y volver a abrir el libro en un capítulo que se adapte mejor a tu humor. La vida no puede dividirse en capítulos... solo en minutos. Todos los acontecimientos se amontonan un minuto tras otro sin que haya un lapso de tiempo, ni páginas en blanco, ni principios de capítulo. Pase lo que pase y lo desees o no, la vida no se detiene, las palabras continúan fluyendo y las verdades siguen saliendo a borbotones. No puedes parar y tomar aliento.

Necesito que se acabe este capítulo. Solo quiero respirar, pero no sé cómo hacerlo.

—Di algo —me pide Holder.

Sigo sentada en su regazo, abrazada a él. Tengo la cabeza apoyada en su hombro y los ojos cerrados. Él pone la mano en mi nuca, acerca su boca a mi oreja y me agarra más fuerte.

—Por favor. Di algo.

No sé qué quiere que diga. ¿Quiere que me sorprenda? ¿Que me escandalice? ¿Quiere que me eche a llorar? ¿Que grite? No puedo hacer nada de eso porque todavía estoy tratando de asimilar lo que acaba de contarme.

«Has estado desaparecida trece años, Sky.»

Repito una y otra vez sus palabras en mi mente, como un disco rayado.

«Desaparecida.»

Espero que haya utilizado esa palabra en sentido figurado, como si quisiese decir que desaparecí de su vida hace trece años. Pero lo dudo mucho. He visto cómo me miraba mientras lo decía, y he notado que no quería hacerlo. Él sabía lo que esas palabras provocarían en mí.

Quizá la haya usado en sentido literal, pero está confundido. Ambos somos muy jóvenes, y probablemente no recuerde bien el orden de los acontecimientos. De repente se me pasan por la mente los dos últimos meses y todo lo que he visto en él, sus múltiples personalidades, sus cambios de humor, y al fin consigo entender sus palabras crípticas. Por ejemplo, la noche en la que me dijo que había estado buscándome toda la vida. Aquello no era una metáfora.

O la primera noche que estuvimos sentados justo aquí, en la pista de aterrizaje, y me preguntó si había tenido una buena vida. Entonces también hablaba en sentido literal, porque quería saber si era feliz con Karen.

O el día en que se negó a pedirme disculpas por el modo en que se había comportado en la cafetería, alegando que él sabía por qué se había cabreado, pero que todavía no podía contármelo. En aquel momento no lo puse en duda porque me pareció que estaba siendo sincero al decirme que algún día me lo explicaría. Ni por un momento se me pasó por la cabeza el verdadero motivo de su enfado al ver la pulsera en mi muñeca. Holder no quería que yo fuese Hope porque sabía que la verdad me rompería el corazón.

Estaba en lo cierto.

«Has estado desaparecida trece años, Hope.»

La última palabra de la frase me produce un escalofrío. Lentamente levanto la cabeza de su hombro y lo miro.

—Me has llamado Hope. No vuelvas a llamarme así. Ese no es mi nombre.

Holder asiente.

—Lo siento, Sky.

La última palabra de esta frase también me produce un escalofrío. Me aparto de él y me pongo en pie.

—Tampoco me llames así —le pido tajantemente.

No quiero que me llamen ni Hope, ni Sky, ni princesa, ni nada que me separe de cualquier otra parte de mí misma. De repente siento que soy varias personas en una. Alguien que no sabe ni quién es, ni de dónde es. Estoy confundida. Nunca antes me he sentido tan aislada, como si no hubiese ni una persona en el mundo en la que pudiese confiar. Ni en mí misma. Ni siquiera puedo fiarme de mis propios recuerdos.

Holder se levanta, me coge de las manos y me mira. Está observándome, esperando que reaccione. Pero va a llevarse una desilusión porque no voy a reaccionar. No aquí. No ahora. Una parte de mí quiere llorar en sus brazos y que me susurre al oído que no me preocupe. Otra parte de mí quiere chillarle, gritarle y pegarle por engañarme. Otra parte de mí quiere que Holder siga culpándose por no evitar lo que, según él, pasó hace trece años. Pero la mayor parte de mí desea que todo desaparezca. Quiero volver a no sentir nada. Echo de menos la sensación de estar entumecida.

Aparto las manos de las suyas y empiezo a caminar hacia el coche.

—Necesito que acabe este capítulo —digo, más a mí misma que a él.

Holder me sigue muy de cerca.

—No sé qué quieres decir con eso.

Por el tono de su voz, sé que se siente derrotado y abrumado por la situación. Me agarra del brazo para que me detenga, probablemente para preguntarme qué tal me encuentro, pero se la aparto con brusquedad y me doy la vuelta. No quiero que me pregunte cómo estoy porque no tengo ni idea.

Estoy recorriendo toda una gama de sentimientos, y algunos de ellos son desconocidos. Dentro de mí crecen la rabia, el miedo, la tristeza y la desconfianza, y quiero que paren. Quiero dejar de sentir todo lo que estoy sintiendo, de modo que extiendo la mano, la llevo a su rostro y aprieto los labios contra los suyos. Le doy un beso brusco y rápido, esperando que él reaccione, pero no lo hace. No me devuelve el beso. Se niega a ayudarme a hacer desaparecer el dolor de esta manera. Entonces, la ira se apodera de mí, y me aparto de él y le doy una bofetada.

Holder apenas se inmuta, y eso me pone aún más furiosa. Quiero que sufra como yo estoy sufriendo. Quiero que sienta lo que sus palabras han provocado en mí. Le doy otra bofetada, y él no hace nada para evitarlo. Al ver que no reacciona, le doy un empujón en el pecho. Lo empujo una y otra vez, tratando de devolverle todo el dolor con el que acaba de inundarme el corazón. Cierro los puños y le pego en el pecho, pero tampoco funciona. Entonces empiezo a gritar, a darle golpes y a intentar salir de entre sus brazos. Holder me abraza por detrás, apretando mi espalda contra su pecho, y me agarra de los brazos y me los sujeta a la altura del vientre.

—Respira —me susurra al oído—. Tranquilízate, Sky. Sé que estás confundida y asustada, pero estoy aquí. Estoy justo aquí. Intenta respirar.

Su voz es tranquila y reconfortante, de modo que cierro los ojos y me dejo llevar. Holder inspira y mueve el pecho al mismo ritmo que el mío, para que yo siga su ejemplo. Respiro hondo y muy despacio, al mismo tiempo que él. Finalmente, cuando dejo de sacudirme entre sus brazos, me da la vuelta poco a poco y me aprieta contra él.

—No quería hacerte daño —susurra, con mi cabeza entre sus manos—. Por eso no te lo he contado hasta ahora.

En ese momento me doy cuenta de que ni siquiera estoy llorando. No he derramado ni una sola lágrima desde que la verdad ha salido de su boca, y me aferro a ello para intentar retener las que están a punto de brotar. Las lágrimas no me ayudarán. Solo me harán más débil.

Poso las palmas de las manos en su pecho y las aprieto ligeramente contra él. Me da la sensación de que lloro con más facilidad cuando Holder me abraza, porque siento un gran consuelo al estar entre sus brazos. Pero no necesito que me consuelen. Tengo que aprender a mantenerme fuerte por mí misma, porque soy la única en la que puedo confiar (aunque en estos momentos dudo incluso de eso). Todo lo que creía saber es mentira. No sé de quién es la culpa, ni quién sabe la verdad, pero no me queda ni un ápice de confianza. Ni en Holder, ni en Karen... ni en mí misma.

Doy un paso atrás y lo miro a los ojos.

—¿Pensabas decirme quién era? —le pregunto, mirándolo fijamente—. ¿Qué habrías hecho si nunca me hubiese acordado? En ese caso ¿me lo habrías contado? ¿Temías que te dejara y perdieras la oportunidad de follar conmigo? ¿Es por eso por lo que has estado mintiéndome todo este tiempo?

En cuanto las palabras salen de mis labios noto en su mirada que le he ofendido.

—No. Eso no fue así. Eso no es así. No te lo he contado porque me dé miedo lo que vaya a pasarte. Si lo denuncio, no podrás quedarte con Karen. Seguramente la detendrán y te llevarán a vivir con tu padre hasta que cumplas dieciocho años. ¿Te gustaría que pasara eso? Quieres a Karen y aquí eres feliz. No deseaba arruinarte la vida.

Dejo escapar una risita y niego con la cabeza. Su razonamiento no tiene ningún sentido. Nada de esto tiene sentido.

—Antes que nada —respondo—, no meterían a Karen en la cárcel, porque te garantizo que ella no sabe nada de esto. En segundo lugar, cumplí dieciocho años en septiembre. Si mi edad era la razón por la que no fuiste sincero, ya me lo habrías dicho a estas alturas.

Holder se pone una mano en la nuca y mira al suelo. No me gusta el nerviosismo que desprende en estos momentos.

Por el modo en que actúa, me atrevería a decir que no ha acabado de hacer todas las confesiones.

—Sky, todavía hay muchas cosas que tengo que explicarte. —Levanta la vista y la detiene en mis ojos—. Tu cumpleaños no es en septiembre, sino el siete de mayo. Te faltan seis meses para cumplir dieciocho años. Y Karen... —Se acerca a mí y me coge de ambas manos—. Tiene que saberlo, Sky. Seguro que sí. Piénsalo. ¿Qué otra persona podría haber hecho esto?

Rápidamente aparto las manos de las suyas y doy un paso atrás. Soy consciente de que guardar el secreto ha debido de ser una tortura para él. Veo en sus ojos que está siendo una agonía tener que contármelo todo. Pero le he concedido el beneficio de la duda desde el momento en que lo conocí, y la pena que pudiese sentir por él acaba de desaparecer porque está tratando de decirme que mi propia madre ha tenido algo que ver en todo esto.

—Llévame a casa —le pido—. No quiero oír nada más. Ya he tenido suficiente por hoy. —Holder intenta cogerme de las manos otra vez, pero se las aparto de un empujón—. ¡Que me lleves a casa! —grito.

Me dirijo hacia el coche. Ya he oído bastante. Necesito a mi madre. Necesito verla, abrazarla y saber que no estoy sola en todo esto, porque es así como me siento ahora mismo.

Llego a la valla antes que Holder. Me dispongo a saltarla, pero no puedo. Tengo las manos y los brazos temblorosos y débiles. Sigo intentándolo hasta que Holder se pone detrás de mí y me levanta. Salto al otro lado y voy al coche.

Holder se sienta en el asiento del conductor y cierra la puerta, pero no arranca el coche. Está mirando el volante y tiene la mano en el contacto. Observo sus manos con una mezcla de sensaciones, porque deseo que me abracen. Quiero estar entre ellas y que me acaricien la espalda y el pelo mientras me repite que todo irá bien. Pero, al mismo tiempo, me dan asco, y pienso en todos los momentos íntimos en los que me han tocado y agarrado, y no puedo quitarme de la cabeza que estaba engañándome. ¿Cómo podía estar conmigo sabiendo todo lo que sabe y hacerme creer sus mentiras? No sé si seré capaz de perdonarlo por lo que me ha hecho.

—Sé que tienes que asimilar muchas cosas —dice él en voz baja—. Lo sé. Te llevaré a casa, pero mañana debemos seguir hablando. —Se vuelve hacia mí y me lanza una mirada muy seria—. Sky, no puedes comentar esto con Karen. ¿Lo entiendes? No hasta que entre los dos lo aclaremos todo.

Asiento, solo para que se tranquilice. No puede esperar que no hable de esto con ella.

Vuelve hacia mí todo el cuerpo, se inclina y apoya la mano en mi reposacabezas.

—Hablo en serio, cariño. Sé que piensas que ella no es capaz de hacer algo así, pero no debes decir nada hasta que descubramos más cosas. Si hablas de esto con alguien, toda tu vida cambiará. Tómate un poco de tiempo para reflexionar. Por favor. Por favor, prométeme que esperarás hasta después de mañana. Hasta después de que volvamos a hablar.

El tono aterrorizado con el que me lo pide me desagarra el corazón y vuelvo a asentir, pero esta vez en serio.

Holder se queda mirándome unos segundos, se da la vuelta lentamente y arranca. Recorremos los seis kilómetros hasta mi casa sin decir ni una palabra. Al llegar a la entrada pongo la mano en la manilla y me dispongo a salir del coche. Entonces Holder me agarra del brazo.

—Espera —me pide.

Le hago caso, pero no me doy la vuelta. Tengo un pie en el coche y el otro en la acera. Holder extiende la mano y me acaricia detrás de la oreja.

—¿Estarás bien esta noche?

Suspiro ante la simplicidad de su pregunta.

—¿Cómo? —Apoyo la espalda en el respaldo y me vuelvo hacia él—. ¿Cómo voy a estar bien después de esta noche?

Él me mira y sigue acariciándome.

—Está matándome... permitir que te vayas así. No quiero dejarte sola. ¿Puedo venir dentro de una hora?

Sé que está preguntándome si puede colarse por mi ventana y meterse en la cama conmigo, pero enseguida niego con la cabeza.

—No puedo —respondo con la voz rota—. Ahora mismo se me hace muy difícil estar contigo. Necesito pensar. Nos vemos mañana, ¿de acuerdo?

Él asiente, retira la mano de mi mejilla y vuelve a ponerla en el volante. Me mira mientras me bajo del coche y me alejo de él.

Domingo, 28 de octubre de 2012

Las 00.37

Al cruzar la puerta principal y entrar en el salón, deseo que me envuelva esa sensación de comodidad que necesito desesperadamente. Necesito la familiaridad y el sentimiento de pertenencia a esta casa para calmarme y dejar de tener ganas de llorar. Este es mi hogar, donde vivo con Karen, una mujer que me quiere y que haría cualquier cosa por mí, por mucho que Holder piense lo contrario.

Me quedo en el salón, a oscuras, esperando que me embargue esa sensación, pero no lo hace. Miro a mi alrededor con sospecha y duda, y odio observar mi vida desde un punto de vista completamente distinto.

Cruzo el salón y me detengo ante la puerta de la habitación de Karen. Pienso en meterme en la cama con ella, pero tiene la luz apagada. Nunca he necesitado estar con ella tanto como ahora, pero no me atrevo a abrir la puerta. Quizá aún no estoy preparada para estar con ella, de modo que voy por el pasillo hasta mi habitación.

Veo que sale luz por la rendija. Pongo la mano en el pomo, lo giro y abro la puerta poco a poco. Karen está sentada en la cama. En cuanto me oye entrar, me mira y se pone en pie.

—¿Dónde te has metido?

Tiene un gesto de preocupación, pero, por el tono de su voz, sé que está enfadada. O quizá decepcionada.

—Estaba con Holder. Nunca me has puesto hora límite para volver a casa.

—Siéntate. Tenemos que hablar —responde señalando la cama.

Ahora Karen me parece una persona completamente distinta. La miro con recelo. Asiento y finjo ser una hija obediente. Es como si estuviera en una escena de un culebrón de madres e hijas. Me acerco a la cama y me siento, sin saber por qué está tan cabreada. Espero que Karen haya descubierto lo mismo que yo esta noche porque, de ese modo, sería mucho más fácil hablar sobre ello.

Ella se sienta a mi lado y se vuelve hacia mí.

—No puedes volver a ver a Holder —me dice muy seria.

Pestañeo dos veces, sobre todo por la sorpresa que me produce el tema de conversación. No esperaba que fuese Holder.

—¿Cómo? —pregunto confundida—. ¿Por qué?

Karen se mete la mano en el bolsillo y saca mi teléfono móvil.

—¿Qué es esto? —pregunta, con los dientes apretados.

Veo que agarra el teléfono con todas sus fuerzas. Pulsa un botón y me pone la pantalla delante de los ojos.

—¿Y qué demonios son estos mensajes, Sky? Son horribles. Holder te dice cosas horribles y feas. —Deja el teléfono sobre la cama y me agarra de las manos—. ¿Por qué estás con una persona que te trata así? Te he educado para que aspires a algo mejor.

Karen ya no me está gritando. Ahora hace el papel de madre preocupada.

Le aprieto las manos para que se tranquilice. Soy consciente de que va a ser un problema que me haya pillado con un teléfono móvil, pero tiene que saber que los mensajes no son lo que ella piensa. De hecho, me parece una tontería que estemos teniendo esta conversación. Este asunto, comparado con todo lo sucedido esta noche, es un tanto infantil.

—Mamá, los mensajes no van en serio. Holder solo está bromeando.

Ella deja escapar una carcajada de desaliento y niega con la cabeza.

—Hay algo raro en él, Sky. No me gusta cómo te mira. No me gusta cómo me mira. Y que te haya dado un teléfono sin hacer caso de mis normas demuestra el poco respeto que tiene hacia los demás. Aunque los mensajes sean una broma, no me fío de él. Y creo que tú tampoco deberías hacerlo.

Me quedo mirándola. Sigue hablando, pero mis pensamientos son cada vez más fuertes, y bloquean las palabras con las que Karen está taladrándome el cerebro. De repente empiezan a sudarme las manos y siento el latido del corazón en los tímpanos. Se me pasan por la mente todas las creencias, elecciones y normas de Karen, e intento separarlas y colocarlas en sus capítulos correspondientes, pero están todas mezcladas. Escojo la primera de mi lista de preguntas y se la lanzo sin pensarlo dos veces:

—¿Por qué no me dejas tener un teléfono? —susurro.

No estoy segura de si he hecho la pregunta lo suficientemente alto para que Karen me oiga, pero ha dejado de mover la boca, así que creo me ha oído.

—E internet —añado—. ¿Por qué no me dejas tener acceso a internet?

Las preguntas están envenenándome la mente, y siento que tengo que sacarlas. Todo empieza a encajar, y espero que sea una coincidencia. Espero que Karen me haya protegido durante toda mi vida porque me quiere y no desea que me pase nada malo. Pero, en el fondo, pienso que ha estado protegiéndome porque estaba ocultándome.

—¿Por qué me has educado en casa? —pregunto, con un tono de voz mucho más alto.

Tiene los ojos abiertos de par en par, y es evidente que no tiene ni idea de por qué estoy haciéndole estas preguntas. Se levanta, me mira y responde:

—No le des la vuelta a la tortilla, Sky. Mientras vivas bajo este techo tendrás que cumplir las reglas. —Coge el teléfono de encima de la cama y se dirige hacia la puerta—. Estás castigada, sin teléfono y sin novio. Seguiremos hablando mañana.

Sale de la habitación y da un portazo. Me tumbo en la cama y me siento más desesperanzada que antes de entrar en casa.

No puedo estar en lo cierto. Es una mera coincidencia, no puedo estar en lo cierto. Karen no me haría una cosa así. Contengo las lágrimas y me niego a creérmelo. Tiene que haber alguna otra explicación. Quizá Holder esté confundido. Quizá Karen esté confundida.

Sé que yo estoy confundida.

Me quito el vestido y me pongo una camiseta. Después apago la luz y me meto en la cama. Deseo que mañana, al despertar, me dé cuenta de que todo esto ha sido una pesadilla. Por el contrario, no sé cuánto tiempo podré aguantar antes de que me quede sin fuerzas para seguir adelante. Miro las estrellas que brillan encima de mí y empiezo a contarlas. Dejo la mente en blanco y me centro, me centro, me centro en las estrellas.

Trece años antes

Dean va al jardín de su casa y se vuelve hacia mí. Hundo otra vez la cabeza entre mis brazos e intento dejar de llorar. Seguramente querrán jugar al escondite antes de que tenga que entrar en casa, por lo tanto tengo que dejar de estar triste para poder pasármelo bien.

—¡Hope!

Me vuelvo hacia Dean, pero veo que ya no sigue mirándome. Pensaba que me había llamado, pero está fijándose en un coche. Está aparcado delante de mi casa, y la ventanilla está bajada.

—Ven aquí, Hope —me dice una señora.

Está sonriéndome y me pide que me acerque a su coche. Me parece que la conozco, pero no recuerdo su nombre. Me levanto para ir a ver qué quiere. Me arreglo los pantalones y me acerco. Ella sigue sonriendo y parece muy amable. Entonces la señora pulsa un botón que desbloquea las puertas.

—¿Estás lista para irte, cielo? Tu padre quiere que nos demos prisa.

No sabía que tenía que ir a algún lado. Papá no me ha dicho nada.

—¿Adónde vamos? —le pregunto.

Ella me sonríe y extiende la mano para abrirme la puerta.

—Te lo diré cuando estemos de camino. Sube al coche y abróchate el cinturón. No podemos retrasarnos.

Se nota que debemos llegar puntuales a dondequiera que vayamos. No quiero que nos retrasemos, de modo que me siento en el asiento del copiloto y cierro la puerta. Ella sube la ventanilla y nos alejamos de casa.

La señora me mira, sonríe y se vuelve hacia la parte trasera. Me ofrece un zumo, lo cojo de su mano y saco la pajita del envoltorio.

—Soy Karen —me dice—. Y vas a quedarte conmigo durante un tiempo. Te lo contaré todo cuando lleguemos.

Tomo un sorbo de zumo. Es zumo de manzana. Me encanta el zumo de manzana.

—¿Y mi papá? ¿Él también vendrá con nosotras?

Karen niega con la cabeza y responde:

—No, cielo. Estaremos las dos solas.

Vuelvo a meterme la pajita en la boca, porque no quiero que ella me vea sonreír. No quiero que sepa que me alegro de que papá no venga con nosotras.

Domingo, 28 de octubre de 2012

Las 2.45

Me incorporo.

Era un sueño.

Solo era un sueño.

Siento en todo el cuerpo el latido acelerado de mi corazón. Incluso puedo oírlo. Estoy jadeando y empapada de sudor.

Solo era un sueño.

Intento convencerme a mí misma. Quiero creer que lo que acabo de recordar no es real. No puede serlo.

Pero lo es. Lo recuerdo con claridad, como si hubiese sido ayer. He recordado muchísimas cosas estos días, una cosa tras otra, inesperadamente. Son detalles que he reprimido o que era demasiado joven para recordar, pero ahora me vienen todos de golpe. Son cosas de las que no quiero acordarme. Cosas que desearía no haber sabido nunca.

Me destapo y enciendo la lámpara. La habitación se llena de luz y grito al ver que hay alguien en mi cama. En cuanto el grito sale de mi boca, él se despierta y se incorpora sobresaltado.

—¿Qué coño estás haciendo aquí? —susurro muy fuerte.

Holder mira su reloj y se frota los ojos con las palmas de las manos. Cuando está lo suficientemente espabilado para responderme, pone la mano sobre mi rodilla.

—No podía dejarte. Quería asegurarme de que estabas bien. —Sube la mano a mi cuello, la coloca justo detrás de la oreja y me acaricia la mandíbula con el dedo pulgar—. Tu corazón —comenta, al notar mi pulso con las yemas de los dedos—. Te has asustado.

Al verlo en mi cama, preocupado por mí... no puedo enfadarme con él. No puedo culparlo. Quiero estar cabreada con él, pero no puedo. Si en estos momentos Holder no estuviera aquí para tranquilizarme después de lo que he sabido, no sé qué haría. Él se ha culpado por todo lo que me ha pasado. Empiezo a aceptar que quizá él también necesita que yo lo tranquilice. Por eso dejo que me robe otro trocito de mi corazón. Aprieto la mano que tiene en mi nuca.

—Holder... Lo recuerdo.

Tengo la voz temblorosa, y noto que estoy a punto de echarme a llorar. Trago saliva y contengo las lágrimas con todas mis fuerzas. Él se acerca a mí y me da la vuelta para ponerme frente a él. Coloca ambas manos en mi rostro y me mira a los ojos.

—¿Qué recuerdas?

Niego con la cabeza porque no quiero decírselo. Holder no me suelta. Intenta convencerme con la mirada y asiente para hacerme saber que puedo contárselo. Susurro lo más bajo posible, porque me da miedo pronunciarlo en voz alta:

—La del coche era Karen. Ella lo hizo. Ella fue quien me llevó.

En su rostro se dibuja un gesto de dolor y de agradecimiento, y entonces me abraza y me aprieta contra su pecho.

—Lo sé, cariño —dice con los labios pegados a mi cabeza—. Lo sé.

Me agarro a su camiseta y me aferro a él, deseando sumergirme en la tranquilidad que me dan sus brazos. Cierro los ojos, pero solo por un segundo. Holder me aparta de él en cuanto Karen abre la puerta de mi habitación.

—¿Sky?

Me doy la vuelta y la veo, fulminando con la mirada a Holder. Luego me mira a mí y añade:

—¿Sky? ¿Qué... qué estás haciendo?

Noto por su gesto que está confundida y decepcionada.

—Sácame de aquí —le pido a Holder entre susurros—. Por favor.

Él asiente y se dirige hacia el armario. Me levanto, cojo un par de pantalones del tocador y me los pongo.

—¿Sky? —insiste Karen, mirándonos a ambos desde la puerta.

No la miro. No puedo mirarla. Ella da un par de pasos para entrar en la habitación, y Holder coge una bolsa de deporte y la deja sobre la cama.

—Mete algo de ropa aquí. Cogeré lo necesario del cuarto de baño —me dice él, con un tono tranquilo y sosegado que alivia en cierta medida el pánico que está apoderándose de mí.

Me dirijo al armario y empiezo a sacar ropa de las perchas.

—No vas a ir a ningún lado con él. ¿Te has vuelto loca?

Karen está alarmada, pero no la miro. Sigo metiendo ropa en la bolsa. Voy al tocador, abro el primer cajón y cojo calcetines y ropa interior. Me acerco a la cama y Karen me corta el paso, pone las manos en mis hombros y me obliga a mirarla.

—Sky —repite atónita—. ¿Qué estás haciendo? ¿Qué te pasa? No vas a marcharte con él.

Holder entra en la habitación, pasa junto a Karen y mete las cosas en la bolsa.

—Karen, te aconsejo que la sueltes —le advierte él, del modo más suave en el que puede hacerse una amenaza.

Ella se echa a reír y se da la vuelta para mirarlo.

—No vas a llevártela. Si sales de esta casa con ella, llamaré a la policía.

Holder no responde. Me mira, coge lo que tengo en las manos, lo mete en la bolsa y cierra la cremallera.

—¿Estás lista? —me pregunta, cogiéndome de la mano.

Asiento.

—¡No estoy bromeando! —grita Karen.

Las lágrimas empiezan a brotar de sus ojos, está desesperada y nos mira a ambos alternativamente. Verla así me rompe el corazón, porque es mi madre y la quiero, pero no puedo olvidar el enfado y la traición que siento por los últimos trece años de mi vida.

—¡Llamaré a la policía! —grita ella—. ¡No puedes llevártela!

Meto la mano en el bolsillo de Holder, saco su teléfono móvil y me acerco a Karen. La miro a los ojos y le ofrezco el teléfono lo más tranquila que puedo.

—Toma —le digo—. Llama a la policía.

Mira el teléfono y luego a mí.

—¿Por qué haces esto, Sky? —me pregunta, con el rostro lleno de lágrimas.

La agarro de la mano y le doy el teléfono, pero ella se niega a cogerlo.

—¡Llama a la policía! ¡Llama, mamá! Por favor —le ruego.

Le suplico que llame para que me demuestre que estoy equivocada. Para demostrarme que no tiene nada que ocultar. Para demostrarme que no está ocultándome.

—Por favor —le repito, en voz baja.

Deseo con todo mi ser que coja el teléfono y haga la llamada, porque así sabré que no tengo razón.

Karen da un paso atrás y respira hondo. Niega con la cabeza, y estoy casi segura de que ella sabe que me he enterado, pero no me quedo para descubrirlo. Holder me agarra de la mano y me lleva hacia la ventana abierta. En cuanto salgo, él viene detrás de mí. Oigo a Karen gritar mi nombre, pero no dejo de caminar hasta que llego al coche. Ambos nos subimos a él, Holder arranca y nos alejamos, nos alejamos de la única familia que he tenido.

Domingo, 28 de octubre de 2012

Las 3.10

—No podemos quedarnos aquí —me dice Holder al detener el coche ante su casa—. Karen podría venir a buscarte. Voy a entrar a coger algunas cosas. Regreso enseguida.

Él se vuelve hacia mí y acerca mi rostro al suyo. Me da un beso y se baja del coche. Mientras está dentro de casa, tengo la cabeza apoyada contra el reposacabezas y miro por la ventanilla. En el cielo no hay ni una sola estrella que pueda contar. Solo veo relámpagos, y la verdad es que son más apropiados para la noche que he pasado.

Holder vuelve al coche unos minutos más tarde y deja una bolsa en el asiento trasero. Su madre está en la entrada, mirándolo. Él va a donde está ella y toma su rostro con ambas manos, como me hace a mí. Le dice algo que no consigo oír. Ella asiente y lo abraza. Viene al coche y se sube.

—¿Qué le has dicho? —le pregunto.

Me coge de la mano y responde:

—Que te has enfadado con tu madre y que voy a llevarte a casa de un familiar en Austin. Le he explicado que yo me quedaré un par de días en casa de mi padre y que volveré pronto. —Me mira y sonríe—. Tranquila. Por desgracia, mi madre está acostumbrada a que me marche. No está preocupada.

Me doy la vuelta y miro por la ventanilla mientras Holder se dirige hacia la carretera. Justo en ese momento, la lluvia empieza a caer sobre la luna del coche.

—¿Vamos a quedarnos con tu padre?

—Iremos a donde tú digas. Pero dudo que quieras ir a Austin.

—¿Por qué no querría ir a Austin? —le pregunto.

Holder aprieta los labios y activa el parabrisas. Pone la mano sobre mi rodilla y la acaricia con el pulgar.

—Allí es donde naciste —aclara en voz baja.

Vuelvo a mirar por la ventanilla y suspiro. Hay muchas cosas que no sé. Muchísimas. Apoyo la frente en el cristal frío, cierro los ojos y me vienen a la mente todas esas dudas que he estado evitando toda la noche.

—¿Mi padre sigue vivo? —le pregunto.

—Sí, está vivo.

—¿Y mi madre? ¿Es verdad que murió cuando yo tenía tres años?

Holder se aclara la voz y contesta:

—Sí. Murió en un accidente de coche unos meses antes de que nosotros nos mudáramos al barrio.

—¿Mi padre sigue viviendo en la misma casa?

—Sí.

—Quiero verla. Quiero ir allí.

Holder se queda callado unos segundos. En lugar de responderme, toma aire y lo expulsa lentamente.

—No creo que sea una buena idea —responde al fin.

Me vuelvo hacia él.

—¿Por qué no? Probablemente pertenezca a ese lugar más que a ningún otro. Tiene que saber que estoy bien.

En ese momento Holder detiene el coche en la cuneta. Se vuelve hacia mí y me mira directamente.

—Cariño, no es una buena idea porque te has enterado de todo esto hace unas pocas horas. Tienes que asimilar muchas cosas y no tomar decisiones precipitadas. Si tu padre te ve y te reconoce, Karen irá a la cárcel. Tienes que reflexionar. Piensa en los medios de comunicación. Piensa en los reporteros. Créeme, Sky. Cuando desapareciste, estuvieron acampados en nuestro jardín durante meses. La policía me interrogó más de veinte veces en solo dos meses. Toda tu vida está a punto de cambiar, sea cual sea la decisión que tomes. Pero quiero que tomes la que más te convenga. Responderé a todas tus preguntas. Te llevaré a donde quieras en estos dos días. Si quieres ver a tu padre, te llevaré. Si quieres ir a la policía, te llevaré. Si quieres huir de todo esto, lo haremos. Pero, por ahora, prefiero que lo asimiles. Estamos hablando de tu vida, del resto de tu vida.

Sus palabras me aprietan el pecho como una soga. No sé qué pienso. No sé si estoy pensando. Holder ha reflexionado sobre esto desde muchos puntos de vista, y yo no tengo ni idea de qué hacer. No tengo ni puta idea.

Abro la puerta, salgo al arcén y me quedo bajo la lluvia. Me paseo de aquí para allá, intentando concentrarme en algo para ralentizar la respiración. Hace frío y ya no llueve, jarrea. Se me clavan enormes gotas en la piel, y no consigo mantener los ojos abiertos. En cuanto Holder rodea la parte delantera del coche, rápidamente camino hacia él, pongo los brazos alrededor de su cuello y hundo el rostro en su camiseta ya empapada.

—¡No puedo hacerlo! —grito por encima del ruido de la lluvia batiéndose contra el suelo—. ¡No quiero que esta sea mi vida!

Holder me besa en la cabeza y se agacha para hablarme al oído.

—Yo tampoco quiero que esta sea tu vida. Lo siento mucho. Siento mucho que haya tenido que pasarte esto.

Pone un dedo debajo de mi barbilla y me la levanta para que lo mire. Él me protege de la lluvia, pero las gotas caen por su rostro, sus labios y su cuello. Tiene el cabello empapado y pegado a la frente, y le aparto un mechón de la cara. Tiene que volver a cortárselo.

—Esta noche no dejemos que esta sea tu vida —añade—. Entremos en el coche y finjamos que vamos a algún lugar porque nos apetece... no porque tengamos que hacerlo. Podemos imaginarnos que te llevo a un lugar maravilloso, a algún lugar al que siempre hayas querido ir. Puedes acurrucarte junto a mí, y hablaremos sobre lo emocionados que estamos y sobre todo lo que vamos a hacer cuando lleguemos. Podemos dejar los temas importantes para más tarde. Pero esta noche... no dejemos que esta sea tu vida.

Acerco su boca a la mía y lo beso. Lo beso porque siempre sabe qué decirme. Lo beso porque siempre está cuando lo necesito. Lo beso por apoyarme en todas las decisiones que tomo. Lo beso por ser tan paciente. Lo beso porque no se me ocurre nada mejor que volver a subirnos al coche y hablar sobre lo que haremos cuando lleguemos a Hawái.

Separo mi boca de la suya y, de algún modo, en medio del peor día de mi vida, reúno las fuerzas para sonreír.

—Gracias, Holder. Muchas gracias. No podría hacerlo sin ti.

Me da un beso muy suave en la boca y me sonríe.

—Sí. Sí que podrías.

Domingo, 28 de octubre de 2012

Las 7.50

Ha estado enroscándose mi pelo en los dedos. Tengo la cabeza apoyada en su regazo y llevamos más de cuatro horas en la carretera. Holder ha apagado el teléfono móvil en Waco, porque no dejaba de recibir mensajes enviados desde mi teléfono, en los que Karen le rogaba que me llevara a casa. El problema es que ni siquiera sé cuál es mi casa.

Quiero mucho a Karen, pero no consigo entender lo que hizo. No existe ningún motivo que justifique robar a una niña, de modo que no sé si algún día desearé volver con ella. Antes de tomar una decisión sobre cómo manejar esta situación, quiero recabar la mayor cantidad de información posible. Sé que lo más correcto sería llamar a la policía, pero a veces lo correcto no es lo mejor.

—Me parece que no deberíamos quedarnos en casa de mi padre —comenta Holder. Pensaba que me creía dormida, pero es evidente que sabe que estoy despierta—. Esta noche dormiremos en un hotel, y ya veremos qué hacemos mañana. El verano pasado, cuando me fui de su casa no acabamos muy bien, y ya tenemos suficientes problemas para ir en busca de más.

Asiento sin levantar la cabeza de su regazo.

—Como tú quieras. Lo único que necesito es una cama, porque estoy rendida. No sé cómo puedes seguir despierto.

Me incorporo y estiro los brazos, justo cuando Holder dirige el coche hacia el aparcamiento de un hotel.

Tras registrarnos, Holder me da la llave electrónica y se va al aparcamiento a coger nuestras cosas. Paso la tarjeta por la puerta, la abro y entro en la habitación. Hay una sola cama, y me imagino que la habrá pedido él. Hemos dormido varias veces juntos, así que sería muy raro que hubiese pedido camas separadas.

Holder regresa a la habitación unos minutos más tarde y deja nuestras bolsas en el suelo. Revuelvo la mía en busca de algo que ponerme para dormir. Desafortunadamente, no he cogido el pijama, de modo que elijo una camiseta larga y ropa interior.

—Voy a darme una ducha.

Cojo las pocas cosas que he traído en el neceser y me las llevo al cuarto de baño. Después de darme una larga ducha me dispongo a secarme el pelo, pero estoy demasiado cansada. Me hago una coleta con el pelo mojado y me lavo los dientes. Cuando salgo del cuarto de baño, veo a Holder deshaciendo las bolsas y colocando la ropa en el armario. Me mira y pestañea al ver que solo llevo encima una camiseta y ropa interior. Enseguida aparta la mirada; parece incómodo. Está intentando ser respetuoso porque sabe que he tenido un mal día. No quiero que me trate como si fuese frágil. En una ocasión normal él habría hecho comentarios sobre lo que llevo puesto y tendría las manos en mi culo en menos de dos segundos. Pero me da la espalda y saca las últimas cosas que quedan en la bolsa.

—Voy a darme una ducha —me dice—. He rellenado la cubitera y he cogido algunas bebidas. No sabía si querrías un refresco o agua, así que he comprado de todo.

Coge unos calzoncillos y pasa por mi lado para ir al cuarto de baño, sin ni siquiera mirarme. En ese momento lo agarro de la muñeca. Él se detiene, se da la vuelta y me mira solo a los ojos.

—¿Me harías un favor?

—Por supuesto, cariño —me responde con sinceridad.

Enlazo los dedos con los suyos y me los llevo a la boca. Le doy un besito en la palma y me la pongo en la mejilla.

—Sé que estás preocupado por todo lo que está pasándome. Pero me rompería el corazón que eso te incomode tanto que no puedas ni mirarme estando medio desnuda. Tú eres la única persona que me queda, Holder. Por favor, no me trates de un modo distinto.

Él me mira con complicidad y aparta la mano de mi mejilla. Sus ojos se centran en mis labios y esboza una pequeña sonrisa.

—¿Quieres que admita que todavía te deseo, aunque tu vida se haya convertido en una mierda?

Asiento y respondo:

—Ahora que mi vida es una mierda, necesito saber más que nunca que todavía me deseas.

Holder sonríe, lleva los labios a los míos y desliza la mano por mi cintura y por mi espalda. Su otra mano me agarra con firmeza por la nuca y me guía mientras me besa. Su beso es justo lo que necesito ahora mismo. Es lo único bueno que puede haber en este mundo lleno de cosas malas.

—Me voy a la ducha —me dice entre beso y beso—. Pero ahora que me has pedido que te trate igual que siempre... —Me agarra del culo y me aprieta contra él—. No te quedes dormida, porque cuando salga quiero demostrarte lo increíble que me pareces en estos momentos.

—Muy bien —susurro en su boca.

Holder me suelta, va al cuarto de baño y yo me tumbo en la cama justo cuando él abre el grifo.

Veo la televisión un rato porque nunca he tenido la oportunidad de hacerlo, pero no echan nada que me interese. Han sido veinticuatro horas agotadoras, está amaneciendo y todavía no hemos dormido. Corro las cortinas, vuelvo a la cama y me coloco una almohada sobre los ojos. En cuanto empiezo a quedarme dormida Holder se mete en la cama y se pone detrás de mí. Siento el calor de su pecho contra mi espalda y la fuerza de sus brazos alrededor de mí. Me coge de la mano y me da un beso en la nuca.

—Te vivo —le susurro.

Me da otro beso y responde contra mi pelo:

—Creo que yo ya no te vivo. Me parece que he pasado de ese punto. De hecho, estoy seguro de que he pasado de ese punto, pero todavía no estoy preparado para decírtelo. No quiero decírtelo en un día como hoy. No quiero que lo relaciones con esta situación.

Llevo su mano a mi boca y le doy un beso muy suave.

—Yo también.

Y una vez más, en mi nuevo mundo lleno de dolor y mentiras, este chico desesperanzado encuentra el modo de hacerme sonreír.

Domingo, 28 de octubre de 2012

Las 17.15

Dormimos hasta pasada la hora de desayunar y de comer. Por la tarde, cuando Holder regresa a la habitación con algo para picar, estoy muerta de hambre. Han pasado casi veinticuatro horas desde la última vez que me llevé algo a la boca. Holder acerca dos sillas a la mesa y saca lo que hay en las bolsas. Me ha traído lo que pedí anoche tras la exposición de arte y que no llegamos a comprar. Quito la tapa al batido de chocolate, doy un trago muy largo y abro el envoltorio de la hamburguesa. Entonce, cae un papelito y aterriza en la mesa. Lo cojo y me dispongo a leer.

«Aunque ya no tengas teléfono móvil y tu vida sea un verdadero drama, no voy a dejar que te explote el ego. Estabas horrible con esa camiseta y esas bragas. Espero que hoy vayas a comprarte un pijama largo porque no quiero volver a ver tus patas de pollo.»

Al acabar de leerla, miro a Holder y veo que está sonriendo. Sus hoyuelos son preciosos, por lo que me inclino y lamo uno de ellos.

—¿Qué ha sido eso? —me pregunta entre carcajadas.

Doy un mordisco a la hamburguesa y me encojo de hombros.

—He querido hacerlo desde el día en que te vi en la tienda.

Él hace un gesto petulante y apoya la espalda en el respaldo de la silla.

—¿Tuviste ganas de chuparme la cara la primera vez que me viste? ¿Es eso lo que sueles hacer cuando un chico te atrae?

Niego con la cabeza.

—No la cara, sino los hoyuelos —respondo—. Y no. Eres el único chico al que he tenido ganas de lamer.

Me lanza una sonrisa llena de complicidad.

—Bien. Porque tú eres la única chica a la que he tenido ganas de querer.

Joder. No ha dicho directamente que me quiere, pero oír esa palabra saliendo de su boca hace que se me hinche el corazón. Muerdo la hamburguesa para ocultar mi sonrisa, y dejo que su frase flote en el aire. Aún no estoy lista para que desaparezca.

Los dos acabamos de comer en silencio. Me levanto y recojo la mesa, y después me acerco a la cama y me pongo las zapatillas.

—¿Adónde vas? —me pregunta mientras me ato los cordones.

No le contesto de inmediato, porque no estoy segura. Solo me apetece salir de la habitación. Al acabar de atarme las zapatillas me pongo en pie, me acerco a él y lo envuelvo con mis brazos.

—Me apetece dar un paseo —le digo—. Y quiero que vengas conmigo. Estoy lista para empezar a hacerte preguntas.

Holder me da un beso en la frente y coge de la mesa la llave de la habitación.

—En marcha —responde, y entrelaza los dedos con los míos.

Cerca del hotel no hay ni parques ni senderos, por lo que decidimos ir al patio. Hay una piscina rodeada de varias cabañas, pero todas están vacías. Holder me lleva a una de ellas. Nos sentamos, apoyo mi cabeza en su hombro y miro hacia la piscina. Estamos en octubre, pero aún no hace mucho frío.

Meto los brazos por las mangas de la camiseta y me abrazo a mí misma, acurrucada contra Holder.

—¿Quieres que te cuente lo que yo recuerdo? ¿O prefieres que te aclare alguna duda en especial? —me pregunta.

—Ambas cosas. Pero primero quiero escuchar tu historia.

Él pone alrededor de mis hombros el brazo. Me acaricia el mío y me besa en la sien. No me importa que me dé tantos besos en la cabeza, porque cada uno de ellos me parece el primero.

—Tienes que comprender que para mí todo esto es surrealista. He pensado en ti todos los días en los últimos trece años. Y saber que he estado viviendo a apenas tres kilómetros de ti durante siete años... Todavía me cuesta asimilarlo. Y ahora... por fin te tengo y puedo contarte todo lo sucedido.

Holder suspira y apoya la cabeza en el respaldo de la silla. Hace una breve pausa y prosigue:

—Después de que te marcharas en aquel coche, entré en casa y le dije a Les que te habías ido con alguien. Ella me preguntaba con quién, pero yo no lo sabía. Mi madre estaba en la cocina, de modo que fui a avisarla. Pero ella no me prestó demasiada atención. Estaba preparando la cena y no éramos más que unos niños. Había aprendido a no hacernos demasiado caso. Además, yo no estaba seguro de si había pasado algo que no tendría que haber pasado, por lo que no me dejé llevar por el pánico. Mamá me dijo que volviera a jugar con mi hermana. Su indiferencia me hizo pensar que todo iba bien. Con seis años creía que los adultos lo sabían todo, así que no hice ningún comentario más al respecto. Les y yo estuvimos jugando fuera un par de horas más, y entonces apareció tu padre y empezó a llamarte. En aquel momento me quedé paralizado en medio del jardín. Él estaba en el porche, gritando tu nombre, y entonces supe que él no tenía ni idea de que te habías marchado con otra persona. Supe que yo había cometido un error.

—Holder —lo interrumpo—. Eras solo un niño.

No hace caso de mi comentario y sigue hablando.

—Tu padre vino a nuestro jardín y me preguntó si sabía dónde estabas.

Holder hace una pausa y se aclara la voz. Espero pacientemente que continúe, pero parece que está ordenando las ideas. Me da la sensación de que estoy escuchando una historia que no tiene nada que ver con mi vida o conmigo.

—Sky, tienes que comprender una cosa. Tu padre me daba miedo. Yo apenas tenía seis años y sabía que había cometido un gran error al dejarte sola. Tu padre, jefe de la policía, estaba ante mí, y veía su pistola. Me asusté. Entré corriendo en casa, me metí en mi habitación y cerré la puerta con llave. Él y mi madre aporrearon la puerta durante media hora, pero estaba demasiado asustado para abrirla y confesar lo que había sucedido. Ambos se preocuparon por mi reacción, así que tu padre enseguida llamó por radio para que enviaran refuerzos. Cuando oí que la policía había llegado a casa, pensé que habían venido a por mí. Todavía no entendía lo que te había sucedido. Finalmente, cuando mi madre me convenció para que saliera de la habitación, ya habían pasado tres horas desde que te marcharas en el coche.

Holder sigue acariciándome el hombro, pero ahora me agarra más fuerte. Saco los brazos de las mangas de la camiseta para poder cogerlo de la mano.

—Me llevaron a comisaría y me interrogaron durante horas. Querían saber si me acordaba del número de la matrícula, qué tipo de coche era, qué aspecto tenía el conductor, qué te dijeron... Sky, yo no sabía nada. Ni siquiera conseguía recordar el color del coche. Lo único que pude describirles fue cómo ibas vestida, porque tú eras la única imagen que tenía en mi mente. Tu padre estaba muy enfadado conmigo. Lo oía gritar en el pasillo de la comisaría que si yo hubiese avisado a alguien en aquel momento, habrían podido encontrarte. Me echaba la culpa a mí. Cuando un policía te culpa de haber perdido a su hija, piensas que sabe de lo que está hablando. Les también lo oyó gritar, así que ella también creyó que todo había sucedido por mi culpa. Durante días no me dirigió la palabra. Ambos intentábamos comprender lo que había ocurrido. Durante seis años vivimos en un mundo perfecto en el que los adultos siempre tenían la razón y a las buenas personas no les sucedían desgracias. Entonces, en cuestión de minutos, te habían raptado y todo lo que creíamos saber resultó ser una falsa imagen de la vida que nuestros padres habían construido para nosotros. Aquel día nos dimos cuenta de que incluso los adultos hacen cosas horribles. Los niños desaparecen. Te arrebatan a los amigos y no tienes ni idea de si siguen vivos.

»Veíamos constantemente las noticias y esperábamos novedades. Durante semanas mostraron tu foto en la televisión y pidieron pistas. La fotografía más reciente que tenían era de justo antes de que muriese tu madre, cuando solo tenías tres años. Recuerdo que aquello me cabreaba, y me preguntaba cómo habían podido pasar dos años sin que te sacaran ni una sola fotografía. Enseñaban imágenes de tu casa y, a veces, también de la nuestra. De vez en cuando mencionaban al chico de la casa de al lado, quien, a pesar de haber presenciado los hechos, no recordaba ningún detalle. Me acuerdo de una noche, la última en la que mamá nos dejó ver las noticias en la tele. Uno de los reporteros mostró una panorámica de las dos casas. Decían que solo había habido un testigo, y se referían a mí como "el chico que había perdido a Hope". Mi madre se enfadó muchísimo, de modo que salió al jardín y empezó a gritar a los reporteros que nos dejaran en paz. Que me dejaran en paz. Mi padre tuvo que meterla en casa.

»Ambos hicieron todo lo posible para que nuestra vida volviera a la normalidad. Tras un par de meses los reporteros dejaron de venir. Acabaron los viajes interminables a la comisaría para más interrogatorios. Poco a poco el barrio volvió a la rutina. Todos menos Les y yo. Teníamos la sensación de que todas nuestras esperanzas se habían ido con Hope.

Sus palabras y el tono de desolación de su voz hacen que me sienta culpable. Podría pensarse que lo que me sucedió fue tan traumático que tuvo que afectarme más a mí que a los que me rodeaban. Sin embargo, yo apenas lo recuerdo. Fue un suceso sin importancia en mi vida, pero destrozó a Holder y a Lesslie. Karen era muy amable, y me llenó la cabeza de mentiras sobre la adopción y la casa de acogida, por lo que nunca llegué a cuestionármelo. Como dice Holder, cuando somos tan pequeños pensamos que los adultos son sinceros y siempre dicen la verdad, y no se nos ocurre dudar de ellos.

—He pasado muchos años odiando a mi padre por haberme dejado —le explicó en voz baja—. No puedo creerme que Karen me robara. ¿Cómo pudo hacerlo? ¿Cómo puede alguien hacer una cosa así?

—No lo sé, cariño.

Me pongo erguida y me vuelvo hacia Holder para mirarlo a los ojos.

—Tengo que ver la casa —le digo—. Quiero tener más recuerdos porque se me hace muy duro no tener casi ninguno. He olvidado muchas cosas, y sobre todo a él. Quiero pasar por allí, tengo que verla.

Holder me acaricia el brazo y asiente.

—¿Ahora?

—Sí. Me gustaría ir antes de que anochezca.

Hacemos todo el trayecto en un silencio absoluto. Tengo la boca seca y siento un nudo en el estómago. Estoy asustada. Me da miedo ver la casa. Me da miedo que él esté allí y me da miedo verlo. Pero aún no quiero verlo a él; solo deseo observar el lugar que fue mi primer hogar. No sé si me ayudará a recordar más cosas, pero siento que es algo que debo hacer.

Holder aminora la velocidad y detiene el coche en la curva. Contemplo la hilera de casas y me asusta apartar la vista de la ventanilla para mirar lo que hay al otro lado.

—Ya hemos llegado —me dice él en voz baja—. Parece que no hay nadie en la casa.

Lentamente vuelvo la cabeza y miro por su ventanilla hacia la primera casa en la que viví. Es tarde y está anocheciendo, pero el sol brilla lo suficiente para que pueda ver la casa con claridad. Me resulta conocida, pero no me trae ningún recuerdo. Es de color canela, con molduras de un marrón oscuro, pero no me son familiares.

—Antes era blanca —me explica Holder como si me hubiese leído el pensamiento.

Me doy la vuelta y miro la casa de frente, intentando recordar algo. Trato de imaginarme entrando por la puerta principal hasta el salón, pero no lo consigo. Es como si hubiese eliminado de mi mente todo lo relacionado con esa casa y con esa vida.

—¿Cómo puedo acordarme del salón y de la cocina de tu casa, y no de la mía?

Holder se queda callado porque sabe que no espero una respuesta. Simplemente apoya la mano sobre la mía mientras contemplamos las casas que cambiaron el rumbo de nuestras vidas para siempre.

Trece años antes

—¿Va a hacerte tu papá una fiesta de cumpleaños? —me pregunta Lesslie.

Niego con la cabeza.

—No suelo celebrar fiestas de cumpleaños.

Lesslie frunce el entrecejo, se sienta en mi cama y coge la cajita sin envolver que hay sobre la almohada.

—¿Este es tu regalo de cumpleaños?

Cojo la cajita de sus manos y vuelvo a dejarla donde estaba.

—No. Mi padre me hace regalos todo el rato.

—¿Vas a abrirlo?

Vuelvo a negar con la cabeza.

—No. No quiero abrirlo.

Ella se pone las manos sobre el regazo, suspira y da un vistazo a la habitación.

—Tienes muchos juguetes. ¿Por qué no venimos nunca a jugar aquí? Siempre vamos a mi casa, y es muy aburrido.

Me siento en el suelo y cojo los zapatos para ponérmelos. No le cuento que odio mi habitación. No le explico que odio mi casa. No le digo que siempre vamos a su casa porque allí me siento más segura. Agarro los extremos de los cordones y me acerco a ella.

—¿Me los atas?

Lesslie coloca mi pie sobre su rodilla.

—Hope, tienes que aprender a atarte los zapatos. Dean y yo sabemos hacerlo desde que teníamos cinco años —me dice, y se sienta a mi lado en el suelo—. Mira cómo lo hago. ¿Ves este cordón? Agárralo así.

Deja el cordón en mis manos y me enseña a enlazarlo y a anudarlo. Tras ayudarme a atármelos dos veces, los desata y me pide que lo haga yo sola. Intento recordar lo que me ha enseñado. Lesslie se levanta y se acerca al tocador mientras yo pongo todo mi empeño en repetir los pasos aprendidos.

—¿Esta era tu madre? —me pregunta, con una fotografía en las manos.

La miro y vuelvo a centrarme en mis zapatos.

—Sí.

—¿La echas de menos?

Asiento, e intento hacer el nudo y no pensar en lo mucho que la extraño. La echo muchísimo de menos.

—¡Hope, lo has conseguido! —grita Lesslie. Vuelve a sentarse en el suelo y me abraza—. Lo has hecho tú sola. Ahora ya sabes atarte los zapatos.

Los miro y sonrío.

—Lesslie me enseñó a atarme los zapatos —digo en voz baja, sin apartar la vista de la casa.

Holder me mira y sonríe.

—¿Lo recuerdas?

—Sí.

—Ella se sentía muy orgullosa de eso —me explica, y vuelve la vista hacia la calle.

Llevo la mano a la manilla de la puerta, la abro y me bajo del coche. El aire es cada vez más frío, de modo que cojo el jersey del asiento y me lo pongo.

—¿Qué estás haciendo? —me pregunta Holder.

Sé que no lo entenderá, y la verdad es que tampoco quiero que lo intente y me convenza para que no lo haga. Cierro la puerta y cruzo la calle sin responderle. Holder viene por detrás de mí y me llama cuando llego al jardín.

—Tengo que ver mi habitación, Holder.

Sigo caminando, y de algún modo sé exactamente hacia qué lado debo dirigirme, aunque no recuerdo la distribución de la casa.

—Sky, no puedes. No hay nadie. Es demasiado arriesgado.

Acelero el paso hasta que echo a correr. Voy a hacerlo esté él de acuerdo o no. Llego a una ventana, y sé que es la de mi habitación. En ese momento me doy la vuelta y miro a Holder.

—Tengo que hacerlo. Quiero recuperar algunas cosas de mamá. Sé que no quieres que lo haga, pero tengo que hacerlo.

Él apoya las manos en mis hombros y me lanza una mirada de preocupación.

—No puedes forzar la entrada de la casa, Sky. Tu padre es poli. ¿Qué vas a hacer, reventar la ventana?

—Técnicamente esta casa sigue siendo la mía. Así que no voy a forzar la entrada —respondo.

Pero tiene razón: ¿cómo voy a entrar? Aprieto los labios y pienso, y entonces chasqueo los dedos.

—¡La pajarera! Hay una pajarera en el porche trasero, con una llave dentro.

Me doy la vuelta y voy corriendo al patio trasero. Me sorprendo al ver que allí está la pajarera. Meto los dedos y, por supuesto, hay una llave. La mente es maravillosa.

—Sky, no lo hagas —me ruega Holder.

—Entraré sola —le respondo—. Tú ya sabes dónde está mi habitación. Espera al otro lado de la ventana y avísame si viene alguien.

Holder respira hondo y me agarra del brazo en cuanto meto la llave en la cerradura de la puerta trasera.

—Por favor, no dejes rastros. Y date prisa —me dice.

Me abraza y se queda esperando. Giro la llave y compruebo si abre la puerta.

El pomo gira.

Entro en la casa y cierro la puerta tras de mí. Estoy a oscuras y el ambiente es extraño e inquietante. Me dirijo hacia la izquierda y entro en la cocina, y de algún modo sé exactamente cuál es la puerta de mi habitación. Estoy aguantando la respiración e intento no pensar en la gravedad y las implicaciones de lo que estoy haciendo. Me aterroriza que me pillen porque todavía no estoy segura de si quiero que me encuentren. Hago lo que Holder me ha dicho y camino con mucho cuidado para no dejar ningún rastro. Al llegar a la puerta, respiro hondo, pongo la mano en el pomo y lo giro lentamente. La puerta se abre y enciendo la luz para ver mejor.

Aparte de algunas cajas apiladas en una esquina, todo me resulta familiar. Sigue pareciendo la habitación de una niña pequeña, que no ha sido cambiada en trece años. Me trae a la memoria la habitación de Lesslie y cómo nadie la ha tocado desde que murió. Debe de ser difícil deshacerse de los recuerdos físicos de la gente a la que quieres.

Recorro con los dedos el tocador y marco una línea en el polvo. Al ver la huella que he dejado, recuerdo que no debo dejar ninguna pista que indique que he estado aquí, de manera que lo borro con la manga de la camiseta.

Me acuerdo de que había una fotografía de mi madre biológica en el tocador, pero no la veo. Busco por toda la habitación, esperando encontrar algo que le perteneciera para poder llevármelo. No tengo ningún recuerdo de ella, de modo que una fotografía es más de lo que podría pedir. Solo quiero algo que me vincule a ella. Quiero saber qué aspecto tenía porque espero que eso me traiga recuerdos a los que poder aferrarme.

Me acerco a la cama y me siento. La temática de la habitación es el cielo. Hay nubes y lunas en las cortinas y en las paredes, y la colcha está cubierta de estrellas. Hay estrellas por todas partes. Incluso esas estrellas grandes de plástico que se pegan a las paredes y al techo y que brillan en la oscuridad. La habitación está cubierta de ellas, igual que mi habitación en casa de Karen. Recuerdo haber suplicado a Karen que me las comprara cuando las vimos en una tienda hace algunos años. Ella pensó que eran infantiles, pero yo insistí. No sabía por qué las deseaba tanto, pero ahora lo tengo claro. Debían de gustarme las estrellas cuando todavía era Hope.

Los nervios de mi estómago se intensifican cuando me tumbo sobre la almohada y miro al techo. Una oleada de temor se apodera de mí, y me vuelvo para mirar hacia la puerta. Es el mismo pomo de la pesadilla que tuve el otro día: aquel pomo que rezaba para que no girase.

Tomo aliento y aprieto los ojos, deseando que desaparezca ese recuerdo. De algún modo lo he tenido encerrado durante trece años, pero al estar sobre esta cama... no consigo seguir haciéndolo. El recuerdo me atrapa como una red, y no puedo deshacerme de él. Una lágrima tibia me cae por el rostro, y deseo haber hecho caso a Holder. Nunca tendría que haber entrado. Si no hubiese venido, nunca lo habría recordado.

Trece años antes

Solía aguantar la respiración y desear que él pensara que estaba dormida. Pero no funciona porque a él le da igual que esté dormida o despierta. Una vez contuve la respiración para que él pensara que estaba muerta. Aquello tampoco funcionó, porque ni siquiera se dio cuenta de lo que estaba tratando de hacer.

Gira el pomo. Ya no me quedan más trucos e intento pensar en uno tan rápido como puedo, pero no lo consigo. Él cierra la puerta al entrar y oigo sus pasos acercándose. Se sienta a mi lado en la cama y aguanto la respiración. No porque crea que esta vez funcionará, sino porque me ayuda a no pensar en lo asustada que estoy.

—Hola, princesa —me saluda, poniéndome el pelo detrás de la oreja—. Te he traído un regalo.

Aprieto los ojos porque quiero el regalo. Me encantan los regalos, y él siempre me trae los mejores, porque me quiere. Pero no me gusta que me los traiga por la noche, porque nunca me los da directamente. Siempre me obliga a darle las gracias de antemano.

No quiero este regalo. No lo quiero.

—¿Princesa?

La voz de mi papá siempre me provoca dolor de tripa. Siempre me habla con mucha dulzura, y eso hace que eche de menos a mamá. No recuerdo su voz, pero papá dice que era como la mía. Papá también dice que mamá se pondría triste si dejara de aceptar sus regalos, porque ella ya no puede recibir ninguno. Eso me da pena y hace que me sienta mal, de modo que me doy la vuelta y lo miro.

—¿Puedes dármelo mañana, papá?

No quiero que él se ponga triste, pero tampoco quiero abrir el regalo esta noche. No quiero.

Papá me sonríe y me retira el pelo de la cara.

—Claro que puedo dártelo mañana. Pero ¿no quieres darle las gracias a papá?

El corazón empieza a latirme muy fuerte, y odio esa sensación. Tampoco me gusta la sensación de miedo que tengo en la tripa. Dejo de mirar a papá y dirijo la vista hacia las estrellas, deseando poder pensar en lo bonitas que son. Si pienso en las estrellas y en el cielo, quizá el corazón dejará de latirme tan rápido y la tripa no me dolerá tanto.

Intento contarlas, pero no paso de la quinta. No recuerdo qué número es el que sigue al cinco, de manera que tengo que volver a empezar. Tengo que contar las estrellas una y otra vez y de cinco en cinco, porque en estos momentos no quiero notar a papá. No quiero sentirlo, ni olerlo, ni oírlo, y tengo que contarlas y contarlas y contarlas y contarlas hasta que no lo sienta, ni lo huela, ni lo oiga.

Al final mi padre deja de obligarme a que le dé las gracias, me coloca el camisón y me susurra:

—Buenas noches, princesa.

Me doy la vuelta, me cubro con las sábanas hasta la cabeza, aprieto los ojos e intento no llorar, pero lo hago. Lloro como cada vez que papá me trae un regalo por la noche.

Odio recibir regalos.

Domingo, 28 de octubre de 2012

Las 19.29

Me pongo en pie y miro la cama conteniendo la respiración, atemorizada por los ruidos que ascienden desde lo más profundo de mi garganta.

No lloraré.

No lloraré.

Lentamente me arrodillo, pongo las manos en el borde de la cama y recorro con los dedos las estrellas amarillas esparcidas sobre el fondo azul oscuro del edredón. Me quedo mirándolas hasta que comienzan a desdibujarse debido a las lágrimas que me nublan la vista.

Cierro los ojos y hundo la cabeza en el colchón, agarrando el edredón con todas mis fuerzas. Empiezan a temblarme los hombros y brotan de mí los sollozos que he intentado contener. Con un movimiento veloz me levanto, chillo, arranco el edredón y lo lanzo a la otra punta de la habitación.

Aprieto los puños y busco desesperadamente alguna otra cosa que pueda arrojar. Cojo las almohadas y se las echo a la desconocida que veo reflejada en el espejo. Ella me sostiene la mirada mientras gimotea, y me enfurece la debilidad que muestran sus lágrimas. Nos abalanzamos la una hacia la otra hasta que, finalmente, nuestros puños chocan contra el cristal y rompen el espejo. La veo caer en la alfombra, sobre un millón de trocitos brillantes.

Agarro el tocador por el borde, lo empujo hacia un lado y dejo escapar otro grito que he reprimido durante demasiado tiempo. Cuando consigo volcarlo, vacío los cajones y revuelvo, lanzo y aporreo todo lo que encuentro a mi paso. Tiro de las finas cortinas azules hasta que se parte la barra y caen sobre mí. Alcanzo las cajas apiladas en lo alto de una esquina y, sin ni siquiera mirar lo que hay en ellas, arrojo la primera contra la pared, con todas las fuerzas que mi cuerpo de un metro y sesenta centímetros es capaz de reunir.

—¡Te odio! —grito—. ¡Te odio, te odio, te odio!

Tiro todo lo que encuentro contra todo lo que veo. Cada vez que abro la boca para chillar percibo el gusto salado de las lágrimas que me recorren las mejillas.

De repente, Holder me abraza por detrás, tan fuerte que no puedo ni moverme. Me sacudo y me zarandeo, y sigo chillando hasta que pierdo el control de mis acciones, las cuales se convierten en meras reacciones.

—Basta —me pide al oído con una voz tranquila, sin querer soltarme.

Lo oigo, pero finjo no hacerlo. O simplemente no me importa lo que Holder diga. Intento librarme de él, pero lo único que consigo es que me apriete más.

—¡No me toques! —grito a pleno pulmón, arañándole los brazos, pero él ni se inmuta.

No me toques. Por favor, por favor, por favor.

La vocecita resuena en mi cabeza y, en ese instante, caigo rendida en sus brazos. Cuanto más frágil me siento yo, más potentes son mis llantos, tan potentes que me consumen. Me he convertido en un mero recipiente de las lágrimas que no dejo de derramar.

Me encuentro muy débil y estoy dejando que él venza.

Holder apoya las manos sobre mis hombros y me da la vuelta. Ni siquiera soy capaz de mirarlo. Me derrumbo en su pecho con una sensación de cansancio y derrota, y me agarro a su camiseta y lloro con la mejilla apretada contra su corazón. Él pone la mano en mi nuca y acerca la boca a mi oreja.

—Sky —me dice con una voz firme y serena—, vete de aquí. Ahora mismo.

No puedo moverme. Me tiembla todo el cuerpo y temo que las piernas no me respondan incluso si lo intento. Holder, como si me leyera el pensamiento, me coge en brazos y me saca de la habitación. Me lleva hasta el coche y me deja en el asiento del copiloto. Me toma de la mano, la mira y agarra su chaqueta del asiento trasero.

—Toma, límpiate la sangre con esto. Volveré adentro para dejarlo todo como estaba.

La puerta se cierra y Holder cruza la calle corriendo. Me miro la mano y me sorprendo al ver que me he cortado. Ni siquiera lo noto. Me la envuelvo con la manga de la chaqueta, apoyo los pies en el asiento y lloro abrazada a mis rodillas.

Holder regresa al coche, pero no puedo mirarlo. Me tiembla todo el cuerpo por los sollozos que no paran de brotar de mí. Él arranca el coche y nos alejamos. Coloca la mano en mi nuca y me acaricia durante todo el camino de vuelta al hotel.

Me ayuda a bajarme del coche y me lleva a la habitación sin preguntarme qué tal me encuentro. Sabe que no estoy bien, por lo que no tiene sentido que me lo pregunte. Cuando se cierra la puerta de la habitación nos acercamos a la cama y me siento. Me empuja hacia atrás para que me tumbe y me quita los zapatos. Después se va al cuarto de baño, regresa con un paño mojado y me limpia la mano. Comprueba si se me ha incrustado algún fragmento de cristal, y luego se lleva mi mano a la boca y me da un beso.

—Son solo un par de rasguños —me dice—. No son demasiado profundos.

Me acomoda sobre la almohada, se quita los zapatos y se tumba a mi lado. Nos tapamos con una manta, me acerca a él y pone mi cabeza en su pecho. Me abraza y no me pregunta por qué lloro. Igual que solía hacer cuando éramos pequeños.

Intento borrar de mi mente las imágenes de lo que solía sucederme en mi habitación, pero no lo consigo. Cómo puede un padre hacer semejante cosa a su hijita... No me entra en la cabeza. Me digo a mí misma que aquello nunca pasó, que estoy inventándomelo, pero en el fondo sé que sucedió. Recuerdo por qué estaba tan contenta cuando me subí al coche de Karen. Me acuerdo de todas aquellas noches en las que me lié con chicos, aquellas noches en las que no sentía nada mientras miraba las estrellas. Ahora entiendo por qué me dio un ataque de pánico la noche en que Holder y yo estuvimos a punto de hacerlo. Lo recuerdo todo, y haría cualquier cosa para olvidarlo. No quiero acordarme de cómo oía y sentía a mi padre por la noche, pero cada segundo que pasa los recuerdos son más vívidos, y eso hace que me cueste aún más dejar de llorar.

Holder no para de besarme en la sien, y me dice que todo irá bien, que no me preocupe. Pero él no tiene ni idea. No tiene ni idea de cuántas cosas he recordado y qué están provocando en mi corazón, en mi alma, en mi mente y en la confianza que tenía depositada en la humanidad.

Ahora comprendo por qué encerré en mi mente lo que me hizo la única figura adulta de mi vida. Apenas tengo ningún recuerdo del día en que Karen me llevó, y ahora sé el motivo. En el momento en que me sacó de mi vida, no tuve la sensación de que me encontrase en medio de un suceso desastroso. Probablemente, al ser una niña a la que le aterrorizaba su vida, sentí que Karen estaba rescatándome.

Levanto la vista y veo que Holder está mirándome. Está sufriendo por mí, lo noto en sus ojos. Me seca las lágrimas con el dedo y me da un beso muy suave en los labios.

—Lo siento. No tendría que haber dejado que entraras —se disculpa.

Se siente culpable, otra vez. Siempre cree que ha hecho algo horrible, pero para mí es todo un héroe. Ha estado conmigo todo este tiempo y ha sabido calmarme cuando tenía ataques de pánico. Lo único que ha hecho ha sido ayudarme y, sin embargo, él siente que todo esto es por su culpa.

—Holder, no has hecho nada malo. Deja de disculparte —le digo entre sollozos.

Él niega con la cabeza y me coloca un mechón de pelo detrás de la oreja.

—No tendría que haberte llevado allí. Después de todo lo que acabas de saber, es demasiado.

Me apoyo sobre el codo y lo miro.

—Lo que es demasiado no ha sido estar allí, sino lo que he recordado. Tú no ejerces ningún control sobre lo que mi padre me hizo. Deja de culparte por todo lo malo que le sucede a la gente que te rodea.

Holder pasa la mano por mi pelo con un gesto de preocupación.

—¿A qué te refieres? ¿Qué te hizo? —me pregunta titubeante, porque seguramente se imagina la respuesta.

Creo que ambos siempre hemos sabido lo que me pasó cuando era niña, pero que lo hemos negado.

Pongo la cabeza sobre su pecho y no le respondo. Vuelvo a llorar, y él me rodea la espalda con un brazo y me agarra de la nuca con el otro. Aprieta la mejilla contra mi cabeza y me susurra:

—No, Sky. No —repite, negándose a creer lo que ni siquiera yo he llegado a decir.

Me agarro a su camiseta y lloro mientras Holder me abraza con todas sus fuerzas, lo que hace que lo quiera aún más por odiar a mi padre tanto como yo.

Holder me besa en la cabeza y sigue abrazado a mí. No me dice que lo siente ni me pregunta cómo puede arreglarlo, porque ninguno de los dos sabe cómo reaccionar. Ninguno de los dos sabe cuál es el siguiente paso. Lo único que sé a estas alturas es que no tengo adónde ir. No puedo regresar a casa de mi padre, quien tiene mi custodia. No puedo regresar a casa de la mujer que me robó injustamente. Y, al descubrir mi pasado, he sabido que todavía soy menor de edad, por lo que no puedo independizarme. Holder es lo único en mi vida que no me ha dejado sin esperanzas.

Y aunque me siento protegida entre sus brazos, no puedo borrar de la mente las imágenes y los recuerdos, y por mucho que lo intente, no consigo dejar de llorar. Holder me abraza en silencio, y yo no paro de pensar en que tengo que tranquilizarme. Necesito que él me ayude a olvidar todos esos sentimientos y emociones durante un rato porque no puedo soportarlo. No me gusta acordarme de lo que sucedía durante las noches en las que mi padre entraba en mi habitación. Lo odio. Con todo mi ser. Odio a aquel hombre por robarme esa primera vez.

Me incorporo y pongo la cara sobre la de Holder. Él coloca la mano en mi mejilla y me mira directamente a los ojos para saber si estoy bien.

No lo estoy.

Me pongo encima de Holder y lo beso, esperando que él pueda hacer desaparecer estas sensaciones. No siento nada más aparte del odio y la tristeza que me consumen. Agarro la camiseta de Holder e intento sacársela por la cabeza, pero me aparta y hace que me tumbe. Se apoya en su brazo y me mira.

—¿Qué estás haciendo? —me pregunta.

Pongo la mano en su nuca, acerco su rostro al mío y le doy un beso. Si lo beso lo suficiente, se ablandará y me corresponderá. Entonces todo desaparecerá.

Holder coloca la mano en mi mejilla y me da un pequeño beso. Retiro la mano de su nuca y empiezo a quitarme la camiseta, pero él me agarra de las manos y me baja la camiseta.

—Ya basta. ¿Por qué lo haces? —me pregunta.

Su mirada está llena de confusión y preocupación. No puedo responderle porque ni yo misma estoy segura de por qué estoy actuando de esta manera. Lo único que quiero es que desaparezca esta sensación, pero es algo más que eso. Es muchísimo más que eso, porque sé que si Holder no hace desaparecer ahora mismo lo que aquel hombre me hizo, no podré volver a reír, a sonreír o a respirar.

Solo necesito que Holder lo haga desaparecer.

Respiro hondo y lo miro fijamente a los ojos.

—Vamos a hacerlo.

Su gesto es inflexible y muy serio. Se pone en pie y se pasea por la habitación. Está nervioso y se pasa las manos por el pelo. Se acerca al borde de la cama y me dice:

—Sky, no puedo. No sé por qué me lo pides en estos momentos.

Me incorporo y temo que vaya a negarse. Me pongo de rodillas, me acerco a él y lo agarro de la camiseta.

—Por favor —le suplico—. Por favor, Holder. Lo necesito.

Aparta mis manos de su camiseta y da un par de pasos atrás. Niega con la cabeza porque sigue completamente confundido.

—No pienso hacerlo, Sky. No vamos a hacerlo. Estás en shock o algo así... no lo sé. Ni siquiera sé qué decirte.

Vuelvo a tumbarme en la cama, derrotada. Las lágrimas brotan otra vez en mis ojos y le lanzo una mirada llena de desesperación.

—Por favor. —Me pongo las manos en el regazo y agacho la cabeza porque no soy capaz de mirarlo mientras hablo—. Holder, él es el único que me lo ha hecho. —Lentamente levanto la vista y lo miro a los ojos—. Necesito que lo hagas desaparecer. Por favor.

Si las palabras pudiesen romper corazones, las mías acabarían de dividir el suyo en dos. Holder hunde el rostro y empieza a llorar. Soy muy consciente de lo que estoy pidiéndole, y me odio a mí misma por hacerlo, pero lo necesito. Necesito hacer todo lo que esté en mis manos para aliviar el dolor y el odio que hay en mí.

—Por favor, Holder.

Él no quiere que nuestra primera vez sea así. Yo desearía que no lo fuera, pero a veces otros factores aparte del amor toman estas decisiones por ti. Factores como el odio. De vez en cuando, para deshacerte del odio te desesperas. Holder sabe lo que es el odio y el dolor, y ahora mismo sabe cuánto necesito esto, esté o no de acuerdo.

Él se acerca a la cama y se arrodilla en el suelo, frente a mí, para que pueda mirarlo a la cara. Me agarra de la cintura, me arrastra hasta el borde de la cama, pone las manos en mis rodillas y coloca mis piernas alrededor de él. Me quita la camiseta sin dejar de mirarme a los ojos, y después se quita la suya. Me abraza, se pone en pie y me lleva a un lado del colchón. Me tumba y se pone sobre mí. Apoya las manos en ambos lados de mi cabeza y me mira con inseguridad. Con un dedo me seca una lágrima que me cae por la sien.

—De acuerdo —dice con seguridad, a pesar de que sus ojos expresan lo contrario.

Se levanta y coge su cartera de la mesilla de noche. Saca un preservativo y se quita los pantalones, sin apartar la mirada de la mía. Me observa como si estuviera esperando alguna señal que le diga que he cambiado de idea. O quizá me observa de esa manera porque teme que esté a punto de tener otro ataque de pánico. No estoy segura de que no vaya a tenerlo, pero debo hacer esto. No puedo dejar que mi padre siga poseyendo esa parte de mí.

Holder lleva la mano a mis pantalones, los desabrocha y me los quita. Dirijo la vista al techo, y siento que me alejo más y más a medida que él se acerca.

Me pregunto si estoy desahuciada. Me pregunto si alguna vez seré capaz de sentir placer cuando me encuentre en una situación como esta.

Holder no me pregunta si estoy segura de si esto es lo que quiero. Sabe que estoy segura, así que la pregunta se sobreentiende. Pone los labios sobre los míos mientras me quita la ropa interior. Me alegra que esté besándome, porque es una excusa para que yo cierre los ojos. No me gusta el modo en que me mira... me da la sensación de que preferiría estar en cualquier otro lugar en vez de aquí conmigo. Mantengo los ojos cerrados mientras sus labios se separan de los míos y se pone el preservativo. Cuando vuelve a colocarse sobre mí, lo aprieto contra mí, deseando que lo haga antes de que cambie de idea.

—Sky.

Abro los ojos y veo que está dubitativo, de modo que cierro los ojos y le digo:

—No, no lo pienses. Hazlo, Holder.

Él cierra los ojos y hunde la cabeza en mi cuello, incapaz de mirarme.

—No sé cómo lidiar con todo esto. No sé si esto está mal o si es lo que realmente necesitas. Me da miedo que te ponga las cosas aún más difíciles.

Sus palabras me rompen el corazón porque sé muy bien a qué se refiere. No estoy segura de si es esto lo que necesito. No sé si arruinará lo nuestro. Pero ahora mismo tengo que liberarme de lo que me hizo mi padre, y estoy dispuesta a arriesgarlo todo. Los brazos empiezan a temblarme y me echo a llorar. Holder sigue con la cabeza hundida en mi cuello y me acaricia el rostro, pero, en cuanto oye mis sollozos, noto que él trata de contener las lágrimas. Sé que me entiende, porque todo esto está causándole mucho dolor. Pongo la cabeza en su cuello, me acerco a él y en voz baja le ruego que haga lo que le pido.

Lo hace. Se pone contra mí, me da un beso en la sien y poco a poco entra en mí.

No emito ningún sonido, a pesar del dolor.

Ni siquiera respiro, a pesar de la necesidad de aire.

Ni siquiera pienso en lo que está pasando, porque no soy capaz de pensar. Estoy imaginando las estrellas del techo de mi habitación, y pienso que si las quito todas no tendré que volver a contarlas.

Consigo mantenerme al margen de lo que está haciéndome hasta que, de repente, se queda quieto, con la cabeza todavía en mi cuello. Su respiración es acelerada y, tras un momento, suspira y se aparta de mí. Me mira, cierra los ojos y se acerca a mí. Se sienta en el borde de la cama, dándome la espalda.

—No puedo hacerlo —dice—. Creo que es un error, Sky. Creo que es un error porque no dejo de arrepentirme de lo que estamos haciendo.

Se levanta, se pone los pantalones y coge del tocador su camiseta y la llave. No vuelve a mirarme y sale de la habitación sin decir nada más.

Inmediatamente me levanto de la cama y me meto en la ducha porque me siento sucia. Me siento culpable por haber obligado a Holder a hacerlo, y espero que la ducha me ayude a deshacerme de esa sensación. Me restriego con jabón todo el cuerpo hasta hacerme daño, pero no es suficiente. He conseguido arruinar otro momento íntimo con Holder. Cuando se ha marchado, sin ni siquiera mirarme, he visto que estaba avergonzado.

Cierro el grifo y salgo de la ducha. Después de secarme, cojo la bata de detrás de la puerta y me la pongo. Me cepillo el pelo y lo guardo todo en el neceser. No quiero marcharme sin avisar a Holder, pero no puedo quedarme aquí. Tampoco quiero que tenga que volver a mirarme a la cara después de lo que ha pasado. Pediré un taxi para ir a la estación de autobuses y desapareceré antes de que él vuelva.

Si tiene intención de volver.

Abro la puerta del cuarto de baño y me dirijo hacia la habitación. Me sorprendo al encontrar a Holder sentado en la cama, con las manos entrelazadas entre las rodillas. Me lanza una mirada en cuanto ve que la puerta se abre. Me quedo quieta y lo miro. Tiene los ojos rojos y la mano envuelta con su camiseta, empapada de sangre. Corro hacia él y le descubro la mano para ver qué le ha pasado.

—Holder, ¿qué has hecho?

Giro su mano a un lado y a otro, y veo el corte que tiene en los nudillos. Holder aparta la mano y se la envuelve con la camiseta.

—Estoy bien —dice quitándole hierro al asunto.

Se pone en pie y yo doy un paso atrás, pensando que va a volver a marcharse. Sin embargo, se queda justo enfrente de mí y me mira.

—Lo siento —susurro—. No tendría que habértelo pedido. Necesitaba...

Lleva las manos a mi rostro e interrumpe mi intento de disculpa con un beso.

—Cállate —me dice, mirándome a los ojos—. No tienes que disculparte por nada. No me he marchado porque estaba enfadado contigo, sino porque estaba cabreado conmigo mismo.

Me aparto de él y me vuelvo hacia la cama porque no quiero ver cómo se culpa aún más.

—Vale. —Me dirijo hacia la cama y levanto las sábanas—. No puedo esperar que me desees de ese modo ahora. Ha sido un error, me he comportado de un modo egoísta y me he pasado de la raya al pedírtelo, y lo siento mucho. —Me tumbo en la cama y me doy la vuelta para que no pueda ver mis lágrimas—. Vamos a dormir, ¿de acuerdo?

Mi tono de voz es mucho más pausado de lo que me esperaba. No quiero que Holder se sienta mal. Él solo me ha ayudado a pasar por todo esto, y yo no he hecho nada para agradecérselo. A estas alturas lo mejor será que termine nuestra relación, para que así él no se sienta obligado a estar a mi lado. Holder no me debe nada.

—¿Piensas que estoy mal porque no te deseo? —Se acerca al lado de la cama al que estoy mirando y se arrodilla—. Sky, estoy mal porque todo lo que te ha pasado me rompe el corazón, y no tengo ni idea de cómo ayudarte. Quiero estar a tu lado y ayudarte a pasar por todo esto, pero cada palabra que sale de mi boca es desacertada. Cada vez que te toco o te beso, me da miedo que tú no desees que lo haga. Ahora me pides que hagamos el amor porque quieres que desaparezca lo que tu padre te hizo, y lo entiendo. Sé por lo que has pasado, pero no es fácil hacerlo contigo cuando ni siquiera me miras a los ojos. Me duele tanto porque no te mereces que sea así. No te mereces esta vida y no hay nada que yo pueda hacer para mejorarla. Me encantaría, pero no soy capaz y me siento inútil.

De algún modo, mientras Holder hablaba, se ha sentado en la cama y me ha acercado a él, pero yo estaba tan atenta a sus palabras que ni siquiera me he dado cuenta. Me envuelve con sus brazos, me pone en su regazo y lo rodeo con mis piernas. Toma mi rostro entre las manos y me mira directamente a los ojos.

—Y aunque haya parado, nunca tendría que haber empezado sin antes decirte cuánto te quiero. Te quiero mucho. No me merezco tocarte hasta que estés segura de que te toco porque te quiero, y no por ningún otro motivo.

Aprieta los labios contra los míos y no me da la oportunidad de decirle que yo también lo quiero. Lo quiero tanto que me duele. En estos momentos solo pienso en cuánto quiero a este chico y en cuánto me quiere él a mí, y en que, a pesar de lo que está pasando en mi vida, no me gustaría estar en ningún otro lugar que aquí, con él.

Trato de expresar todo lo que siento con este beso, pero no es suficiente. Me aparto y lo beso en la barbilla, luego en la nariz, en la frente y, por último, en la lágrima que recorre su mejilla.

—Yo también te quiero. No sé qué haría si no te tuviese a mi lado en estos momentos, Holder. Te quiero mucho y lo siento. Deseaba que tú fueses el primero, y lamento que él te lo quitara.

Holder niega enérgicamente con la cabeza y me hace callar con un beso.

—No vuelvas a decir eso. No vuelvas a pensar eso. Tu padre te arrebató esa primera vez de un modo horrible, pero te garantizo que eso fue todo lo que te arrebató, porque eres muy fuerte, Sky. Eres maravillosa, divertida, inteligente y guapa, y estás llena de fuerza y de valentía. Él no pudo arrebatarte lo mejor de ti. Sobreviviste a él una vez y volverás a hacerlo. Sé que lo harás.

Holder pone la palma de la mano sobre mi corazón y coloca la mía sobre el suyo. Acerca sus ojos a los míos para asegurarse de que estoy aquí con él y de que tiene toda mi atención.

—A la mierda las primeras veces, Sky. Lo único que me importa contigo son los «para siempre».

Lo beso. Joder, claro que lo beso. Lo beso con todas las emociones que albergo en mi interior. Me acaricia el pelo, me tumba en la cama y se pone encima de mí.

—Te quiero —añade él—. Te he querido durante mucho tiempo, pero no podía decírtelo. No me parecía bien que tú me quisieras cuando estaba ocultándote tantas cosas.

Las lágrimas vuelven a recorrer mis mejillas, y aunque son las mismas lágrimas que brotan de los mismos ojos, son completamente nuevas para mí. No son lágrimas de dolor o enfado. Son lágrimas provocadas por la increíble sensación que está apoderándose de mí en estos momentos, oyéndole decir lo mucho que me quiere.

—Creo que no podrías haber elegido mejor momento para decirme que me quieres. Me alegra que esperaras —le respondo.

Holder sonríe y me mira fascinado. Baja la cabeza y me besa, llenando mi boca con su sabor. Me besa con suavidad y delicadeza, deslizando la boca por la mía mientras me desata la bata. Doy un grito ahogado cuando me acaricia el vientre con las yemas de los dedos. Su tacto provoca en mí una sensación distinta a la de hace quince minutos. Esta es una sensación que deseo sentir.

—Dios, te quiero —repite él, llevando la mano hacia mi cintura.

Lentamente dirige los dedos hacia mi muslo y yo gimo en su boca, lo que provoca que nos besemos con más pasión. Él coloca la mano abierta en la parte interior de mi pierna y hace un poco de presión para colocarse contra mí. Yo me estremezco y me pongo más tensa. Él nota mi momento de duda involuntario, de modo que aparta los labios de los míos y me mira.

—Recuerda: te toco porque te quiero. No por ningún otro motivo.

Asiento y cierro los ojos, y temo que vuelva a sentirme entumecida y asustada. Holder me besa en la mejilla y me tapa con la bata.

—Abre los ojos —me pide con amabilidad. Cuando lo hago, extiende la mano y me seca una lágrima con el dedo—. Estás llorando.

Le sonrío para que se tranquilice.

—Estoy bien. Son lágrimas de felicidad.

Él asiente, pero no sonríe. Me observa durante unos segundos, me toma de la mano y entrelaza nuestros dedos.

—Quiero hacer el amor contigo, Sky. Y creo que tú también quieres hacerlo. Pero necesito que antes entiendas una cosa. —Me aprieta la mano y se acerca para besarme en otra lágrima—. Sé que es difícil para ti permitirte sentir esto. Llevas mucho tiempo entrenándote para bloquear los sentimientos y las emociones cada vez que alguien te toca. Pero debes saber que lo que tu padre te hizo físicamente no es lo que te dañó cuando eras pequeña. Lo que te rompió el corazón fue lo que le hizo a tu fe en él. Sufriste lo peor que puede pasarle a una niña por culpa de tu héroe, la persona que idolatrabas, y no puedo imaginarme qué debiste de sentir. Pero recuerda que lo que él te hizo no tiene nada que ver con lo que hagamos nosotros en situaciones como estas. Cuando te toco, lo hago porque quiero hacerte feliz. Cuando te beso, lo hago porque tienes la boca más increíble que he visto en mi vida, y sabes que no puedo evitar besarte. Y cuando hago el amor contigo, estoy haciendo exactamente lo mismo. Hago el amor contigo porque estoy enamorado de ti. La connotación negativa que has asociado con el contacto físico durante toda tu vida no me afecta a mí. No nos afecta a nosotros. Te toco porque estoy enamorado de ti, y no por ningún otro motivo.

Sus palabras amables me inundan el corazón y me tranquilizan. Me besa lentamente y me relajo bajo sus manos, esas manos que me tocan por amor. Reacciono deshaciéndome completamente en él, permitiendo que mis labios sigan a los suyos, que mis manos se entrelacen con las suyas, que mi ritmo corresponda al suyo. Rápidamente me siento preparada para entregarme a él, porque lo deseo, y no por ningún otro motivo.

—Te quiero —susurra.

Mientras me toca y me recorre con las manos, los labios y los ojos, me dice una y otra vez cuánto me quiere. Y por una vez no desconecto del momento porque quiero sentir todo lo que me hace y me dice. Cuando finalmente me quita la bata y se pone encima de mí, me mira, sonríe y me acaricia el rostro con las yemas de los dedos.

—Dime que me quieres —me pide.

Sostengo su mirada con una confianza inquebrantable, deseando que él sienta la sinceridad de mis palabras.

—Te quiero, Holder. Muchísimo. Y para que lo sepas... Hope también te quería.

La expresión de su cara se relaja y deja escapar un soplo de aire, como si lo hubiese estado aguantando durante trece años, esperando esas palabras.

—Desearía que pudieras sentir lo que esas palabras significan para mí.

Inmediatamente pone los labios sobre los míos, y su dulzura impregna mi boca al mismo tiempo que entra en mí, llenándome con algo más que él. Me llena con su honestidad, su amor hacia mí, y por un momento... me llena con un trocito de nuestros «para siempre». Me agarro a sus hombros y me muevo con él, sintiéndolo todo: todas y cada una de esas sensaciones maravillosas.

Lunes, 29 de octubre de 2012

Las 9.50

Me doy la vuelta y veo a Holder sentado en la cama, consultando su teléfono. Empiezo a desperezarme, y él me mira y se inclina para darme un beso, pero yo vuelvo la cabeza.

—Aliento matinal —murmuro, y me levanto de la cama.

Holder se echa a reír y se centra en el teléfono otra vez. De algún modo, en medio de la noche, he vuelto a ponerme la camiseta, pero no estoy segura de cuándo ha sucedido. Me la quito y me dirijo al cuarto de baño para darme una ducha. Después regreso a la habitación y veo que él está recogiendo nuestras cosas.

—¿Qué estás haciendo? —le pregunto, al ver que dobla mi camiseta y la mete en la bolsa.

Me mira por un segundo y luego continúa recogiendo la ropa desperdigada.

—No podemos quedarnos aquí indefinidamente, Sky. Tenemos que pensar qué vamos a hacer.

Doy un par de pasos hacia él, con el corazón acelerado.

—Pero... todavía no lo sé. No tengo adónde ir.

Holder nota el pánico en mi voz, de modo que rodea la cama y viene a abrazarme.

—Me tienes a mí, Sky. Tranquilízate. Podemos volver a mi casa y buscar una solución. Además, tenemos que ir a clase. No podemos faltar, y tampoco podemos vivir en un hotel eternamente.

La idea de volver a la ciudad, a apenas dos kilómetros de la casa de Karen, hace que me sienta incómoda. Temo que, al estar tan cerca de ella, tenga que verla, y todavía no estoy preparada. Solo necesito un día más. Quiero volver a ver mi antigua casa por última vez, para comprobar si recuerdo más cosas. No quiero tener que pedir a Karen que me cuente la verdad. Quiero descubrir más cosas por mí misma.

—Un día más —le pido—. Por favor, quedémonos un día más, y luego regresaremos. Tengo que intentar descubrir más cosas, y para eso, debo volver allí una vez más.

Holder se aleja de mí y me mira, negando con la cabeza.

—De ningún modo —dice con rotundidad—. No voy a permitir que pases otra vez por eso. No vas a volver allí.

Pongo las manos en sus mejillas para que se tranquilice.

—Tengo que hacerlo, Holder. Te juro que esta vez no saldré del coche. Te lo prometo. Pero tengo que ver la casa de nuevo antes de que nos marchemos. Recordé muchas cosas estando allí. Solo quiero tener un par de recuerdos más antes de que me lleves de vuelta y deba tomar una decisión.

Holder suspira y se pasea por la habitación, reacio a concederme mi petición un tanto desesperada.

—Por favor —le ruego, sabiendo que no será capaz de negarse si sigo suplicándoselo.

Lentamente se vuelve hacia la cama, coge las bolsas llenas de ropa y las lleva hacia el armario.

—De acuerdo. Te dije que haría todo lo que tú creyeses conveniente. Pero no voy a volver a colgar toda esta ropa —responde, lanzando las bolsas al armario.

Me echo a reír, voy corriendo hacia él y rodeo su cuello con los brazos.

—Eres el novio más comprensivo del mundo.

Holder suspira y me abraza.

—No, no lo soy —contesta, apretando los labios contra mi sien—. Soy el novio más calzonazos del mundo.

Lunes, 29 de octubre de 2012

Las 16.15

Holder y yo miramos mi casa desde el otro lado de la calle, y da la casualidad de que mi padre ha decidido volver justo en este momento. En cuanto detiene el coche en la puerta del garaje, Holder lleva la mano al contacto y se dispone a arrancar.

Pongo mi mano temblorosa sobre la suya y le digo:

—Espera. Tengo que ver qué aspecto tiene.

Holder suspira y apoya la cabeza en el reposacabezas. Sabe que tendríamos que irnos, pero también es consciente de que no voy a permitírselo.

Dejo de mirar a Holder y dirijo la vista hacia el coche patrulla aparcado al otro lado de la calle. La puerta se abre y se baja un hombre uniformado. Está de espaldas a nosotros y habla por teléfono. Está inmerso en una conversación, de modo que se detiene en el jardín y sigue hablando sin entrar en la casa. Al verlo, no reacciono. No siento nada hasta el momento en que se da la vuelta y le veo la cara.

—Oh, Dios mío —susurro muy alto. Holder me mira inquisitivamente y yo niego con la cabeza—. No es nada —le digo—. Me resulta... conocido. No tenía ninguna imagen de él en la memoria, pero si me cruzase con él por la calle, lo reconocería.

Ambos seguimos mirándolo. Holder agarra el volante con las manos, tan fuerte que tiene los nudillos blancos. Miro mis manos y me doy cuenta de que estoy aferrándome al cinturón igual que él.

Al fin, mi padre cuelga el teléfono y se lo mete en el bolsillo. Empieza a caminar en nuestra dirección e inmediatamente Holder vuelve a poner la mano en el contacto. Doy un grito ahogado, esperando que mi padre no se haya dado cuenta de que lo estamos observando. Ambos nos tranquilizamos al ver que se dirige al buzón que está al final del camino de entrada.

—¿Has tenido suficiente? —me pregunta Holder con los dientes apretados—. Porque no puedo aguantar aquí ni un segundo más sin saltar del coche y darle una paliza.

—Casi —respondo, deseando que no haga ninguna estupidez.

Pero no quiero marcharme todavía. Veo que mi padre revisa el correo y se dirige hacia la casa. Y por primera vez se me ocurre algo.

¿Habrá vuelto a casarse?

¿Habrá tenido más hijos?

¿Le hará a alguien más lo que me hizo a mí?

Empiezan a sudarme las manos al agarrar el cinturón, que es de un material escurridizo, de modo que lo suelto y me restriego las palmas contra los pantalones. Tiemblo cada vez más. De repente solo pienso en que no puedo dejar que se salga con la suya. No puedo dejar que se marche, sabiendo que puede estar haciéndoselo a otra persona. Tengo que saberlo. Me lo debo a mí misma y a todas y cada una de las niñas con las que mi padre tenga contacto. Necesito comprobar que no es el horrible monstruo de mis recuerdos. Para estar segura, sé que tengo que verlo. Necesito hablar con él. Debo saber por qué me lo hizo.

Cuando mi padre abre la puerta principal y entra en la casa, Holder deja escapar un gran suspiro.

—¿Ahora? —me pregunta, volviéndose hacia mí.

Sin lugar a dudas, Holder me detendría ahora mismo si

supiese lo que estoy a punto de hacer. De modo que, para que no sospeche nada, esbozo una sonrisa forzada y asiento.

—Sí, ya podemos marcharnos.

Él vuelve a poner la mano en el contacto. Justo cuando gira la muñeca para arrancar, me suelto el cinturón, abro la puerta y echo a correr. Cruzo la calle y el jardín de la casa de mi padre, y voy directa al porche. No me doy cuenta de que Holder me sigue. Sin hacer ningún ruido me abraza, me levanta en el aire y baja la escalera. Sigue caminando, y yo pataleo para que deje de agarrarme del vientre.

—¿Qué demonios estás haciendo? —me pregunta.

No me suelta, y reprime mis esfuerzos mientras me lleva por el jardín.

—¡Suéltame ahora mismo Holder, o me pondré a gritar! ¡Te juro que me pondré a gritar!

Al amenazarlo, él me da la vuelta, pone las manos en mis hombros y me sacude.

—No hagas esto, Sky —me pide, fulminándome con una mirada de decepción—. No tienes que volver a mirarlo a la cara, no después de lo que te hizo. Tómate un poco más de tiempo.

Me duele tanto el corazón que estoy segura de que Holder puede verlo en mis ojos.

—Tengo que saber si está haciéndoselo a alguien más. Tengo que saber si ha tenido más hijos. No puedo dejarlo pasar sabiendo de lo que es capaz. Tengo que verlo. Tengo que hablar con él. Antes de que vuelva a ese coche y nos marchemos, necesito saber si ya no es aquel hombre.

Holder niega con la cabeza y responde:

—No lo hagas. Aún no. Podemos hacer unas llamadas. Descubriremos todo lo que podamos en internet. Por favor, Sky.

Holder baja las manos por mis hombros, me agarra de los brazos y tira de mí. Yo dudo, porque sigo queriendo estar con mi padre cara a cara. Nada de lo que encuentre sobre él en internet me dirá lo que voy a conseguir escuchando su voz o mirándolo a los ojos.

—¿Qué sucede aquí?

Holder y yo volvemos la cabeza hacia la dirección de la que proviene la voz. Mi padre se encuentra al pie de la escalera del porche. Mira a Holder, quien todavía me agarra de los brazos.

—Señorita, ¿le está haciendo daño ese hombre?

Al oír su voz, me flaquean las rodillas. Holder nota mi momento de debilidad, de modo que me aprieta contra su pecho.

—Vayámonos —me susurra, y me envuelve entre sus brazos y me lleva hacia el coche.

—¡No se mueva!

Me quedo paralizada, pero Holder sigue intentando sacarme de allí con más urgencia.

—¡Dese la vuelta!

La voz de mi padre es mucho más firme. Holder y yo nos detenemos, porque ambos sabemos cuáles son las consecuencias de no hacer caso a las órdenes de un policía.

—Disimula —me dice Holder al oído—. Quizá no te reconozca.

Asiento, respiro hondo y ambos nos volvemos lentamente. Mi padre se encuentra a poca distancia de la casa y está acercándose a nosotros. Me mira fijamente y camina hacia mí con la mano en la funda de la pistola. Yo miro al suelo, porque me da la sensación de que va a reconocerme y estoy aterrorizada. Se detiene a unos metros de nosotros. Holder me agarra más fuerte y yo sigo con la cabeza agachada, tan asustada que ni siquiera puedo respirar.

—¿Princesa?

Lunes, 29 de octubre de 2012

Las 16.35

—¡Ni se te ocurra tocarla!

Holder está gritando y siento presión bajo los brazos. Oigo su voz cerca de mí, así que sé que sigue agarrándome. Dejo caer las manos y toco la hierba con los dedos.

—Cariño, abre los ojos. Por favor.

Holder me acaricia la mejilla. Lentamente los abro y miro hacia arriba. Él está encima de mí y mi padre justo detrás.

—Tranquila, acabas de desmayarte. Tienes que ponerte en pie para que nos marchemos.

Sin que yo haga ningún esfuerzo, Holder me levanta y rodea mi cintura con el brazo.

Tengo a mi padre enfrente de mí, mirándome.

—Eres tú —dice. Mira a Holder y luego a mí—. ¿Hope? ¿Me recuerdas? —me pregunta con lágrimas en los ojos.

Yo no estoy llorando.

—Vayámonos —vuelve a decir Holder.

Opongo resistencia y me libro de él. Vuelvo a mirar a mi padre, al hombre que ha reaccionado como si en el pasado me hubiese querido. Es un mentiroso de mierda.

—¿Me recuerdas? —repite, y da un paso adelante. Holder tira de mí a cada paso que da mi padre—. Hope, ¿te acuerdas de mí?

—¿Cómo iba a olvidarte?

Lo irónico es que lo olvidé. Por completo. Olvidé todo lo

relativo a él, a lo que me hizo y a la vida que tuve aquí. Pero no quiero que él lo sepa. Quiero que piense que me acuerdo de él y de todas las cosas que me hizo.

—Eres tú —dice, y pone la mano a un lado—. Estás sana y salva.

Mi padre saca la radio, intuyo que para dar el aviso. Antes de que pueda pulsar el botón, Holder se abalanza sobre él y le quita la radio de un golpe. Cae al suelo, mi padre se agacha para cogerlo, da un paso atrás para defenderse y vuelve a colocar la mano sobre la funda de la pistola.

—Si yo fuera tú, no le diría a nadie que ella está aquí —le advierte Holder—. No creo que quieras que se publique en los periódicos que eres un puto pervertido.

De repente mi padre palidece y me mira atemorizado.

—Hope, no sé quién te raptó, pero te mintió. Te dijeron cosas sobre mí que no son ciertas. —Se acerca y me lanza una mirada suplicante y desesperada—. ¿Quién te raptó, Hope? ¿Quién lo hizo?

Doy un paso firme hacia él.

—Recuerdo todo lo que me hiciste. Y si me das lo que he venido a buscar, te juro que me marcharé y que no sabrás nada de mí nunca más.

Él sigue negando con la cabeza, sin poder creerse que tiene a su hija delante. Estoy segura de que está intentando asimilar el hecho de que, en estos momentos, toda su vida está en peligro. Su carrera, su reputación y su libertad. Su rostro se pone aún más pálido cuando se da cuenta de que no puede seguir negándolo. Sabe que lo sé.

—¿Qué es lo que quieres? —me pregunta.

Miro hacia la casa y luego a él.

—Respuestas —contesto—. Y quiero todo lo que pertenecía a mi madre.

Holder vuelve a agarrarme muy fuerte de la cintura. Pongo la mano en la suya porque necesito asegurarme de que no estoy sola en estos momentos. Mi confianza va disminuyendo con cada segundo que paso en presencia de mi padre. Todo él, desde su voz hasta sus gestos y sus movimientos, me provoca dolor de tripa.

Mi padre mira a Holder por un momento y luego a mí.

—Hablemos dentro —me pide en voz baja, observando las casas de alrededor.

Está nervioso, y eso quiere decir que ha sopesado las opciones y que se ha dado cuenta de que no tiene muchas entre las que elegir. Hace un gesto con la cabeza hacia la puerta principal y se dispone a subir los escalones.

—Deja tu pistola —le ordena Holder.

Mi padre se detiene, pero no se da la vuelta. Lentamente se lleva la mano a un lado y saca la pistola. La deja con suavidad encima de un escalón y empieza a subir.

—Las dos —insiste Holder.

Mi padre vuelve a detenerse antes de llegar a la puerta principal. Se agacha, se remanga el pantalón y saca la pistola que lleva en el tobillo. Cuando ambas armas están fuera de su alcance, entra en la casa y deja la puerta abierta. Antes de que yo entre, Holder me da la vuelta.

—Voy a quedarme aquí y dejaré la puerta abierta. No te fíes de él. Quédate en el salón.

Asiento, Holder me da un beso rápido y fuerte y deja que me vaya. Entro en el salón y veo a mi padre sentado en el sofá, con las manos entrelazadas ante él. Está mirando al suelo. Me acerco al asiento más cercano y me siento en el borde, porque no quiero relajarme. Estar en esta casa y en su presencia me confunde y me provoca una presión en el pecho. Respiro lentamente e intento calmarme.

Aprovecho el momento de silencio para buscar algún parecido entre sus facciones y las mías. ¿Quizá el color del cabello? Es mucho más alto que yo, y sus ojos, cuando es capaz de mirarme, son de un verde oscuro, no como los míos. Aparte del color caramelo de su cabello, no me parezco en nada a él. Y eso hace que sonría.

Mi padre levanta la vista, suspira y se revuelve incómodo en el sofá.

—Antes de nada —empieza a decir—, tienes que saber que te quería y que me he arrepentido durante toda mi vida de lo que hice.

No respondo con palabras a su confesión, y tengo que contenerme físicamente ante la gilipollez que acaba de decir. Podría pasarse toda la vida disculpándose, y sin embargo, nunca sería suficiente para borrar ni una sola noche en la que giró el pomo de la puerta.

—Quiero saber por qué lo hiciste —le pido con la voz temblorosa.

Odio sonar tan patética y débil en estos momentos. Parezco la niña pequeña que le rogaba que parase. Ya no soy aquella niñita, y de ningún modo quiero parecer débil ante él.

Se inclina hacia delante y se frota los ojos.

—No lo sé —responde exasperado—. Después de la muerte de tu madre, volví a caer en la bebida. Una noche, un año después, me emborraché muchísimo. Al día siguiente, al despertar, me di cuenta de que había hecho algo horrible. Esperaba que fuese una pesadilla, pero cuando fui a despertarte por la mañana... estabas distinta. Ya no eras aquella niña alegre. En solo de una noche te habías convertido en alguien que me tenía miedo. Me odiaba por aquello. No estoy seguro de lo que te hice porque estaba demasiado borracho. Pero sé que fue algo terrible y lo siento muchísimo. Nunca volvió a ocurrir e hice todo lo que pude para recompensarte. Te hacía regalos constantemente y te daba todo lo que me pedías. No quería que te acordaras de aquella noche.

Aprieto las rodillas para no levantarme de un salto y estrangularlo. Está intentando convencerme de que solo sucedió una vez, y eso hace que lo odie más si cabe. Habla de ello como si hubiese sido un accidente. Como si hubiese roto una taza de café o se hubiese dado un golpe con el coche.

—Fue una noche... tras otra... tras otra —le corrijo. Me fuerzo a reunir toda la paciencia que tengo para no gritar a viva voz—. Me daba miedo meterme en la cama, me daba miedo despertarme, me daba miedo darme una ducha y me daba miedo hablar contigo. No era una niña pequeña a la que le daban miedo los monstruos escondidos en el armario o debajo de la cama. ¡Vivía aterrorizada por el monstruo que se suponía que me quería! ¡Debías protegerme de gente como tú!

Holder está de rodillas a mi lado y me agarra del brazo mientras grito al hombre que está al otro lado del salón. Me tiembla todo el cuerpo y me inclino hacia él para tranquilizarme. Me acaricia el brazo, me da un beso en el hombro y deja que diga todo lo que necesito sacar de mi interior, sin interrumpirme en ningún momento.

Mi padre se hunde en el sofá y las lágrimas empiezan a brotar de sus ojos. No se defiende porque sabe que tengo razón. No tiene nada que decirme. Llora con la cabeza hundida en sus manos, lamentando que al final alguien le haya hecho frente, pero sin arrepentirse de lo que hizo.

—¿Has tenido más hijos? —le pregunto, mirándolo a los ojos que ni siquiera pueden mirarme de la vergüenza.

Deja caer la cabeza y apoya la frente en la palma de la mano. Pero no me responde.

—¿Tienes más hijos? —le grito.

Tengo que saber si se lo ha hecho a alguien más. Que no se lo hace a alguien más.

Niega con la cabeza y responde:

—No. No volví a casarme después de que tu madre muriese.

El tono de su voz es el de un hombre derrotado.

—¿Soy la única a la que se lo hiciste?

Él sigue mirando al suelo y evita mis preguntas con largas pausas.

—Me debes la verdad —le digo con firmeza—. ¿Se lo hiciste a alguien más antes que a mí?

Noto que está encerrándose en sí mismo. La dureza de su mirada me hace entender que no tiene intención de confesar nada más. Hundo la cabeza entre las manos, porque no sé qué hacer. No me parece bien dejarle que siga viviendo su vida como hasta ahora, pero también me aterroriza pensar en qué puede pasar si lo denuncio. Me da miedo lo mucho que cambiará mi vida. Me da miedo que nadie me crea, ya que pasó hace muchos años. Pero lo que más miedo me da es que temo quererlo demasiado para arruinarle el resto de su vida. Estar en su presencia no solo me recuerda las cosas horribles que me hizo, sino también al padre que una vez fue. Estar en esta casa provoca un torbellino de emociones dentro de mí. Miro la mesa de la cocina y empiezo a recordar las bonitas conversaciones que tuvimos allí sentados. Miro la puerta trasera y recuerdo correr a la calle para ver cómo pasaba el tren por el campo que hay detrás de la casa. Todo lo que me rodea me llena de recuerdos contradictorios, y no me gusta quererlo tanto como lo odio.

Me seco las lágrimas y vuelvo a mirar a mi padre. Tiene la vista en el suelo, y aunque intento no hacerlo, vislumbro a mi papá. Veo al hombre que me quería como solía quererme... mucho antes de que me diera miedo que girase el pomo de la puerta.

Catorce años antes

—Chis —me dice ella, cepillándome el pelo por detrás de las orejas.

Ambas estamos tumbadas en la cama, y ella está tras de mí, acurrucándome contra su pecho. He estado enferma toda la noche. No me gusta estar enferma, pero me encanta el modo en que mamá me cuida cuando lo estoy.

Cierro los ojos e intento dormirme para sentirme mejor. Casi estoy dormida cuando oigo que se abre la puerta, de modo que abro los ojos. Mi papá entra y nos sonríe a mamá y a mí. Pero su sonrisa desaparece cuando me ve, porque sabe que no me encuentro bien. A mi papá no le gusta que esté enferma porque me quiere y se pone muy triste.

Se arrodilla ante mí y me acaricia el rostro.

—¿Cómo se encuentra mi niña? —me pregunta.

—No me encuentro bien, papá —susurro.

Él frunce el entrecejo al escuchar mi respuesta. Tendría que haberle dicho que me encuentro bien porque así no habría fruncido el entrecejo.

Papá mira a mamá, que esta tumbada conmigo, y le sonríe. Acaricia su rostro del mismo modo que ha acariciado el mío.

—¿Qué tal está mi otra niña?

Noto cómo ella toca la mano de papá mientras hablan.

—Cansada —contesta—. He pasado toda la noche despierta con ella.

Él se pone en pie y tira de la mano de mamá para que se levante. Veo cómo la abraza y le da un beso en la mejilla.

—Ahora me ocupo yo —le dice él, recorriendo con la mano la cabellera de mamá—. Descansa un poquito, ¿vale?

Mamá asiente y le da otro beso, y luego sale de la habitación. Papá rodea la cama y se coloca justo donde estaba mamá. Me abraza igual que ella, y me canta su canción favorita. Dice que es su canción favorita, porque trata de mí.

He perdido muchas cosas a lo largo de los años.
Sí, he sentido dolor y he afrontado conflictos.
Pero nunca me rendiré, jamás tiraré la toalla,
porque siempre tendré a mi rayo de esperanza.

Sonrío a pesar de que no me encuentro bien. Papá sigue cantando hasta que cierro los ojos y me quedo dormida...

Lunes, 29 de octubre de 2012

Las 16.57

Es el primer recuerdo que tengo de cuando mi vida todavía no se había convertido en un tormento. Mi único recuerdo de cuando mi madre continuaba viva. No consigo acordarme de qué aspecto tenía ella porque la imagen es demasiado borrosa, pero sé cómo me sentía. Los quería. A ambos.

Mi padre está mirándome con un gesto lleno de dolor. No me compadezco de él porque... ¿acaso él se compadeció de mí? Soy consciente de que en estos momentos él está en una situación vulnerable, y si puedo aprovecharme de eso para sonsacarle la verdad, pienso hacerlo.

Me pongo en pie. Holder intenta agarrarme del brazo, y lo miro y niego con la cabeza.

—No te preocupes —le aseguro.

Él asiente y me suelta a regañadientes. Camino hacia mi padre, me arrodillo ante él y veo que sus ojos están llenos de arrepentimiento. Estar tan cerca de él hace que se me tense el cuerpo y me enfade todavía más, pero sé que tengo que hacer esto si quiero que responda a mis preguntas. Tiene que creer que me compadezco de él.

—Estaba enferma —le digo con una voz pausada—. Mamá y yo... estábamos en mi cama, y tú viniste a casa del trabajo. Ella se había pasado toda la noche despierta y estaba cansada, de modo que le dijiste que descansara.

Una lágrima cae por la mejilla de mi padre y asiente ligeramente.

—Aquella noche me abrazaste como un padre debe abrazar a su hija. Y me cantaste una canción. Recuerdo que solías cantarme una canción sobre tu rayo de esperanza. —Me seco las lágrimas de los ojos, sin dejar de mirarlo—. Antes de que mamá muriese... antes de que tuvieses que enfrentarte a ese dolor... No siempre me hiciste aquellas cosas, ¿verdad?

Él niega con la cabeza y me acaricia el rostro.

—No, Hope. Te quería muchísimo. Todavía te quiero. Os quería a tu madre y a ti más que a mi vida, pero cuando ella murió... se llevó lo mejor de mí.

Aprieto los puños y rechazo levemente el tacto de sus dedos en mi mejilla. Sin embargo, lo soporto y, de algún modo, mantengo la calma.

—Siento mucho que tuvieses que pasar por aquello —le digo con seriedad.

Y es verdad. Recuerdo lo mucho que él quería a mi madre, e independientemente de cómo sobrellevó su dolor, albergo en mí el deseo de que nunca hubiese tenido que sufrir la pérdida de mi madre.

—Sé que la querías. Lo recuerdo. Pero eso no hace más fácil que encuentre el modo de perdonarte por lo que me hiciste. No sé qué hay en ti que te hace tan distinto al resto de la gente... hasta el punto de que llegaras a hacerme lo que me hiciste. Sin embargo, sé que me quieres. Por muy duro que sea admitirlo... en una época yo también te quise. Te quise porque eras bueno.

Me pongo en pie y doy un paso atrás, sin dejar de mirarlo a los ojos.

—Sé que no eres completamente malo. Lo sé. Pero si, como dices, me quieres... si querías a mi madre... harás todo lo posible para ayudarme a cicatrizar las heridas. Me lo debes. Lo único que quiero es que seas sincero para que así pueda irme de aquí con algo de paz. Eso es por lo que he venido. Solo quiero paz.

Mi padre está llorando, y asiente con la cabeza hundida en las manos. Vuelvo hacia el sofá y Holder me aprieta muy fuerte, todavía arrodillado junto a mí. Me tiembla todo el cuerpo, y me envuelvo con los brazos. Holder nota cómo me siento, de manera que desliza la mano por mi brazo hasta toparse con mi dedo meñique y lo entrelaza con el suyo. Es un gesto muy pequeño, pero no podría haber hecho nada más perfecto para darme la seguridad que necesito para seguir adelante.

Mi padre suspira muy fuerte y deja caer las manos.

—La primera vez que caí en la bebida... solo pasó una vez. Le hice algo a mi hermana pequeña... pero solo una vez. —Me mira avergonzado—. Fue muchos años antes de conocer a tu madre.

Se me rompe el corazón ante esa verdad tan brutal, pero me duele aún más que, de algún modo, él le reste gravedad porque solo sucedió una vez. Trago saliva y sigo con mis preguntas.

—¿Y después de mí? ¿Se lo hiciste a alguien más después de que me raptaran?

Vuelve a posar la vista en el suelo, y su semblante de culpabilidad me golpea como un puñetazo en la barriga. Doy un grito ahogado y trato de no llorar.

—¿A quién? ¿Cuántas?

Niega ligeramente con la cabeza y responde:

—Solo a una más. Dejé de beber hace unos años, y no he tocado a nadie desde entonces. —Vuelve a mirarme con una expresión desesperada y, al mismo tiempo, esperanzada—. Lo juro. Solo ha habido tres personas, y lo hice en los peores momentos de mi vida. Cuando estoy sobrio controlo mis impulsos. Por eso dejé de beber.

—¿Quién era ella? —le pregunto, para que él tenga que hacer frente a la verdad durante unos minutos más, antes de que desaparezca de su vida para siempre.

Mi padre hace un gesto con la cabeza hacia la derecha.

—Vivía en la casa de al lado. Se fueron de aquí cuando ella tenía unos diez años, y no sé qué le sucedió. Fue hace muchos años, Hope. No se lo he hecho a nadie más. Es la verdad, te lo juro.

De repente me da la sensación de que el corazón me pesa cien kilos. Holder ya no me abraza y, al mirarlo, veo que se desmorona ante mis ojos.

Se le contrae el rostro con una agonía insoportable, se aparta de mí y se pasa las manos por el pelo.

—Les —susurra, lleno de dolor—. Oh, Dios, no.

Apoya la cabeza en el marco de la puerta y se agarra el cuello con mucha fuerza. Me levanto enseguida, me acerco a él y coloco las manos en sus hombros, temiendo que esté a punto de explotar. Holder tiembla y se echa a llorar sin emitir ningún sonido. No sé qué puedo hacer o decir. Él no para de decir «No» mientras niega con la cabeza. Me rompe el corazón verlo así, pero no tengo ni idea de cómo puedo ayudarlo. Ahora entiendo a qué se refiere cuando me dice que le da la sensación de que todo lo que me dice es inadecuado, porque en estos momentos no hay absolutamente nada que pueda decir yo para ayudarlo. De modo que aprieto la cabeza contra Holder, y él se da la vuelta y me abraza.

Respira agitadamente, y noto que está intentando controlar la ira. Deja escapar el aire en ráfagas entrecortadas, para tratar de calmarse. Lo abrazo más fuerte, con la esperanza de poder ayudarlo a que no se deje llevar por el enfado. Por mucho que lo quiera... por mucho que quiera que Holder responda físicamente a mi padre por lo que nos hizo a Les y a mí, temo que albergue tanto odio que no sea capaz de parar.

Holder me suelta, pone las manos sobre mis hombros y me aparta de él. Tiene una mirada muy seria, e inmediatamente me pongo en modo de defensa. Me coloco entre él y mi padre sin saber qué otra cosa puedo hacer para que no lo ataque. Pero es como si yo no estuviera ahí. Holder me atraviesa con la mirada. Oigo cómo mi padre se pone en pie detrás de mí, y veo que Holder lo sigue con la mirada. Me doy la vuelta, preparada para decirle a mi padre que se largue del salón, pero Holder me agarra de los brazos y me aparta de su camino.

Tropiezo y caigo al suelo. Veo a cámara lenta cómo mi padre extiende la mano por detrás del sofá y se da la vuelta con una pistola en la mano, que apunta directamente a Holder. No puedo hablar. No puedo gritar. No puedo moverme. Ni siquiera puedo cerrar los ojos. Tengo que verlo.

Mi padre se lleva la radio a la boca, sin dejar de apuntar firmemente con la pistola y con la mirada perdida. Aprieta el botón y habla por radio sin quitar ojo a Holder.

—Agente en la treinta y cinco veintidós de Oak Street.

Dirijo la vista hacia Holder y luego hacia mi padre. Suelta la radio y cae justo delante de mí. Me pongo en pie, pero sigo sin poder gritar. La mirada derrotada de mi padre se encuentra con la mía mientras gira la pistola lentamente.

—Lo siento mucho, princesa.

El estallido llena toda la habitación. Es muy fuerte. Aprieto los ojos y me tapo los oídos, sin estar segura de cuál es el origen del ruido. Es muy agudo, como un chillido. Parece el chillido de una chica.

Soy yo.

Estoy chillando.

Abro los ojos y veo el cuerpo sin vida de mi padre justo delante de mí. Holder me tapa la boca con la mano, me levanta y me saca por la puerta principal. Ni siquiera intenta cogerme en brazos. Arrastro los talones por la hierba, y él me cubre la boca con una mano y me agarra de la cintura con el otro brazo. Al llegar al coche, no deja de amortiguar mi chillido. Mira a nuestro alrededor muy nervioso, para asegurarse de que nadie es testigo de este caos. Tengo los ojos muy abiertos y niego con la cabeza, esperando que desaparezca el último minuto de mi vida si me niego a creer que ha pasado.

—Basta. Deja de gritar ahora mismo —me ordena.

Asiento enérgicamente, y de algún modo consigo silenciar el ruido que involuntariamente sale de mi boca. Intento respirar y oigo las ráfagas de aire que entran y salen de mi nariz a toda prisa. Me palpita el pecho, y cuando veo el rostro salpicado de sangre de Holder, trato de no volver a chillar.

—¿Los oyes? —me pregunta Holder—. Son sirenas, Sky. Llegarán aquí en menos de un minuto. Voy a retirar la mano y vas a subirte al coche tan tranquila como puedas, porque tenemos que marcharnos de aquí.

Vuelvo a asentir, y Holder retira la mano de mi boca y me sube al coche. Después, corre hasta el otro lado, se monta, arranca y sale a la carretera. Al doblar la esquina, aparecen dos coches de policía al final de la carretera, justo detrás de nosotros. Nos vamos, y yo dejo caer la cabeza entre las rodillas para recobrar el aliento. Ni siquiera pienso en lo que acaba de suceder. No puedo. No ha pasado. No ha podido pasar. Intento creer que todo es una pesadilla horrible, y respiro. Respiro para asegurarme de que sigo viva, porque esto no se parece en absoluto a la vida.

Lunes, 29 de octubre de 2012

Las 17.29

Ambos cruzamos la puerta de la habitación del hotel como zombis. Ni siquiera recuerdo el trayecto desde el coche hasta aquí. Holder se sienta en la cama y se descalza. Yo solo he avanzado unos pocos metros, justo hasta donde la entrada da paso a la habitación. Tengo los brazos caídos y la cabeza ladeada. Miro hacia la ventana que hay al otro lado de la habitación. Las cortinas están descorridas, y únicamente se ve el sombrío edificio de ladrillo que hay junto al hotel. Solo una pared sólida de ladrillo, sin puertas ni ventanas. Solo ladrillo.

Así es como me siento cuando reflexiono sobre mi propia vida: como si estuviera mirando a una pared de ladrillo. Trato de mirar hacia el futuro, pero no veo más allá de este momento. No tengo ni idea de qué va a pasar, con quién voy a vivir, qué le sucederá a Karen o si voy a informar a la policía de lo ocurrido. Ni siquiera puedo hacer conjeturas. Hay una pared firme entre este momento y el siguiente, sin ni tan solo una pista garabateada con spray.

Durante los últimos diecisiete años mi vida ha sido una pared de ladrillo que separaba mis primeros años del resto. Un bloque firme, que dividía mi vida como Sky de mi vida como Hope. He oído hablar sobre personas que bloquean recuerdos traumáticos, pero siempre he pensado que lo hacían voluntariamente. Yo, durante los últimos trece años, no he tenido ni idea de quién había sido. Sé que era muy pequeña cuando me sacaron de aquella vida, pero, de todos modos, pensaba que tendría algunos recuerdos. Supongo que en el momento en que Karen me raptó, a pesar de ser una niña, de algún modo tomé la decisión consciente de borrarlo todo de mi memoria. Una vez que Karen empezó a contarme historias sobre mi adopción, debió de ser más fácil para mi mente aferrarse a mentiras inofensivas que recordar mi cruda realidad.

Sé que en aquella época no era capaz de explicar lo que me hacía mi padre porque no estaba segura. Lo único que sabía era que lo odiaba. Cuando no estás segura de qué es lo que odias o por qué lo odias, es difícil retener los detalles, solo te quedas con los sentimientos. Nunca he sentido la curiosidad de hurgar en mi pasado. Nunca he tenido interés en descubrir quién era mi padre o por qué me dio en adopción. Ahora sé que es porque, en algún lugar de mi mente, todavía albergaba odio y temor por ese hombre, de modo que fue más fácil construir la pared de ladrillo y no volver la vista atrás.

Todavía odio y temo a mi padre, aunque nunca más podrá tocarme. Aún lo detesto y aún me da mucho miedo; sin embargo, estoy destrozada por su muerte. Lo detesto por hacerme cosas horribles y, de algún modo, por obligarme a sentir lástima por él a causa de todo lo que ha sucedido. No quiero llorar su pérdida. Quiero regocijarme en ella, pero no soy capaz.

Holder está quitándome la chaqueta. Aparto la vista de la pared de ladrillo que se burla de mí desde el otro lado de la ventana y me vuelvo hacia él. Deja mi chaqueta en una silla y me quita la camiseta manchada de sangre. Una tristeza total me consume al darme cuenta de que estoy genéticamente relacionada con la sangre que cubre mi ropa y mi rostro. Holder se pone frente a mí y me desabrocha los pantalones.

Él solo lleva calzoncillos. No me he dado cuenta de que se ha desvestido. Mis ojos suben hasta su rostro, y veo que hay gotas de sangre en su mejilla derecha: la mejilla que ha tenido expuesta a la cobardía de mi padre. Holder tiene una mirada seria y está concentrado en quitarme los pantalones.

—Cariño, saca los pies —me pide con suavidad.

Me agarro a sus hombros, y saco un pie y después el otro. Dejo las manos en sus hombros y me fijo en la sangre que tiene en el pelo. Mecánicamente, extiendo la mano, tomo un mechón de cabello y me examino los dedos. La sangre se desliza entre las yemas de mis dedos, pero es densa. Más densa que la sangre.

Lo que nos cubre no solo es la sangre de mi padre.

Empiezo a limpiarme los dedos en el vientre, intentando por todos los medios quitármela, pero lo único que consigo es embadurnarme más. Se me oprime la garganta y no puedo chillar. Es como en los sueños que he tenido, en los que algo me aterroriza tanto que pierdo la capacidad de emitir sonidos. Holder levanta la vista y yo quiero chillar, gritar y llorar, pero lo único que puedo hacer es abrir más los ojos, agitar la cabeza y limpiarme las manos en mi cuerpo. Cuando él se da cuenta de que estoy teniendo un ataque de pánico se pone en pie, me toma en brazos y me lleva con delicadeza a la ducha. Me deja en el extremo opuesto de la alcachofa, él también se mete en la ducha y abre el grifo. Una vez que el agua se calienta, corre la cortina, se vuelve hacia mí y me coge de las muñecas, con las que sigo intentando quitarme la sangre. Holder me acerca a él y me pone bajo el chorro. Cuando el agua me salpica en los ojos, doy un grito ahogado y tomo aire.

Él coge la pastilla de jabón de un lado de la bañera y rompe el envoltorio de papel empapado. Saca un brazo de la ducha para coger una toalla. Me tiembla todo el cuerpo, a pesar de que el agua está caliente. Frota la toalla con jabón y agua, y la lleva a mi mejilla.

—Chis —susurra, mirando fijamente a mis ojos atemorizados—. Voy a quitártelo todo, ¿de acuerdo?

Comienza a limpiarme la cara, y yo aprieto los párpados y asiento. No quiero ver la toalla manchada de sangre cuando la aparte de mi cara. Me abrazo y me quedo lo más quieta posible, aunque los temblores siguen recorriéndome el cuerpo. Holder tarda varios minutos en limpiarme la sangre de la cara, de los brazos y del vientre. A continuación me quita la goma del pelo.

—Mírame, Sky. —Abro los ojos y él apoya ligeramente los dedos en mi hombro—. Ahora voy a quitarte el sujetador, ¿vale? Tengo que lavarte el pelo y no quiero que se te manche nada.

¿Que no se me manche nada?

Cuando entiendo que Holder se refiere a lo que muy probablemente está pegado a mi pelo, empiezo a sentir el pánico otra vez, pero consigo bajarme las tiras del sujetador y sacármelo por la cabeza.

—Límpialo todo —digo en voz baja y muy rápido. Inclino la cabeza hacia el chorro, me empapo el cabello y me paso los dedos para que no quede nada—. Quítamelo todo —insisto, cada vez más asustada.

Holder me agarra de las muñecas, me retira las manos del cabello y las pone sobre su cintura.

—Deja que yo lo haga. Agárrate a mí e intenta tranquilizarte. Yo lo haré.

Aprieto la cabeza contra su pecho y me aferro a él con más fuerza. Huelo el champú que se echa en las manos. Luego lo extiende por mi cabello con las yemas de los dedos. Me acerca un poco más a él para que el agua me caiga sobre la cabeza. Me lava el pelo y me lo aclara, una y otra vez. No le pregunto por qué lo hace tantas veces; dejo que lo haga las veces que sean necesarias.

Al terminar de lavarme, Holder se pone debajo del chorro de agua y se echa champú en su cabello. Dejo de agarrarlo de la cintura y me aparto de él porque no quiero ensuciarme otra vez. Me miro el vientre y las manos, y no veo ningún resto de mi padre. Después miro a Holder y veo que está pasándose una toalla limpia por la cara y el cuello. Me quedo quieta, observando cómo borra con toda tranquilidad lo que acaba de pasarnos hace menos de una hora.

Cuando termina, abre los ojos y me mira arrepentido.

—Sky, necesito que te asegures de que me lo he quitado todo, ¿de acuerdo? Tienes que mirar si me he dejado algo.

Me habla muy tranquilo, como si intentara no romperme. Su voz hace que me dé cuenta de que eso es exactamente lo que ha estado evitando. Teme que esté a punto de romperme, de derrumbarme, de perder la cabeza.

Me da miedo que él esté en lo cierto, de modo que cojo la toalla de su mano y me obligo a ser fuerte y a examinarlo. Queda un rastro de sangre encima de su oreja derecha, y se lo limpio. Aparto la toalla, miro la última gota de sangre que nos quedaba, la pongo debajo del agua y observo cómo desaparece.

—Ya no queda nada —susurro, sin estar segura de si me estoy refiriendo a la sangre.

Holder coge la toalla de mi mano y la deja en una esquina de la bañera. Lo miro y veo que tiene los ojos enrojecidos, pero no sé si está llorando porque el agua se desliza por su rostro igual que si fueran lágrimas. Es entonces, en el momento en que desaparecen todos los restos físicos de mi pasado, cuando recuerdo a Lesslie.

Se me vuelve a romper el corazón, esta vez por Holder. Un llanto brota de mí y me cubro la boca con la mano, pero mis hombros continúan temblando. Él me aprieta contra su pecho y me besa en la cabeza.

—Holder, lo siento muchísimo. Oh, Dios mío, lo siento muchísimo.

Estoy llorando agarrada a él, y desearía que su desesperación fuera tan fácil de borrar como la sangre. Él me abraza tan fuerte que casi no puedo respirar. Pero lo necesita. Necesita que yo sienta su dolor del mismo modo que yo necesito que él sienta el mío.

Recuerdo todas y cada una de las palabras que ha dicho hoy mi padre, e intento expulsarlas de mi interior llorando. No quiero recordar su rostro. No quiero recordar su voz. No quiero recordar cuánto lo odio, y sobre todo no quiero recordar cuánto lo quería. No hay nada parecido a la culpabilidad que sientes cuando en tu corazón queda espacio para amar lo malvado.

Holder lleva una mano a mi nuca y pone mi rostro contra su hombro. Apoya la mejilla en mi cabeza y lo oigo llorar muy bajo, porque está haciendo todo lo posible para contenerse. Está sufriendo por lo que mi padre le hizo a Lesslie, y no puedo evitar sentirme culpable en cierta medida. Si yo hubiese estado allí, nunca habría tocado a Lesslie y ella nunca habría tenido que sufrirlo. Si no me hubiese subido a aquel coche con Karen, Lesslie podría estar viva.

Recorro con las manos los brazos de Holder y las apoyo en sus hombros. Levanto la cabeza y le doy un beso muy suave en el cuello.

—Lo siento mucho, Holder. Mi padre nunca la habría tocado si yo...

Me agarra de los brazos y me aparta de él con tanta fuerza que abro los ojos y me estremezco al oír sus palabras.

—Ni se te ocurra acabar esa frase. —Lleva una mano a mi rostro y me agarra muy fuerte—. No quiero que te disculpes por las cosas que hizo aquel hombre. ¿Me escuchas? No es tu culpa, Sky. Júrame que jamás permitirás que te atormente un pensamiento como ese —me pide, mirándome con unos ojos desesperados y llenos de lágrimas.

Asiento y respondo sin demasiada seguridad:

—Te lo juro.

Holder me mira fijamente y escruta mis ojos para asegurarse de que digo la verdad. Su reacción ha hecho que me palpite el corazón, porque me ha sorprendido mucho que haya rechazado rápidamente cualquier error que yo pudiese cometer. Desearía que rechazara con la misma rapidez sus propios errores, pero no es así.

No puedo sostener su mirada, de modo que rodeo su cuello con los brazos. Él me agarra más fuerte, con una desesperación causada por el dolor. Ambos estamos atónitos ante la verdad sobre Lesslie y la situación que acabamos de presenciar, y nos aferramos el uno al otro con todas nuestras fuerzas. Holder no puede seguir siendo fuerte por mí. De él brotan el amor que le tenía a Lesslie y el enfado que siente por lo que le ocurrió.

Sé que Lesslie necesitaría que su hermano sintiera su dolor, así que no intento aliviarlo con palabras. Ahora ambos lloramos por ella, porque en aquel momento no tuvo a nadie que llorara por ella. Le doy un beso en la sien, sin dejar de abrazarlo. Cada vez que mis labios tocan a Holder, él me agarra un poco más fuerte. Su boca roza mi hombro, y de pronto ambos estamos tratando de borrar a besos todo el dolor que ninguno de los dos se merece sentir. Sus besos en mi cuello se vuelven cada vez más firmes y rápidos, y busca desesperado una escapatoria. Se echa hacia atrás y me mira a los ojos, y sus hombros suben y bajan cada vez que intenta tomar aliento.

Con un movimiento veloz, Holder choca los labios contra los míos con urgencia, y pone sus manos temblorosas en mi cabeza y mi espalda. Me apoya en la pared de la ducha y desliza las manos hasta mis muslos. Noto su desesperación mientras me toma en brazos y pone mis piernas alrededor de su cintura. Holder quiere que desaparezca su dolor, y necesita mi ayuda. Igual que yo necesité la suya anoche.

Rodeo su cuello con los brazos para acercarme a él, y dejo que me haga suya para que pueda olvidar durante un tiempo su dolor. Dejo que lo haga porque yo también necesito olvidarlo todo tanto como él. Quiero borrar de mi mente todo lo demás.

No quiero que esta sea nuestra vida hoy.

Apoyados en la pared de la ducha, con su cuerpo apretado contra el mío, Holder pone las manos en ambos lados de mi rostro y me agarra mientras nuestras bocas se buscan la una a la otra con ansiedad, con la esperanza de encontrar una vía de escape de nuestra realidad. Me agarro a su espalda mientras él lleva la boca frenéticamente a mi cuello.

—Dime que esto no es un error —me pide él jadeando contra mi piel. Pone el rostro frente al mío y mira con nerviosismo mis ojos mientras habla—. Dime que no es un error que quiera estar dentro de ti ahora mismo... porque después de todo lo que ha pasado hoy, puede que no esté bien que te desee de esta manera.

Lo agarro del pelo y lo acerco a mí. Cubro su boca con la mía, y lo beso con tal convicción que ya no hace falta que le responda con palabras. Holder gime y me separa de la pared. Todavía envuelta alrededor de él, salimos de la ducha y nos dirigimos a la cama. Él, sin ningún tipo de delicadeza, arranca las dos últimas prendas que hay entre nosotros y me besa con pasión. Honestamente, no sé si mi corazón podría soportar demasiadas delicadezas en estos momentos.

Holder está de pie junto al borde de la cama, inclinado sobre mí y con la boca pegada a la mía. Se aparta un momento para ponerse un preservativo, me coge de la cintura y me acerca a él. Me levanta la pierna por la rodilla y se la coloca a un lado. Luego desliza la mano por debajo de mi brazo y me agarra del hombro. En el momento en que nos miramos el uno al otro, entra en mí sin pensarlo dos veces. Doy un grito ahogado al sentir su fuerza de golpe, y estoy asombrada por el intenso placer que siento después de un instante de dolor. Envuelvo a Holder con los brazos y me muevo con él mientras me agarra más fuerte de la pierna y me da un beso en la boca. Cierro los ojos y dejo que mi cabeza se hunda cada vez más en el colchón mientras utilizamos nuestro amor para aliviar la angustia temporalmente.

Holder lleva las manos a mi cintura y me acerca a él. Con cada movimiento frenético y rítmico, hunde cada vez más los dedos en mis caderas. Lo agarro de los brazos y relajo el cuerpo, para que me guíe y así pueda ayudarlo. Aparta la boca y abrimos los ojos al mismo tiempo. Él los tiene llorosos, de modo que llevo las manos a su rostro y trato de deshacer su gesto de sufrimiento. Me mira, vuelve la cabeza y me da un beso en la palma de la mano. En ese momento se deja caer sobre mí y se detiene.

Ambos estamos jadeando y siento a Holder dentro de mí, porque todavía me necesita. Sigue mirándome a los ojos mientras pone las manos en mi espalda, me acerca a él y me toma en brazos. Sin separarse de mí, se da la vuelta y se sienta en el suelo, con la espalda apoyada en la cama y conmigo sobre su regazo. Lentamente, me acerca a él para darme un beso. Esta vez un beso muy suave.

Ahora me agarra de un modo protector y me besa en los labios y en la mandíbula. Es un Holder distinto al de hace treinta segundos, pero sigue siendo igual de apasionado. Primero está frenético y excitado... y al poco rato es dulce y mimoso. Estoy empezando a comprender y a amar lo imprevisible que es.

Noto que Holder quiere que yo tome el control, pero estoy nerviosa. No sé cómo hacerlo. Él percibe mi inquietud, de modo que lleva las manos a mi cintura y me guía para que me mueva lentamente sobre él. Me mira con mucha atención para asegurarse de que sigo aquí con él.

Estoy aquí con él, y ahora mismo no puedo pensar en nada más.

Él lleva una mano a mi rostro, y continúa guiándome con la otra mano.

—Sabes lo que siento por ti —me dice—. Sabes lo mucho que te quiero. Sabes que haría cualquier cosa para quitarte ese dolor. Lo sabes, ¿verdad?

Asiento, porque lo sé. Y ahora mismo, mirando sus ojos,

escuchando sus palabras sinceras, sé que Holder ha sentido eso por mí mucho antes de este momento.

—Lo necesito, Sky. Necesito saber que me quieres de ese modo.

Todo él, desde su voz hasta su mirada, está atormentado. Haría cualquier cosa para que no fuera así. Entrelazo los dedos con los suyos y cubro con las manos nuestros corazones. Mientras, reúno la valentía para mostrarle lo mucho que lo quiero. Lo miro fijamente a los ojos mientras me levanto un poco y vuelvo a dejarme caer sobre él lentamente.

Holder gime muy fuerte, cierra los ojos, echa la cabeza hacia atrás y la apoya en el colchón.

—Abre los ojos —susurro—. Quiero que me veas.

Holder levanta la cabeza y me mira con los ojos entrecerrados. Yo sigo tomando el control poco a poco, y solo deseo que él oiga, sienta y vea lo mucho que significa para mí. Tener el control es una sensación muy distinta, pero me gusta. Holder me mira como si me necesitara, y nadie más me ha provocado esa sensación. En cierto modo hace que me sienta necesaria. Como si mi mera existencia fuera precisa para que él sobreviva.

—No dejes de mirarme —le pido.

Otra vez, me levanto un poco y me dejo caer lentamente sobre él. En ese instante Holder balancea la cabeza por la intensidad de la sensación y yo dejo escapar un gemido, pero en ningún momento aparta sus ojos atormentados de mí. Ya no necesito que siga guiándome, y mi cuerpo se convierte en un reflejo rítmico del suyo.

—¿Recuerdas la primera vez que me besaste? —le pregunto—. ¿Ese instante en que tus labios tocaron los míos? Aquella noche me robaste un trocito de mi corazón. —Mantengo el ritmo mientras Holder me mira fijamente—. ¿Recuerdas la primera vez que me dijiste que me vivías porque todavía no estabas listo para decirme que me querías? —Aprieto la mano contra su pecho y me pongo más cerca de él, para que sienta todo mi cuerpo—. Con aquellas palabras me robaste otro trocito de mi corazón.

Holder extiende la mano y la posa sobre mi corazón, y yo la pongo sobre el suyo.

—¿Recuerdas la noche en que descubrí que yo era Hope? Te dije que quería estar sola en mi habitación. Cuando me desperté y te vi en mi cama estuve a punto de echarme a llorar, Holder. Quería llorar porque necesitaba que estuvieses allí. En aquel momento supe que estaba enamorada de ti. Estaba enamorada del modo en que me querías. Cuando me abrazaste me di cuenta de que, pasara lo que pasase con mi vida, tú eras mi hogar. Aquella noche me robaste el trocito más grande de mi corazón.

Me acerco a su boca y le doy un beso muy suave. Él cierra los ojos y vuelve a apoyar la cabeza en la cama.

—No los cierres —susurro al apartarme de sus labios. Él abre los ojos y me mira con una intensidad que me atraviesa—. Quiero que los mantengas abiertos... porque necesito que veas cómo te entrego el último trocito de mi corazón.

Holder deja escapar un largo suspiro, y es casi como si pudiera ver cómo el dolor sale de él. Me agarra muy fuerte de las manos y, de repente, sus ojos ya no muestran una intensa desesperación, sino un deseo ardiente. Poco a poco, los dos formamos una sola persona, y transmitimos con nuestros cuerpos, manos y ojos lo que no puede expresarse con palabras.

Mantenemos el ritmo hasta que, finalmente, Holder cierra los párpados. Echa la cabeza hacia atrás, poseído por las sacudidas que lo están liberando. Cuando noto en la mano que el latido de su corazón se ralentiza y vuelve a mirarme a los ojos, lleva las manos a mi nuca y me besa con una pasión implacable. Holder toma el control y se inclina hacia delante, me tumba en el suelo y me besa con desenfreno.

Pasamos el resto de la noche turnándonos para expresar lo que sentimos el uno por el otro sin decir ni una sola palabra. Llega un momento en que, ya agotados, empiezo a quedarme dormida en sus brazos, con una sensación de incredulidad. Acabamos de entregarnos el uno al otro, en cuerpo y alma. Nunca pensé que sería capaz de confiar en un hombre hasta el punto de compartir mi corazón con él, y mucho menos de entregárselo por completo.

Lunes, 29 de octubre de 2012

Las 23.35

Holder no está a mi lado cuando me doy la vuelta y lo busco en la cama. Me incorporo y veo que ya es de noche, así que enciendo la lámpara. Sus zapatillas no están donde las ha dejado, de modo que me visto y salgo en su busca.

Cruzo el patio y veo que Holder no está sentado en las cabañas. Justo cuando estoy a punto de darme la vuelta para regresar a la habitación, me lo encuentro tumbado junto a la piscina, con las manos detrás de la cabeza, admirando las estrellas. Parece que está muy tranquilo, así que decido ir a una de las cabañas y no molestarlo.

Me acurruco en el asiento, meto los brazos dentro del jersey y echo la cabeza hacia atrás. Hay luna llena, y Holder está iluminado con una luz tenue que le da una apariencia casi angelical. Tiene la mirada perdida en el cielo y un gesto de serenidad, y doy las gracias porque ha conseguido encontrar la paz en un día como el de hoy. Sé lo mucho que significaba Lesslie para él, y también sé por todo lo que ha tenido que pasar hoy. Sé exactamente qué está sintiendo, porque ahora compartimos el dolor. Ambos sentimos lo mismo. Eso es lo que sucede cuando dos personas se convierten en una sola: ya no solo comparten el amor, sino también el dolor, la pena, el pesar y la tristeza.

A pesar de lo desastrosa que es mi vida en estos momentos, después de estar con Holder me envuelve una agradable

346

sensación de consuelo. Pase lo que pase, estoy segura de que él me acompañará en todo momento y que quizá habrá veces en las que me llevará. Me ha demostrado que, mientras él sea parte de mi vida, nunca volveré a sentirme completamente desesperanzada.

—Ven aquí y túmbate a mi lado —me dice sin apartar la vista del cielo.

Sonrío, me pongo en pie y voy hacia él. Al tumbarme en el frío hormigón, acurrucada contra su pecho, él se quita la chaqueta y me arropa con ella. Me acaricia la cabeza mientras admiramos en silencio el cielo y las estrellas.

En ese momento me viene un recuerdo a la memoria, y cierro los ojos para no olvidarlo. Parece un recuerdo bonito, y quiero recuperar todos los que pueda. Abrazo a Holder más fuerte y me dejo llevar.

Trece años antes

—¿Por qué no tienes tele? —le pregunto.

Ya llevo con ella muchos días. Es muy agradable y me gusta estar aquí, pero echo de menos ver la tele. Aunque no tanto como a Dean y a Lesslie.

—No tengo tele porque la gente depende cada vez más de la tecnología y eso ha hecho que se vuelva vaga —responde Karen.

No la entiendo, pero finjo hacerlo. Me encanta estar en su casa, y no quiero decir nada que le haga cambiar de idea y me lleve con papá. Todavía no estoy lista para volver.

—Hope, ¿recuerdas que hace unos días te dije que tenía que hablar contigo sobre una cosa muy importante?

La verdad es que no lo recuerdo, pero asiento. Karen mueve su silla y se pone junto a mí en la mesa.

—Quiero que me prestes mucha atención, ¿de acuerdo? Esto es muy importante.

Asiento otra vez. Espero que no me diga que va a llevarme a casa. No estoy lista para ir a casa. Echo de menos a Dean y a Lesslie, pero no tengo ganas de volver a casa con papá.

—¿Sabes qué es la adopción? —me pregunta.

Niego con la cabeza porque es la primera vez que oigo esa palabra.

—La adopción es cuando alguien quiere tanto a un niño que desea que sea su hijo. Así que lo adopta para convertirse

348

en su papá o su mamá. —Me aprieta la mano y añade—: Yo te quiero tanto que voy a adoptarte para que seas mi hija.

Le sonrío, pero la verdad es que no la entiendo.

—¿Vas a venir a vivir conmigo y con papá?

Niega con la cabeza y me aclara:

—No, cariño. Tu padre te quiere muchísimo, pero no puede seguir encargándose de ti. Ahora necesita que yo cuide de ti porque quiere que seas feliz. De modo que, en lugar de vivir con tu papá, vivirás conmigo y yo seré tu mamá.

Me entran ganas de llorar, pero no sé por qué. Karen me cae muy bien, pero también quiero a papá. Me gusta la casa de Karen, y cómo cocina y mi habitación. Quiero quedarme aquí, pero no puedo sonreír porque me duele la tripa. Me ha empezado a doler cuando ha dicho que mi papá no puede seguir encargándose de mí. ¿Se habrá enfadado conmigo? Decido no preguntárselo. Me da miedo que ella piense que quiero seguir viviendo con papá y que me lleve de vuelta con él. Lo quiero mucho, pero me aterroriza volver a vivir con él.

—¿Te hace ilusión que vaya a adoptarte? ¿Quieres vivir conmigo? —me pregunta.

Quiero vivir con ella, pero estoy triste porque tardamos muchos minutos y muchas horas en llegar hasta aquí. Eso quiere decir que estoy muy, muy lejos de Dean y de Lesslie.

—¿Y mis amigos? ¿Podré volver a verlos? —le respondo yo.

Karen ladea la cabeza, me sonríe y me retira el pelo de la cara.

—Cariño, vas a hacer muchos amigos nuevos.

Sonrío a Karen, pero sigue doliéndome la tripa. No quiero hacer nuevos amigos. Quiero a Dean y a Lesslie. Los echo de menos. Noto que me arden los ojos e intento no ponerme a llorar. No quiero que Karen piense que no me alegra que me adopte.

Karen me abraza y me dice:

—Cariño, no te preocupes. Algún día volverás a ver a tus

amigos. Pero ahora no podemos regresar allí, así que haremos nuevos amigos aquí, ¿de acuerdo?

Asiento y ella me da un beso en la cabeza mientras miro la pulsera que llevo en la mano. Toco con los dedos el corazoncito y deseo que Lesslie sepa dónde estoy. Espero que sepan que me encuentro bien porque no quiero que se preocupen por mí.

—Tengo que decirte otra cosa. Te va a encantar. —Karen se reclina en su silla y saca un trozo de papel y un lápiz del cajón que hay frente a ella—. La mejor parte de ser adoptada es que puedes elegir tu propio nombre. ¿Lo sabías?

Niego con la cabeza. No sabía que cada uno pudiese elegir su nombre.

—Antes de nada tenemos que apuntar los nombres que no podemos utilizar. Por ejemplo, no puedes elegir el nombre que tenías antes, ni tampoco apodos. ¿Tú tienes algún apodo? ¿Tu padre te llamaba de alguna manera?

Asiento, pero no se lo digo.

—¿Cómo te llamaba?

Me miro las manos y me aclaro la garganta.

—Princesa —digo en voz baja—. Pero no me gusta ese apodo.

Karen se pone triste al oír mi respuesta.

—En ese caso nunca más te llamaremos «princesa», ¿te parece bien?

Asiento. Me alegra que a ella tampoco le guste.

—Quiero que me digas cosas que te ponen feliz. Cosas bonitas, cosas que te encantan. Si quieres podemos elegir un nombre de estos.

No necesito que los escriba, porque solo hay una cosa que hace que me sienta de esa manera.

—Me encanta el cielo —le digo, pensando en que Dean me dijo que no lo olvidara nunca.

—Sky* —dice sonriente—. Me gusta mucho ese nombre.

* En inglés, «cielo». (N. de la T.)

Creo que es perfecto. Ahora pensemos en otro nombre, porque necesitas dos. ¿Qué otra cosa te gusta?

Cierro los ojos e intento pensar en otra cosa, pero no se me ocurre. El cielo es lo único que me encanta, porque es bonito y me pongo contenta cuando pienso en él. Abro los ojos y miro a Karen.

—¿Qué te gusta a ti? —le pregunto.

Ella sonríe y apoya la barbilla en su mano, con el codo sobre la mesa.

—Me gustan muchas cosas. Sobre todo la pizza. ¿Podemos llamarte Sky Pizza?

Me río y niego con la cabeza.

—Ese es un nombre ridículo.

—De acuerdo, deja que piense —me dice—. ¿Te gustan los ositos de peluche? ¿Podemos llamarte Osito de Peluche Sky?

Vuelvo a reírme y a negar con la cabeza.

Quita su mano de debajo de la barbilla y se acerca a mí.

—¿Quieres saber qué me encanta?

—Sí —respondo.

—Me encantan las hierbas. Las hierbas son plantas curativas, y me encanta cultivarlas para ayudar a la gente a que se sienta mejor. Me gustaría tener mi propia empresa algún día para vender hierbas. Si quieres, podemos elegir el nombre de una hierba. Hay muchísimas y algunas tienen unos nombres muy bonitos.

Karen se levanta, va al salón a coger un libro y vuelve a sentarse a la mesa. Lo abre y señala una página.

—¿Te gusta «tomillo»? —me pregunta, guiñándome el ojo.

Me río y niego con la cabeza.

—¿Y «caléndula»?

Vuelvo a negar con la cabeza.

—Ni siquiera sé pronunciarlo.

Arruga la nariz y añade:

—Tienes razón: debes ser capaz de pronunciar tu propio nombre.

Karen vuelve a mirar la página y me propone más nombres, pero no me gusta ninguno. Pasa otra página y dice:

—«Linden».* ¿Qué te parece? Es un árbol más que una hierba, pero sus hojas tienen forma de corazón. ¿Te gustan los corazones?

Asiento.

—Linden —repito—. Me gusta ese nombre.

Karen sonríe, cierra el libro y se acerca a mí.

—De acuerdo, pues serás Linden Sky Davis. Y para que lo sepas, ahora tienes el nombre más bonito del mundo. No volvamos a pensar en tu antiguo nombre, ¿de acuerdo? Prométeme que de aquí en adelante solo pensarás en tu precioso nombre y en tu nueva vida.

—Te lo prometo —contesto.

Y se lo prometo. No quiero pensar en mi antiguo nombre, en mi antigua habitación y en todas las cosas que me hizo mi padre cuando era su princesa. Me encanta mi nuevo nombre. Me encanta mi nueva habitación, en la que no tengo que preocuparme por si gira el pomo de la puerta.

Karen y yo nos abrazamos. Y sonrío porque me siento como pensaba que me sentiría cada vez que deseaba que mi madre estuviera viva para abrazarme.

* En inglés, «tilo». *(N. de la T.)*

Martes, 30 de octubre de 2012

Las 00.10

Me llevo la mano a la mejilla y me seco una lágrima. Ni siquiera estoy segura de por qué estoy llorando ahora mismo; no era un recuerdo triste. Creo que lo hago porque es uno de los primeros momentos en los que empecé a querer a Karen. Ahora que sé lo que me hizo me duele pensar en cuánto la quiero. Me duele porque me da la sensación de que no la conozco. Siento que hay una parte de ella que nunca imaginé que existía.

Sin embargo, eso no es lo que más me asusta. Lo que más miedo me da es que esa única parte de ella que conozco... no sea real.

—¿Puedo hacerte una pregunta? —me dice Holder rompiendo el silencio.

Asiento con la cabeza en su pecho y me seco la última lágrima que me recorre la mejilla. Me envuelve con los dos brazos al notar que estoy temblando. Me acaricia el hombro con una mano y me da un beso en la cabeza.

—¿Crees que vas a estar bien, Sky?

No es una pregunta rara. Es muy simple y directa, pero creo que es la pregunta más complicada que he tenido que responder.

Me encojo de hombros y contesto con total sinceridad.

—No lo sé. Me aterroriza mi pasado. Me aterrorizan los recuerdos que me inundan la mente cada vez que cierro los ojos. Me aterroriza lo que ha pasado hoy y el modo en que me afectará las noches que no estés conmigo para desviar mi atención. Me aterroriza no tener la capacidad emocional para sobrellevar lo que puede pasarle a Karen. Me da miedo pensar en que no tengo ni idea de quién es ella. —Aparto la cabeza de su pecho y lo miro a los ojos—. Pero ¿sabes qué es lo que más me asusta?

Holder me acaricia la cabeza y me sostiene la mirada, para que yo sepa que está prestándome atención.

—¿Qué? —pregunta, con un tono de preocupación.

—Me asusta no sentir ningún tipo de conexión con Hope. Sé que somos la misma persona, pero me da la sensación de que lo que le sucedió a ella no me pasó a mí. Siento que la abandoné. Como si la hubiese dejado allí, llorando ante aquella casa, aterrorizada para toda la eternidad, mientras yo me subía a aquel coche y me marchaba. Ahora soy dos personas completamente divididas. Soy aquella niñita, muerta de miedo para siempre, pero también soy la chica que la abandonó. Me siento muy culpable por haber construido un muro entre nuestras vidas, y me asusta que ninguna de esas vidas o de esas chicas vuelva a sentirse completa.

Hundo la cabeza en el pecho de Holder, consciente de que lo que estoy diciendo probablemente no tenga ningún sentido. Él me da un beso en la cabeza y yo vuelvo a mirar al cielo, y me pregunto si alguna vez podré volver a sentirme normal. Era muchísimo más fácil no saber la verdad.

—Después de que mis padres se divorciaran —explica Holder—, mi madre estuvo muy preocupada por nosotros, y nos mandó a Lesslie y a mí a terapia. Solo fueron unos seis meses, pero recuerdo que yo era muy duro conmigo mismo porque pensaba que era el culpable de su divorcio. Sentía que el error que cometí el día que te llevaron les causó mucha presión. Ahora sé que casi todo por lo que me culpaba en aquel momento no estaba en mis manos. Pero un día mi terapeuta me dijo algo que me ayudó. En aquel entonces me pareció una cosa muy rara; sin embargo, de vez en cuando sigo haciéndolo. Me pidió que me imaginara en el pasado y que hablara con mi versión más joven y le dijera todo lo que necesitaba decir. —Pone mi rostro frente al suyo para que pueda mirarlo a los ojos—. Creo que podrías intentarlo tú también. Sé que parece una chorrada, pero hazlo, de verdad. Puede que te ayude. Creo que te vendrá bien volver al pasado para decirle a Hope todo lo que te gustaría haberle dicho el día que la dejaste.

Apoyo la barbilla en su pecho y le pregunto:

—¿Qué quieres decir? ¿Que me imagine hablando con ella?

—Eso es —responde—. Inténtalo. Cierra los ojos.

Los cierro. No estoy segura de qué estoy haciendo, pero hago caso a Holder.

—¿Ya está?

—Sí. —Poso la mano sobre su corazón y apoyo un lado de mi cara en su pecho—. Pero no estoy segura de cómo hacerlo.

—Simplemente imagínate como eres ahora. Imagina que vas en coche a casa de tu padre y que aparcas al otro lado de la calle. Pero imagina la casa tal como estaba entonces. Imagínatela tal como estaba cuando eras Hope. ¿Recuerdas cuando era blanca?

Aprieto aún más los ojos, y tengo un vago recuerdo de la casa blanca.

—Sí.

—Bien. Ahora tienes que encontrarla. Habla con ella. Dile lo fuerte que es. Dile lo bonita que es. Dile todo lo que necesita oír de ti, Sky. Todo lo que desearías haberle dicho tú misma aquel día.

Dejo la mente en blanco y me dejo llevar por sus palabras. Me imagino a mí misma como soy ahora, y lo que estaría pasando si en realidad condujera hasta la casa. Seguramente llevaría mi vestido de tirantes y una coleta porque haría mucho calor. Es casi como si pudiera sentir la luz del sol que entra por la luna del coche y calienta mi piel.

Me bajo del coche y cruzo la calle, aunque soy reacia a acercarme a esa casa. De repente se me acelera el corazón. No estoy segura de si quiero verla, pero hago caso a Holder y sigo adelante. En cuanto tengo un lado de la casa al alcance de la vista, la veo a ella. Hope está sentada sobre la hierba, con los brazos cruzados sobre las rodillas. Tiene la cabeza hundida y está llorando, y eso me rompe el corazón.

Lentamente me acerco a ella y me detengo. Con cuidado, me agacho sin dejar de mirar a esa niñita frágil. Al situarme en la hierba, justo delante de ella, Hope levanta la cabeza y me mira. En ese momento se me cae el alma a los pies porque sus ojos marrones oscuros tienen una mirada sin vida. No muestran alegría. Sin embargo, intento sonreírle, porque no quiero que note lo mucho que me duele verla sufrir.

Extiendo la mano, pero no llego a tocarla. Sus ojos tristes se fijan en mis dedos. Tengo las manos temblorosas y ella lo ve. Quizá que ella sepa que yo también estoy asustada me ayude a ganarme su confianza. De hecho, levanta más la cabeza, extiende los brazos y posa la manita en la mía.

Estoy viendo la manita de mi infancia cogida por la mano de mi presente, pero quiero hacer algo más. Quiero coger todo su dolor y su miedo, y quitárselo.

Recuerdo lo que me ha dicho Holder sobre hablar con ella, de modo que la miro, me aclaro la voz y aprieto su mano.

—Hope.

Ella sigue mirándome, paciente, mientras reúno la valentía para hablarle para decirle todo lo que necesita saber.

—¿Sabes que eres una de las niñas más valientes que he conocido?

Ella niega con la cabeza y dirige la vista hacia la hierba.

—No, no lo soy —responde en voz baja, muy convencida de lo que dice.

Cojo su otra mano y la miro directamente a los ojos.

—Sí, sí que lo eres. Eres increíblemente valiente. Y vas a salir de esta porque tienes un corazón muy fuerte. Un corazón capaz de amar la vida y la gente de un modo que nunca has imaginado. Y eres preciosa. —Apoyo la mano en su corazón—. Aquí. Tu corazón es precioso y, algún día, alguien va a amar ese corazón como merece ser amado.

Hope aparta una de sus manos y se frota los ojos.

—¿Cómo sabes todo eso? —me pregunta.

Me inclino hacia delante y la envuelvo entre mis brazos. Ella también abre los brazos y nos abrazamos. Acerco la boca a su oído y le susurro:

—Lo sé porque he pasado por lo mismo que tú. Sé lo mucho que te duele lo que te hace tu papá porque a mí también me lo hizo. Sé cuánto loe odias por ello, pero también sé lo mucho que lo quieres porque es tu papá. Y eso no está mal, Hope. Está bien quererlo por sus cosas buenas, porque no es todo maldad. Pero también está bien odiar todas esas cosas malas que te entristecen. Todo lo que sientas está bien. Prométeme que jamás te sentirás culpable. Prométeme que nunca te culparás. Tú no has cometido ningún error. Solo eres una niña pequeña y no es tu culpa que tu vida sea mucho más dura de lo que debería ser. Y por mucho que quieras olvidar todas esas cosas que están pasándote, y por mucho que quieras borrar de tu mente que esto te ha sucedido, necesito que lo recuerdes.

Noto que los brazos le tiemblan, y está llorando en silencio contra mi pecho. Sus lágrimas hacen que yo también me ponga a llorar.

—Quiero que recuerdes quién eres —prosigo—, a pesar de todas las cosas malas que están pasándote. Porque esas cosas malas no son tú. Solo son cosas que te pasan. Tienes que aceptar que no es lo mismo quién eres y qué te pasa.

Suavemente, aparto su cabeza de mi pecho y la miro a sus ojos llorosos.

—Prométeme que, pase lo que pase, nunca te avergonzarás de ti misma, por mucho que lo sientas. Y puede que en estos momentos no estés entendiéndome, pero quiero que me prometas que no dejarás que las cosas que te hace tu papá te definan y te separen de quién eres realmente. Prométeme que nunca perderás la esperanza, Hope.

Ella asiente mientras le seco las lágrimas con mis pulgares.

—Te lo prometo —responde.

Me lanza una sonrisa y, por primera vez desde que he visto esos enormes ojos marrones, aparece un destello de vida en ellos. Pongo a Hope en mi regazo, ella me rodea el cuello con sus bracitos y la mezo mientras lloramos.

—Hope, te prometo que, de aquí en adelante, jamás dejaré que te vayas. Te llevaré en mi corazón para siempre. Nunca volverás a estar sola.

Estoy llorando apoyada en su cabeza pero, cuando abro los ojos, me encuentro llorando en los brazos de Holder.

—¿Has hablado con ella? —me pregunta él.

Asiento sin intentar contener las lágrimas.

—Sí. Se lo he dicho todo —respondo.

Holder se incorpora, y yo con él. Se vuelve hacia mí y toma mi rostro entre las manos.

—No, Sky. No se lo has dicho todo... Te lo has dicho todo. Todo aquello te pasó a ti, no a otra persona. Le pasó a Hope. Le pasó a Sky. Le pasó a mi mejor amiga, a la que quiero, a la que está mirándome ahora mismo.

Holder aprieta los labios contra los míos, me besa y se aparta. Hasta que vuelvo a abrir los ojos, no me doy cuenta de que él también está llorando.

—Tienes que estar orgullosa de haber sobrevivido a todo lo que tuviste que pasar de niña —prosigue—. No te separes de aquella vida. Acéptala, porque yo estoy muy orgulloso de ti. Cada sonrisa que veo en tu rostro me vuelve loco porque soy consciente de la valentía y la fuerza que te costó de pequeña hacer que esa parte de ti no desapareciera. ¿Y tu risa? Dios mío, Sky. Piensa en todo el valor que necesitaste para volver a reír después de todo lo que te pasó. Y tu corazón... —añade, moviendo la cabeza incrédulo—. Que tu corazón pueda encontrar el modo de volver a amar y a confiar en un hombre demuestra que me he enamorado de la chica más valiente que haya conocido jamás. Sé lo mucho que te costó dejarme entrar en tu vida después de lo que tu padre te hizo. Y te juro que pasaré el resto de mi vida agradeciéndote que me quieras. Muchísimas gracias por amarme, Linden Sky Hope.

Holder pronuncia mi nombre lentamente, y ni siquiera trata de secarme las lágrimas porque son demasiadas. Me lanzo a su cuello y me abraza. Abraza todos mis diecisiete años.

Martes, 30 de octubre de 2012

Las 9.05

Brilla el sol y su luz traspasa la manta con la que me he tapado los ojos. Pero lo que me ha despertado no ha sido eso, sino la voz de Holder.

—Mira, no tienes ni idea de lo que ella ha tenido que pasar durante estos últimos dos días —dice él.

Está tratando de hablar en voz baja, para no despertarme o para que no escuche la conversación. No consigo oír la respuesta, por lo que debe de estar al teléfono. Pero ¿quién demonios está al otro lado de la línea?

—Entiendo que la defiendas. Créeme, te entiendo. Pero ambos debéis saber que no va a entrar sola en esa casa —prosigue él.

Tras una larga pausa, Holder lanza un gran suspiro.

—Primero tiene que comer algo, así que tardaremos un poco. Sí, lo prometo. Voy a despertarla en cuanto cuelgue. Saldremos dentro de una hora.

Holder deja el teléfono sobre la mesa, sin despedirse. De inmediato, la cama se hunde y me rodea con un brazo.

—Despierta —me dice al oído.

Me quedo quieta.

—Estoy despierta —le respondo desde debajo de la manta, y siento su cabeza sobre mi hombro.

—¿Has escuchado la conversación? —me pregunta entre susurros.

—¿Con quién hablabas?

Holder se revuelve en la cama y me destapa la cabeza.

—Con Jack. Me ha dicho que Karen se lo confesó todo anoche. Está preocupado y quiere que hables con ella.

En ese momento se me para el corazón.

—¿Lo ha confesado? —pregunto con recelo, y me incorporo.

Holder asiente y me responde:

—No hemos entrado en detalles pero, por lo visto, Jack sabe qué está pasando. Yo le he contado lo de tu padre... porque Karen quería saber si lo habías visto. Esta mañana, al despertarme, estaban hablando sobre ello en las noticias. Han llegado a la conclusión de que fue un suicidio porque él mismo llamó a la policía. Ni siquiera van a abrir una investigación. —Me agarra de la mano y me acaricia con el dedo pulgar—. Sky, Jack insistía mucho en que volvieses. Creo que tiene razón, tenemos que ir a casa y acabar con todo esto. No estarás sola. Jack y yo estaremos allí. Y por lo que me ha parecido, Karen está dispuesta a cooperar. Sé que es muy duro para ti, pero no tenemos otra alternativa.

Holder me habla como si tuviera que convencerme, pero la verdad es que estoy preparada. Quiero ver a Karen cara a cara para que responda a mis últimas preguntas. Me destapo, me levanto de la cama y me desperezo.

—Primero voy a limpiarme los dientes y a vestirme. Luego podemos marcharnos.

Me dirijo al cuarto de baño, sin mirar atrás, pero noto que Holder está muy orgulloso. Muy orgulloso de mí.

Holder me da su teléfono en cuanto emprendemos el viaje de vuelta.

—Toma. Breckin y Six están preocupados por ti. Karen miró sus números en tu teléfono y los ha estado llamando todo el fin de semana para preguntarles dónde estabas.

—¿Has hablando con alguno de ellos?

Holder asiente.

—He hablado con Breckin esta mañana, justo antes de que Jack llamara. Le he contado que te habías enfadado con tu madre y que necesitabas pasar unos días fuera de casa. La explicación lo ha convencido.

—¿Y Six?

Holder me lanza una mirada y esboza una sonrisita.

—Será mejor que tú misma llames a Six. He estado en contacto con ella por correo electrónico. He intentado tranquilizarla con la misma historia que le he contado a Breckin, pero no se la ha creído. Decía que tú y Karen no os enfadáis, y me pedía que le contara la verdad antes de que coja un vuelo hacia Texas para darme una paliza.

Me estremezco porque sé que Six debe de estar muy preocupada. No le he escrito desde hace días. De modo que, antes de llamar a Breckin, le enviaré un correo electrónico a Six.

—¿Cómo se manda un correo electrónico? —le pregunto.

Holder se echa a reír, me quita el teléfono de la mano y aprieta varias teclas. Me lo devuelve y señala la pantalla.

—Escribe lo que quieras, y después dame el móvil y yo lo enviaré.

Escribo un mensaje breve, en el que le digo a Six que he descubierto algunas cosas de mi pasado y que he tenido que irme de casa unos días. Le aseguro que la llamaré dentro de poco para explicárselo todo, pero en realidad no estoy segura de que vaya a hacerlo. A estas alturas, no sé si quiero que alguien sepa lo que me ha sucedido. Al menos, no hasta que tenga todas las respuestas.

Holder envía el mensaje, y después me coge de la mano y entrelaza los dedos con los míos. Yo miro por la ventanilla del coche hacia el cielo.

—¿Tienes hambre? —me pregunta, después de haber conducido una hora en un silencio absoluto.

Niego con la cabeza. Estoy tan nerviosa por volver a ver a Karen que no me apetece comer nada. Estoy tan nerviosa que no soy capaz ni de mantener una conversación normal y corriente. Estoy tan nerviosa que no puedo hacer nada más que mirar por la ventanilla y preguntarme dónde amaneceré mañana.

—Tienes que comer algo, Sky. Apenas has probado bocado en tres días, y con lo propensa que eres a desmayarte, me parece que tendrías que llenar el estómago.

Holder no va a parar hasta que coma algo, de modo que accedo.

—Vale —mascullo.

No consigo decidir qué me apetece comer así que, al final, Holder elige un restaurante mexicano de carretera. Pido algo del menú solo para contentarlo. Sin embargo, probablemente no sea capaz de meterme nada en la boca.

—¿Quieres jugar a *Cenas o preguntas*? —me propone él mientras moja un nacho en salsa.

Me encojo de hombros. No quiero pensar en lo que voy a estar haciendo dentro de cinco horas, por lo que esto quizá me ayude a no darle vueltas a la cabeza.

—De acuerdo. Pero con una condición. No quiero hablar sobre nada relacionado con los primeros años de mi vida, con los últimos tres días o con las próximas veinticuatro horas.

Holder sonríe aliviado. Quizá a él tampoco le apetezca pensar en eso.

—Las señoritas primero —me dice.

—Pues deja ese nacho —le ordeno, viendo lo que está a punto de meterse a la boca.

Holder mira el nacho y frunce el entrecejo.

—Entonces lanza ya la pregunta porque estoy muriéndome de hambre.

Aprovecho mi turno para dar un trago al refresco y tomar un trozo del nacho que él acaba de dejar en el plato.

—¿Por qué te gusta tanto correr? —pregunto.

—No lo sé —responde, y se apoya en el respaldo del asiento—. Empecé a correr con trece años. Al principio fue un modo de escapar de Les y de sus amigas, porque eran muy pesadas. A veces necesitaba salir de casa. Los chillidos y los cotorreos de las chicas de trece años pueden llegar a ser horribles. Me gustaba el silencio que me rodeaba al correr. Por si no te has dado cuenta, soy bastante pensativo, y el ejercicio me ayudaba a aclararme las ideas.

—Sí, ya me he dado cuenta —le respondo riéndome—. ¿Siempre has sido así?

Él sonríe y niega con la cabeza.

—Esa es otra pregunta. Me toca.

Holder me quita el nacho que estaba a punto de comerme y se lo mete en la boca. Toma un trago de refresco y me pregunta:

—¿Por qué no fuiste a las pruebas de atletismo?

Arqueo la ceja y me echo a reír.

—Me extraña que me hagas esa pregunta ahora. Fue hace más de dos meses.

Holder niega con la cabeza y me señala con un nacho.

—No juzgues mis preguntas.

—De acuerdo —digo entre risas—. La verdad es que no lo sé. El instituto no es como me lo esperaba. No creía que las chicas serían tan crueles. Ninguna de ellas me ha dicho nada aparte de lo guarra que soy. Breckin es el único en todo el instituto que se ha esforzado en conocerme.

—Eso no es verdad —me interrumpe Holder—. Olvidas a Shayla.

Me echo a reír.

—¿Te refieres a Shayna?

—Como se llame —dice, agitando la cabeza—. Tu turno.

Rápidamente se mete otro nacho en la boca y me sonríe.

—¿Por qué se divorciaron tus padres?

Esboza una sonrisa forzada, tamborilea con los dedos en la mesa y se encoge de hombros.

—Supongo que les llegó la hora —responde con indiferencia.

—¿Que les llegó la hora? —repito, confundida por la imprecisión de su respuesta—. ¿Los matrimonios tienen fecha de caducidad?

—Para algunas personas, sí que la tienen —contesta encogiéndose de hombros.

Me interesa mucho lo que está diciendo. Espero que no reclame su turno, porque deseo saber cuál es su punto de vista sobre ese tema. No es porque planee casarme pronto. Pero es el chico del que estoy enamorada, así que no me vendría mal saber su opinión para no llevarme un disgusto dentro de unos años.

—¿Por qué piensas que tus padres tenían una fecha límite? —pregunto.

—Todas las parejas tienen una fecha límite si se casan por los motivos equivocados. Después de casarte las cosas no se ponen más fáciles... sino más difíciles. Si te casas con alguien para que la relación mejore, estás activando la cuenta atrás en el momento en que dices «Sí, quiero».

—¿Cuál fue el motivo equivocado por el que se casaron tus padres?

—Les y yo —responde de manera inexpresiva—. Mis padres solo llevaban juntos un mes cuando mi madre se quedó embarazada. Mi padre se casó con ella porque pensaba que era lo que debía hacer, pero quizá lo más adecuado habría sido no haberse acostado con ella.

—Los accidentes suceden —le digo.

—Lo sé. Y por eso se divorciaron.

Niego con la cabeza porque me entristece que Holder hable como si nada sobre la relación de sus padres. Pero tal vez sea porque han pasado ocho años desde que se divorciaran. Cuando Holder tenía diez años, seguro que no hablaba así sobre el tema.

—Pero no crees que el divorcio sea inevitable en todos los matrimonios, ¿verdad?

Holder cruza los brazos sobre la mesa, se inclina hacia delante y entorna los ojos.

—Sky, si estás preguntándote si tengo problemas para comprometerme, la respuesta es no. Algún día muy, muy lejano, después de ir a la universidad, cuando te pida que te cases conmigo, que lo haré algún día, porque no vas a librarte de mí tan fácilmente, no me casaré contigo con la esperanza de que nuestro matrimonio funcione. Cuando te conviertas en mi esposa, será para siempre. Ya te he dicho antes que lo único que me importa son los «para siempre». De verdad.

Le sonrío porque me da la sensación de que estoy un poco más enamorada de él que hace treinta segundos.

—¡Uau! No has necesitado demasiado tiempo para pensar esas palabras.

Niega con la cabeza y responde:

—Eso es porque las he estando pensando desde el mismo instante en que te vi en la tienda.

El camarero llega con la comida en el momento adecuado, porque no se me ocurre una respuesta a lo que Holder acaba de decirme. Cojo el tenedor y me dispongo a comer, pero Holder extiende la mano y me lo quita.

—No hagas trampas —me dice—. El juego no ha acabado, y voy a hacer una pregunta muy personal.

Holder toma un bocado y mastica lentamente, mientras yo espero que me haga su pregunta «muy personal». A continuación le da un trago al refresco, sigue comiendo y me sonríe. Está alargando su turno a propósito para comer todo lo que quiere.

—Hazme la maldita pregunta —le ordeno, fingiendo estar enfadada.

Él se echa a reír, se limpia con la servilleta y se inclina hacia delante.

—¿Tomas anticonceptivos? —me pregunta en voz muy baja.

Su pregunta me provoca un ataque de risa, porque no es una pregunta tan personal cuando se la estás haciendo a la chica con la que te acuestas.

—No, no los tomo —admito—. Nunca he tenido motivos para tomar anticonceptivos antes de que tú irrumpieras en mi vida.

—Bueno, pues quiero que los tomes —me dice con resolución—. Pide cita para esta semana.

Me pongo a la defensiva por su grosería.

—Podrías habérmelo pedido con un poquito más de educación.

Holder arquea una ceja mientras da otro sorbo, y lentamente deja el vaso frente a él.

—Lo siento. —Me lanza una sonrisa e intenta cautivarme con sus hoyuelos—. Deja que reformule la frase —me pide entre susurros—. Planeo hacer el amor contigo, Sky. Muchas veces. En cada ocasión que tengamos la oportunidad. A pesar de las circunstancias, este fin de semana me lo he pasado muy bien contigo. De modo que, para que podamos seguir haciéndolo, te agradecería que tomaras otras medidas anticonceptivas y así no tener que contraer matrimonio con fecha de caducidad a consecuencia de un embarazo. ¿Crees que podrías hacerlo por mí? ¿Para que podamos seguir teniendo muchísimo sexo?

Sostengo su mirada mientras acerco mi vaso vacío a la camarera, quien, a su vez, está mirando a Holder con la boca abierta.

—Eso está mejor —le respondo sin cambiar de expresión—. Y sí. Creo que lo haré.

Holder asiente, pone su vaso junto al mío y mira a la camarera. Finalmente ella sale de su trance, rellena los vasos y se marcha. En ese momento, fulmino a Holder con la mirada y niego con la cabeza.

—Eres muy malo, Dean Holder —le digo entre risas.

—¿Cómo? —pregunta con inocencia.

—Debería ser ilegal que de tu boca salieran las frases «hacer el amor» y «tener sexo» en presencia de una mujer y de mí, que soy la que disfruta de ti. Creo que no eres consciente de lo que provocas en las mujeres.

Holder niega con la cabeza y trata de restar importancia a mi comentario.

—Te lo digo en serio, Holder. No es mi intención inflarte el ego, pero deberías saber que eres increíblemente atractivo para cualquier mujer con sangre en el cuerpo. Piénsalo. No puedo contar con los dedos de las manos cuántos chicos he conocido en toda mi vida; sin embargo, tú eres el único por el que me he sentido atraída. Explícame el motivo.

Se echa a reír y responde:

—Es muy simple.

—¿Por qué?

—Porque tú ya me amabas antes de verme aquel día en el supermercado —dice, mirándome fijamente—. Que no me recordaras no quiere decir que me hubieras borrado de tu corazón. —Se lleva el tenedor a la boca y hace una pausa antes de meterse la comida a la boca—. Pero quizá tengas razón. Tal vez se deba a que te entraron ganas de lamerme los hoyuelos —añade, y se mete el tenedor en la boca.

—Claro que fue por los hoyuelos —le digo sonriente.

No sé cuántas veces ha conseguido que sonría en la media hora que llevamos aquí y, de algún modo, me he comido la mitad de lo que había en el plato. Su mera presencia hace milagros en un corazón herido como el mío.

Martes, 30 de octubre de 2012

Las 19.20

Estamos a una manzana de distancia de la casa de Karen cuando le pido a Holder que detenga el coche. He pasado todo el trayecto atormentándome con la mera idea de volver a casa, y ahora que nos encontramos tan cerca, estoy aterrada. No sé qué voy a decir a Karen o cómo se supone que debo reaccionar cuando cruce la puerta principal.

Holder para el coche en un lado de la carretera, apaga el motor y me mira preocupado.

—¿Necesitas cambiar de capítulo? —me pregunta.

Asiento y respiro hondo. Holder se vuelve hacia mí y me coge de la mano.

—¿Qué es lo que más miedo te da de volver a verla?

Cambio de postura para mirarlo de frente y le respondo:

—Me da miedo que, independientemente de lo que Karen me diga hoy, no pueda perdonarla jamás. Sé que gracias a ella mi vida ha sido mejor de lo que habría sido si me hubiese quedado con mi padre, pero en el momento en que me raptó, Karen no lo sabía. Ahora soy consciente de qué es capaz, y eso hace que no pueda perdonarla. Si no pude perdonar a mi padre por lo que me hizo... tampoco debería perdonarla a ella.

Holder frota con el dedo pulgar el dorso de mi mano.

—Quizá nunca la perdones por lo que hizo, pero puedes darle las gracias por la vida que te ha dado. Ha sido una buena madre, Sky. Recuérdalo cuando hables con ella.

Dejo escapar un suspiro lleno de nerviosismo.

—Esa es la parte que no consigo superar —le digo—. Que haya sido una buena madre y que la quiera por ello. La quiero muchísimo y me aterroriza perderla hoy.

Holder me acerca a él y me abraza.

—A mí también me preocupa, cariño —me explica, porque no quiere fingir que todo irá bien cuando puede que no sea así.

Ambos estamos atrapados en el miedo que nos produce la incertidumbre. Ninguno de los dos sabe qué camino tomará mi vida después de que entre en casa, ni si vamos a poder recorrer ese camino juntos.

Me aparto de él, me pongo las manos en las rodillas y reúno el valor para seguir adelante.

—Estoy lista —le digo.

Holder asiente, volvemos a incorporarnos a la carretera, doblamos la esquina y nos detenemos delante de casa. En estos momentos las manos me tiemblan incluso más que antes. Holder abre la puerta del conductor y, en ese instante, Jack sale de casa.

Holder se vuelve hacia mí y me dice:

—Quédate aquí. Primero quiero hablar con Jack.

Baja del coche y cierra la puerta. Me quedo quieta, tal como me ha pedido porque, sinceramente, no tengo ninguna prisa. Observo cómo Holder y Jack hablan durante unos minutos. El hecho de que Jack esté aquí, apoyando a Karen, hace que me pregunte si ella le habrá contado toda la verdad sobre lo que hizo. En ese caso, dudo que él siguiera aquí.

Holder viene hacia el lado del coche en el que yo estoy sentada. Abre la puerta y se pone de rodillas junto a mí. Me acaricia la mejilla y recorre mi rostro con las yemas de los dedos.

—¿Estás lista? —me pregunta.

Noto que mi cabeza asiente, pero no tengo la sensación de controlar ese movimiento. Veo mis pies saliendo del coche y mi mano agarrando la de Holder, pero no sé por qué estoy moviéndome cuando, conscientemente, estoy tratando de quedarme inmóvil. No estoy lista para entrar, pero estoy alejándome del coche, ayudada por Holder, de camino a casa. Cuando llego a donde está Jack, él me abraza. En cuanto sus brazos familiares me rodean, vuelvo en mí y respiro hondo.

—Gracias por venir —me dice—. Karen necesita esta oportunidad para contártelo todo. Prométeme que se la darás.

Me aparto de él y lo miro a los ojos.

—¿Sabes qué hizo, Jack? ¿Te lo ha contado?

Él asiente, embargado por el dolor.

—Lo sé, y soy consciente de que debe de ser muy duro para ti. Pero tienes que escuchar su parte de la historia.

Jack se vuelve hacia la casa sin apartar su brazo de mis hombros. Holder me coge de la mano y ambos me llevan hacia la puerta principal, como si fuera una niñita frágil.

No soy una niñita frágil.

Me detengo en la escalera y me vuelvo hacia ellos.

—Quiero hablar con ella a solas.

Creía que querría que Holder estuviese a mi lado, pero tengo que ser fuerte y valerme por mí misma. Me encanta el modo en que me protege, pero esto es lo más difícil que he tenido que hacer y quiero poder decir que lo hice sola. Si soy capaz de enfrentarme a esto sin ayuda de nadie, sé que tendré el valor para enfrentarme a cualquier cosa.

Ninguno de los dos pone ninguna pega, y se lo agradezco mucho porque eso quiere decir que confían en mí. Holder me aprieta la mano y me anima a seguir adelante con la mirada.

—Te esperaré aquí mismo —me dice.

Respiro hondo y abro la puerta principal.

Al entrar en el salón, Karen deja de pasearse, se da la vuelta y me ve. En cuanto nos miramos la una a la otra, ella pierde el control y se abalanza sobre mí. No sé cómo esperaba encontrármela al entrar en casa, pero de ningún modo creía que se sentiría aliviada al verme.

—Estás bien —me dice, y rodea mi cuello con los brazos. Pone la mano en mi nuca y me aprieta contra ella mientras llora—. Lo siento muchísimo, Sky. Siento mucho que te enteraras antes de que yo te lo dijera.

Karen está haciendo un gran esfuerzo para hablar, pero no consigue controlar los sollozos. Verla sufrir así me rompe el corazón. Aunque haya estado engañándome, no olvido los trece años en los que la he querido, de modo que me duele mucho verla tan apenada.

Toma mi rostro entre las manos y me mira a los ojos.

—Te juro que iba a contártelo todo en cuanto cumplieses dieciocho años. Siento que hayas tenido que descubrirlo por ti misma. Hice todo lo que pude para que eso no sucediera.

La agarro de las manos, las aparto de mi cara y me alejo de ella.

—No sé cómo responder a lo que estás diciéndome, mamá. —Me vuelvo y la miro a los ojos—. Tengo muchas preguntas que hacerte, pero me da miedo. Si las contestas, ¿cómo podré saber que estás diciéndome la verdad? ¿Cómo podré saber que no me mentirás como has estado haciendo estos últimos trece años?

Karen va a la cocina a coger una servilleta para secarse los ojos. Toma aliento y trata de controlar sus emociones.

—Siéntate conmigo, cariño —me pide al pasar por mi lado y dirigirse hacia el sofá.

Me quedo quieta mientras la veo sentarse en el borde de un cojín. Me mira y descubro que tiene una expresión llena de dolor.

—Por favor —insiste—. Sé que no confías en mí, y tienes todo el derecho. Pero créeme cuando te digo que te quiero más que a mi vida y, por favor, dame una oportunidad para explicártelo todo.

Sus ojos muestran que está siendo sincera. Por lo tanto, voy hacia el sofá y me siento frente a ella. Karen inspira, espira y reúne las fuerzas para empezar a explicarse.

—Antes de contarte toda la verdad sobre lo que te sucedió a ti... debo explicarte lo que me sucedió a mí.

Se queda en silencio durante unos minutos e intenta no desmoronarse otra vez. Noto que lo que está a punto de decirme es insoportable para ella. Deseo abrazarla, pero no puedo. Por mucho que la quiera, ahora no soy capaz de consolarla.

—Tuve una madre maravillosa, Sky. Te habría caído muy bien. Se llamaba Dawn, y nos quería a mi hermano y a mí con toda su alma. Mi hermano, John, era diez años mayor que yo, de modo que nunca tuvimos las típicas rivalidades de la infancia. Mi padre murió cuando yo tenía diez años, así que John, más que mi hermano, fue mi figura paterna. Él era quien me protegía. Era muy buen hermano, y mi madre muy buena. Por desgracia, cuando cumplí los trece John se convirtió en mi padre de verdad porque mi madre falleció.

»John solo tenía veintitrés años y acababa de finalizar sus estudios. Ningún otro familiar quiso hacerse cargo de mí, así que él hizo lo que debía hacer. Al principio todo fue muy bien. Echaba demasiado de menos a mi madre y, sinceramente, John estaba pasando una mala época por todo lo que se le había venido encima. Acababa de empezar a trabajar después de salir de la universidad, y la situación era muy dura para él. Para ambos. Cuando cumplí catorce años, el estrés que le producía su trabajo comenzó a hacer mella en él y empezó a beber. En aquel entonces, yo era un poco rebelde, y algunas noches salía hasta más tarde de lo debido.

»Una noche, al volver a casa, John estaba muy enfadado conmigo. La discusión derivó en una pelea, y me golpeó varias veces. Nunca antes me había pegado y me asusté muchísimo. Me fui corriendo a mi habitación y él vino unos minutos más tarde a disculparse. Sin embargo, yo ya le tenía miedo desde hacía varios meses porque, a consecuencia del alcohol, su comportamiento había cambiado. Al ver que era capaz incluso de pegarme... estaba totalmente aterrada.

Karen se revuelve en el sofá y toma un sorbo de agua. Me fijo en su mano cuando se lleva el vaso a la boca y veo que le tiemblan los dedos.

—John intentó disculparse, pero yo no quería escucharlo. Mi terquedad hizo que se enfadara aún más, y me echó de un empujón a la cama y empezó a gritarme. Me decía una y otra vez que había arruinado su vida. Me decía que tenía que darle las gracias por todo lo que estaba haciendo por mí, que estaba en deuda con él porque tenía que trabajar muy duro para mantenerme.

Karen se aclara la voz y vuelven a brotar lágrimas de sus ojos al tratar de seguir contándome la dolorosa verdad de su pasado. Me mira fijamente, y me doy cuenta de que lo que está a punto de confesarme es algo muy duro para ella.

—Sky... —empieza a decir, muy apenada—. Aquella noche mi hermano me violó. No solo aquella noche, sino casi cada noche durante los dos años siguientes.

Me llevo las manos a la boca y doy un grito ahogado. Palidezco, y me da la sensación de que se me va toda la sangre del cuerpo. Me siento totalmente vacía al oír esas palabras porque me aterroriza pensar en lo que está a punto de decirme. Pero su mirada es aún más vacía. En lugar de esperar a que me lo diga ella, se lo pregunto:

—Mamá, John es... ¿Él era mi padre?

Rápidamente Karen asiente mientras las lágrimas caen de sus ojos.

—Sí, cariño. Lo siento mucho.

Sacudo todo el cuerpo al sollozar, y Karen me abraza en cuanto la primera lágrima sale de mis ojos. La rodeo con los brazos y me agarro a su camisa.

—Lamento mucho lo que te pasó —le digo.

Karen se sienta a mi lado y nos abrazamos mientras lloramos por todo lo que nos hizo aquel hombre al que ambas queríamos con todo nuestro corazón.

—Todavía hay más —añade—. Quiero contártelo todo.

Karen se aparta de mí y toma mis manos entre las suyas.

—Cuando cumplí dieciséis años le confesé a una amiga lo que estaba pasándome. Ella se lo contó a su madre, y lo denunció. En aquella época John llevaba tres años en la policía y se había hecho un nombre. Cuando le preguntaron por la denuncia él alegó que estaba inventándomelo porque no me dejaba ver a mi novio. Al final lo absolvieron y el caso fue desestimado, pero yo sabía que nunca volvería a vivir con él. Estuve viviendo dos años en casa de varios amigos, hasta acabar el instituto. No volví a hablar con él.

»Habían pasado seis años cuando lo vi otra vez. Yo tenía veintiún años y estudiaba en la universidad. Estaba haciendo la compra en el supermercado y oí su voz. Me quedé paralizada y sin respiración mientras escuchaba la conversación. Podría haber reconocido su voz en cualquier lugar. Hay algo aterrador en ella que es imposible olvidar. Pero aquel día no fue su voz lo que me dejó helada... Fue la tuya. Oí que hablaba con una niña pequeña, y de repente recordé todas aquellas noches en las que me había hecho tanto daño. Me daba náuseas saber de qué era capaz. Os observé desde una distancia prudencial. En un momento, él se alejó del carrito de la compra y llamé tu atención. Te quedaste mirándome mucho tiempo y me pareciste la niña más bonita que jamás había visto. Pero también eras la niña más rota que jamás había visto. En cuanto te miré a los ojos supe que estaba haciéndote lo mismo que a mí. Pude notar la desesperación y el miedo en tus ojos.

»Durante los días siguientes traté de descubrir todo lo que pude sobre ti y tu relación con él. Supe lo que le había pasado a tu madre y que él te criaba solo. Al final reuní el valor para llamar a la policía y poner una denuncia anónima, porque esperaba que por fin John se llevara su merecido. Una semana más tarde me enteré de que el departamento de protección al menor, después de interrogarte, desestimó el caso. Estoy segura de que influyó que él tuviera un puesto importante en la policía. Sobre todo teniendo en cuenta que era la segunda vez que se libraba. No podía soportar la idea de dejarte con él y olvidar lo que estaba haciéndote. Sé que podría haberlo hecho de otro modo, pero era joven y estaba muy preocupada por ti. No sabía de qué otra manera podía actuar porque la justicia ya nos había fallado a las dos.

»Unos días más tarde tomé la decisión. Si nadie más iba a ayudarte a librarte de él... lo haría yo misma. Jamás olvidaré a la niñita sentada en la hierba que lloraba con la cabeza hundida en los brazos. Cuando te llamé te acercaste te subiste al coche... Nos marchamos y no miré atrás.

Karen me aprieta las manos y me mira a los ojos con seriedad.

—Sky, te juro con todo mi corazón que mi única intención era protegerte. Hice todo lo que pude para que él no te encontrara, y para que tú no lo encontraras. Nunca volvimos a hablar de él e hice lo posible para ayudarte a pasar página y a tener una vida normal. Sabía que no podría ocultártelo eternamente. Sabía que llegaría un día en el que tendría que enfrentarme a lo que había hecho... pero no me importaba. Y sigue sin importarme. Solo quería que estuvieras a salvo hasta que te hicieras mayor y que no tuvieras que volver con él.

»El día antes de que te llevara conmigo fui a tu casa, pero no había nadie. Entré a coger algunas cosas que pudieran servirte de consuelo cuando estuvieras conmigo. Algo como una mantita o un osito de peluche. Cuando entré en tu habitación vi que nada de lo que había allí podría consolarte. Pensé que, si te parecías en algo a mí, todo lo que estuviera relacionado con él te recordaría lo que te había hecho. Así que no cogí nada porque no quería que te acordaras.

Karen se pone en pie, se marcha del salón y regresa con una cajita de madera. Lo deja en mis manos y me dice:

—No podía dejarte sin esto. Sabía que el día en que tuviera que contarte la verdad también querrías saber la verdad sobre tu madre. No pude encontrar muchas cosas; esto es todo lo que logré recuperar.

Los ojos se me llenan de lágrimas mientras recorro con los dedos la cajita de madera que guarda los recuerdos de una mujer que pensaba que nunca tendría la oportunidad de recordar. No la abro. No puedo. Tengo que hacerlo a solas.

Karen me retira el pelo de la cara y la miro.

—Sé que lo que hice no estuvo bien —prosigue—, pero no me arrepiento. Si lo tuviera que hacer otra vez para protegerte, no me lo pensaría dos veces. También soy consciente de que probablemente me odies por mentirte. Lo acepto, Sky, porque mi amor es suficiente para las dos. Nunca te culpes por cómo te sientes al saber lo que te he hecho. He planeado esta conversación y esta situación durante trece años, de modo que estoy preparada para aceptar lo que decidas hacer. Quiero que hagas lo que es mejor para ti. Llamaré a la policía ahora mismo si es eso lo que deseas. Estaré encantada de decirles todo lo que te he contado a ti, si eso te ayuda a encontrar la paz. Si quieres que espere hasta que cumplas los dieciocho para que puedas seguir viviendo en esta casa hasta entonces, lo haré. Me entregaré en el momento en que legalmente puedes independizarte, y jamás cuestionaré tu decisión. Pero elijas lo que elijas, Sky, decidas lo que decidas, no te preocupes por mí. Sé que ahora estás a salvo, y eso es todo lo que puedo pedir. Aceptaré cualquier cosa, porque cada segundo de los trece años que te he tenido conmigo habrá merecido la pena.

Miro la cajita y sigo llorando porque no tengo ni idea de qué hacer. No sé qué está bien y qué mal, o si lo que está bien está mal en esta situación. Ahora mismo no puedo darle una respuesta. Siento que todo lo que acaba de contarme, todo lo que creía saber sobre la justicia, acaba de abofetearme en la cara.

Miro a Karen y niego con la cabeza.

—No lo sé —susurro—. No sé qué quiero que ocurra.

No sé qué quiero, pero sé qué necesito: cambiar de capítulo.

Me levanto y me dirijo hacia la puerta principal mientras Karen me mira desde el sofá. Al abrir la puerta, no soy capaz de mirarla a los ojos.

—Tengo que pensarlo —le digo en voz baja, y salgo.

En cuanto la puerta se cierra tras de mí, Holder me abraza. Agarro la cajita con una mano y con la otra rodeo su cuello. Hundo la cabeza en su hombro y lloro, sin tener ni idea de cómo empezar a asimilar todo lo que he sabido.

—El cielo —le digo—. Tengo que mirar el cielo.

Holder no hace ninguna pregunta. Él sabe muy bien a qué me refiero, de modo que me agarra de la mano y me lleva al coche. Jack vuelve a entrar en casa cuando Holder y yo nos marchamos.

Martes, 30 de octubre de 2012

Las 20.45

Holder en ningún momento me pregunta qué es lo que me Karen ha contado mientras he estado dentro de casa. Sabe que se lo diré cuando pueda, pero ahora mismo, en estos momentos, no soy capaz. No hasta que decida qué quiero hacer.

Llegamos al aeropuerto, pero Holder detiene el coche bastante lejos del lugar en el que solemos aparcar. Al descender la cuesta me sorprende ver una puerta en la valla. Él levanta el pasador, la abre y se hace a un lado para dejarme entrar.

—¿Hay una puerta? —le pregunto confundida—. ¿Por qué siempre saltamos la valla?

—Las dos veces que hemos venido llevabas puesto un vestido. ¿Qué gracia habría tenido entrar por la puerta? —me responde esbozando una sonrisa pícara.

De algún modo, y no sé cómo, tengo ánimos para echarme a reír. Paso por la puerta, Holder la cierra y se queda en el otro lado. Me detengo y le ofrezco la mano.

—Quiero que vengas conmigo —le pido.

—¿Estás segura? Pensaba que esta noche querrías pensar a solas.

Niego con la cabeza.

—Me gusta estar contigo aquí. No sería lo mismo si estuviera sola.

Holder abre la puerta y me coge de la mano. Caminamos hasta la pista y nos sentamos bajo las estrellas, en el mismo rincón de siempre. Dejo la cajita de madera a un lado, sin estar segura de si reuniré el valor para abrirla. De hecho, en estos momentos no estoy segura de nada. Permanezco inmóvil durante más de media hora, reflexionando sobre mi vida, sobre la vida de Karen, sobre la vida de Lesslie... Y me da la sensación de que cuando tome una decisión debo pensar en nosotras tres.

—Karen es mi tía. Mi tía biológica —digo en voz alta. No sé si lo hago para que Holder me escuche o porque quiero oírlo salir de mi boca.

Él entrelaza el dedo meñique con el mío y vuelve la cabeza hacia mí.

—¿Es la hermana de tu padre? —me pregunta titubeante.

Asiento y Holder cierra los ojos al darse cuenta del significado que eso tiene en el pasado de Karen.

—Por eso te llevó con ella —añade, como si finalmente encajaran todas las piezas—. Sabía lo que él estaba haciéndote.

Confirmo su sospecha asintiendo con la cabeza.

—Karen me ha pedido que tome una decisión. Quiere que elija qué va a suceder de aquí en adelante. El problema es que no sé cuál es la opción correcta.

Holder toma mi mano y entrelaza nuestros dedos.

—Eso es porque ninguna opción es la correcta. A veces tienes que escoger entre un montón de opciones incorrectas. Lo que tienes que decidir es cuál de ellas es la menos mala.

Hacer pagar a Karen por algo que hizo por puro altruismo es, sin lugar a dudas, la peor opción. Soy muy consciente de ello, pero me cuesta aceptar que sus actos no merezcan ningún castigo. En aquel entonces ella no podía saberlo, pero al llevarme de allí provocó que mi padre se fijara en Lesslie. No puedo obviar que mi mejor amiga, esa chica a la que Holder cree haber fallado, sufrió una consecuencia indirecta de lo que Karen hizo.

—Tengo que preguntarte una cosa —le digo a Holder. Él espera en silencio a que siga hablando, de modo que me incorporo y lo miro—. No quiero que me interrumpas, por favor. Déjame que lo suelte todo de un tirón.

Holder me acaricia la mano y asiente.

—Sé que el objetivo de Karen era salvarme. Tomó aquella decisión por amor... no por odio. Pero me da miedo que si no digo nada, si nos lo guardamos para nosotras... te afecte a ti. Si yo no hubiera desaparecido, mi padre no se habría fijado en Les. Y soy consciente de que Karen no podía prever aquello. Sé que intentó hacer lo correcto porque, antes de tomar una decisión tan drástica, lo había denunciado a la policía. Pero ¿qué nos pasará a nosotros, a ti y a mí, cuando intentemos volver a la normalidad? Temo que odies a Karen para siempre... o que te siente mal la decisión que tome esta noche. Y no estoy diciendo que no quiero que sientas lo que te pide el corazón. Si odias a Karen por lo que le sucedió a Les, lo entenderé. Creo que lo único que necesito saber es si, tome la decisión que tome... Quiero saber...

Trato de encontrar el modo más elocuente de expresarlo, pero no puedo. A veces, las preguntas más simples son las más difíciles de hacer. Aprieto su mano y lo miro a los ojos.

—Holder, ¿estarás bien?

Él me contempla con una expresión que no consigo descifrar. Entrelaza los dedos con los míos y dirige la vista hacia el cielo que tenemos sobre nosotros.

—Me he pasado todo este tiempo, este el último año, odiando a Les por lo que hizo —responde en voz baja—. La odiaba porque llevábamos la misma vida. Teníamos los mismos padres que habían pasado por el mismo divorcio. Teníamos la misma mejor amiga, y a ambos nos la arrebataron. Compartíamos el mismo dolor por lo que te sucedió, Sky. Nos mudamos a la misma ciudad, a la misma casa, con la misma madre y a la misma escuela. Las cosas que pasaron en su vida eran exactamente iguales a las que sucedieron en la mía. Sin embargo, ella siempre lo llevó peor. A veces, por la noche, la oía llorar. Me metía con ella en la cama y la abrazaba, pero hubo muchas ocasiones en las que quise gritarle por ser mucho más débil que yo.

»Aquella noche, cuando descubrí lo que había hecho... la odié. La odié por haber tirado la toalla. La odié por pensar que su vida era mucho más dura que la mía, cuando habían sido exactamente iguales.

Se incorpora, se vuelve hacia mí para cogerme de las manos y prosigue:

—Ahora sé la verdad. Sé que su vida fue muchísimo más dura que la mía. Y que Les siguiera sonriendo y riéndose cada día, sin que yo tuviera ni idea de todo por lo que estaba pasando, hace que por fin me dé cuenta de lo valiente que era. No fue su culpa que no supiera cómo sobrellevarlo. Me gustaría que hubiese pedido ayuda o que le hubiese contado a alguien lo sucedido, pero cada cual se enfrenta a estas cosas a su manera, sobre todo cuando piensa que está solo. Tú pudiste bloquearlo y así fue como seguiste adelante. Creo que ella también lo intentó, pero, al sufrir todo aquello siendo mayor que tú, no lo consiguió. En lugar de bloquearlo y no volver a pensar en aquello, hizo justo lo contrario. Aquella experiencia consumió su vida hasta que no pudo seguir soportándolo.

»Y no puedes decir que los actos de Karen tuvieron una relación indirecta con lo que tu padre le hizo a Les. Aunque tu madre no te hubiese sacado de aquella casa, probablemente él le habría hecho lo mismo a Les, estando tú allí o no. La culpa fue de él y de lo que hizo. De modo que si lo que quieres saber es si culpo a Karen, la respuesta es no. Lo único que desearía es que hubiese actuado de un modo distinto... y que se hubiese llevado también a Les. —Me envuelve entre sus brazos y me dice al oído—: Quiero que tomes la decisión que te ayude a cicatrizar antes las heridas. Les habría querido lo mismo.

Lo abrazo y hundo la cabeza en su hombro.

—Gracias, Holder.

Nos quedamos en silencio mientras pienso en mi decisión, aunque ya la tengo clara. Después de un rato, me aparto de Holder y me pongo la cajita de madera en el regazo. Recorro con los dedos la tapa y dudo antes de tocar el pasador. Lo retiro y abro la cajita poco a poco, con los ojos cerrados, sin estar segura de si quiero descubrir el contenido. Respiro hondo, abro los ojos y veo los ojos de mi madre. Cojo la fotografía con dedos temblorosos, y observo a la mujer que no podía ser otra que la persona que me creó. Tengo su misma boca, sus mismos ojos y mejillas. Soy igual que ella.

Dejo la fotografía a un lado y cojo la siguiente. Esta me provoca aún más emociones porque aparecemos las dos juntas. Debo de tener unos dos años, y estoy sentada en su regazo, con los brazos alrededor de su cuello. Ella está besándome en la mejilla y yo miro a cámara con una sonrisa de oreja a oreja. Mis lágrimas caen sobre la imagen que sostengo entre las manos, de modo que las seco y le doy ambas fotografías a Holder. Quiero que vea por qué tenía tantas ganas de entrar en casa de mi padre.

Solo hay una cosa más en la cajita: un collar. Es un relicario de plata, en forma de estrella. Lo cojo entre los dedos, lo abro y veo una fotografía mía de cuando era un bebé. Hay una inscripción en la otra parte del relicario, y dice así: «Mi rayo de esperanza».

Desabrocho el collar y me lo coloco en el cuello. Holder coge ambos extremos y yo me recojo el cabello. Tras abrochármelo y soltarme el pelo él me da un beso en la sien.

—Es una mujer preciosa. Igual que su hija —comenta Holder.

Me devuelve las fotografías y me besa con delicadeza. Se

fija en mi relicario, lo abre y lo observa durante un rato, sin dejar de sonreír. Lo cierra y me mira a los ojos.

—¿Estás lista?

Guardo las fotografías en la cajita y la cierro. Después, miro a Holder con seguridad y asiento.

—Lo estoy.

Martes, 30 de octubre de 2012

Las 22.15

Esta vez Holder entra conmigo en casa. Karen y Jack están sentados en el sofá, abrazados y cogidos de la mano. Al cruzar la puerta, ella me mira y él se pone en pie, para dejarnos hablar en privado.

—Tranquilo, Jack —le digo—. No tienes que marcharte. No tardaré mucho tiempo.

Mis palabras preocupan a Jack, pero no responde. Se aparta de Karen para que yo pueda sentarme a su lado. Dejo la cajita de madera en la mesita que tiene frente a ella y tomo asiento. Me vuelvo hacia ella, y soy consciente de que no tiene ni idea de lo que le depara el futuro. A pesar de que no sabe qué decisión he tomado y qué consecuencias tendrá para ella, me sonríe para que me tranquilice. Karen quiere que yo sepa que aceptará mi elección.

Tomo sus manos entre las mías y la miro directamente a los ojos. Quiero que sienta y crea lo que voy a decirle, porque deseo que entre nosotras solo haya sinceridad.

—Mamá —empiezo a decir, transmitiéndole toda la confianza que puedo—. Mama, cuando me llevaste de casa de mi padre, eras muy consciente de las consecuencias que aquello podía acarrear, pero lo hiciste de todas maneras. Arriesgaste toda tu vida para salvar la mía, y jamás podría exigirte que sufras por esa elección. Renunciar a tu vida por mí es más de lo que jamás podría pedirte. No te juzgaré por lo que hiciste.

Lo único apropiado que puedo hacer en este momento... es darte las gracias. Así que gracias. Muchísimas gracias por salvarme la vida, mamá.

Karen está derramando más lágrimas que yo, y nos abrazamos. Lloramos juntas, madre e hija, tía y sobrina. Lloramos juntas, víctima y víctima, superviviente y superviviente.

No puedo imaginar la vida que Karen ha tenido durante los últimos trece años. Todas las decisiones que ha tomado han sido para beneficiarme. Había planeado confesármelo todo y aceptar las consecuencias en cuanto yo cumpliera los dieciocho. Me da la sensación de que no me merezco que Karen esté dispuesta a dar su vida por mí, y mucho menos que haya dos personas en el mundo que me quieran tanto. Es como si no pudiera aceptar tanto amor.

Por lo visto, Karen sí que deseaba dar el siguiente paso en su relación con Jack, pero dudaba porque sabía que le rompería el corazón en cuanto él supiera la verdad. Lo que ella no esperaba es que Jack la quiere incondicionalmente... del mismo modo que ella me quiere a mí. Confesar su pasado y las decisiones que tuvo que tomar han hecho que él esté aún más seguro de su amor hacia ella. Creo que el fin de semana que viene Jack ya se habrá mudado a nuestra casa.

Karen se pasa toda la noche respondiendo pacientemente a todas mis preguntas. Mi duda principal consistía en cómo pudo darme un nombre legal y los documentos oficiales. Karen se echa a reír al escuchar mi pregunta, y me explica que, con el dinero suficiente y los contactos adecuados, me «adoptó» fuera del país y logró mi ciudadanía cuando tenía siete años. No me atrevo a pedirle más detalles, porque me da miedo conocerlos.

También le hago una pregunta de lo más obvia: si ahora podemos tener una tele en casa. Parece ser que no odia la tecnología tanto como me ha hecho creer durante todos estos años. Me parece que mañana iremos a hacer algunas compras a la tienda de electrónica.

Holder y yo explicamos a Karen cómo descubrió él mi identidad. Al principio ella no conseguía entender cómo siendo unos niños pudimos tener una conexión tan fuerte, tanto que Holder aún me recordaba. Pero después de vernos juntos durante un rato creo que se ha convencido de que esa conexión es real. Por desgracia, también veo que la expresión de Karen es de preocupación cada vez que Holder me besa o pone la mano en mi pierna. Después de todo, es mi madre.

Tras varias horas, al haber encontrado la mayor paz posible después del fin de semana que hemos pasado, nos vamos a la cama. Holder y Jack se despiden de nosotras, y Holder asegura a Karen que jamás volverá a enviarme un mensaje para desinflarme el ego. Sin embargo, mientras lo dice me guiña el ojo.

Karen me abraza continuamente; nunca me han abrazado tantas veces en un solo día. Tras el último abrazo de la noche, me voy a mi habitación y me meto en la cama. Me arropo, pongo las manos detrás de la cabeza y miro las estrellas del techo. Pensé en quitarlas porque temía que me trajeran más recuerdos negativos a la memoria. Pero no lo he hecho. Las voy a dejar porque cuando las miro me acuerdo de Hope. Me acuerdo de mí y de todo lo que he tenido que superar para llegar a este punto de mi vida. Y si me sentara aquí y me lamentara de mi suerte, preguntándome por qué me ha pasado todo esto, no podría hacerlo. No voy a desear tener una vida perfecta. Las cosas que hacen que te derrumbes son pruebas que te pone la vida, que te obligan a elegir entre rendirte y quedarte en el suelo o limpiarte la suciedad y levantarte incluso más erguida que antes. Yo elijo levantarme. Probablemente me derrumbaré más veces en mi vida, pero nunca me quedaré en el suelo.

Oigo un golpecito en la ventana y se abre. Sonrío, me hago a un lado de la cama y espero a que se una a mí.

—¿Esta noche no vienes a darme la bienvenida? —susurra Holder, y cierra la ventana.

Se acerca a un lado de la cama, levanta las sábanas y se tumba junto a mí.

—Estás helado —le digo, acurrucada entre sus brazos—. ¿Has venido caminando?

Holder niega con la cabeza, me abraza más fuerte y me da un beso en la frente.

—No, he venido corriendo. —Pone una mano en mi culo y añade—: Hace más de una semana que no hacemos ejercicio. Se te está poniendo el culo gordo.

Me echo a reír y le pego en el brazo.

—Recuerda que los insultos solo son graciosos si los escribes en mensajes de texto.

—Hablando de eso... ¿Karen va a devolverte tu teléfono móvil?

Me encojo de hombros y respondo:

—La verdad es que no lo quiero. Espero que mi novio calzonazos me regale un iPhone en Navidad.

Holder lanza una carcajada, se pone encima de mí y aprieta sus labios helados contra los míos. El contraste de temperatura de nuestras bocas hace que él gima. Me besa hasta que todo su cuerpo está muy por encima de la temperatura ambiente.

—¿Sabes una cosa? —me pregunta.

Holder se apoya sobre los codos y me mira esbozando esa sonrisa adorable, con esos hoyuelos maravillosos.

—¿Qué?

—Nunca lo hemos hecho en tu cama —me dice con esa tonalidad lírica y divina.

Reflexiono sobre ello durante un segundo, y después niego con la cabeza y tumbo a Holder.

—Y seguiremos sin hacerlo aquí mientras mi madre esté al otro lado del pasillo.

Holder se echa a reír, me agarra de la cintura y me pone

encima de él. Apoyo la cabeza en su pecho y él me abraza muy fuerte.

—¿Sky?

—¿Holder?

—Quiero que sepas una cosa. No te lo digo como novio o como amigo. Te lo digo porque alguien tiene que decírtelo.

—Deja de acariciarme el brazo y posa la mano en el centro de mi espalda—. Estoy muy orgulloso de ti.

Aprieto los ojos, me trago sus palabras y las envío directamente a mi corazón. Acerca la boca a mi cabeza y me besa por primera vez, o por vigésima vez, o por millonésima vez, pero qué más da.

Abrazo a Holder más fuerte y espiro.

—Gracias. —Levanto la cabeza, apoyo la barbilla en su pecho y lo miro mientras me sonríe—. Y no te doy las gracias por lo que acabas de decirme, Holder. Te doy las gracias por todo. Gracias por darme el valor de hacer las preguntas, incluso cuando no quería escuchar las respuestas. Gracias por quererme como me quieres. Gracias por mostrarme que no siempre tenemos que ser fuertes para apoyarnos, que está bien ser débiles, siempre y cuando estemos juntos. Y gracias por encontrarme después de todos estos años. —Recorro con los dedos su pecho hasta que llego a su brazo. Acaricio cada letra de su tatuaje, me inclino hacia delante y lo beso—. Pero, sobre todo, gracias por perderme todos estos años... porque mi vida no habría sido la misma si aquel día no me hubieses dejado sola en el jardín.

Mi cuerpo asciende y desciende con la respiración de Holder. Toma mi rostro entre las manos e intenta sonreír, pero no consigue borrar el gesto de dolor de sus ojos.

—De todas las veces que imaginé cómo sería volver a encontrarte... nunca pensé que acabarías agradeciéndome que te perdiera.

—¿Acabar? —pregunto. No me gusta el término que ha utilizado. Levanto la cabeza, le doy un pequeño beso en los labios y me aparto de él—. Espero que aquí no se acabe lo nuestro.

—Claro que no, aquí no se acaba lo nuestro —me dice. Me pone un mechón de pelo detrás de la oreja y deja la mano ahí—. Y me gustaría poder decir que de aquí en adelante viviremos felices y comeremos perdices, pero no puedo. Ambos tenemos muchas cosas que arreglar. Con todo lo que ha pasado entre tú, yo, tu madre, tu padre, y con lo que he sabido sobre Les... habrá días en los que no sabremos cómo seguir adelante. Pero lo haremos. Lo haremos porque nos tenemos el uno al otro. Así que no me preocupa nuestra relación, cariño. No me preocupa en absoluto.

Le doy un beso en el hoyuelo y sonrío.

—A mí tampoco me preocupa lo nuestro. Y para que conste, no creo en los finales felices.

Holder se echa a reír.

—Bien, porque tú no vas a tenerlo. Solo me tendrás a mí.

—Eso es todo lo que necesito —le digo—. Bueno... necesito una lámpara. Y el cenicero. Y el mando a distancia. Y la paleta. Y a ti, Dean Holder. No necesito nada más.

Trece años antes

—¿Qué está haciendo ahí fuera? —le pregunto a Lesslie mientras miramos por la ventana del salón a Dean, que está tumbado en la entrada, mirando al cielo.

—Observa los astros. Lo hace constantemente —me responde.

Me vuelvo hacia ella y le pregunto:

—¿Qué son los astros?

Lesslie se encoge de hombros.

—No lo sé. Eso es lo que dice que hace cuando se queda mucho rato mirando el cielo.

Me vuelvo hacia la ventana y me quedo observándolo durante un ratito más. No sé qué son los astros, pero me da la sensación de que a mí también me gustaría contemplarlos. Me encantan las estrellas. Sé que a mi madre también le gustaban, porque las puso por toda mi habitación.

—Yo también quiero hacerlo —le digo—. ¿Podemos ir a hacerlo nosotras?

Miro a Lesslie y veo que está quitándose las zapatillas.

—A mí no me apetece. Ve tú y yo ayudaré a mi madre a preparar las palomitas y a poner la película.

Me gustan los días en los que me quedo a dormir en casa de Lesslie. Me gusta cualquier día en el que no tenga que estar en mi casa. Me pongo en pie y voy a la puerta principal a calzarme los zapatos. Después salgo a la calle y me siento al lado de Dean. Él sigue mirando el cielo, de modo que yo hago lo mismo.

Las estrellas brillan muchísimo esta noche. Nunca las he visto así. Son mucho más bonitas que las del techo de mi habitación.

—¡Uau! —exclamo—. Es muy bonito.

—Lo sé, Hope. Lo sé —responde Dean.

Nos quedamos en silencio durante mucho rato. No sé si observamos las estrellas durante muchos minutos o muchas horas, pero seguimos admirándolas y no hablamos. La verdad es que Dean no es muy hablador. Es mucho más callado que Lesslie.

—¿Hope? ¿Me prometes una cosa?

Vuelvo la cabeza y veo que sigue mirando las estrellas. Nunca le he prometido nada a nadie, excepto a mi padre. Tuve que prometerle que no le diría a nadie cómo le doy las gracias, y no he roto mi promesa aunque en ocasiones me gustaría hacerlo. Si alguna vez tuviera que romper mi promesa, se lo diría a Dean porque sé que él no se lo contaría a nadie.

—Sí —le respondo.

Dean vuelve la cabeza y me mira, pero parece triste.

—De vez en cuando tu padre te hace llorar, ¿verdad?

Asiento e intento no llorar con solo pensar en ello. No sé cómo sabe Dean que mi padre es el motivo por el que lloro.

—¿Me prometes que cuando te haga llorar pensarás en el cielo?

No sé por qué quiere que le haga esa promesa, pero asiento de todas maneras.

—Pero ¿por qué?

Vuelve a fijar la vista en las estrellas y responde:

—Porque el cielo siempre es bonito. Incluso cuando está nublado y llueve, es maravilloso mirar al cielo. Es mi cosa preferida porque sé que si alguna vez me pierdo o estoy asustado, solo tengo que mirar hacia arriba y siempre estará ahí pase lo que pase... y que siempre será precioso. Tú también puedes pensar en eso cuando tu padre te hace llorar, y así no tendrás que pensar en él.

Sonrío, aunque el tema del que estamos hablando me pone muy triste. Sigo mirando el cielo al igual que Dean, y pienso en lo que me ha dicho. Me alegra tener algún sitio al que ir cuando no quiero estar donde estoy. Ahora, cuando me asuste, pensaré en el cielo y quizá me ayude a sonreír porque sé que, pase lo que pase, siempre será precioso.

—Te lo prometo —susurro.

—Muy bien —responde él.

Dean extiende la mano y entrelaza el dedo meñique con el mío.

AGRADECIMIENTOS

Cuando escribí mis dos primeras novelas, no recurrí a lectores beta o a blogueros (por ignorancia, no por elección). Ni siquiera sabía lo que eran las ediciones previas a la publicación.

Oh, cómo me arrepiento de aquello.

Gracias a TODOS los blogueros, que habéis trabajado muy duro para compartir vuestro amor por la lectura. Definitivamente, sois el sustento de los autores, y os agradecemos todo lo que hacéis.

Un agradecimiento muy especial para Maryse, Tammara Webber, Jenny y Gitte de Totallybookedblog.com, Tina Reber, Tracey Garvis-Graves, Abbi Glines, Karly Blakemore-Mowle, Autumn de Autumnreview.com, Madison de Madisonsays.com, Molly Harper de Toughcriticbookreviews.com, Rebecca Donovan, Nichole Chase, Angie Stanton, Sarah Ross, Lisa Kane, Gloria Green, Cheri Lambert, Trisha Rai, Katy Perez, Stephanie Cohen y Tonya Killian por tomaros el tiempo de ofrecerme unos comentarios tan detallados y útiles. Sé que a la mayoría os hice la vida imposible durante todo el mes de diciembre, de modo que gracias por aguantar mis tantísimos documentos «actualizados».

¡Oh, Dios mío! No sé cómo agradecértelo, Sarah Augustus Hansen. No solo por hacer la portada más bonita del mundo, sino también por tomar en consideración todos los cambios que propuse, aunque finalmente eligiera tu idea inicial. Has tenido una paciencia ilimitada conmigo. Por ello declaro que Holder es tuyo. De acuerdo.

Gracias a mi marido, que insiste en aparecer en el apartado de agradecimientos de este libro por proponerme una sola palabra que me ayudó a acabar una frase de un párrafo de una escena. Sin esa palabra (era «compuertas», señoras y señores), creo que no habría sido capaz de terminar este libro (él me ha pedido que dijera todo esto). Pero, en cierto modo, tiene razón. Sin esa palabra seguro que habría seguido escribiendo el libro sin ningún problema. Pero sin su apoyo, entusiasmo y ánimos, no podría haber escrito ni una sola palabra.

Gracias a mi familia (concretamente a Lin, porque ella me necesita más que nadie). No recuerdo qué aspecto tenéis y está costándome mucho esfuerzo acordarme de vuestros nombres, pero ahora que he acabado este libro, juro que responderé a vuestras llamadas y vuestros mensajes, os miraré a la cara cuando me habléis (en lugar de tener la vista perdida en mi mundo de ficción), me acostaré antes de las cuatro de la madrugada y nunca jamás comprobaré el correo electrónico mientras esté hablando por teléfono con vosotros. Al menos hasta que empiece a escribir otro libro.

Y gracias a los tres mejores niños de todo el mundo. Joder, os echo muchísimo de menos. Y sí, chicos, mamá acaba de utilizar una palabrota. Otra vez.